ハヤカワ文庫NV

〈NV1263〉

海の覇者トマス・キッド⑧

謎の私掠船を追え

ジュリアン・ストックウィン

大森洋子訳

早川書房

7047

THE ADMIRAL'S DAUGHTER

by

Julian Stockwin

Translated by
Yoko Omori
First published 2012 in Japan by
HAYAKAWA PUBLISHING, INC.
This book is published in Japan by
arrangement with
BLAKE FRIEDMANN LITERARY, TV AND FILM AGENCY LTD.
through THE ENGLISH AGENCY (JAPAN) LTD.

きみたちイギリスの紳士諸君は、家でのうのうと暮らしている。
ああ！　海で遭遇する危険など、ほとんど考えてもみないだろう。

マーティン・パーカー　一六三五年ごろ

イギリス
ロンドン
ル・アーヴル
パリ
フ ラ ン ス

アイルランド
セント・ジョージ海峡
ブリストル湾
デヴォン州
コーンウォール半島
ライム湾
ペンザンス
コーンウォール州
トーベイ
ポートランド・ビル岬
プリマス
ランズ・エンド岬
スタート岬
英仏海峡
シリー諸島
リザード岬
ブレスト
ウェッサン島
ドゥアルヌネ
ビスケー湾

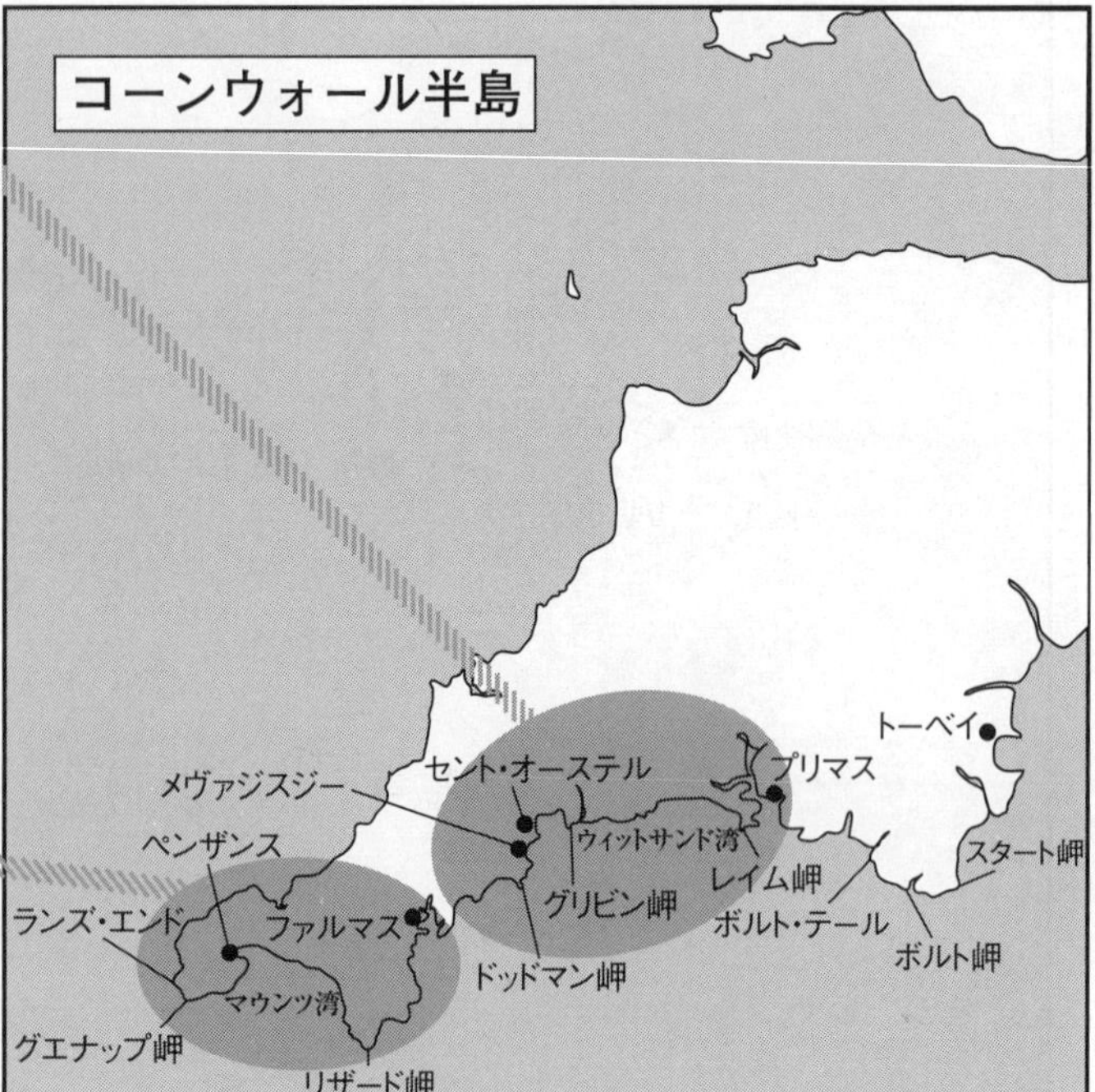

コーンウォール半島
トーベイ
セント・オーステル
プリマス
メヴァジスジー
ウィットサンド湾
ペンザンス
スタート岬
レイム岬
グリビン岬
ボルト・テール
ランズ・エンド
ファルマス
ボルト岬
ドッドマン岬
マウンツ湾
グエナップ岬
リザード岬

拡大図

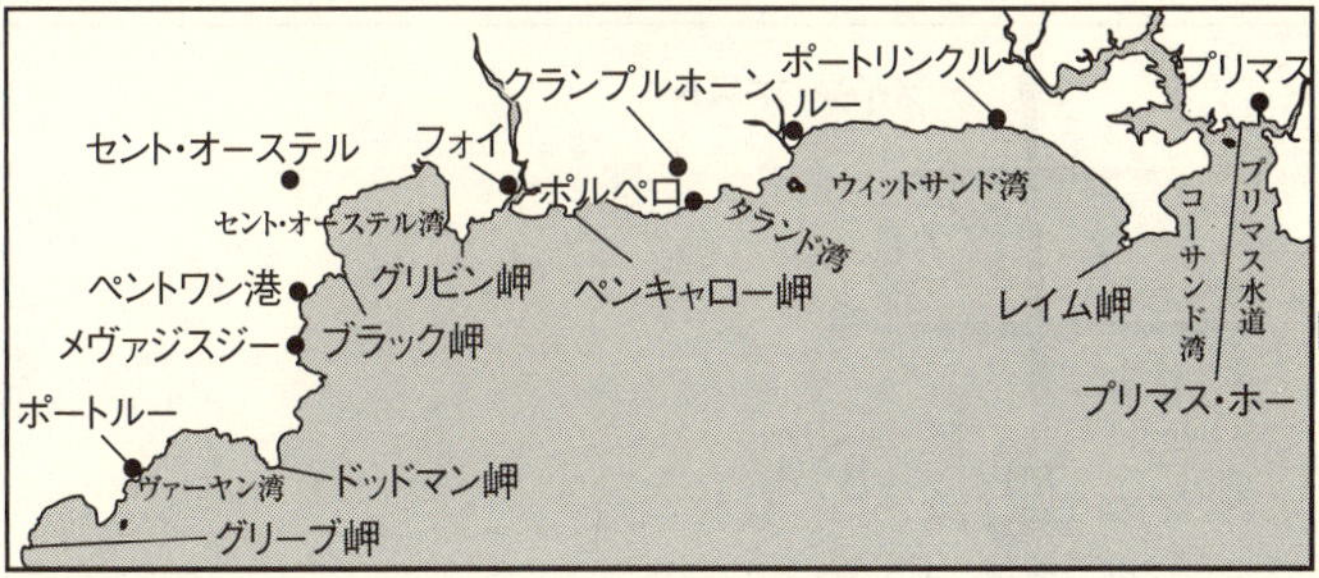
ポートリンクル
プリマス
クランプルホーン
ルー
セント・オーステル
フォイ
ポルペロ
ウィットサンド湾
セント・オーステル湾
タラント湾
プリマス水道
コーサンド湾
グリビン岬
ペンキャロー岬
ペントワン港
レイム岬
メヴァジスジー
ブラック岬
ポートルー
プリマス・ホー
ヴァーヤン湾
ドッドマン岬
グリーブ岬

拡大図

コーンウォール岬
ファルマス
グリーブ岩礁
ペンザンス
プラア・サンズ
スタック
ハウス入江
ファルマス湾
センネン
入江
センネン
カッドン岬
ポースレーヴン
マナクルズ岩礁
ランズ・
エンド
マウンツ湾
グエナップ岬
シリー諸島
ブラック岬
リザード岬
クロウ水道
セント・メアリーズ錨地
ビショップ・ロック

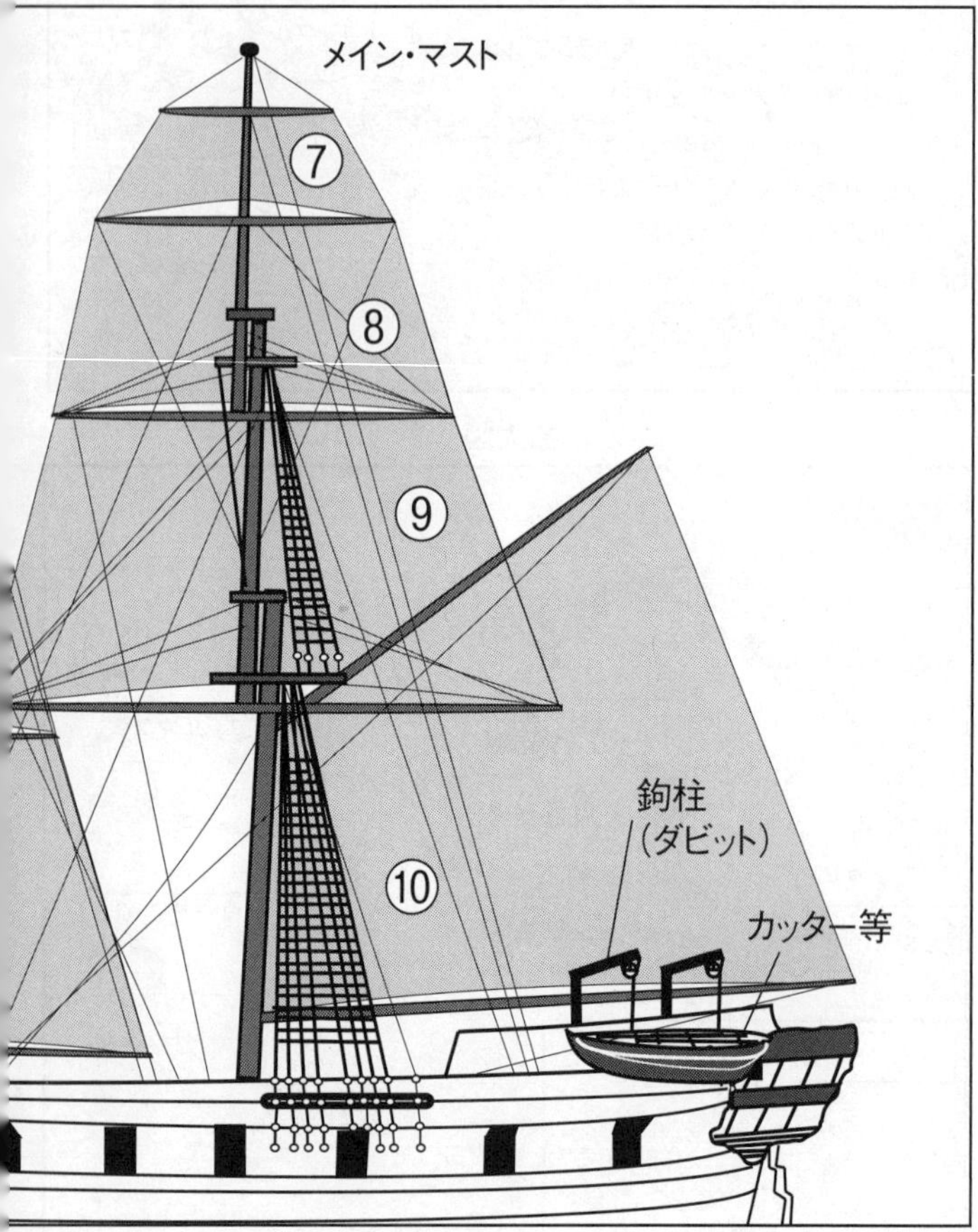

) メイン・ロイヤルスル
) メイン・トゲルンスル
) メイン・トップスル
) クロジャッキ

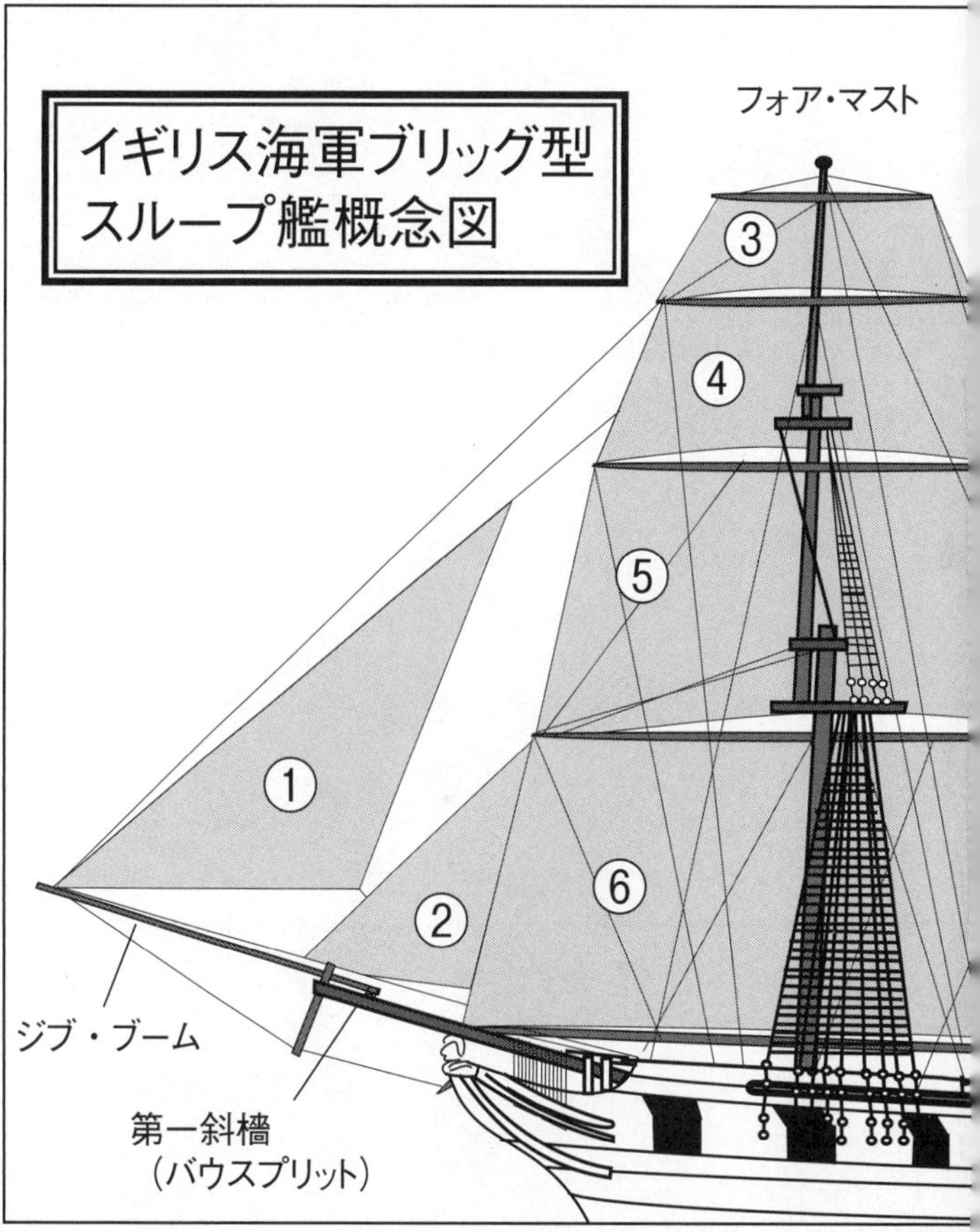

① ジブ
② フォア・ステイスル
③ フォア・ロイヤルスル
④ フォア・トゲルンスル
⑤ フォア・トップスル
⑥ フォア・コース

謎の私掠船を追え

登場人物

〈イギリス海軍スループ艦ティーザー号〉

トマス・ペイン・キッド…………………海尉艦長
クリストファー・スタンディッシュ………副長
フィールディング………………………主計長
ダウス……………………………………航海長
パーチット………………………………掌帆長
ダキッチ…………………………………掌砲長
トウビー（トウビアス）・スターク………掌砲次長
プロサー…………………………………航海士
アンドルーズ、ボイド……………………士官候補生
ポールダン………………………………操舵長
ルーク・キャロウェイ……………………一等水兵
タイソー…………………………………キッドの従兵

サー・レジナルド・ロックウッド…………イギリスの提督。プリマス鎮守府司令長官
パーセファニ……………………………ロックウッド提督の令嬢
ミス・ロビンズ…………………………パーセファニの友人
エドマンド・ベイズリー…………………フェネラ号艦長
モースウェン……………………………郷士
ロザリンド………………………………モースウェンの娘
デイヴィ・バント、ジャン・パッキー……漁師
バーガス夫人……………………………キッド邸のメイド頭
ニコラス・レンジ…………………………キッドの親友
シシリア…………………………………キッドの妹
ジェーン・マリンズ………………………シシリアの親友
〝血まみれジャック〟……………………私掠船の船長

第一章

〈エンジェル旅籠《はたご》〉の暖炉には薪《まき》の山が赤々と暖かく炎を上げていた。ニコラス・レンジは暖炉を囲むもう一人の客へちょっとうなずいてみせた。その男はレンジのひどく日焼けした顔をいぶかしそうに見つめている。厳しい冬をすごしたあとのイギリスでは、こんなに日焼けした顔にお目にかかることはめったにない。レンジは地球の反対側で過酷な経験をし、自分の存在理由に疑問を抱いてイギリスに帰ってきたばかりだった。彼は新しい生活を築こうと決心して、自由移民としてニュー・サウス・ウェールズに渡ったのだが、志は果たせなかった。そしていま、もう少ししたら、シシリアに会うことになる……。

レンジをイギリスまで乗せてきた囚人輸送船は航海契約を終えて三日前に造船所に入り、彼は親友のトマス・キッドといっしょにギルフォードへ来た。レンジはキッドに、とつぜん二人が姿を現わすのだから、シシリアが心準備できるように、きみが先に家に帰ってくれと頼んだが、それは卑怯なことだとわかっていた。キッドの妹シシリアは、レンジが重い熱病にかかったとき、ずっと看病してくれた。彼はシシリアに心を奪われたのだが、自分の想いが彼女に知れるまえにちゃんと身を立てようと決意した。それほど彼女に対する敬愛が強かったため、黙って姿を消したのだった。

未開の地で彼は、自分の小さな所有地をシシリアのために開拓して理想郷にしようと、長くつらい労働をつづけた。結局、キッドに救われた。きみは新しい視点から自然哲学を究明することで自分の知力と教養を生かすべきだ、そうキッドは助言してくれた。ジャン＝ジャック・ルソーやその学問仲間たちは、世間離れした安楽な学究世界で自然哲学を研究したが、自分の研究はもっと広く厳しい自然界の現実に基づいたものになるだろう、とレンジは思う。カリブ海や広大な南太平洋、故郷ウィルトシャーの静謐《せいひつ》な森、まったく異質で未知なる大陸テラ・オーストラリスの荒地など、さまざまな土地で初めて出会った現実に……。

この地球に生きる人間にとって運命である脅威と戦い、つまり、飢えや他からの攻撃とか、自分の信仰と身を守るといった避けて通れないことに対して人間は驚くほど多様な反応をする。実際に自分が見聞したり体験したりしたそういうことを本にまとめるつもりだった。何巻にもなるだろう。それはシシリアのまえに出して恥ずかしくない業績になるだろうし、実を言うと、自分にいちばん合った仕事になりそうな予感がするのだ。

そうできるのもキッドのおかげだった。キッドは自分が艦長になった艦《ふね》にはかならずレンジを秘書として雇うと言ってくれたのだ。

レンジにとってこういう単なる事務方の役目を果たすことは、それによって与えられる自由にくらべると、払う苦労は少ない。何年も前にジャマイカ島のスパニッシュ・タウンで艦隊司令長官付き筆記者として事務仕事をやるコツをつかんでいたし、面倒な仕事でもないとわかっていた。あまり意味のない海軍の階級など、彼は一度も重要視したことはないし、甲板のごたごた作業や規律からは離れているほうがありがたい。なによりも、キッドと、長年の友だちと、いっしょに冒険がつづけられるのだ……。

旅籠の給仕がもう一人の客にフリップ入りのマグを運んできた。ビールにラム酒を加えたもので、給仕はレンジへ〝お客さんもどうですか〟というような目を向けた。レンジは首を横に振って、暖炉の火を見つめた。納得のいく職を見つけられたのは自分にとってはほんとうによかったのだが、もっと広い世界はいま脅威に満ちている。フランスとの戦争は停止されたが、停戦に至る和平交渉の結果は最悪なものに終わった。停戦前にウィリアム・ピットに代わって首相になっていたヘンリー・アディントンは、とどまることなく増大していく革命フランスとの戦費にうろたえて、イギリスが苦労して世界中に勝ちとった占領地をすべて、あらゆる犠牲をかえりみずに平和と交換してしまった。いまナポレオン・ボナパルトはフランスの権力の頂点に堂々と立っていて、もっと大きな目的、すなわち世界支配を実現させるために精力的にさまざまな手を打っている。

先例のないことだったが、国王ジョージ三世は議会に対して個人的な書状を送った。国王は、ナポレオン第一執政がイギリスとの和平締結以降、スイスを占領し、サルディーニャ王国を併合するなど、イギリスに対してあからさまに戦意を見せていることを切羽詰まった厳しい調子で指摘した。アディントン首相の一か八かの有和《ゆうわ》政策はいまや失敗したことはほとんど疑いの余地はない。イギリスはかつて見たことのない世界最強の軍隊に対してふたたび戦いを挑む覚悟を決めるにちがいないだろう。

キッドは経験豊富で名の知られた海軍士官だから、長いあいだ失業状態をかこつことなどないはずだ。急にレンジは不安にかられた――二人の取り決めをキッドが守れなくなるようなことが起こるかも……?

ちらっとレンジは懐中時計へ目をやった。彼の気持ちはいま、目前に迫った再会へ向かった。シシリアの姿は長い旅のあいだずっとレンジの心の目のなかにあり、輝く愛おしい人として胸のなかに生きていた。まもなく現実と立ち向かうことになる。ふーっと、彼は長く息をついた。

トマス・キッドの母親は、カンガルーの毛皮の大きなマフをうさんくさそうにいじりまわした。赤茶色の暖かい毛は根本がややわらかな濃い灰色になっていて、感じがいいのに…

しはしないだろうか？　だが、ほかの女たちだって、すてきなテンの毛皮よりカンガルーは質が劣るとばかに…。

「跳ねているところをつかまえるんだ、母さん、見てると、すごくおもしろいのさ！　跳ねるんだ――こんなふうに！」メイドがびっくり仰天したが、キッドはカンガルーが飛び跳ねるようすをそっくりまねしてみせた。

「お行儀が悪いわよ」母親は叱ったが、今日の息子には叱るべきところなどほとんどない。「おまえ、考えていないのかい」と、母親は口調を変えて、「もう立派に身を立てたのだから、落ち着くことを考える潮時かもしれないって、思わないのかい？　かわいい奥さんをもらって、子どもを作ったら――ゴードルミング通りにちょうどよさそうな家を見つけたんだよ……」しかし、息子が耳を貸すような気分でないことは明らかだった。

キッドが帰ってきた大騒ぎが少し静まりだすと、彼は一万マイルもの航海から持ち帰ったみんなが待望の土産《みやげ》を分配した。父親はもう完全に目が見えなくなっていて、ぴかぴかに磨かれたステッキを手でまさぐった。異国風の木にセイウチの骨が飾られている。シシリアには小さな箱を贈った。なかには石が一つ入っている。

「ほら、シシリア、この石は、ロンドンで千ギニー出したって買えないかもしれないぞ！」そうキッドは力をこめた。

シシリアは黙って見つめていた。

「世界の果てから持ってきたんだ。その大地の向こうには、ただなにもない海がつづいているんだ、南極まで――まさしくこの世の果てだよ」言葉では表現できないほど遠いヴァン・ディーメンズ・ランドでレンジといっしょにある海岸に最後の上陸をしたとき、キッドは青みがかった冷たい灰色の石ころをポケットに入れたのだった。

「とても……とてもすてきだわ」シシリアは小さい声で言い、目はそらしていた。「兄さんはその未知の土地について手紙に書いてくれたわ。この航海が、兄さんにとってあんまり……つらいものじゃなかったのなら、いいけど」

シシリアはおれが船長を務めたのは囚人輸送船だったことを言っているのだ、そうキッドはわかったので、当たり障りなくぶつぶつと答えた。しかし、妹の態度になにか妙なものを感じた。これはおれが子どものころから知っている生き生きした愛する妹ではない。青ざめてこわばった顔には押し殺した悲しみが潜んでいて、それがキッドの心をざわめかした。「シシ――」

「トマス兄さん、学校を見にいきましょ。いまは、とってもうまくいっているの」そういった声はいまにも崩れそうだった。ドアにかかった鍵を彼女は取って、一言もなくキッドといっしょに母屋を出ると、小さな中庭をよぎって、教室に入った。

しばらくシシリアが顔をそむけているので、キッドは胃袋がきゅっと縮んだ。

「ト、トマス兄さん」シシリアは口を切ると、顔を上げて、キッドの目をとらえた。「大好きなトマス兄さん……あ、あたし、聞いてもらいたいの。あたしは、あたしはとても申し訳なくって。兄さんを裏切ってしまって……」手がそわそわと動いている。顔を伏せた。「兄さんは、兄さんはあたしを信頼して、親友を預けてくれたのに。手紙に書いたけど、あの人からあたしが目を離しているうちに、どこかへ行ってしまって、行方不明に……」

「なんだって？　シシリア、ニコラスのことを言っているのか？」

「兄さん、兄さんがなんて言おうと、あたしは……兄さんを裏切ってしまったの。役立たずだわ」シシリアは両手のなかに顔を埋めて、なんとか気持ちを静めようとした。「あたし、あたし、とっても疲れてしまった……」

キッドは頭がくらくらした。妹に対するニコラス・レンジの想いや、妹とのつながりを断たなければならないと思った彼の論理について、キッドは妹に秘密にするとレンジと約束した。レンジの失踪を言いつくろう話もいっしょに考えてある。それは妹に信じさせることのできる作り話だ。キッドは妹の両手を取ると、こわばった顔をのぞきこんだ。「シシリア、話さないといけないな――ニコラスは生きている」

シシリアは体を硬くして、キッドの目を探った。指がキッドの指に痛いほど食いこんできた。

「ニコラスは行方不明ではないんだ、彼は、彼は、遠くへさまよっていって、正気を失って……」まったく卑劣に思えた。シシリアを安心させる手紙一通、書いてはならない、そう自分に課したレンジの論理を、キッドはまたののしった。

「彼は、その、長いあいだ療養していて、いまはすごく良くなっているんだ」ぎこちなくキッドは締めくくった。

「それを、兄さんは知ってたの？」

ごくりとキッドはつばを飲みこんだ。「ニコラスがデットフォードにいるって聞いて、駆けつけたんだ。シシ、もうじき彼に会えるよ。こっちへ向かっているんだ！」

「聞いていいかしら、だれが彼の面倒を見てたの？」シシリアはやはり抑揚のない声で訊いた。

これは計画にはなかったことだ。「ああ、あの、修道女のようなグループだ」キッドは後ろめたい気持ちで答えた。「自分たちは謝礼など望んでいないって言ったんだ。人を救えば、それでお返しは充分だって」

「では、彼はもう回復しているのに、一度も、いままでずっと、あたしに一通の手紙も書けなかったってわけね？」

キッドはまたぶつぶつぶやいたが、シシリアがさえぎった。「彼は、あ、あなたには話している。友だちは信頼している。でも、あたしは信頼していない？」シシリアの顔に陰《かげ》が走った。体をこわばらせて、あとずさり、「お願い、あたしの気持ちを斟酌《しんしゃく》するのはやめて。彼から秘密にするように言われているのなら、あ、あなたが誠意を見せられないあたしって、いったいなんなの？」

「シシ、おまえの言っているようなことではない——」シシリアは冷ややかに言った。「もしも彼がどこかのふしだら女といっしょにいるのなら、せめてあたしに礼儀にかなった手紙をくれるべきだわ」

「シシ！」

「よして！　あたしは強い人間よ！　こんなことには耐えられるわ！　ただ……ニコラスにはがっかりしたわ。こんな卑劣な振る舞い、ただ期待していただけ……きっと……」

シシリアの顔がくしゃくしゃになり、キッドは混乱してしまった。おれが忠誠を尽くすべき相手は？　すると、言葉がこぼれ出た。「ほんとうはな、シシ、おまえは気に入らないかもしれないけど」

もう引きかえすことはできない。シシリアは聞き耳を立てた、体をこわばらせて。

「わかってやらないといけないぞ、シシリア。ニコラス・レンジはふつうの男とはちがうんだ。彼はずば抜けて頭がいい」

「それで」

「ときどきそのいい頭が彼に奇妙な考え方をさせるんだ」

シシリアは身じろぎ一つしなかった。

「ああ、ひどく奇妙な考え方だ」どうしようもない。妹にはすべてを教えなければならない。「ニコラスは——彼は、おまえを愛しているんだ、シシ」と、キッドは告げた。「自分自身でおれにそう言ったんだ。『今日、きみのまえで認める、ぼくは言葉にできないほどシシリアを愛おしく思っている』ヴァン・ディーメンズ・アイランドでおれにそう言ったんだ」

シシリアはキッドを見つめた。瞳が大きくなって、両手を口に当て、「あの人は兄さんといっしょにここにいるの？　じゃあ、なにを……？」

「いいかい、シシ、ニコラスは熱病で寝込んでいたあいだ、考えていたんだ。おまえのことを。自分がこの世でなにかを、おまえのまえに差し出せるなにかを、おまえの関心にふさわしいなにかを成し遂げないで、自分の愛をおまえに告げるのは不当なことだと感じたんだ。それで、船に乗り、移民としてニュー・サウス・ウェールズへ行った。自分自身の手で原野のなかに領地を作ろうと考えて。だけど、彼の手は土を掘ったり耕したりできるほど頑強ではなくて、財産も苦しい労働に耐える理由も失ってしまったんだと思う」

キッドは一つ深く息を吸ってから、「おれがニコラスに帰国する足を提供したんだ。これからはおれといっしょに海へ出て、民族学の本を書く。この秘密はおれには重すぎたが、本が出版されたら、彼の口からおまえに話すだろうって、賭けたんだ」

シシリアの体が揺れたと思うと、ほんの少し震えただけで、あとは気持ちをのぞかせなかった。

　キッドは不安になって言葉をつづけた。「だれにも言わないって、ニコラスはおれに誓わせたんだ。ひどいことになるだろうな、もしもおれが信頼を裏切ったって思われたら」

「ニコラス――大事な、大事な人！」シシリアがささやいた。

「この話にかけた魔法を解いてしまったな、シシ、こんな奇妙な謎解きでおまえが納得すればだが……」キッドはおぼつかない気持ちで言葉を切った。

「トマス兄さん！　よくわかったわ！　想像もつかなかった……」シシリアは震え声でため息をもらすと、両腕をキッドの肩にまわした。「大好きな兄さん、あたしに話してくれたのは正解よ。彼は秘密を守って、準備ができたときに……」


「まあ、ミスタ・レンジ。トマス、おまえの言ったとおりだね！」母親はニコラス・レンジが戻ってきたのを見るからに大喜びして、部屋へ招き入れた。レンジはシシリアの瞳を見つけると、さっと目を伏せた。

「まあ、ニコラス、なんて痩せてしまったの」シシリアはからかうように言った。「それに、そのお顔の色――トマス兄さんが行った島の先住民だって思われるかもしれなくってよ」シシリアはレンジへ寄っていくと、すばやく両の頬にキスをした。

　レンジはこちこちになっていたが、やがてこわばった顔でそそくさとお返しのキスをした。シシリアは体を引いたが、レンジの目を見つめたまま、やさしく、「あなたのお世話をしてくださった修道女の方たちに、あたし、とっても感謝してます。どこの修道会の方たちでした？」と訊いた。「あたしたちの大事な兄弟を元気にしてくださって、ご親切にはちゃんとお礼を言わなくては、って思うの」

「ああ、ええ、そんな必要はないだろうと思います」ぎくしゃくとレンジは答えた。「言うべきお礼の言葉はぼくからすべて尽くした、そう思ってもらっていいです、親愛なる妹よ」

「じゃあ、なにかささやかな贈り物を、気持ちばかりの。あたし、自分で縫うわ」シシリアはなおも言った。

キッドは意味ありげに咳払いをしてから、たしなめるように、「シシリア、それはニコラスに任せよう。頼むから、おまえのほうの近況を話してくれよ」

シシリアは顔を上げた。「お二人のわくわくする冒険に匹敵するようなことはなにもないわ」ふうーっとため息をついて、「ただ、先週――」

「まあ、大変！」

「どうしたの、母さん？」

「たったいままでおぼえていたんだけど」と、母親は立ちあがって、裁縫道具棚へ向かっていった。「この棚のどこかに入れたのよ……ああ、どこにしまったんだったかしら？」

「しまったって、なにを？　ねえ」

「ええ、トマス宛の手紙よ。ロンドンから、海軍だったと思うわ」

息子のはやる気持ちにも気づかずに、母親は棚のなかをあちこち探しながら、「ちゃんとしまっておいたほうがいいって思ったのよ、おまえが帰って……ああ、そうそう、ここにあったわ」

キッドはすばやく手紙を受けとった。封筒の表に飾った絡み錨マークからすると、差出人は海軍本部だ。さっと彼は勝ち誇った目顔をレンジへ向け、急いで手紙を開けた。彼の目は文面をむさぼるように読んでいった。

「国王陛下は……議会による命令は……貴殿へ命じ、指示する……」キッドはあまりにも興奮していて、細かい点など気にしていられず、最後まで目を走らせた。やっぱりだ。彼が目にしたのは、急いだ筆跡ではあるが、見まちがえようのない第一海軍卿セント・ヴィンセント提督のサインだった。だが、艦のことは、指揮艦のことは一言もなかった。

レンジは暖炉のそばに立って、微笑を浮かべながらキッドを見つめていた。

「なあ、これ、どう思う？」キッドは手紙をレンジに渡した。「おれはプリマスに行くべきだろうか、ロンドンじゃなく？」

レンジは冷静に読み取った。「この手紙によると、半給の休職俸をもらって無為にすごしている不本意な生活は、いまこの場で終わった。きみはまた現役の海軍士官に戻るわけだ。ぼくが文面を正しく理解しているとすれば、セント・ヴィンセント卿はきみが遠い地へ航海していたことはご存じで、だから、ただちにきみが軍務につけるとは楽観しておられない。だけど、すぐにプリマスへ戻るように指示しておられる。卿が頃合いよしと見られたときに、もちろん、喜んできみを軍務につけると思うよ」彼はちょっと眉を寄せた。「だけど、どんな仕事かは書いてない。きみは神が、つまり、セント・ヴィンセント提督がどんな仕事を与えてくれようと、それに備えて準備しておくべきだな」

「じゃあ、すぐに総帆をあげて、プリマスに針路をとらなくては！」キッドは声を上げた。

「そのとおりだ」ニコラス・レンジがひっそりと言った。

シシリアの顔がこわばった。「ニコラス、気が進まないみたいに悲しそうよ。トマス兄さんといっしょに行く必要はないわ」

レンジはかぎりないやさしさをこめて、シシリアへ向いた。「親愛なる妹、でも、ぼくは行く」


「入れ！」提督執務室から響いた声は野太くて、威厳に満ちていた。

気を遣いながらキッドが入っていくと、副長が抑揚をつけて、「キッド海尉艦長でーす」と触れ、音もたてずに後ろ手にドアを閉めて出ていった。

プリマス鎮守府司令長官、レジナルド・ロックウッド提督はデスクの書類から顔を上げて、しばらくキッドを品定めし、それから立ちあがった。大男で、金モールを飾り、気圧《けお》される迫力があった。「ミスタ・キッド、もっと早く来ると思っておったぞ。じきにミスタ・ナポレオン・ボナパルトと戦争になることは知っておるだろうな？」

「アイ、サー」キッドはぴんと姿勢を正して答えた。言い訳するのはいくらプラスになろうと、海軍流ではない。

「よし。海軍本部はきみのことをちゃんと気にかけておるようだぞ。すぐに勤務先を与えてほしいと言われておる」強い視線はつづき、考え、探っている。

「いますぐに指揮権を与えることができる――」

どきり、とキッドの心臓は高鳴った。

「――沿岸国防軍だ。エクスマスからザ・ニードルズ岩柱までの海岸線全域だ。全距離八十マイル、兵員は二百。即刻指揮をとる！　どうだね、きみ？」

血走った民間人や漁師たちの部隊を率いて沿岸地区を見張り、敵を待つといった陸上の受け身的な役割など、キッドは引き受けたくなかった。自分の希望に頑固に固執して、「あの、それは大変にご寛大なことですが、提督、わたしが希望しているのは、海上の指揮権なんです」

「海上だって！」ロックウッド提督はため息をついた。「われわれはみんな、そう希望しているのだから、ミスタ・キッド」と、提督はデスクの向こうからまわってきて、キッドのまえに立ち、まるで艦尾甲板にいるように両足を踏ん張った。「それにはやってくるのが遅かったのだよ。ここ何週間もわたしは、無鉄砲な若い連中をみんな満足させた。きみは海尉艦長《コマンダー》であって、海尉《レフテナント》ではない……」

またこの問題がぶりかえして、キッドにつきまとった。キッドが海尉ならば、提督としては多くのカッターやブリッグ、武装スクーナーの一隻にただちにキッドを任命できるのだが、海尉艦長だと、この階級に見合う艦としてはスループしかない。

「そうだ――あれがいる。海尉艦長、ブランズウィック号に乗るのはどうだね？　七十四門艦のリーワード諸島行きだが」

カリブ海行きの二層甲板戦列艦だって？　キッドは仰天した。提督はからかっているのだろうか？　冗談か？　それから悟った――自分が七十四門艦の艦長になれる道はただ一つ、〝フルート〟を走らせることだ。兵士や補給品を積む空間を作るために大砲をすべて取り除いた艦、栄光ある輸送艦だ。輸送艦に乗ったら、事実上、戦闘の機会はないだろう。

「提督、よろしければ、わたしは――」

「そうだろう、そうだろう、わかっておるが、いま水に浮かんでいる艦はほとんど就役中でな。ヴォルケーノ号はだめかな、焼き打ち船だが、どうだ？　だめ？　おお――忘れておった。イーグレット号だ！　すばらしいシップ型のスループ艦だ。いまは修理のために海軍工廠に入っておる。ここだけの話だが、会議が開かれたあと、イーグレット号のいまの海尉艦長は自分の艦を損傷させた罪で解任されるかもしれない。そうなったら、だれか交代を見つけなければならんと思っている、どうだ？」

キッドは、提督の我慢ももう限界に近づいていると気づいた。とにかく、シップ型のスループ艦という誘いは魅力的だ。「わたしにはうってつけだと思います、提督、感謝し——」

「だが、また……」ロックウッド提督はいまやキッドに腹を立てているように見えた。眉間にしわを寄せて、キッドへまっすぐに向いた。「きみに話しておいたほうがいいと思うだけなのだが、イーグレット号は修理に長くかかる。手持ちにもう一隻あるのだが……しかし、これもまた公正に見ると、だれも乗りたがらないような艦だ。たぶん、ちょっと変わった船で、外国で建造された。マルタ、だったと思う。いまもしきみが——」

「提督、名前は——ティーザー号じゃありませんか？」

「偶然だが、そのとおりだ。あの艦を知っておるのか？」

「提督——その艦に乗ります！」

第二章

ティーザー号は一フィート進むごとに悪天候と争って波しぶきをぶちまけるので、キッドは顔がひりひりした。だが、痙攣するような艦の揺れに両足を踏ん張るその顔には、恍惚とした笑みが浮かんでいた。

この順転する南南東の風のなかではシェルブール半島を確かにかわしたと思えるまで時間がかかるだろうが、そのあとル・アーヴルへ間切っていくのは楽になるはずだ。投錨や陸上《おか》との接触を計るために敵の海岸へまっすぐ舵をとるのは、奇妙な気分だろうな、そうキッドは思わずにはいられなかった。

プリマスでは自分の指揮艦が得られるように強く要求し、艦がもらえると、出港準備に取りかかった。すると、準備作業をしている最中に、ロックウッド提督の執務室から緊急命令が急送されてきた。国王陛下の意向は、度重なるナポレオン・ボナパルトの挑発に応えて、数日以内にフランス共和国の艦船や物品、人民に対し、全面報復行動を開始するよう許可する、というものだった。これで危うい平和は終わりになるだろう。

イギリスは秘密裡のうちにフランスより先に宣戦布告して、ナポレオンを出し抜く作戦を立てており、この作戦にまわせるティーザー号のような艦船はすべて、フランス北岸へ急遽《きゅうきょ》分遣された。門が閉じられないうちに、フランスから脱出するイギリス人を拾うためだ。

ティーザー号は命令を受けて数時間で出港した。恐ろしいほど人員不足で、食糧もとぼしく、海図や航海補助計器も少なく、大砲や弾丸も足りなかった。時間との戦いのなかで、掌帆長《ボースン》や航海長などを陸上《おか》にとり残してきた。レンジもその一人で、彼はキッドにはなにやら訳のわからない本を手に入れようと上陸していたのだ。

しかし、奇跡のようだ、とキッドは思う。おれはいま海にいる、自分自身の艦で——しかも、ティーザー号で、戦争へ向かっている。これ以上なにを人生に求められるだろうか?

囚人輸送船ではるか遠い地球の反対側へ向けて航海しているあいだ、ティーザー号にずっととどまっていた常備士官《スタンディング・オフィサー》たちが自分の帰国を歓迎してくれたのを思い出して、胸が熱くなった。掌帆長のパーチット、掌砲長《ガンナー》のダキッチ、船匠《カーペンター》のハースト。しかも、いちばん忙しくててんやわんやだった最中に、冷静沈着なのっぽの操舵長ポールダンが波止場に現われた。その数時間後、見まちがえようもないたくましい体格の掌砲次長トウビー・スタークがやってきた。キッドが陸上者《おかもの》としてデューク・ウィリアム号に乗せられたときからの船乗り仲間だ。もう一人、若い船乗りがいっしょだった。

「ティーザー号ではおれたち二人が必要かもしれねえって思いましてね、キッド艦長」スタークはそう言っていたずらっぽく笑うと、若者をまえへ押し出した。「水兵作業はお手の物だし、縮帆も操舵も、艦の整理整頓もできる優秀なトップ台員も必要じゃねえですかい？」

キッドはうなり声を上げると、若者を品定めした。二十代そこそこで、がっしりした体軀にまっすぐ見つめる目はまさしく外洋船乗りだ。もちろんキッドは若者を採用するつもりだった。しかし、この若者はどうして耳から耳まで口を大きく開いていつまでも消えそうもない笑いを浮かべているのだろうか？　そのとき、とつぜんわかった。「ああ！　ひょっとして、きみはルーク少年か？」何年も前にカリブ海で年少兵だった少年――キッドが読み書きを教えた少年は成長して、ほとんどルークとはわからないほど大人になり、いまでは一等水兵のルーク・キャロウェイだった。

スタークもキャロウェイも信頼できる人間だったので、キッドは二人に上陸を許したところ、出港となり、そのとき二人は海軍工廠のあたりにいたのだった。

「艦長！」キッドを除いてティーザー号でただ一人の士官、副長のホッジスンが、艦尾後方を指差した。

油布製雨合羽《オイルスキン》から海水をしたたらせてキッドは体をひねると、ぼんやりした灰色の水平線の向こうから、偵察フリゲート艦の黒い艦影が次々と現われてくるのが見えた。その後ろに巨大な軍艦が幾列にもなって連なり、艦列ははるか後方へのびていた。

キッドは息をのんだ。コーンウォリス提督率いる海峡艦隊だ。戦列艦隊がフランスの一大軍港ブレストを封鎖しにいくところだ。封鎖すれば、開戦になったとき、ナポレオンの主要軍艦が海に出られないので、こちらが優位に立てるのだ。灰色の艦影がはっきりとした形になった。堂々たる七十四門艦が一隻、また一隻と通りすぎていく。ティーザー号のトップスルは最大縮帆しているのに対して、彼らは二段絞っただけだ。こんな小さいスループ艦になど目もくれない。

艦隊の巨大な塊りはティーザー号の艦尾を横切って、ゆっくりと風下へ消えていった。キッドは自分たちの担っている責任をひしと感じて、謙虚な気持ちになった。この戦争に勝つか負けるかするまで、悪天候のなかで海上にとどまって、己の任務に一身を投じるのだ。

「沖へ出たぞ」と、キッドはホッジスン副長へ声を張った。「上手まわし、配置につけろ」いまやスタート岬をかわして東へのぼるために、上手まわしをする頃合いだ。

ブリッグ型装帆はシップ型より上手まわしがしやすいのがありがたいが、急いで出港したせいで生じた人員不足をなんとか埋め合わせなければならない。「副長、きみは掌帆長《ボースン》だ。わたしは航海長」肝心な二人の准士官がいないだけでなく、水兵たちも未熟なうえに数が足りない。

しかし、彼らはうまくティーザー号を上手まわしさせて、英仏海峡を東へのぼる針路にのせた。風に不足はないので、明日の夜明けまでにはセーヌ川の河口にあるル・アーヴルの沖合まで行き着けるだろう。しかし、今回の海上任務は初めから終わりまでほとんど外国の海域にいるのだと思うと、キッドは落ち着かない気分だった。このフランス北部の島々の荒れがちな、ときには凶暴にまでなる天候にはなじみがない。この朝は、海に対する勘をぎりぎりまで働かせなければならないだろう。敵の海岸線へ接近するというのに、持っている海図ときたらキッド個人のもので、四十年ほど前にジェフリーズ社から出版された縮尺の小さいル・アーヴルの海図一枚だけだった。ル・アーヴルは河口から内陸へさかのぼったところにあるが、河口に走る何本もの砂堆《さたい》をかわすのに障害になる物に関して、詳細な情報はほとんど示されていない。

夜が明けると、不安と同時に安堵の思いも湧いた。ティーザー号はフランスの海岸の沖合にいた。だが、ここはどこだろうか？　小さな船たちが襲われる心配のない最後の船路を急いで走っていき、沖合で軽帆を掲げているブリッグになど注意も払わない。キッドはフランス人の目を引く旗はどんなものも上がっていないようにすでに確認してあった。もしもまわりにいる船舶のなかにイギリス船がいたら、その任務は自分たちとおなじにちがいない。

キッドは望遠鏡を安定させて、断崖の連なる丘陵をたどっていくと、海岸線が急角度に曲がって、消えた。古い海図にエンピツで書かれた注意書きを読むと、ここはル・アーヴルから南へ離れたところだとわかった。ティーザー号は正しく針路を定めて、丘陵を通りすぎ、北へ向かった。数時間で目的の位置に着くだろう。

キッドへの命令書は簡潔なものだった。安全に進めるかぎり最短距離をとって川をさかのぼっていき、オンフルール沖まで行ったら、ボートを陸上へやって、フランス人仲介人と接触する。仲介人の名前は明かされていないが、合い言葉は記されていた。つまり、最大の注意を払わなければならないということだ。それに、幅十マイルの河口には何本もの水路や浅瀬が迷路のように走っているので、投鉛台《チェーン》に人を立たせ、軽測鉛《ハンド・レッド》で水深を測りながら入っていかなければならないだろう。

ティーザー号はゆっくりと陸上へ近づいていった。風はいま弱くなってきて、かなり西へ寄っている。そのとき、海岸線が急に切れて、向こう奥へ後退しているのが見て取れた。これこそ、探している場所の印だ。大河が海と出会う場所――セーヌ川の河口だ。戦争の嵐を世界中に吹き送っている中心地――パリ――がここからほんの百マイルほど南東にあるのだ。

フォア・マストの投鉛台で測鉛手がたえまなく声を上げて、水深を示す尋数《ひろすう》を告げた。

セーヌ湾は泥が堆積した浅瀬など障害物が潜む危険な地形なので、ティーザー号を座礁させて、木っ端みじんにさせかねない。だが、それがいまキッドの最大の心配事ではなかった。忙しく変針して次々と狭い水域へ入っていくいま、平和はまだ終わっておらず、行く手に見えるやる気のなさそうに静まった要塞や砦で兵士たちが大砲の固縛索も解かずに、小さなブリッグが通りすぎていくのを待っている、そうだとだれがいったい、言うことができるだろうか？

河口の北側にウヴ岬の険しい山並みがそそり立った。海図によると、この位置はサン・アドレス砦に近い。砦は山頂にあるが、ティーザー号が入ってきたことで、急に戦闘行動を起こしてはいなかった。山麓には家々が密集したり点在したりして大きな町が広がっていた。あれはここの主要な港であるグラス港だろう。キッドの任務はそこを通りすぎて、川の対岸の古い村、オンフルールの沖に停まり、陸上と接触することだ。

キッドは不安に駆られながら、ティーザー号を河口のなかへ進めていった。海図には骨折ってガンブ・ダンファールの恐ろしさが記録されていた。ガンブ・ダンファールというのは、浅瀬が何マイルも干上がって固い砂堆になったところで、河口を横にふさいでいる。キッドは舷側から水面をのぞいてみた。セーヌ川の濁った水が洗いすぎていく。黒くて、水中は見通せない。

背中を戻すと、ホッジスン副長が真剣な顔でこちらを見つめていた。甲板にいるほかの者たちはじっと突っ立って、キッドを見ている。もしもこの冒険任務が失敗に終わったら、責められる者は艦長以外にいない。

キッドは、同じ方向に走っている船たちが作り出す波の模様のなかに小さな流れや乱れを探しはじめた。それは浅瀬があると教えてくれるのだ。荷を積んで深く脚を入れた貨物船が川をさかのぼっていくので、キッドはそのあとにつき、貨物船の航跡を注意深くたどっていった。通りすぎる半甲板の大型ボートがティーザー号の艦尾に寄ってきて、舵柄を握る男が大声を張りあげた。だが、なにを言っているのか聞き取れなかった。しかし、親しげに手を振ったので、河口を守る砲台群を通りすぎて海と川の境界線を越えたのだとわかり、ほっとした。

オンフルールは湾口から五マイル内陸に入ったところにある。岬の縁には茶色い家屋がひしめいていた。キッドはくんくんと風向きを嗅いだ。風はまだ安定せず、さらに順転していたが、この状況でもしも西へまわりすぎたら、川のなかに閉じこめられるか、最悪のことにもなりかねない。「艦首《おもて》！　用意しろ！」

くるりとキッドはこわばった顔つきのホッジスン副長へ向いた。「雑用艇の指揮をとれ、四人連れてな。仲介人が町のどこかにいて、われわれを探している」ほかの者たちに聞こえないように、キッドは副長のそばに寄ると、声をひそめて、「副長、誰何《すいか》は〝プル〟。応答は〝デグゥ〟だ」

「か、艦長？　〝プル〟と〝デグゥ〟ですか？」副長はためらいがちに訊いた。

「フランス語で〝恐怖〟と〝嫌悪〟という意味だ」キッドは苛立って答えた。

「ああ、わかりました、艦長。〝恐怖《フィア》〟と〝嫌悪《ローシン》〟——了解です」

「〝プル〟と〝デグゥ〟だ、頼むぞ！」

「〝プール〟と〝デイグー〟ですね。アイ、アイ、サー！」

キッドは苛立ちを鎮めた。おれだってフランス語がちんぷんかんぷんだったのはついこのあいだのことだ。それに、仲介人が賢ければ、教養のないイギリス人のことは大目に見てくれるだろう。

「それでですね、艦長」と、ホッジスン副長がなけなしの威厳を保ちながら、「陸上《おか》では軍服は着替えるほうがいいと思いますが？」

キッドは思案した。「いや、着替えないほうがいい。着替えたら、仲介人にはどうやってきみが海軍士官だってわかるんだ？」軍服を着ていれば、きみがスパイにまちがえられるおそれは少なくなるだろう、そう言いたいのをキッドはぐっとこらえた。

危険な任務につくように部下に命じるのは心が落ち着かないものだ。とりわけ相手が無害で善意の人間ホッジスンであればなおさらだ。彼は艦に乗れたのをありがたがって、うきうきしている。これまで五年間、陸上《おか》暮らしだったのだ。しかし、彼以外に海尉の職権をもっている者はいない。

「雑用艇に仲介人を乗せて送り返すのだ。こっちは残りのボートに人をつけて、きみが送ってくる避難民たちを乗せる」

キッドは一歩下がって、ホッジスン副長が志願者をつのるのを見守った。一人もいなかった。ティーザー号の乗組員のあいだにはまだたがいに支え合うしっかりした人間関係ができていない。そうした関係が戦場では信頼感になるし、逆にたがいに知らないと危険を招きかねない。キッドは思い出せた名前を、「ハーマン、ジョゼフ」と呼んでから、そばの二人を指差して、「それにきみたち二人だ」残りの者たちも、あとでほかのボートに配置される。

潮の状態がわからないのを考慮して、ティーザー号は陸上から四分の一マイル離れた川面で錨を落とすと、すぐに振れまわって、艦首を上流へ向けた。不安になるほど潮の上げ方が強いのだ。

「ホッジスン副長、もう出発していいぞ」キッドは励ますように言って、「メイン・マストに赤い信号旗が上がったら、帰ってこいという印だ」

スプリットスルを一枚張っただけの小さな雑用艇はせわしなく傾きながら、次々と走ってくる波山へ突っこんでは水しぶきを噴きあげた。雑用艇は岬をまわると、その向こうにある小さな港のほうへ見えなくなった。キッドは不安に包まれた。昨日の恍惚とした気分も興奮もいまや危機感と心配に変わっていた。

視界にふたたび雑用艇が入ってくるまで、長い時間がかかったように思えた。往来の激しい川では、なんの旗も上げずに錨泊しているブリッグに関心を払う者はいまだにおらず、雑用艇はほかの船艇のあいだを巧みに縫ってきた。ホッジスン副長は乗っていなかったが、浅黒い顔の男が緊迫した表情ですばやくティーザー号に乗りこんで、キッドのほうへ急ぎ足でやってきた。

「船長さん《ムシュ・ル・カピテヌ》？」男は声をひそめ、ぴりぴりした口調で、「急いでここから出るんで《ヌ・ドゥヴォン・ヌ・デプラセ・ラピド》す《マン》！」ちらっちらっとあたりを見まわすと、叫んだ。「戦争だ《セラ・ゲール》！　暴君がイギリスを攻撃する道を選んだんだ《ル・ティラン・ア・シュワズィ・ド・ス・デプラセ・コントル・ラングレテール》！」

キッドは慄然とした。仲介人が話をつづけた。一八〇一年にイギリスがマルタ島を返還するとの条約を締結したが、ナポレオンは、イギリス側がいまだにそれを実行していないことを口実にして、とつぜん宣戦布告した。このニュースはまだ公表されていないが、フランス中に急送公文書がいまも送られている。しかも、最悪なことに、ナポレオン第一執政は戦争のルールとごくふつうの人間性に反して、フランス国土にいるイギリス人は一般市民も含めて全員ただちに逮捕せよ、とその日のうちに命じたのだった。

その命令は数日後に、数時間後に、いや、次の瞬間にもここに届くかもしれず、オンフルールの川面にいる正体不明のブリッグの素性があばかれたとき、砦の砲列は火を噴くにちがいない。ティーザー号は砦が連なる輪のなかにおり、敵に丸見えだ。出発するのはいまだ。しかし、陸上には海岸へ命からがら逃げてくる必死の同胞たちがいる。彼らの頼みの綱はティーザー号だけだ。キッドとしてはただ出発することはできなかった。「ボートをぜんぶ、川に降ろせ。同胞をボニーのもとに残しはしないぞ」そうキッドは声を張って、目にとまった水兵たちの名前を呼び、「ご婦人たちがフランス兵に捕まるのを見たいか？　紳士たちが牢屋にぶちこまれるのは？」

不安そうにうなる声が上がったが、水兵たちはまえへ出てきた。

「ようし、海神の息子たちよ」と、キッドは心の底から言った。「逃げてきた人たちはみんな、今夜、諸君に感謝するぞ」

最初のボートが戻ってきた。ぎゅう詰めになった人たちの風に叩かれ絶望しきった顔、顔、顔を見ると、ティーザー号の乗組員から同情のつぶやきがもれた。彼らは避難民たちに手を貸して舷側から乗りこませたが、キッドは避難民と自己紹介し合って時間を浪費したくなかったので、離れて待った。

取り乱して涙にくれる婦人を操舵長のポールダンが男らしくさばく一方、掌砲長のダキッチはめかしこんだ若者の長話につかまっていた。規律のもと静かだったティーザー号のなかは、てんやわんやの騒ぎに取って代わられた。最初の避難民たちが下の甲板へ入れられると、カッターがほかの人たちを乗せて戻ってくるのが見えた。さらに大勢が到着し、なかには夫と離ればなれになって泣いている婦人もいた。何事にも動じない顔つきの年配の男はティーザー号に乗りこみながら、あたりを注意深く見まわした。

あとどれだけ時間が許されるだろうか？　ドーンと、河口の対岸から不気味なこもった音が轟いたかと思うと、すぐさま上流のフィクフルール砲台から砲声が応じた。恐怖に駆られて甲板の話し声が一瞬、途絶えたが、たちまち興奮してあれやこれや推測する声が上がった。すると、また爆発音が聞こえて、甲板中が警戒した。今度は砲弾が見え、最初に川面に飛びこんだ砲弾の水しぶきが遠くに上がった。もっと小さい水しぶきがどんどんふえて、ティーザー号へ近づいてきた。

「信号旗を上げろ」と、キッドは命じた。もうフランス側の意図に疑問の余地はない。砦に知らせは届いて、ティーザー号の正体はすでに知られているにちがいない。「くそっ」彼は激しく毒づいた。「軍艦旗を上げてくれ」まっとうな旗を上げて出ていくのだ。「抜錨配置につけろ」

どう見ても、大混乱になりそうだった。まだティーザー号にたどり着けないボートにはどれも大勢の人たちが乗っているが、こちらとしては錨に人をつけて、帆は広げなければならない。

ボートからさらに避難民たちがあわてふためいて乗りこんでくるなかで、「甲板、静かにしろ！」と、キッドは右往左往する人びとに怒鳴った。

くそっ、雑用艇はどこにいるんだ？　ホッジスン副長は、必死で逃げてきた人たちから離れられないのだろうか？　キッドは、西インド諸島のグアドループ島でフランス王党派の人たちを助けようとして、おなじような状況に陥ったことを思い出し、気持ちがひるんだ。だが、なんとか現実問題に神経を集中した。さらに砲声、また砲声――敵の砲弾はティーザー号への照準を探っている。陸上の砲手は水上の距離を見誤りがちだが、遅かれ早かれ正しい照準を見つける。そうなったら、砲台の全大砲がティーザー号へ砲撃開始するにちがいない。

考える時間が必要だった。いまの段階では大半の砦はティーザー号へ砲撃できる方向を向いていないが、だからといってティーザー号が安全だということではない。砲声を聞いたフランス艦が調べにやってきて、脱出は始めもしないうちに終わってしまうかもしれない。

ザバッ、と砲弾が水面で跳ねて、百ヤード足らず向こうに落ちると、砲撃された経験のない人たちから恐怖のあまり悲鳴が上がった。出発しなければならない、そうキッドはわかっていた。だが、ホッジスン副長を待つべきだろうか？　彼のもとへだれか人を送ろうか？　雑用艇はやはり影も形もないが、いま海へ出ることは副長と四人の水兵たちを逮捕投獄、あるいはもっと悪い運命にゆだねることになる。そんなことをして、おれの良心は耐えられるだろうか？

情と義務感が渦巻くなかで、キッドは出発することに腹を決めた。

顔を上げると、またくんくんと風を嗅いだ。風向きをつかめば、ティーザー号が錨を揚げて外洋へ出る方法がわかる。すると、ほかのことに気をとられているあいだに、風は西へ変わって、弱くなっていたことに気づいた。横帆船が進める角度が狭まっていく。入ってきた道はすでに閉ざされていた。もっと中央の水路を左舷開きのきつい詰め開きで進んでいくしか海へ出る方法はない。しかも、くそっ、半潮のせいで浅瀬が水面に出ている。

キッドは水兵を一人艦首へ送って斧で錨索を切断させ、ほかの者たちにはフォア・マストの帆だけ解かせた。潮が上がってきたので、ティーザー号は流れに逆らうことになり、どんどん後進しだした。フォア・マストの全帆と裸のメイン・マストに風圧を受け、舵を反対側に切ると、ティーザー号はきれいに旋回して、フォアの帆に風をはらませ、詰め開きになることができた。そして、海へと進みだした。

前部竜骨《フォアフット》の下でさざ波がしだいに大きくなってきた。二、三ノットほど行き脚がついているし、川の流れが押してくれて、かなりなスピードまで上がってきた。勝算が出てきた。岸辺に並ぶ要塞へキッドは望遠鏡を向けた。要塞はティーザー号がきれいに小まわりしたのに不意をつかれたようで、沈黙していたが、中央の流れに乗ったのを罰しようと、もっと近いヴィレルヴィル砦が砲列の狙いをつけだした。向こう岸の要塞や砦よりこちら岸のほうが射距離が短いのだ。

きわどいことになるだろう。ティーザー号が出ていくのをホッジスン副長と部下たちが絶望しながら見ている光景が頭に浮かんで、キッドは気持ちがひるんだ。だが、本流へ横から入ってくる流れがないかと、行く手の水面に注意を集中しなければならないから、息を吹きかえした大砲のことは気にしないように努めた。飛来する砲弾はたいてい見えなかったが、近くへ飛んでくるものもあって、空を切る甲高い音が生々しく聞こえた。便乗者たちを下へ降ろして、甲板を空けるようにとキッドは命じた。下の甲板に降りても彼らは無事に守られるわけではないが、少なくとも砲火は見えないだろう――それに、艦長の姿もだ。

ポールダン操舵長が水兵を数人連れて、中央昇降口から便乗者たちを下の甲板へ降ろしにかかった。左舷の水面に黒くのったりとうねる部分が見えたので、キッドは舵を風上にとって、風下へ旋回し、正体不明の危険を避けるように命じた。遠い岸辺からとつぜん、砲声がなだれるように轟いた。小さなブリッグ艦がどうやら勝利して自由へと突き進んでいくのを見て、敵は辛抱ができなくなったのだ。しかし、遠い岸辺の砲台で指揮をとる砲術将校は、大きな打撃を与えるように狙いがつけられるほど熟練しているのだろうか？

行く手にさらに危険な砕け波が現われた。ティーザー号はさらに数ポイント風下へ艦首を落とした。また砲声が轟いた。

最後の便乗者たちが下の甲板へ降りはじめ、立派なドレス姿のレディが昇降口の手すりロープを握るのがキッドの目に入った。すると、現実とは思えない光景が現われた。まるでものの動きの速さが半分になったかのように、レディの片腕が消えた。うろたえて彼女は切り株のような腕を見つめた。血が噴き出して、ドレスにかかり、昇降ばしごの下へ飛んでいった。レディは甲板にくずおれた。

大混乱が起こった。昇降口からなんとか下へ降りようとする者がいれば、下の狂ったような騒ぎから上へ逃げだそうとする者たちもいる。例のめかしこんだ若者が人群れからやっと抜け出して、キッドに降伏するようにと泣きついた。何事にも動じない顔つきの年配の男はキッドになにか怒鳴った。いまの砲弾は狙い定めたものではなく、ただのまぐれ当たりだったのかもしれないが、この人たちはそんなことに感謝をするだろうか？　キッドはむっつりと考えた。

無慈悲にも別の物音がキッドの注意を引いて、集中力が抜け落ちた。ガリガリと耳障りな衝突音がして、ティーザー号は浅瀬に乗りあげ、横滑りしながら停まった。すぐに帆がしぼられたが、選択肢はもうほとんどない、そうキッドは悟ると、吐き気がした。

キッドにわかるかぎりでは、座礁した場所は干潮で現われるガンブ・ダンファール砂堆の南縁だった。差し迫った問題は、いま潮はどうなっているかということだ。満ち潮で艦が浮いて離れられるか、引き潮で一巻の終わりとなってしまうか？

なすすべなくキッドはまわりを見まわした。河口にいた船艇は砲声を聞いてほとんどいなくなっており、目についた最後の船も急いで上流へ向かっていた。ドドーン、とまた砲台から一斉射撃の轟音が上がり、少なくとも一発はその風圧がキッドの肌を襲った。もはや時間の問題でしかない。助かる手はまったくないのだろうか？　軍艦一隻を救うために民間人の命を危険にさらす権利がおれにあるのだろうか？　国家への義務はこういう場合にも果たさなければならないのだろうか？　レンジがそばにいてくれたら——だが、彼はいま彼自身の世界にいる。

「こっちへ来い！　ティーザー号の者は全員、ただちに艦尾に集合しろ、聞こえたか？」ごったがえすなかへキッドは怒鳴った。怯えた水兵たちが急いで従った。たぶん、棄艦命令がくだされると思っているのだ。

何事にも動じない顔つきの男がそばにいるのにキッドは気づいた。

「マッスィ艦長だ」と、男は簡潔に言った。「なにか手伝えることはないか？」

ほんの一瞬、間をおいてから、キッドは答えた。「ご配慮、ありがたいです。たった一人の海尉を失いまして。もし……」

あきれるほどあつかましいことだが、国王陛下のティーザー号はその場で新たな臨時副長として正真正銘の勅任艦長を得たのだった。そのしるしに、キッドは自分の三角帽を権威の象徴として彼に渡した。二人で水兵たちへ向かうと、キッドは次々と命令をくだした。ティーザー号のことを知り尽くしているキッドにしかくだせない命令を。そして、外洋へ脱出する一回きりのチャンスをもたらす命令を。

どんな状況であろうと常套手段は、船を軽くすることだ。大砲や水など、艦の喫水をたとえ数インチでも浅くできる物はなんでも捨てるのだ。しかし、ティーザー号にはまだ大砲も補給品も積んでいないので、いまがいちばん軽い。次の手はふつう小錨《ケッジ・アンカー》を降ろして、その錨索をたぐって艦を深場へ移動させることだ。だが、キッドには人手もないし、そうするだけの時間もない。

時間との勝負だ。まるで緊急事態だと告げるかのように、水面の向こうからまたこもった爆発音がいっせいに轟いて、数秒もすると砲弾が次々と飛びこしていった。前より近かった。

「射程の長いやつだ」と、マッスィ艦長がうなるように言って、遠い砦を見分けようと、目をすがめた。風は落ち、弱い陽射しがそそいでいて、水面に反射していた。

しかし、この苦境をもたらしている最後の要素がもっとも厄介なものだった。ティーザー号を砂堆に乗りあげさせた風は当然、艦が反転するには逆風だ。逆風にあらがって走り去ることはできない。それにキッドは不吉な光景に気づいていた。ル・アーヴル港から小型船がたくさん出てきたのだ。あれは一つのことでしかありえない。沿岸砲艦隊だ。ティーザー号とおなじ大きさの砲艦なら恐れる理由は一つもないが、こちらの砲門はなかが空っぽときている。絶体絶命だ……。

いま頭に浮かんだ方法は地中海ではふつうのやり方だが、ここではうまくいくだろうか？

　下の甲板から水兵たちが長いオールを急いで運んできた。長さが三十フィートもある特殊なオールだ。取っ手と水かきのあいだの部分が四角く削られていて、水かきには角度がついて、先端は銅張りになっている。オールを出す四角い穴は両舷の舷側板《ブルワーク》に九個ずつ並んでおり、蓋とはわからない蓋が閉められて、準備は整った。甲板で長オールはせっせと漕がれて、大きなてこの力が働き、ティーザー号を砂堆から離してくれるのだ。

怖がってまだ甲板をうろうろしている人たちへ、「甲板を空けろ！」と、キッドは怒鳴った。ガタガタいう音を突いて、キッドはマッスィ艦長へ、「艦長、できれば、左舷を頼みます」と言い、そこで大声を張った。「全員、オールにつけー！　そうだ、きみ、きみもだ！」めかしこんだ若者へキッドは叫んだ。うろたえる若者は持ち場へ引きずられていった。一本のオールに漕ぎ手が三人ずつ配置された。熟練した水兵がいちばん内側につき、ほかの二人はとにかくオールを握れる者ならだれでもつかされた。

「さあ、漕げー。おい、そこの小僧！」怯える少年にキッドは呼びかけた。「下の調理場へ行って、いちばんでかい鍋とスプーンを見つけてくるんだ」

　キッドは自分もオールを漕ぎながら、男たちを励ました。扱いにくいオールが抵抗する川水を押して、ゆっくりとしたリズムが出てきた。やがて、下から滑るような音が聞こえ、まるで奇跡が起こったかのようにティーザー号は自分のいるべき場所へ――風上へと後退していった。

カノン砲の轟音と急《せ》きたてる鍋がチン、チン、ドガンとちぐはぐな音をたてるにつれて、国王陛下のブリッグ型スループ艦ティーザー号はなめらかに砂堆から離れて、後ろ向きに行き脚をつけながら、海へと入っていった。オールがなかへ引き入れられ、たわむれる風が押すと、ティーザー号はまわりだして、キッドは頬に風を受けた。どの帆も風下側の転桁索《ブレース》がいっぱいに引かれると、ティーザー号は外洋のありがたい避難場所へと進みだした。

こんな苦労のあとだけに、横合いから三隻の砲艦がティーザー号の針路へまっすぐに向かってくるのを見つけると、こんなに不公平なことはない、とキッドは思った。四隻目と五隻目も進んできて、仲間に合流した。ティーザー号が果敢に反撃してこないのを不思議に思った人間がいて、砲門が空っぽだと気づいたにちがいない。一隻や二隻の砲艦ならば、なんとかあしらうこともできるが、まわりを取り囲まれるだけの数となると、お手上げだ。ティーザー号は艦首砲でじわじわと叩かれて、降伏するはめになるだろう。

このまま進むのはばかげている。敵は思いのままに射距離を詰めて、無防備なティーザー号へ正確に狙いを定めた砲弾を撃ちこむことができる。その結果は一つしかありえない。そんなことを罪もない民間人たちに求めることはできない。胸がむかつきながら、キッドは信号旗の揚げ索《ハリヤード》へ行き、国旗を降ろす準備をさせた。

「キッド艦長、わたしがきみなら、そんなことはやめるな」マッスィ艦長がそう言って、エヴ岬の切り立った断崖を指差した。

キッドは信じられない思いで目をぱちぱちさせた。そこの海上に、復讐天使のようにイギリス艦がいた。砲声に引きつけられてきたことはまちがいない。キッドは興奮して、こぶしを宙に突きあげた。

第三章

「アイ、まったく、きわどい脱出だったと言ってもいいでしょう」と、キッドはまわりにいる人たちへグラスを掲げて挨拶した。そこで、すばやくこっそりとマッスィ艦長へ笑みを投げた。艦長はひょうきんに眉を上げてみせた。脱出できたことを〈キングズ・アームズ旅籠〉で確認し合う社交的な集まりに二人でいっしょに来られたのは、マッスィ艦長の寛大な計らいのおかげだった。

「あたくし、思いますのよ、あの忌まわしい国から逃げられて、ほんとに天国にいるみたいって。ミセス・ルイスはお気の毒に……望みはありますの？」老婦人がそう訊いた。

「夫人は最高の手当を受けています」と、マッスィ艦長は答えてから、ルイス夫人はストーンハウス海軍病院に入院していると付け加えた。

キッドは縦仕切りのある窓からサットン・プールを見おろした。古いプリマス港の主要な錨地だ。ありとあらゆる種類の船艇でぎっしりだった。どの船も戦争が勃発した海域から逃れてきて、いまは引き潮で露出した泥地にすわっている。あの仕事のなくなった船たちが経済的にも精神的にも困窮していると見て取るのに想像力など必要ない。

しかし、旅籠の楽しい雰囲気のなかで腰を落ち着けているのは実に心地よく、キッドは、英語で交わされるおだやかな話し声と軽やかな笑い声に心が浮き立つにまかせた。当面の危険な任務は終わった。ティーザー号はいまハモーズ泊地にいて、砂堆に乗りあげた修理のため、乾ドックに入る順番を待っている。幸運に感謝している便乗者たちはもうじき馬車に乗って、王国中に散らばっているそれぞれの故郷へ帰ることになっている。故郷では恐ろしい体験を話して聞かせるにちがいない。

隣りのテーブルから夫婦連れがやってきた。「艦長、もう出発しなければなりません」と、老紳士が言った。「わたしども、艦長には一生、感謝申し上げます、そうお伝えしたくて。それに、この新たな戦争で艦長のお働きがすべて、然るべく成功するものと信じております」

ほかの人たちもやってきた。彼らからあふれでる感謝の言葉を、キッドは顔を赤らめて受けとめ、ドアへ向かう人たちを見送った。「さよなら」、「ごきげんよう」と口々に言ってみんな去ってゆくと、マッスィ艦長と二人きりになった。そこで、艦長に向きなおった。「お心遣いにお礼を申し上げなければなりません、助けてくださって、あのとき——」

「なんのなんの、若いの。どんな困難が控えていようと、あんなのはきみに任せておけば、一人でさばけただろうさ」

「いえ、それでも――」

「いま国王陛下は有能な海軍士官を残らず必要としておられる。この戦争はいままでとはまったくちがったものになるとわたしは見ている。いままでの戦争は革命の狂気を鎮めることだった。今度の戦争はまさしく帝国との戦いだ。ナポレオンは世界を支配するまで、とどまりはしないだろう。やつの行く手を阻めるのは、わが国だけだ」

キッドは真剣な顔でうなずいた。戦争の犬どもは解き放たれた。敵味方あらゆる側で破壊が起こり、近い将来、困窮と飢えが多くの人びとの運命となるだろう。しかし、それは、自分の職業軍人としての存在に、野望に、将来に、意味を与えてくれる戦いでもある。国家命令によってすばらしい軍服を着て、自分自身の艦の艦尾甲板に立ち、女性たちのまさしく賞賛の眼差しを受けるまたとない機会だろう。

「いずれわたしは、海軍卿たちにこのわたしもいることを知らせるつもりだ」マッスィ艦長はおだやかな口調で言った。「きみは〝海峡軍団〟のえり抜き組に入ること、まちがいなしだ」

「ティーザー号は出動できるように、修理中です」と、キッドは応じた。「修理が終わったら、命令書を受け取ることになっています」たぶん、ブレスト沖にいるコーンウォリス提督の海峡艦隊に編入されるのだろう。

「そうだろうとも」マッスィ艦長はゆっくりと言って、「しかし、この海域のどこでだろうと、軍務につけるように準備をしておくことだ。われわれの島国はいま、この五百年間に経験したことのない未曾有の脅威に見舞われている。きみは地中海の太陽を見ることはないだろうよ、艦長」

キッドの戸惑った笑いを見ると、マッスィ艦長はさらに言った。「獲物は、西方進入路《ウェスターン・アプローチ》では捕らえられない。フランスの貿易船はみな、英仏海峡で餌食にされるだろうし、フランスの海岸ではきみも大漁になることだろう」うらやましがっていると思えるような表情が、ちらっとマッスィ艦長の顔に浮かんだ。「もちろん、きみは立派な働きをするだろう。イギリスの海岸がいたずらに船の墓場になるとは思えない」

「はい、艦長」

「水兵技術も航海術もこれまでとはちがったものになる」

「はい」

「じゃあ、キッド艦長、気をつけてな。また会うことがあるかどうか、神のみぞ知るだな?」マッスィ艦長は立ちあがると、片手を差し出した。「元気で、艦長」

キッドは椅子に腰を戻し、いろいろな考えが湧いてくるにまかせた。

「艦長、ロックウッド提督がお会いになります」緊張した表情で立つキッドをひとり残して、副官は音もなく立ち去った。

「おお」と、鎮守府司令長官レジナルド・ロックウッド提督がデスクの向こうで立ちあがり、せかせかと角をまわってくると、キッドへ温かく挨拶した。「時間を見つけてくれてよかったぞ、キッド。きみがひどく忙しいことは知っておる、出港準備でな。しかし、わたしとしては、自分の配下の士官たちのことはいろいろ知っておきたい」

鎮守府司令長官からの招待は、つまり呼び出しであるが、キッドの注意をとらえたのは〝自分の〟という言葉だった。すると、海峡艦隊に入って封鎖任務の末席に加わるのではなく、独自の指揮権をもった派遣任務のようなものにつくことになるのだろう。「光栄です、提督」キッドは慎重に言った。

「すわれ」ロックウッド提督はデスクへ戻った。

キッドは静かに椅子に腰をおろした。丈の高い窓からそそぐ陽差しが暖かく、ツタにおおわれた外壁をとおしてジョージ通りを行き交う馬車の音がこもって聞こえた。

「ティーザー号は思ったほど損傷を受けてはいなかったか？」提督は書類束のなかを探しながら、そう訊いた。

「三日のドック入りですみました」と、キッドは答えながら、こんな状況下でなければ、国王陛下の軍艦を座礁させた罪で査問会議にかけられたことだろう、と気づいた。「水兵が二人負傷し、レディがお一人、申し上げるのもつらいのですが、片腕を無くされました」

「チッ、チッ！　戦闘で民間人が撃たれるのは、いつも心の痛むことだ」

「アイ、サー。あの、わたしの副長のホッジスン海尉について、なにかお聞きになっておられますか？」

提督は探していた物を見つけて、顔を上げた。「いや、聞いてないが、クリストファー・スタンディッシュという海尉が後釜にすわりたがっておる。彼はきみの名前をあげて、副長にと頼んでおるのだ。ホッジスンの代わりにその男を任命することになにか異存はあるか？」

「なにも、提督」すると、ホッジスンと四人の水兵はいぜんとして行方不明なのだ。海尉はたぶんいずれ捕虜交換されるだろうが、不運な水兵たちは戦争が終わるまで牢獄ですごすことになるにちがいない。新しい海尉の名前には聞きおぼえがないし、どうして自分を名指ししたのか、その理由も見当がつかなかった。

「よろしい。では、近々、きみのスループ艦は出港準備が整うものとしよう」提督は椅子の背にもたれかかると、じっとキッドを見た。「さてと、きみの任務場所は海峡進入路《チャネル・アプローチイズ》になるだろう。とくにウェイマスからシリー諸島への海岸線と、ときにはブリストル海峡もだ。したがってきみはこのプリマスが基地となる。ということはむろん、ここで家族が生活する準備をしたいだろうな。プリマスにいるあいだ、きみは艦の外で宿泊していいぞ」

「家族はいません」と、キッドは短く言った。

　提督はうなずいて、いかめしい顔でつづけた。「では、きみの戦闘任務について知りたいだろう。夢はさますのだ、艦長、外洋を走りまわる巨大な戦闘艦隊に加わるという夢はな。血みどろのナイルの海戦はない、財宝輸送船団もない、フランスの侵攻艦隊を探すのは、ほかの者たちだ」

　提督は間をおくと、口調をやわらげて、「きみにはたっぷりと仕事があるぞ。英仏海峡の入口にはわが方の船舶が最後のひと航程のために集まってくる。だから、そうした船舶を獲物にしようと考える私掠船たちにとって、海峡の入口は磁石のようなものだ。それに、このあたりは未開の土地だし、道路はひどい状態だから、運送の五分の四は海路を使わなければならない。無防備な小船が潮に乗って小さな港から出て、懸命に集めた荷を売ろうと海峡をさかのぼっていく。外国から戻ってくる貿易船が何百万ポンドにも値することは言うまでもない。こうした船が略奪にあったら、イギリスは飢餓と破産の危機に立たされる」

「わかりました、提督」

「したがって、きみの主たる任務は巡視《パトロール》だ。プリマスの入港路《ザ・サウンディングズ》から敵の私掠船や軍艦を駆逐して、われらが航路を守るのだ。ほかの仕事があった場合はそちらを優先しなければならないぞ、キッド艦長」

「ほかの仕事？」

「おい、おい、艦長。急送公文書送達や重要人物、特別な積み荷のことを言っているのだ、それに税関のこともな、むろん」

「提督？」

ロックウッド提督は背中を起こすと、鋭い目でキッドを見て、「これまできみが勤務したのは大半が外洋だったことは知っておる――」と言葉を切り、ひと呼吸おいて平板な口調でつづけた。「国王陛下の税関と消費税局は武装密輸団などに対して警備が手薄だと見た場合には、われわれを召集して、この沿岸の警備を補佐させる権利がある。わかったか？」

「はい」

「では、もういちど言う、キッド艦長、一瞬たりとも自分の主たる任務を忘れてはならない」

「海上警備ですね」

「そのとおり。その任務のため、きみには先任士官から独立して、展開行動や交戦などの決断をくだす指揮権を与える。これは特権だぞ、艦長。特権には責任が伴う。もしもきみが指揮をとって、指揮をとるに値しない人間だと示したら、わたしは躊躇せずにきみを解任する。わかったか？」

「わかりました、提督」

「よろしい。きみは、国内のこの海域における航海術や障害物について熟知しているにちがいない。そのほか関係する事項についても、すぐに頭に叩きこんでおくように」

「はい、おっしゃるとおりに」

提督は椅子に背中を戻すと、にっこりした。「そこでだ、もちろん近い将来、きみにはすばらしい機会が与えられるだろう」

「提督？」

「来月、舞踏会を開くつもりなのだ。わたしの配下の士官たち全員が出席することになる。きみには同僚の艦長たちに会う機会になるし、きっとためになることをいろいろ学べるぞ」

ロックウッド提督は立ちあがった。「これだけは言っておく。いまきみがこの島国の防衛に貢献することは、海峡艦隊そのものに貢献することに決して劣りはしない。もし国王陛下のティーザー号ときみが、わが将官旗のもとにある他の艦艇と同様に任務を果たしたなら、現在のこの忌むべき状態が最終的にはどういう結果になるか、わたしは一片の疑いも抱いてはおらんぞ、キッド艦長。なにか質問は？」

「ありません、提督」そう言ってから、キッドは思い切って言った。「あの、一つだけ。

わたしの艦にミスタ・レンジを艦長付き事務官として乗せることに関して、提督にはなにかご異存がおありですか？　彼は同時に――」

「ジャイルズ修道女だって乗せていいぞ、それで一刻も早く海へ出られるのならな」と、提督は冷ややかな笑みを浮かべた。「命令書はすぐに届ける。武運を、キッド艦長」


では、これがティーザー号の未来となるのだ。おれは自分自身と乗組員と、愛するようになったすばらしいこの艦《ふね》だけを頼りに、威嚇してくる捕食者や嵐、入り組んだ険しい海岸の障害物に独り立ち向かうのだ。巨大な戦闘艦隊の先頭に立つのではないが、それに劣らず重大な使命を帯びて。

ポールダン操舵長が雑用艇をティーザー号にきれいに横付けさせた。艇首漕ぎ手《バウマン》がティーザー号へ鉤ざお《ボート・フック》を掛けて立ちあがり、うやうやしく後ろへ控えると、ピピー、ピピーと掌帆長の銀製の号笛が荘重に鳴り響いた。キッドは艫《とも》からまえへ進んでいき、ティーザー号の舷側板《ブルワーク》を乗りこえた。

キッドは当直員にちょっと軍帽を上げて見せた。イギリス海軍の礼儀作法を守ることはキッドにとって大事なことだ。それに劣らず軍艦旗も権威も、艦長である自分自身に敬意を払うことも大事だが、なによりも大事なのは、落ち着いた揺るぎない自信を示すことだ。自信こそが何世紀にもわたって積み重ねてきた勝利に根ざしたもので、イギリス海軍の誇りの中心にあるものだ。

パーチット掌帆長がキッドのまえへ進み出た。「繋索《ガモニング》を取りつけるのに、もっと人手が必要ですわ、艦長。だけど、マストとヤードは索具の取りつけ方、終わったです」

キッドは自室へ降りようとして、ふと足を止めた。ティーザー号は長大なテーマー川にある海軍工廠に繋留しているが、対岸の景色は静かでおだやかで、イギリスならではの庭園のような風景を見せており、いまの満ち足りた気分にぴったりだった。

くるりと背中をまわして、彼は昇降ばしごを降りたが、下まで行くと立ち止まり、「ダウス航海長」と声をかけた。

「アイ、サー」航海長はのっぽなので、私室《キャビン》から出るとき、かがまなければならなかった。

「ちょっと来てくれるか？」

大キャビンに入ると、キッドは自分の安楽椅子の上から書類の束を取って、航海長へ差し出した。「きみはこの海域で勤務したことはあるか？」

「あります。最近ではないですが、ご存じのように。しかし、ここいらからロングシップスの西側までの海岸線は、ほとんど知ってます。操艦は油断がならないですし、ひどく注意が必要ですな」

「だろうな。命令によると、この先、本艦はこの海域を守備範囲にすることになるので、海岸線についてよく知りたい。最高の海図と航海手引き書を見つけてほしい。満足いくのが見つかったら、知らせてくれ、いっしょに検討しよう」

「新しい『ノリーズ航海書』をすでに買いにいかせてありますし、ハミルトン・モールには出動準備するように言ってあります。海峡水先人として、モールの右に出る者はいないですから」

さらに打ち合わせはつづいた。ダウス航海長とキッドは初めて乗り合わせるが、彼は年を重ねているし経験も豊富だ。その思慮分別はティーザー号のような小さい艦では要《かなめ》となるだろう。

「ご苦労だった。出港前にもう一度、検討しよう」

キッドはため息を一つついて、書類の片付けにかかった。主計長のフィールディングが艦長のサインをもらうため、丹念に書類を整えてあった。タイソーがコーヒーを持って静かに入ってきた。彼は艦長付き従兵兼従僕としての立場を守って、礼儀正しい。スターク掌砲次長を陸上へやって、ティーザー号の最後の航海まで従兵だったタイソーを見つけさせたが、そのときキッドはまた自分の幸運を喜んだ。アミアンの和約が結ばれて平和が訪れ、キッドは乗艦を失ったとき、やむをえずタイソーを解雇しなければならなかった。この土地の商人のところで働いていたタイソーはその立場を捨てることに一言の文句も言わず、元の鞘にすんなりと戻ったのだった。

キッドは書類を何枚か見終わったが、なにか気持ちが落ち着かなかった。艦中で男たちが出港準備を整えるむかしからの仕事を着々とやっている。キッドにやれるのは果てしない報告書を書くことだけだ。しかし、もっとはるかにやりたいことが一つあった。

さっと彼は立ちあがると、士官室《ワードルーム》を通り抜けて、広い食堂甲板へ入っていった。水兵たちが驚いた顔、顔、顔を向けたが、彼は公式な訪問ではないというしるしに軍帽を脇の下にしっかりとはさんで、足早に小さな私室へと向かっていった。その部屋は軍医室の隣りに新たに作られたもので、食堂甲板の隅へ張り出している。

薄い壁板は真新しく、まだ松の香りがしており、入口はドアの代わりにグリーンのカーテンが垂れていた。この部屋を作るには海軍工廠と何度も交渉を重ねたが、いまティーザー号には艦長付き事務官の私室がある。贅沢さという点では弁解する余地もないほど質素な部屋だ。コツ、コツと、キッドは静かに壁板を叩いた。なかで動く物音がして、カーテンが横へ引かれ、ぼさぼさの頭が現われた。

「ニコラス、よければ……」

ニコラス・レンジが部屋のなかへ引き下がったので、キッドは狭い室内をのぞくことができた。艦首側の隔壁には天井から床まで本が並んでおり、反対側もそうだった。安全のためにどの棚にも紐が掛け渡してある。部屋の真ん中にはひどく小さいデスクが据えてあった。デスクの上には常時水平を保つジンバル式の台に載ったランプが一つ置いてあり、まったく、それでいっぱいだった。吊り寝台《コット》は邪魔にならないように、天井へ吊り上げてある。

たく一人用の部屋だが、もし衣類箱《シー・チェスト》が椅子の役目に耐えられて、住人が注意してゆっくり動けば、住めないことはない。

レンジは弱々しい笑いを浮かべると、長年海上勤務をしてきたおかげでこんな室内を動くのはお手のものだ、とキッドに感謝した。「もしも荒波にぶつかったときには、腕っ節の強い掌帆長に頼んで、ぼくをうまく椅子に縛りつけてもらうさ。だけど、この部屋はぼくの聖所だ、ありがとう」

キッド自身の部屋とくらべると、これより大きくすることはできなかったが、すべてはレンジが求めたことだった。

「夕方までに片付けがすんだら、食事をいっしょにしないか？」

「ニコラス、親愛なる友よ、艦《ふね》の上できみに会えるなんて、心が躍るよ」

テーブルの上に置いた一対のロウソクが室内にぼうっとした心地よい火明かりを投げている。

「ニコラス、きみはこの椅子に」と、キッドは明るく言うと、一対の安楽椅子の片方をまえへ引いた。

ニコラス・レンジはちょっとほほ笑んだが、なにも言わなかった。

「こんなこと、いったいだれが思っただろう？」と、キッドはつづけて、「錨索孔を通って艦尾まで這い上がるなんて」

レンジはなにかぼそぼそ言ったが、椅子にもたれて、じっとキッドを見つめた。

タイソーが二人のグラスを満たして、音もなく立ち去ると、キッドはぎこちない口調で、

「しかも、いまおれたち、また乗り合わせ仲間だ」と話をまとめた。

安楽椅子からレンジがちょっと背中を起こして、「これは本心だが、ぼくは……こうなって、感謝している、信じてくれ、兄弟」

キッドは大きく笑みを見せて、レンジにグラスを手渡した。「じゃあ、ニコラス、おれたちの友情に、おめでとうだな！」声をたててキッドは笑った。「その友情がもしいま、水兵組だったときの半分になっているとしたら……」

「そんなことはない、相棒。さあ、あの水兵時代に乾杯だ、これからの日々にも」レンジは静かに言った。

しかし、キッドは心のなかで、むかしには戻れない、と気づいた。ともに水兵組だったあの数年間にあまりにも多くのことが起こった——自分は栄光ある指揮官の位に出世し、レンジは熱病にかかって生死の境をさまよい、そのあとは生きる意味を求めて苦闘した。二人で血みどろの戦いに飛びこみ、死ぬ恐怖を味わった。すべてが過ぎ去ったことだ。いまの二人はどちらも、あのころとは別人だ。「アイ、過ぎ去った日々に」

「もう少しワインは？」と、レンジがおだやかな口調ですすめた。「きみの白ワインの好

みには感心するばかりだよ。このポルトガル・ワインだが、この年代のヴィーニョ・ヴェルデとしては最高だね」

「ああ──町のあの悪党酒屋なんぞ、タイソーには太刀打ちできないよ」と、キッドは短く返した。「ニコラス、訊いてもいいかな、研究の準備は針路についたかい？」

「研究はできないかもしれない」レンジの表情が硬くなった。

キッドは胃袋が引きつった。「研究はできない？」いま二人のあいだにあいている大きな溝をレンジはむかしと立場が逆転したと見て、不快に思っているのだろうか？

「ぼくたちは自分自身をだましているんだよ、兄弟」レンジは抑揚のない口調で話しはじめた。「もしも二人とも、自分の子どもじみた考えを世間が許してくれると思っているとしたら」レンジは椅子のなかで腰を移して、まっすぐキッドへ向いた。「いいかい、きみは艦《ふね》長だ。だから、すべての者の上に立つ支配者だ。自分の望みどおりになんでもこの艦のだれにでも命令していい。しかし、ここでは、考えもなく赤軍服に従ったり、農奴が嫌々従ったりするのとはちがう。イギリス水兵は周知のとおり、自分自身の考えをもっている」

うすく彼は笑みを浮かべて、「きみはぼくを高い地位につけたり、ぼくと夕食をとったりするかもしれない。ぼくはきみの連れとして艦尾甲板を歩いたり、きみといっしょに上陸したりして、それを人に見られるかもしれない。それはすべてきみの特権内のことだ、きみは艦長だから。だけど、それを正直な水兵たちはどう受け取る？　それにきみの新しい海尉は――」

「明日、着く」

「――ぼくたちが気を許して信頼し合っているのを、二人が個人的な会話をしているのを、海尉はどう解釈する？　ぼくは艦長のスパイ役になってしまうだろう？」

もちろん、レンジの言うとおりだった。こうした関係をつづけるのは、いまは重大な問題だ。どんな解釈もされかねない――卑猥《ひわい》なものから邪悪なものまで。キッドの立場はどんどん弁解できないものになり、無邪気な友情のために艦を危険にさらしていると思われるだろう。

「ニコラス」やっとつかんだ指揮権を守るために孤独でいようと決意するのは、あまりにも過酷なことだ。「友よ、本心を教えてくれ。きみは学問の分野で事を成し遂げようと、いまも思っているか？　シシリアのために？」と、キッドは気を遣いながら尋ねた。

「できれば」

「じゃあ、そうなるようにしよう。おれの気持ちは決まった」キッドはきっぱりと言った。

「これしか世間が認めてくれる方法はない。それに、世間はどういうことか、わかるにちがいない」

彼は間をおいて、慎重に言葉にしていった。「真実こそ、常にもっとも安全な道だ。公的にはきみは学者として、艦長の客として、紹介される。研究のために興味深い航海をしており、海軍に対する体裁上、艦長の事務官——秘書——という役についていると」

これは問題ないことだ。海軍ではむかしからやられている方便として受けとめられ、もちろんレンジは実際の事務仕事はしないものと見なされて、事務仕事はもっと下位の書記がやる。

「別な手もある。これもまた正当な方法だ。艦長の古い海友だちが命に関わる熱病から回復に向かっている。艦長は同情して、海で療養させる。友だちは本を読んだり書き物をしたりして時間をすごす」レンジの心が動くように、キッドは間をおいた。「提督と話したんだ」そこでキッドはなんの他意もなく、「提督はミスタ・レンジを事務官としてティーザー号に乗せることに少しも異議はないとおれに直接、言ったんだ」

「ぼくの病気のことを話したのか？」レンジは苦々しく言った。

「そんなに詳しくじゃないよ」とキッドは答え、夕食の合図にふたたび現われたタイソーをあわてて助け船にして、「ものすごくうまい腎臓だよ」と差し出した。だが、レンジは無言で食べた。みごとなたれ焼きマスもレンジからただうめくような声を引き出しただけで、キッドはまた思いあぐねた。レンジは二人の新しい関係を受け入れることができないのだろうか、部屋のちがいに愕然としているのだろうか？

キッドはなんとか声を明るくして、「ほら、いま錨を降ろしているのは、デヴォンシャーだろ。ここはラム肉にかけては王国一だ。うちの立派な料理人も職務違反だな、こんなすごい肉を使って奇跡を起こせなかったら」

ラム肉はほんとにしっとりとして、肉汁たっぷりで、とうとうレンジも口を開いた。

「たがいの目標にとって乗りこえがたい暗礁や浅瀬になるかもしれない問題が、まだ一ダース以上はある、そうぼくには思える」

テーブルクロスがはがされるのをキッドはいらいらと待ち、マジパンでできた果物の盆が出てくると、「このクレティエン梨とモナコ・イチジク、うまく作ってあるな、そう思わないか！」

「そうだな」と、レンジは答えたが、気持ちが引かれることはなく、「きみは例外を認めてもらいたいようだな」

「できればな、ニコラス」

「まずはきみ自身のことだ、もちろん」

キッドは黙っていた。苛立って突っついてもなんにもならない。レンジは答えが出るか、問題なしとわかるまで、論理的に考えつづけるからだ。

「よし。問題のいくつかは、すでにはっきりしている。重要なことは、この計画でぼくはきみに服従する状態におかれなければならないということだ。海の規則と慣習が要求することは絶対だ。きみが最上位で、ぼくは……最下位になる」

「ニコラス！　ちがう！　まったくちがうよ！　おれは、おれはそんなつもりはない……」キッドは友だちの言った真意がわかってくると、言葉が途切れた。

「そうとも」と、レンジは両手の指先を押し合わせて、「ぼくはきみのすばらしい艦で乗組員の一人として旅をする。そうじゃないと、ぼくの居場所はないだろう。だから、きみのいちばん下っ端の二等水兵とおなじように、『戦時服務規定』は厳正にぼくにもかかってくるし、ほかの規則もだ」

キッドは言葉をはさもうとしたが、レンジは淡々と話をつづけた。「艦長としてきみは例外を作ることはできない。だから、すべてのことにおいて、ぼくはきみに従わなければならない、必然的にそうなる」これで決まりだ、そんな口調だった。

「つまり、それは――」

「そういうことだ。ぼくたちの難しい問題をすべて解決するのに、これはもっとも論理的で、だからもっとも従いやすいことなんだ」レンジの顔に笑みが浮かんで、「この問題に触れずに黙っていて、誤解されるままになっているのは、臆病なことだ。だから、いまぼくははっきりさせようと思う。

ぼくはこの艦内で少しでも自分の態度を変えるのはよくないと思う。態度を変える理由などなに一つ見つからない。だろう？」

キッドは言葉を失って、ただもぐもぐ言った。

「同意してくれて、うれしいよ、兄弟。したがって、いまからぼくはHMSティーザー号の艦長に対して、艦長の地位に対して、あらゆる敬意を払う。ぼくがテネイシャス号やシーフラワー号、アルテミス号の艦長に敬意を払ったのとまったくおなじように……」

「アイ、ニコラス」と、キッドはおとなしく応じた。

「すばらしい！　おなじ論理から、ぼくは当然、あらゆる意味において艦長付き事務官としての任務を果たす。ティーザー号で航海して食べさせてもらうことに対して、倫理的な義務を果たすことを少しも怠りはしない、きみはわかってくれるにちがいないだろうが」

「きみは良心を大事にする人だ。しかし、いま言ったことは少なくとも変えられる。艦長付きには助手がつくのだ。そういった補佐役を、つまり、書記を、乗組員のなかから持つことができるのだ」

　その言葉を終えないうちに、その書記はだれか、キッドの頭に浮かんでいた。ルーク・キャロウェイ。彼はカリブ海でキッド自身から文字を習った。完全に信頼できる男だ。あの若者なら、甲板磨き石《ホーリー・ストーン》を羽ペンに持ち替えるのは荷が重すぎると言って拒むことはないだろう。

「では、さらに厳しい問題にかからなければならない」

　この問題はテーブルが片付けられて、ブランディが置いていかれるまで待たなければならなかった。艦長とその客はまた安楽椅子に戻っていた。

「厳しい問題？」

「軍事上、もっとも大事なことかもしれない。敵と遭遇戦となったときに、きみは乗組員全員のとる行動に関して確信をもっておきたいだろう、ぼく自身のことも含めてだ。それを訊くのはきみの権利だから、前もってぼくは答えておく。ぼくはティーザー号の乗組員の一人として、戦闘となったときは艦上のすべての者たちとおなじく、自分の任務を果たす」

「事務官として？　つまり――」

「事務官として、ぼくの戦闘部署は厳格に規定されている。戦闘のあいだ、艦尾甲板において艦長に仕えることになっているのだ。ぼくは艦尾甲板にいる、そう信じてくれていい」レンジはひっそりと言った。

キッドは顔をそむけた。圧倒されていた。

「それに、もしもティーザー号が外部から攻撃された場合、ぼくは自分自身と自分の艦を守るのに、二の足を踏むなどという気持ちにはならない。それも信じてくれていい」レンジはちょっと間をおいてから、「しかし、毅然とした指導力が必要なとき、戦士たちの先頭に立って剣を抜いているとき、みんなを率いるのはきみだ。ぼくは事務官だ、下士官でもないから、ぼくはだれ一人としてぼくに従わせることはできない。命じられれば、ぼくは槍を持ったり、ロープを引いたりするだろうが、それ以外のことは……」

レンジは自分がティーザー号にこれからもいられるための条件を並べ、細心な頭脳が論理的にきちんと整理した事柄について境界線を正しく引いていった。キッドはこの先、レンジの論理があまりにも深く試される状況にならないようにと強く願った。

ブランディが目につくと、キッドは二人のグラスを満たした。「きみはいま言ったな、それ以外のことは、って。一つあるんだ!」

レンジはじっとキッドを見つめた。

「学問のある人間が、繊細な感じやすい人間が、下の甲板に閉じこめられているのは正しいことか、ふつうの、ふつうの……水兵のように」

そういうことだ。

キッドがほっとしたことに、レンジは表情をゆるめた。

「ぼくが水兵たちのなかに流罪になっていたときのことを、きみはおぼえていないのか?あのとき、ぼくは流罪だと思うと気持ちが慰められた。ああいう環境は、ぼくが自分に流罪という判決をくだした結果、必然的に生じたんだ。

いまはあのときと似た状況だと思っている。修道士や隠遁者が真実と美を追求するために、気高く自分の独房に引きこもるのと同様に、最終目的を達成するためには、代価としてある状況に耐えなければならない。それにともなっていろいろな条件が生じてくるのだ。もしもティーザー号で航海する幸運に恵まれていなかったら、ほかの道をとっていたら、ぼくの財布はもたないだろう。だから、ぼくは目の前にあるものを謙虚に、喜んで受け入れているんだ。

心配しないでくれ、相棒、ぼくは何年も海上にいて、鍛えられているだろうし、今度は聖所がある。あの部屋にいつでもぼくは逃げこんで、邪魔されずに自分の考えにふけることができる。きみには言うまでもないことだが、海上で当直に立つのはいまのぼくにとって、ありがたいことに、思い出になるんだ」

「そのとおりだろう、ニコラス。だけど、きみは、その、自分の考えを口に出して、言葉にしてみなければならないだろう、あるいは、そんな……」

「ほんとにそうしたいよ。きみといっしょに甲板をぶらぶらしながら、話し合う――もちろん艦の状況が許せばだが――もしも夕方、きみに時間があれば、永遠の真理について議論できたら、言葉にならないくらいうれしい。だけど……」

キッドのふくらみかけた希望は宙ぶらりんにとどまった。

「……二人ともそれぞれの仕事で時間をとられる。日常のことをやるにも別々の世界に住んでいれば、会うのは状況しだいになる。たぶん、海軍で築きあげられてきたしきたりもそれぞれの世界で基準がちがうだろう――たとえば、招待を受けるか受けないか自由に考える側か、招待することに価値をおく側か」

キッドは心のなかで笑みをもらした。こんなことを言って、レンジは自分が好きなときに〝聖所〟に消えられるんだと自分自身に言い聞かせているにすぎない。「いいとも、ニコラス。それで、きみの食事場所はどこか、訊いてもいいかな……？」

それは微妙な問題だった。艦長が自分の私室とテーブルを艦の仕事のためにあけておかなければならないことは、暗黙の了解のもとにある。だから、二人で食事をするために用意をさせることは、いつでもなんの支障もない。いまも現にそうされている。しかし、レンジが毎日の食事をどこでするかということは、艦内でかなり大きな意味をもつ。ブリッグ型スループ艦の下級事務官はふつう、仕切りのない食事甲板《メス・デッキ》が食事場所と見なされる。艦長付き事務官《コックピット・オフィサー》が病室区画士官の位に置かれて、士官次室《ガンルーム》に私室をもてるのは、もっと大きな艦でだけだ。

「どうやら士官食堂《スティアリッジ》区画をぼくにあけてくれるようだ」

それはこの艦長居住区のまえのロビーのような区画で、両舷に私室が並んでいる。そこでは副長が下級の士官たち——航海長と軍医、主計長——の上に君臨する。掌砲長と掌帆長、船匠は艦首にそれぞれ私室をもっている。

「それが今夜いちばんの収穫だな」と、キッドは熱っぽく言って、グラスを上げた。「われわれの成功に！」

レンジは奇妙な笑みを浮かべた。「それは、乗組員たちの気持ちによって左右されるな」ぼそりとそう言った。

「アイ。道は見つかるさ、ニコラス、心配するな。さあ、飲もう」

ドアに詫びるようなノックの音があった。

「入れ！」と、キッドは声を張った。

当直士官だった。「艦長、スタンディッシュ海尉が到着しました」

彼の背後にぬーっと人影が現われた。二人とも水滴をしたたらせていた。キッドたちが食事をしているあいだに、いつのまにか雨が泊地を洗っていたにちがいない。

「スタンディッシュ海尉？　もっと早く来ると思っていたぞ――」

「艦長。謹んでお詫びしますが、任官すると聞いてから、その準備でてんやわんやだったもんで」

大男のようだが、暗い士官食堂区画にいるので、はっきりしない。

「あっ、すみません、お連れがいるとは知らなかったもので」

「ああ――別にかまわないぞ。ミスタ・レンジだ、紹介したい。この男は学者で、民族学の研究を深めるために、本艦に勤務している。いわば、艦長付き事務官という職責でな」

スタンディッシュ海尉は狐につままれたような顔で二人を交互に見たが、レンジはすばやく立ちあがった。新参者に頭を下げると、キッドへ向きなおって丁寧な口調で言った。

「ご親切なおもてなしに感謝しておりますが、もう、下へ戻らなければなりません。おやすみなさい」

「見てください、艦長」と、ダキッチ掌砲長がタコだらけの手のひらを差し出した。黒っぽい灰色の粗い粒々が小さい円錐形に盛ってあり、早朝の陽射しを受けて奇妙な粒子の細部まで照らし出された。コショウの実より小さい。「こいつは新しい装薬で——いままでより三分の一少ない火薬でも、砲弾をおんなじ距離だけ飛ばせますわ」

「つまり、火薬の量がおなじなら、飛ぶ距離は三分の一長くなるということだな」と、キッドは言い返したが、好奇心がかきたてられた。むきだしの火薬を目にすることなどめったにない。装薬はサージかフランネルの袋に安全に入れて、口を縫い、それが砲口から装塡されて、奥へときっちり押しこまれると、外からは見えなくなるし、点火薬は粒の大きさがちがう。

「ああ、そのう、それについてはお知らせしなきゃならんですが、海軍本部の命令で、火薬樽の数は二十パーセント減らせっていうことで」

あたりをうろうろしていたパーチット掌帆長の顔にええっ、と疑うような表情が浮かんだが、キッドに鋭く一瞥《いちべつ》されて、そんな表情は消えた。

「それに、もちろん艦長はわかっておられると思いますが、とにかくいまの数を減らせってことでして。海峡任務だけすから」

「つまり、ダキッチ掌砲長」と、キッドは鋭く言った。「いま積んである火薬を艦から降ろさなければならないということか？」

「ぜんぶじゃないす。白色大粒火薬は、短射程射撃と礼砲のために大量に積んどきます。そのほかについては、ぜんぶ赤色大粒火薬で、粒もつやも最上のもんすが、カノン砲の砲弾重量に対して火薬は三分の一に、カロネード砲は二分の一、二弾装塡は四分の一に減らせって指示で。たったいま届いた命令書にぜんぶ書いてあるです」

船艙の後ろ端にある弾薬庫から樽を陸揚げするには時間がかかるだろう。そのあとで、赤旗を上げた乾舷の低い弾薬運搬船から銅帯を巻いた危険な火薬樽を艦内へ吊りあげることになる。運搬船はもう、上流の弾薬倉庫からゆっくりとくだってきているにちがいない。

「よし。もっと早く知りたいものだった」と、キッドは不平がましく言った。

パーチット掌帆長が心配そうに振りかえった。「艦長、左舷直員をいますぐ下へ行かせましょうかね？」

「いや、いや。午前中でいい。非番の者たちは寝かせておけ」朝食のことを考えると、キッドは元気が出てきた。

下へ降りようと思って回れ右すると、スタンディッシュ副長が甲板に出てくるのが見えた。キッドがシャツと半ズボン姿なのに対して、彼は一日の仕事のために軍服に身を整えていた。「艦長――おはようございます、実にいい朝ですね！」

「ああ、うん、ご苦労」新任の副長には朝に甲板に来るように言ってあった。どうやらこの男は文字通りに受け取って、朝直のために待機していたのだ。朝直は四時に始まる。

「もっと遅く来ると思っていたぞ。手回り品はぜんぶ、積みこんだのか？」

「はい、艦長——ぜんぶ積みこんで、整理もしました。私室用の補給品は今日の午後に届きます」スタンディッシュ副長はちらっと裸のマストを見上げて、「まもなく出港するとなれば、わたしは自分の任務にすぐにかかったほうがいいですね」と威勢よく言った。

キッドは考えこんだ。こんな言い方をして、本艦は整理整頓ができていないとほのめかしたのだろうか、それとも仕事熱心な士官というしるしなのだろうか？　「それは殊勝なことだ、スタンディッシュ副長。だが、時間はたっぷりある。まずは、いっしょに朝食をとろうじゃないか？」キッドは有無を言わさぬ口調で言った。自分の朝食を後まわしにする理由は一つもないし、手始めにこの男を品定めできるだろう。

「ありがとうございます」スタンディッシュは心底うれしそうで、キッドのあとにうやうやしくついてくると、大キャビンへ通った。

「タイソー、朝食をもう一人分だ」と、キッドは告げた。磨きたてたテーブルの片端にキッドの食事はすでに用意して並べてあった。キャラウェイ・シード入りの小さな丸パン〝ウィッグズ〟と、風味のいい朝食用のペストリー、飾りっ気のない壺に入ったプラムの甘いゼリー〝クイダニー〟、それに、静かに湯気を立てるコーヒー・ポット。「さあ、スタンディッシュ副長、太陽はまだフォア・ヤードの上にのぼっていないが、ティーザー号にようこそ」

タイソーがナプキンとナイフやフォークを持ってきて、キッドの向かい側に並べた。

「乗艦できて、ほんとうに喜んでいます。国家が危機に瀕しているとき、任務についていないのは、自分にとってどんなに苦しいことか、おわかりになると思います」

スタンディッシュ海尉はたくましい体つきで、色黒の美男子。芯が強そうだ。頭髪はキッドとおなじようにきちんと後ろで束ねているが、前髪はいかにも無造作そうに見せかけてカールしてあった。

キッドはウィッグズを一つ取ると、渦巻き型のバターを塗り、砂糖漬けジャムをたっぷりのばした。そこでさりげなく訊いた。「話してくれるかな、副長、きみはどうしてティーザー号を名指しで選んだのだ？」

スタンディッシュは照れくさそうな顔をした。「あの、そうですね、艦長……」彼はナイフを置くと、キッドへ顔を向けた。「思っているとおりに言ってもかまいませんか？」

「腹蔵なく言ってくれ」

海尉は居ずまいを正した。彼のいかにも話したそうなそぶりにキッドは気持ちが高ぶった。

「艦長はご自分でもご承知と思いますが、海軍において名を知られていない方ではありません」敬意をこめて、彼は話しだした。「艦長がナイルで奮闘されたボート作戦はしばしば話題にのぼります。それに、あえて申し上げますが、アクレでの艦長の勇猛果敢なお働きは、いまだに報われていません」

「そんなふうに言ってくれるのは、きみのひいき目だよ」

「正直に言います、艦長。自分が最後に乗っていたのは戦列艦でした。すばらしい艦で、ブレスト封鎖につくコーンウォリス提督の海峡艦隊に加わることになっていました」スタンディッシュは熱っぽく話しつづけた。「大望を抱く士官にとって、艦隊勤務は、その、まどろっこしい道です。フリゲート艦は人気がありすぎて、乗れる見込みはないです。そんなとき、ホッジスン海尉の不運な顚末を聞いたんです」

キッドは副長にうなずいて、話を進めさせた。

「艦長、わたしがティーザー号に乗りたいと申し出たのは——率直に言うことをお許しください——あなたが意欲的で、進取の気性に富んだ艦長だと確信したからです。チャンスとあらば見て取って、逃さずつかむ艦長にちがいないと。要するに、ほかの艦よりティーザー号に乗っているほうが、華々しい戦いに出くわす見込みが大きそうだったからです」

栄光と昇進を確実に勝ち取る道は戦場で名を上げて、その結果、上の人間に認められること以外にない。それはそのとおりだ。スタンディッシュはおれの戦歴をなにか聞いて、この艦長ならいざ戦いとなったときに尻込みすることはないだろうから、封鎖任務につく戦列艦よりティーザー号に乗ったほうが勝利をつかむチャンスは大きい、そう冷静に計算したのだろう。

「率直に話してくれて、ありがとう。しかし、海峡艦隊はまもなくフランスの侵攻艦隊と遭遇するかもしれない。栄光は充分につかめると思うぞ。コーヒーは？」

副長の表情は真剣で、ティーザー号のやる気満々の乗組員の一人になりたがっていることは明らかだった。

「さあ、話してくれ、きみは戦闘では幸運に恵まれたのか？」

「コペンハーゲンの海戦では、モナーク号の三等海尉でした」と、彼は控えめな口調で言った。「それより以前に、切り離し作戦でガレー艦のプリーマ号を拿捕したときは、ミーノタウロス号の四等海尉でした」

これは申し分ない戦歴だ。デンマーク艦隊相手の熾烈な戦いではネルソン戦隊にいたわけだし、その前のジェノバ湾の海戦では、大勢の人間が乗り組んでいるガレー艦相手に苦しい戦いをして、これを拿捕するという偉業に関わっていたのだ。「ボートに乗り組んだことはあるか？」

「切り離し作戦のときに、光栄にも、ピンネース艇の指揮をとったのです、ええ、艦長」

小型艇ほど若者が仕事を学べるものはない。スタンディッシュは他に抜きん出た人物になるだろう――ただしほかの資質が信頼できるものであればだが……。「では、ティーザー号がこの先、きみにお楽しみを与えられればいいと願っているぞ」

「ありがとうございます、艦長。うかがってもいいでしょうか？　本艦の命令書はもう届いているのですか？」

「まだだが、ロックウッド提督からはじきに送ると言われている。さあ、ウィッグズをもっと取ってくれ」

「失礼をお許しいただければ、艦長、わたしはうちの当直表と配置表に早く目を通すべきだと思うのですが」

キッドは〝うちの〟という言葉を耳に留めて、満足した。

「もしまちがいが見つかったら、わたしが作る表では絶対にまちがいのないようにしたいと思います」と、スタンディッシュは言い添えた。退室しようと立ちあがると、ちょっとためらって、「聞きまちがいでなければ、あの艦長のご友人は、うちの学者さんは――」

「ミスタ・レンジのことか？」

「――あの方は、職務としては事務官でもあるのですか？」

キッドは自分の表情が険しくなるままにして、「HMSティーザー号において彼は艦長付き事務官である。彼は退役した海軍士官であり、事務官としての経験は豊富だ。きみも補佐してもらったら――してくれればだが――どんなに価値のある人物か、わかるだろう」

「アイ、アイ、サー」と、スタンディッシュ副長は半信半疑の面持ちで応えた。

弾薬運搬船がティーザー号に横付けし、危険な樽が一つまた一つと揺れながら空中へ吊りあげられるのを目にして、艦上に恐怖感が漂った。そんななか、二人の士官候補生が到着した。まわりで行なわれている作業から二人はぴりぴりした空気を感じとり、恐れおののきながら三角帽をぬぐと、緊張してキッド艦長のまえに立った。キッドは気をそらされた。

「アンドルーズです」年下のほうがキンキン声で言った。

こんなか細い体つきでは水兵たちに一目置かれはしないな、とキッドは思った。

「ボイドです」もう一人が無表情に言った。

「二人とも、本艦へようこそ。いまはさし当たり、ミスタ・プロサーのところへ行ってくれ。フォア・マストの繋柱《ビット》のそばにいるあの男だ。きみたちは彼の部署に入ることになる。わたしはあとで会おう」プロサーは本艦にいるただ一人の航海士だ。

二人の少年はせかせかと向こうへ行き、キッドはまた吊り上げ作業へ向きなおった。パーチット掌帆長が指揮をとっている。彼のやり方はほとんど命令を出さない。こうした静けさのなかで、彼の班員たちは失敗してはならないと、緊張のあまり押し黙っている。そばには掌帆手が立って、にらみをきかせていた。

朝の時間がたっていき、最後の火薬樽が艦上へ吊りあげられて、弾薬庫に無事に納められると、空気がやわらいだ。

「プロサー航海士、作業をつづけてくれたまえ」キッドはそう言うと、背中を返して、下へ降りた。

昇降ばしごの下で、キッドは危うくスタンディッシュ副長にぶつかりそうになった。「ああ、艦長、ちょっとお時間よろしいですか？」彼は書類の束を抱えていた。下の甲板のうす明るみのなかへ目をやると、副長の数歩後ろにレンジの端正な立ち姿があった。友人に礼を尽くそうという気持ちと、艦長たる者、副長のまえで一介の事務官に挨拶していいのかという思いの板挟みになって、キッドはためらったが、折衷案をとり、形式張ってうなずいた。キッドは副長といっしょに艦長室に入り、レンジはひとり取り残された。

スタンディッシュ副長は書類を並べた。当直表と配置表で、レンジから行き届いた助言を得たことはまちがいなく、前のものにかなり手を加えてあった。「二直制にするよう指示されていたと思いますが、艦長」と、彼は二枚貼り合わせた大きな紙を事務的にてきぱきと広げて、しわを伸ばした。「この大きさのブリッグ型で、定員が八十二名ですから、むずかしいことはありません。わたしはプロサー航海士と反対舷の当直につき、乗組員たちも同様に分けます」

計画はよくできていた。副長と航海士はどちらも、本艦が分遣任務や国内任務を果たす際、どの当直でもおなじ人員たちを率いることになる。

「トップ台担当などの下士官に関しましては」と、副長が付け加えた。「艦長は以前、彼らと乗り合わせておられるので、ご意見をうかがえれば、ありがたく存じます」ティーザー号がやらなければならない繋留作業や縮帆作業、揚錨作業など、各種の操艦作業に乗組員を割り当てた表を、スタンディッシュはキッドに手渡した。

それは彼が専門的な方面でも信頼できる、とキッドを安心させるものだった。打ち合わせはさらにつづいた。各乗組員の食卓番号が指定され、ハンモックにつける印や吊り場所に関してスタンディッシュはいい提案をした。下の甲板に非番の者たちがぎゅう詰めになっているなかで、夜間に人を探し出すのは厄介なことだし、また、船匠助手などを見つけて起こすときに、自分も起こされてしまったら、だれも気持ちよくは思わないものだ。

「定員に十八人足りない」と、キッドは言った。戦争準備を充分に整えなければならないときに、それはいつも心を悩ます問題だった。「土地の人間を何人か、つかまえられると思うが」と、おぼつかない気持ちでキッドは言った。むりかもしれないが、できないことではない。沿岸航行船をたくさん目にしたが、そんな船からかなりの水夫たちが陸上へ放り出されて、プリマスの湿地帯でぶらぶらしているにちがいない。任務場所は本国海域だけという国王陛下の軍艦は安全だから、そういう水夫たちは喜んで本艦に来るかもしれない。

フィールディング主計長が艦長のサインをもらいにやってくると、スタンディッシュ副長は艦長室を出ていった。とつぜん、上の甲板から雄牛のような怒鳴り声が響いた。「おーい、そのフォア・トップ台の野郎！　油を売る気なら、こっちも考えるぞ――おい、パーチット掌帆長」ティーザー号の新しい副長は乗組員たちに自分の存在を印象づけるのに時間をむだにはしないようだ。

ティーザー号の命令書が届いた。キッドは自室で一人きりになって、命令書を開いた。驚くことはなにもなかった。ポートランド砂嘴《ビル》岬からシリー諸島までの全海岸線がキッドの責任範囲になる。〝……当海域を巡航し、フランスに属する艦船を発見、またはその情報を得た場合には、全力を賭してそのすべてを捕獲または破壊し、敵艦船のいかなる試みからも国王陛下の臣民の交易を、とりわけ、当航路を航行する沿岸航行船舶を守るべし……〟

キッドは定期的にファルマスやフォイなどの港に立ち寄って、〝情報と、命令書や書簡〟を受け取らなければならない。さらに、国王陛下の艦隊のために、現時点で予備員名簿に掲載されている男たちをつかまえる機会を逃してはならず、その男たちを最寄りの監督艦長に引き渡すまで食糧を提供しなければならないという。

しかし、税関と消費税庁に関してはなんの言及もなかったが、もしも西へ向かうダウンズ地方の交易船や船団がいたら、〝彼らの針路が貴官の責任範囲内にあるかぎり、彼らの安全を図るべし〟とあった。

おおむね任務内容はティーザー号の資質に合っており、また、国家の命運を保つために重大なものだった。しかも、あえてティーザー号の艦首を横切った敵艦船に対しては、敢然と戦いを挑んでよしという余地が全面的に残されていた。

キッドは満足して、うなるように声を上げると、書類をかき集め、海図や糧食、人員などの問題でいまやらなければならないことはなにか、とまた目を通した。ひらりと、小さく折りたたんだ紙が落ちた。見落としていたのだ。紙には透かし模様が入っていて、紙質も上等だった。彼は丁寧に開いた。〝サー・レジナルド・ロックウッド提督ならびにレディ・ロックウッドは、ストーンハウスにある〈ロング・ルーム館〉で開催される六月の舞踏会に、トマス・キッド海尉艦長のご出席をいただければまことにうれしく、ここにお願い申し上げます〟

キッドは息をのんだ。逃げることはできない。行かなければ。それに、もしもスタンディッシュ副長が別個に招待されていたら、彼もかならず招待を受けるようにさせなければならない。これは一艦の艦長として本国海域で公式にお目見えする最初の機会だ。しかも、海外任務が長かったので、これはまた本物のイギリス社交界に入る最初の機会でもある。ギルフォードのパーティなど、これにくらべたらまさしく月とスッポンで、色あせてしまう。

これはレンジの出番だ。落とし穴の多い社交界をうまく渡る方法とか、脇役として会話に加わる機微とか、お辞儀や片脚を引く決まりとか、微妙な点についてレンジはすべて心得ている。礼儀作法の基本的なことはキッドも習得しており、ふつうの社交行事ならそれで充分だが、もしもこの上流階級の社交界で嘆かわしい不作法をやってティーザー号の名を汚すようなことになったら……。

キッドは立ちあがって、ニコラス・レンジに命令を伝えようとしたが、まさしくそのとき、思いとどまった。ただこちらの都合だけでレンジに来てくれと呼び出すことなど、友情の名においてどうしてできようか。そんなことをしたら、彼がおれから離れてしまいかねないし、二人で綿密に練った取り決めをくつがえすような悪影響を与えてしまう。彼の感情を傷つけないやり方で目的を遂げる方法を見つけることは、これから重要なことになる。

そうだとも！　まさしくレンジの言葉を借りれば——礼儀作法の決まりにのっとって招待する、ということにするのだ。「おい、タイソー、ミスタ・レンジに伝えてくれ。お時間の許すときに、お出でいただければまことにうれしく、ここにお願いします、と」これが最上の手だ。

「友よ、この件に関しておれのとるべき針路を教えてくれれば、ありがたい」と、キッドは招待状を手渡した。

じれったいことに、レンジは感嘆するとか驚くとか、そんな感情はなにも示さなかった。ただ顔を上げて、おだやかに訊いた。「舞踏会への招待状か。それで、ぼくにとくになにかしてほしいことがあるのかい？」

「ティーザー号のためにおれは落ち着き払っていたいんだ。つまり、おたおたしているように見られたくない、言ってみればな。わかるだろ、ニコラス？」キッドは慎重に言った。

「わかると思うよ」レンジは抑揚のない声でつづけて、「この舞踏会。これはわれわれの提督が主催するもので、提督の指揮下にある士官が全員出席する。提督としては、士官たちを社交の場で顔合わせさせて、たがいの才覚や才能を見て取らせようというのだな」

「アイ――それがおれの悩みの種なんだ。たしなみのある仲間としてふさわしいって、おれは思われるだろうか？　イギリス本国で恒例行事の社交舞踏会に出席したことなんて、一度もないんだ。なにかアドバイスは？　どう振る舞うか、教えてくれるか？　どんなことを予習しなければならない？」

「親愛なる相棒よ！　きみにはたしなみがある――品のある振る舞いというのは、ノヴァスコシアでもマルタでも、プリマスでもおなじだよ。もしそうした土地できみが信望を得たのなら、単なる舞踏会でも……それに、きみは一艦の艦長として淑女たちから賞賛されないことはないだろうし、紳士たちからは尊敬と注目を集めるだろう、それは確かだ。ぼくなら試練を恐れはしないよ」

「そんなふうに言ってくれるのは、きみがやさしいからだ。ほかのみんなはおれのこと、どんなやつだと受け取るかな？」

「どんなやつとも受け取らないよ、そう思っていい」即座にレンジは答えた。「ここはイギリスだ。みんなはきみのことを見たとおりに受け取る——教養のない田舎者と思うか、あるいは塩っ気たっぷりの海神の息子と思うか。きみの人となりはただ相手の見方しだいで決められるんだ」

「だけど——」

「はっきり言っておこう。もしもその場のしきたりを守れなければ、当然、彼らはきみを自分たちの同類ではない、つまり、自分たちの社交階級の人間ではないと断定する。だから、彼らと付き合っても気持ちのいいことはないと思うよ。要するに、きみは哀れみの目で見られて、彼らの〝仲間内〟からはじき出されるのだ」

キッドは頑固に押し黙っていたが、レンジがさらにつづける話にじっと耳を傾けた。

「きみは淑女たちを怖がらせないために、紳士としてのたしなみを見せたいと思うにちがいない。紳士としてのたしなみのなかでいまきみに欠けているものを挙げると、ダンス、カード、女性の扱い方だな」

「幸運を祈る、って言われているわけだ、それで——」

レンジは温かい目でキッドを見つめた。「ダンスに関しては、おそらくきみは一流の腕前だと見られると思う。だけど、正直に言わなければならないが、ああいうダンス教師の連中は、職を無くさないように、いつでも新しいダンスをたくさん創り出しているんだ。そうした新しいダンスをきみは習得しないといけない。奇妙なことだが、そういった階級の女性たちは自信をもってダンスを披露できるように、たくさんのレパートリーをもっているんだ。いくつか、すぐに練習をすることだ」

「カードは？　おれがギャンブルをやらないことは知ってるだろ」

「カードか。ひと晩中、外を散歩しようって女性たちを誘ったら？　この手は使えるにちがいない。それよりいい手は、兄弟士官たちとテーブルについて、女性たちに愛想よくしながら、罰金が賭け金に加算されていく〝ルー〟や〝二十一〟などをやることだな。ひとゲームで一シリング賭けたって、たいしたことはないだろう」

「じゃあ、女性の扱い方は……」

「そう――女性の扱い方ね。これはそう簡単には身につけられない。この術《すべ》のいちばんの目的は、きみのうっとりするようなお相手役からはずされるのを女性が嫌がるようにさせること、そう言っていいかもしれない。社会科学は、R・ボールドウィンが出版したようなすばらしい書物のなかに見つけられるだろうし、芸術は――芸術は、まずは自分で見つけなければならないよ」

「ボールドウィン？」

「若いときのぼくの座右の書だよ。『礼儀作法教典　紳士のための行動規範』、この本は読めば、充分に応えてくれる。さて、もうほかにしてほしいことがなければ、ぼくは新たに知り合ったアベ・モリーの本へ戻るべきだな。社会悪の原因に関する彼の見解は、実に驚くべきものだ——興味深いよ」

「どうぞ、ニコラス、そうしてくれ！」キッドは温かく言うと、急に口をつぐみ、そこで言い添えた。「どうやら、きみは招待されてないんだね。知っておいてもらいたいが、これはおれが望んだことではなくて……」当惑して、彼は言いさした。

「気にしないでくれ」と、レンジは静かに言った。「きみは上流社会へ入る権利を自分でつかみ取ったんだ——ぼくはまったく別の幸せを見つけるよ」


夕方の外気はおだやかで暖かく、初夏の浮き立つような活気にキッドの気持ちはいっそう高ぶった。雇った乗合馬車はダーンフォード通りを駆けてゆく。隣りの席にはスタンディッシュ副長が腰かけていた。彼の手まえ、キッドはなんとか憂鬱そうな顔を崩すまいとしたが、むずかしい。上流社会に居場所を主張できるなにかが自分にあるかどうか、それが今夜はわかるのだ。

通りに並んだ最後の優雅な建物を通りすぎると、馬車は開けた土地をよぎっていき、一軒だけ不思議な感じでそびえたつ大きな建物へ近づいていった。〈ロング・ルーム館〉だ。どの窓にも明かりがともって、光り輝いている。その光景を見ると、キッドの身内に新たな興奮が湧き起こった。広い玄関へ馬車は寄っていった。見るからに舞踏室と思われる部屋の両端に続き階段があった。

キッドは無表情な御者に片手を取られて馬車から降りると、軍帽を頭に押さえつけ、あわてて銀貨をまさぐった。まわりには見物人たちが群がり、美しく着飾って到着する人たちを見つめている。キッドは玄関へ向きなおると、儀式用の第一正装に身を整えた若い海尉がこちらへ近づいてくるのが目に入った。

「こんばんは。舞踏会へようこそ。失礼ですが……？」

「キッドだ。トマス・キッド海尉艦長。スループ艦ティーザー号の艦長」もちろん、まだ顔を知られていないのだ。

「艦長、わたしについてきていただければ、提督がいますぐにお会いになります」

この副官はおれに敬意を表している、そう気づくと、キッドは気がとがめるほどゾクゾク興奮し、頭をぐいっと起こして副官のあとに従った。スタンディッシュ副長は下位の者として、待機していなければならない。

長マントと軍帽は手際よく小さな控えの間に持っていかれ、キッドはそわそわと襟首のスカーフを引っぱると、狭い休憩室からおびただしい喧噪と照明と色彩のなかへ入っていった。

「ご苦労、副官。おお、キッド。会えてうれしいぞ」ロックウッド提督は上機嫌で、第一正装に身を包み、こちらが怖じ気づいてしまいそうなきらびやかな立ち姿だった。両脇にいた二人のレディへ提督は顔を向けて、「愛しい妻に娘よ、キッド海尉艦長《コマンダー》を紹介してもよいかな。わたしの艦隊の艦長だ。地中海では評判をとった男だ、うそではないぞ」

キッドは提督夫人へ向いて、できるかぎり優雅にお辞儀をした。すると、夫人は正式の儀礼どおり、ちょっと頭を下げて、「今夜は楽しくすごされますように、海尉艦長。わたくしは、お天気を心配してましたの」と横柄に言った。

「風でしたら、太陽がのぼるまえに西へ逆転します、確かです、マダム」と、キッドは丁重に言った。夫人が威厳を見せてまっすぐに見返した。その品定めするような固い視線に気づいて、キッドは不快になり、なんとか礼儀正しく笑ってみせると、娘のほうへ向いた。

令嬢は、胸の下で細くしぼった真っ白な薄いロングドレスを着ており、キッドがお辞儀をすると、品よく腰を落として返礼した。そのすらりと優美な姿にたちまちキッドは心を鷲づかみにされた。令嬢が立ちあがったとき、キッドの目は楽しそうにきらめくハシバミ色の瞳にぶつかった。目鼻立ちは当世風で、色白。手袋をはめたきれいな手がたおやかにキッドのほうへのびてきた。

「ミス・ロ、ロックウッド」と、キッドはその手を取った。令嬢の落ち着いた美しさを見ると、ひどく骨折っておぼえたレンジの言葉が頭からあふれだしてきて、「わ、わが名誉に、あの、存じます」舌がもつれてしまった。

「イギリスは地中海を奪われたまま放っておくほど、鈍重ではなかったって、思われるでしょ、キッド艦長。ナポリって世界一みだらな街だって言われていますわね」育ちの良さそうな声の下にお茶目な響きがあって、キッドは思わず笑みを返さずにはいられなかった。

「アイ、ナポリにはお嬢さまを魅了する場所がいろいろ――」ロックウッド夫人の冷ややかな視線と、提督の渋面から危険信号を感じて、キッドは急いで、「つまりですね、ポンペイとエルコラーノは実にすばらしい所でした」と話を締めくくった。

「まあ。訪ねる幸運に恵まれましたら、その名前、かならず思い出しますわ」令嬢は慎ましやかに言ったが、瞳にはまだ笑いが浮かんでいた。彼女はちょっとためらうと、キッドの指のなかからそっと手を引いた。

喧噪のなかでオーケストラの抑えた楽の音が流れているが、ほとんどだれも気にとめていない。キッドはスタンディッシュ副長が来るのを待ちながら、あたりを見まわした。部屋は笑い声と話し声でいっぱいで、ときどき陸軍の深紅の軍服がちらちらした。イギリス海軍の紺と白と金色があふれているのは、キッドにとってはるかに満足のいく光景だった。高い天井から低く吊ったシャンデリアが横にいくつも並び、明るく輝いて人びとの瞳や宝石をきらめかせ、レディたちをやわらかい黄金色に包んでいる。キッドは後ろを振り向いた。まだ迎え入れられる客たちがいたが、そのなかにスタンディッシュ副長の姿はなかった。彼は人群れのなかに消えてしまった。

キッドは独りきりだった。こちらへ視線が投げかけられはするが、あえて近づいてくる人はいない。どうしてなのか、キッドにはわかっていた。彼はこのパーティ以外の場で紹介されたことがまだないので、だれも知らないのだ。いかにも目的があるような顔で、キッドは部屋のなかをぶらぶらした。海上で食堂甲板を歩くときとおなじようにそこここに集まっている人群れをうまく避け、紳士のたしなみと品のいい振る舞いについてレンジから言われた戒めを心にしっかりと秘めて。

やがてキッドは自分がなにを探しているのか、わかった。ほがらかな顔つきの海尉艦長が慣れた手つきでシャンパンのグラスを持ちながら、仲間の士官とはにかんだその妻へ長々と話しかけていた。キッドはそちらへ寄っていくと、ようやく長話は終わったが、彼がまえへ踏み出すより先に、その海尉艦長がくるりとキッドのほうへ向いた。「元気かい、相棒？　ここにはダンスをしにきたのか、それとも……」

「ああ、その、ダンスはいちばんのお目当てだが」と、キッドはぎくしゃくと言って、うやうやしく頭を下げた。「スループ艦ティーザー号のトマス・キッド海尉艦長です」

「ああ、トマス・キッド海尉艦長、まずはきみのグラスを調達しないといかんな」と、彼は目立たないように召使いへ合図した。「ベイズリーだ、エドマンド・ベイズリー。ブリッグ型スループ艦フェネラ号のもんだ。この不幸な男はヴァイヴァン号のパールビー」握手はてきぱきとしていて、視線は鋭かった。「きみは〝海峡軍団〟に入るのか、たまま？」

キッドは肩の力を抜いた。シャンパンは冷たくて、強くて、気後れした気持ちはしだいに消えていき、抑えられないほど高ぶった波が押し寄せてきた。「アイ、そうらしい、なんの因果か」

「それで、われらがうるわしのデヴォン州は初めてか？」

「初めても初めてだよ、ミスタ・ベイズリー。おれが勤務したのはぜんぶ海外だ、若いときからずっと。いつかティーザー号を岩礁の飾りにしてしまうことがないように、ずいぶんと長いこと乗ってきたよ、びっくりするぐらいだ」

「ぜんぶ海外だって？　幸運だと思うべきだな。候補生時代にスピットヘッド泊地で、七十四門艦のなかをうっとりしてうろついていたのを思い出すなあ。あとは二年間ずっと、ダウンズ行きの輸送船団護衛戦隊に乗り組んで、海上勤務しただけだよ」ちょっと彼は考えこんでいたが、我に返って、「だけど、今夜はひと晩、お楽しみだ。あの、ミセス・パールビー、お許し願えれば、この海外男をほかの人たちに紹介したいんですが」

二人はゆっくりと部屋の片側へ向かっていった。くっくっとベイズリーが笑って、「おれには連れはいない。キッド、見たところ、きみも紐付きじゃないな？」

「ないよ」

「じゃあ、今夜ほど、女性とお知り合いになるいい機会はないな？」

二人は若いレディたちのグループへ近づいていった。みんな扇をパタパタさせながら、おしゃべりに夢中だ。二人の海軍士官がそばへ行くと、いっせいに振りかえって、ぴたりとおしゃべりをやめ、扇の動きが止まった。

「ミス・ロビンズ、それに、ミス・アミーリア・ウィシャート、これはこれは、ミス・エミリー・ウィシャートにミス・タウンリー、キッド海尉艦長をご紹介してよろしいでしょうか？」ベイズリーが快活に言った。「言っておきますが、この男はすばらしい軍艦ティーザー号の艦長で、いまはプリマスに繋留しています。だが、まもなく出港する、敵を叩きつぶすためにね！

ミス・タウンリーはファルマスからいらしたんだよ」と、彼は愛想よくキッドへ言い添えた。

キッドは一人ひとりにお辞儀をしながら、腰を落として返礼する女性たちの瞳が自分に注がれているのを感じた——大胆に、あるいは恥ずかしそうに彼を値踏みしている。キッドはあせって気の利いた言葉を探したが、結局、あのばかげた〝あなたさまの僕《しもべ》です〟に頼ってしまった。

「キッド艦長はこの辺のご出身ですか？」大胆な目つきのロビンズ嬢がにこやかに訊いた。

「ああ、いえ、ミス・ロビンズ。ですが、みなさんともっとお近づきになりたいと思っています」キッドはそう答えたが、若いレディたちがとつぜん同時にしのび笑いをもらしたので、ふいをつかれた。

ベイズリーが声をたてて笑って、「失礼をお許し願えれば、わたしはあちらへ行かなければなりませんので。この友人とお付き合いいただくのは、かなりおもしろいですよ」

女性たちの期待顔にキッドは気づくと、なんとか話題を考え出そうと骨折って、「あの、すばらしい所ですね、デヴォン州は」と思い切って言った。「一度、ファルマスに行ったことがありますが、あれほど美しい所を見たことがないです」

「でも、キッド艦長さま、ファルマスがあるのはコーンウォール州ですわ」ロビンズ嬢がクックと笑い声をたてた。

「いえ、そうじゃないです」キッドはきっぱりと返した。

女性陣は黙りこんで、怪訝そうな顔でキッドを見た。

「ちがうんです――ファルマスと言っても、アンティグア島のです――カリブ海の」狐につままれたような彼女たちの顔を見て、キッドはそう付け加えた。

「あたくしたちのようにイギリスにばかりいる者が知らないことを、あなたはご存じなのね。どうぞ教えてくださいな。お砂糖が生えているのを見たことがありまして？　つまめるように塊りになっているのかしら、それとも掘らなければならないの？」

楽勝だった。レディたちはそんな興味を示したので、とても楽しく時間がすぎていき、キッドは自分の任務も忘れそうだった。「ミス・アミーリア」と、彼は、いちばんはにかみ屋で、だからたぶんいちばん安全そうな女性にやさしく声をかけた。「コティヨンになりましたら、わたしのお相手になってくださると約束していただけませんか？」

やった！　彼女の顔に最初は驚きが、つづいてうれしそうな表情が走って、「まあ、艦長さま、それは名誉なことですわ」とにっこり笑ったのだった。

キッドの背丈とおなじぐらいの提督令嬢とちがって——さっきそう気づいたのだが——アミーリア嬢は残念なことにたいそう小柄だが、顔は天使のようにふっくらとして可愛らしく、二人並んだ姿を想像すると、キッドは誇らしい気持ちが湧きあがってくるのを抑えることができなかった。

フロアを埋めた人群れが分かれて、舞踏会の司会役が現われ、自分のまわりに空間を作った。話し声はやかましいほど大きくなって、やがて静まった。

「閣下、淑女ならびに紳士の方々、どうぞ、お相手を見つけてください——メヌエットです」

キッドは片腕を差し出した。ティーザー号の大キャビンでこの動作をレンジ相手に練習したときは、ひどくぎこちなく思ったのだが、いまは自然な感じでできた。舞踏会の幕開けのメヌエットは堂々とした踊りで、動きがゆるやかで優雅なので、キッドは尻込みしてしまい、自信が湧くまで頭のなかが真っ白だった。そこで、ダンスの列が作られていくあいだ、二人は片隅に並んで立っていた。そこに彼がいるのに気づいたらしい一、二組のカップルへ、キッドは愛想よくうなずいた。彼らがキッドの連れの若いレディへ視線を落とすと、彼女はにこやかにほほ笑みかえした。キッドの気持ちは舞いあがった。

ダンスを始めるために、提督の恐るべき夫人が副官に導かれてきたようだった。キッドは自分の腕にまわされたアミーリア嬢の腕が意識されて、話しかけた。「すばらしい光景ですね、大舞踏会だ、でしょう？　あなたにはよくこういう機会があるのですか？」

アミーリアの瞳が大きくなった。「まあ、艦長さま、あたしは今シーズンにデビューしたばかりですのよ」小さな声だったので、キッドはかがみこんで耳を寄せた。

「それはともかくとして——あなたは将来、求婚者には事欠かないと思いますよ」

次はコティヨン、と触れられた。キッドは誇らしい思いで彼女を連れて、八人組のなかに加わり、きらびやかな女性とその相手役の礼儀正しい男の向かい側に立った。男は年若い海尉で、キッドに敬意をこめてお辞儀した。キッドは丁重に頭を下げた。音楽が始まった。

アミーリアは愛くるしく踊り、キッドから瞳を離さなかった。さらに活発な旋律になると、彼女の頬がピンク色に染まってきた。音楽が終わると、キッドは心から残念に思いながら、意気揚々と彼女に付き添って友人たちのところへ戻った。

どういうわけか自分が女性にダンスを申し込んでいい立場にいるとキッドはわかり、ロビンズ嬢が次のお楽しみを許してくれた。幸いにも、次の曲は『ピースコッズに集まれ』になり、この流行のカントリーダンスをキッドはおぼえたばかりだった。

曲が変わるあいだに、ロビンズ嬢はキッドが広い世界をめぐっており、拿捕賞金にもかなり恵まれて、未婚であると聞き出した。キッドのほうは、彼女の一家はこの地方の出で、銀行業界で有名であり、バックファストリーに住んでいて、妹が二人おり、どちらも彼女同様独身だと知った。

もうこれはおれ自身の世界だ、そう思ってもなんの問題もない。おれはジェントルマンで、いまやみんなそうとわかっているのだ！　最後の曲になると、キッドは作法をきちんと守ってロビンズ嬢にお相手する名誉をいただけるようにと乞い、やがて、片腕に彼女の腕をまわさせて、椅子へと戻っていった。

まわりじゅうから楽しそうな話し声がうねってきた。キッドは、自分の仕立てのいい軍服の金モールや肩章にロウソクの明かりが心地よくきらめいているのに気づくと、おれは異彩を放っているにちがいないと思った。いまこそこの世界で人間関係を広めるときだ。

キッドは人でいっぱいの舞踏室を縫うように進んでいって、上の階へ向かった。そこではちがう娯楽が行なわれているはずだった――カードとおしゃべりだ。ちらっとテーブルへ目をやると、カードを楽しむ人あり、そのそばに静かに付き添う人あり、また、そぞろ歩くカップルあり、なごやかなグループあり、寂しげな壁の花ありだった。

「おーい、キッド艦長」背後から聞きおぼえのある声が通ってきて、くるりとキッドはそちらへ向いた。

「ベイズリー艦長」キッドは彼の姿を認めると、そのテーブルへ行った。近づく彼を好奇心いっぱいの目、目、目が見上げた。

「ミセス・ワトキンズ、それからミス・スザンナ、この男はキッド海尉艦長です。デヴォンシャーではレディたちがいかに桁《けた》はずれの遊びをするか、見にきたんですよ。この椅子にかけてくれ」と、ベイズリーは立ちあがった。

「賭け金はどれぐらいか、お訊きしてもいいですか?」キッドは立ったまま、丁重に訊いた。

「ええ、四ギニーですわ、キッド艦長」一人のレディがにこにこして答えた。

ベイズリーはゲームをやめてもいいような感じだったので、キッドは残念そうな口調で、「ああ、わたしにとっては大金すぎます、マダム」と言った。そこで、ベイズリーのほうへ向いて、一礼し、「もし、わたしとしばらく天下国家についてお話できるようでしたら、ありがたいのですが」と言った。

ベイズリーが失礼を詫びて席を立ち、二人はぶらぶらとパンチの置いてあるテーブルを探した。

「あのミセス・ワトキンズは、攻めるには厄介な相手だよ」と、ベイズリーは大きくため息をついた。「旦那がね、ダンス狂で、いつも消えちまうのさ」ちらっと彼は笑みを浮かべた。

「訊いてもかまわなければ、教えてくれ」と、キッドは切りだした。「どうしてきみはこの海域の勤務についたんだ？」

ちらっと、ベイズリーは鋭い視線を投げた。「水兵技術と確かな航海術を習得するには、ここに勝るところはない。南西の海岸線は荒々しく、よそから孤絶していて、岩だらけで、恐ろしい突風が吹く」ちょっと彼は考えこんだ。それから、「土地の人間たちはほとんど漁業で生計を立てていて、なかには沿岸貿易をしている者たちもいる。それに、自由貿易もだ、機会さえあればな」

自由貿易とはこの土地の遠まわしな言い方で、要するに密輸のことだとキッドは知っていた。

「それで、どんな任務があるんだ？」

「あえて言えば」と、ベイズリーはうなるように言った。「ジョニー・クラポー、つまりあのフランス野郎は大胆不敵になっている。やつにとっていちばん勝ち目があるのは、ネルソンとその軍艦に立ち向かうのではなく、わが国の貿易船を襲うことだ。もし貿易をつぶせば、わが国を叩きつぶすことになる。貿易ができないと、戦争にまわす金がなくなり、同盟国はわが国を信用しなくなる。それでわが国はおしまいだ」

パンチは洗練された味だった。キッドはカリブ海にいたとき以来、こんな愉快な晩を思い出すことはできなかった。

「だけど、きみが訊いたのは、どうしてこの勤務についたのか、ってことだったな」ベイズリーはにやっとして、「アイ、ここの仕事が好きだからって言わざるをえないな。航海は長すぎないし、最終的には国の食べ物が待っているし、お楽しみはあるし、独立した任務だから、大艦隊のように旗艦からしじゅう信号旗を掲げられることもない。しかも、この仕事をすることは国を救うことなんだからさ」

「まったくそうだな」と、キッドはうなずいた。「さあ、ミスタ・暴れん坊のナポレオンが出撃したら、好きなだけ暴れられるな」

「まあ、キッド艦長、こんなところにいらしたのね」銀鈴を振るったような声がした。「あきれましたこと！　連れを放っておいて、海のお話だなんて。ジェントルマンはそんなにたやすくレディを捨てるべきではありませんわ」

「ミス・ロックウッド！　告発どおり、わたしは有罪です！」と、キッドは片腕を差し出した。狂喜して心臓が跳ねあがっている。提督の令嬢！

第四章

「ニコラス、自分でカップケーキを取ってくれ。おれは昨夜の食事でたっぷり食ったから」キッドは椅子のなかで背伸びした。軍艦の朝特有のあわただしい物音が上の甲板から響いてきたが、ありがたいことに、いまそれはキッドにとって他人事だった。

「じゃあ、プリマスの社交界デビューは成功したと思っていいのかな？」ニコラス・レンジが訊いた。「レディたちの扱いについては、心配していたよ。うまくやるには、なかなか技が必要だからな」

「大丈夫。みんなほんとにやさしかったから、もしおれのことが目に入れば、こっちへ来るようにって一人や二人はためらわずに合図してくれるってわかって、自信がついたよ」

キッドの大きな笑顔にレンジの笑顔は圧倒された。「つまり、この体験をきみは……楽しいものだと思った、そう解釈していいのか？」

「アイ、いいとも。あれは、あれは、おれにとって別世界だ、新発見だ。探検してみようと思う」

「だけど、いまはきみのすばらしい艦を戦争に持っていくんだろう」

キッドは真っ赤になって、「任務に支障は来《きた》さないよ。正午すぎの潮に乗って出港する。おれが言っているのはただ、もしもあの世界がおれの将来なら、歓迎だってこと。出港前に、強制徴募局が人員を送ってくることになっている」キッドはそうぶっきらぼうに付け加えた。

「それはスタンディッシュ副長が喜ぶだろう」

定員に十八人が不足しているので、どの当直も配置もいま、四人に一人の割合で足りない。スタンディッシュ副長は艦首の二門の砲員をほかの大砲へまわして定員を満たさなければならないと考えており、それに気づいたキッドは落ち着かない気分でいた。強制徴募局は全力を尽くしてくれるだろうが、この開戦前夜には荒っぽい徴募騒ぎが起こったにちがいないから、そのあとでは陸上にいた本職の船乗りたちはとうに逃げてしまったことだろう。

キッドはコーヒーを飲み終えた。あと数時間でティーザー号は外洋めざして出港する。外洋では敵がおれとおれの艦に情け容赦なく襲いかかろうと待っている。それが戦争の非情な現実だ。敵味方どちらにとっても相手を叩きつぶすのが任務だ。ティーザー号は用意万端整っているか？　おれ自身は？

キッドはレンジへうなずいた。「甲板をひとめぐりしてこようと思う。きみは朝食を終えてくれ」

午後二時にワイズ山の信号所は、ブリッグ型スループ艦ティーザー号がデヴィルズ岬をかわしてプリマス水道を抜け、外洋へと戦争への道を進んでいくのを記録した。記録しなかったのは、各甲板で繰り広げられた騒動と混乱だった。

「わたしからと挨拶して、スタンディッシュ副長に艦尾へ来るように伝えろ」キッドは片脇にいた伝令の士官候補生へぴしりと命じた。

アンドルーズ候補生はティーザー号の威勢のいい揺れと戦ってよろめきながら艦首へ向かっていき、スタンディッシュ副長のところへ行った。副長はフォア・マストのトップ台にいる者たちへあれやこれや怒鳴っている。

「スタンディッシュ副長、あれではだめだ！」と、キッドは声を荒らげた。最初の戦いは数時間以内にも起こるかもしれないのに、ティーザー号の操帆作業はお粗末なものだった。

「フォアのトップ台長は部下の動かし方がわからないようだ。もう一度やるので、もし部下をまとめられなかったら――いますぐにだぞ――台長のポストはほかの者へ行くと彼に伝えておけ」

「はい、艦長」

「一点鐘に配給酒《グロッグ》と昼食をすませたら、ただちに砲員を砲術訓練部署につける、日没までだ」そこでキッドは声を落とし、厳しい口調でつづけた。「本艦は、みんなが強くなるのを待てるほど、大きくはない。きみは乗組員を奮励努力させてくれたまえ」

訓練しながら南へまっすぐ針路をとって安全に外洋へ向かうにつれて、海岸線はどんどん遠くなっていったが、ティーザー号に割り当てられた任務を果たすことはまだなかった。キッドは午後ずっと甲板にとどまっていた。水兵たちはつい今し方まで港の酒場やほかの娯楽場で楽しんでいたので、作業しながら艦長の名前をののしっているにちがいない。強制徴募兵たちからはときどき、憎悪の目が向けられた。出港前にティーザー号に送られてきたのは大人が九人と子どもが一人だけだった。どの男も役に立つかどうか疑問だ。乗組員のなかでキッドがすでに知っていて信頼している者はごくわずかだった。

カ・カーン、カ・カーンと八点鐘が鳴り響いて、第一折半直が始まると、帆が減らされた。すばやく夕食がとられたあと、長い夏の夕方が終わるまで、砲撃配置がとられた。ティーザー号の艦首はいぜんとして沖合へ向いている。キッドは休もうとはしなかった。一人、また一人と各部の先任者を大キャビンに呼んで、赤ワインのグラスを掲げながら、彼らの部下の仕事ぶりや強靭さ、見込みなどについて質問した。見知らぬ者同士の集団を訓練し、嵐や敵のもたらす最悪の事態を一丸となって切り抜ける強いチームに仕立てるのは、困難な道のりだ。あせってはいけない。天候や戦いの重圧を受けると、どんな弱さもすべてたちまち露呈してしまう。そのことをキッドはよく知っていた。

夜が明けると、空は青く、水平線はくっきりとしていた。当直は両舷とも訓練に入った。正午に配給酒が配られたとき、キッドは探し求めていたしるしをそここに目にした。これまでは警戒し、自己防衛しながら言葉を交わしていたが、そんなようすは消えて、自信に満ちたおしゃべりや気安い笑い声が響いたのだ。これこそ、分かち合い、挑戦する男たちのしるしだ。この絆がさらに強まって、やがては信頼し、頼り合う同僚になっていくのだ。

早くも一人一人の性格が現われだした。大声で他を圧倒する者、無口で有能な者、尻込みして、先頭に立つのはほかの連中にまかせる者たち、口ばっかりの役立たず。気合い充分な者、心配性、猪突猛進。先任者は自分の部下たちをすべて知り尽くし、先任者たちの力量はキッドが測る——これが海でのむかしからのやり方だ。海では一人の行動が直接、全員に影響しかねないのだ。

午後早くにティーザー号は上手まわしで旋回し、プリマスへ戻る針路に乗ったが、キッドは少しの遅れもなく所定の位置につくべきだと決意した。デヴォン州のぼんやりとうねる海岸線がふたたびしっかりした形になったとき、くだすべき決断は一つしかなかった——母港プリマスはパトロール海域の中間にあるから、海峡を東へのぼるべきか、西へくだるべきか？

天気はよく、大西洋から威勢よく入ってくる風も航海には最適で、波は小さかった。

「ダウス航海長、西へ針路をとってくれたまえ」そうキッドは命じた。

準備ができていようがいまいが、ティーザー号は戦争へ行くのだ。この戦争はおれにとっていままで経験してきた戦いとはまるでちがったものになるだろう。勝ち取らなければならない特別な目標はないし、異国船や未知の脅威のある外国の海岸へ行くこともない。これは自分の海を守る挑戦であり、持久戦であり、いつ爆発して激しい戦闘になるかわからず、そうなったら独りで立ち向かわなければならない。

グレート・ミューストーンの巨大な三角形の岩壁をキッドは認めた。プリマス水道の東側の航海目標だ。その岩壁も対岸に広がるレイム岬の丘陵も前に見たことがあったが、そのときキッドはフランス王党派を助ける緊急使命を帯びてブルターニュへ行くところで、心はそこになかった。

いまの任務は陸上《おか》に接近し、長年海上で培ってきたあらゆる本能に反して、このひび割れた荒々しい海岸線のそば近くにいることだった。ほかにも船がおり、断崖から吹きおろす突風や風をうまく利用していた。海図や沿岸水先人が強く警告している障害物など、気にもしていないようだ。この土地の漁師たちにちがいない。彼らは生まれたときからずっとここで暮らしてきたのだ。

ペンリーの町とレイム岬を通りすぎると、十マイルもつづくウィットサンド湾の海岸線が見えてきた。すると、ダウス航海長がそばへやってきた。「こことルーのあいだにある危険物をぜんぶ避けるとすると、レイム岬からミューストーンが見通せるようにしておくことです」

キッドは助言する航海長の気を遣った口調に気づいた。航海長が一歩引いたり意見を差し控えたりするのはよくあることだが、キッドにはこの海域に関する彼の知恵が必要だった。「アイ、では、そうしよう」と、キッドは応えて、艦尾を振りかえり、遠くの黒い岩壁がなめらかに滑っていって、レイム岬の断崖と並ぶのを見守った。ティーザー号は海岸線から優に三マイルは離れており、これなら強風のなかでも風下に安全な距離をとっておける。キッドはちょっと緊張を解いた。ダウス航海長とはうまくやっていけそうだった。

初夏の太陽は暖かく、慈愛に満ちていた。陽光を浴びて緑の海はきらめき、冷たい大西洋の風はその鋭さを殺《そ》がれている。ティーザー号は懸命に艦首を波山へ乗せ、帆はらみ《ボウラ》綱《イン》をいっぱいに張っていた。キッドには艦尾甲板以外の場所にいることなど、考えられなかった。まえの甲板へずっと視線を走らせた。艦首ではスタンディッシュ副長がカロネード砲のそばに立って、片脚を砲車のすべり板に載せ、マストの上で作業するトップ台員たちを見つめていた。当直員たちは、風圧を吸収する風下側の新しい締め縄《ランヤード》を締め直すのに忙しい。中央のメイン・マストでは、パーチット掌帆長が水兵の一団を率いて、トップマスト用の新しいスティスルをマストの上へ運ばせている。下の甲板ではフィールディング主計長が強制徴募兵たちに衣服を配給し、レンジと助手の若いルーク・キャロウェイ一等水兵が戦闘配置表を修正する準備にかかっていることだろう。

この風下の海岸線にコーンウォール州の最初の小さな港が点々と連なっている――ルーにポートリンクル、それから密貿易者たちの巣窟である遠く離れたポルペロ。コーンウォール州の地形はおだやかな丘陵のつづくデヴォン州とはまったくちがう。キッドはその地に上陸してみたくてたまらなかった。

午後の時間がたっていった。大きなウィットサンド湾の海岸線はふたたび海側へせり出してきて、先端は岩の斜面が急に切り立つ岬になった。風がもう少し南寄りなら、この湾は充分、罠になりうる。横帆船はこの湾に閉じこめられたら、風上へ間切って出ることはできず、最後にはこの断崖の岩に串刺しになってしまうだろう。

「キッド艦長、いい頃合いです――この先にホイの港があります。手前の岬の向こう側です」

視界はすばらしくよく、キッドは望遠鏡を上げた。たぶんフォイ港は遠い岬と手前の広い土地のあいだにあるのだろう。レンズは、沿岸航行船のオーク樹皮をなめした赤黒い帆をとらえた。しかし、もっと外洋をゆく船の白い帆はどこにも見えなかった。

「フォイか？　では、航海長、立ち寄ることにする」

フォイは――ダウス航海長は〝ホイ〟と発音するが――税関のある港で、プリマスと海に面したファルマス港の中間に位置している。立ち寄ったら、海軍から歓迎されるにちがいないし、顔を出して、命令書を調べるのは自分の任務だ。

「スタンディッシュ副長、夜に備えて繫留する。乗組員に上陸許可はないぞ、もちろん」すぐに出港するのだから、乗組員を誘惑のなかへ送りこんでもなんにもならない。「わたしは当局に出向くので、きみは出港準備を整えておいてもらいたい」

「アイ、アイ、サー」副長はきびきびと応えた。

「それから、信頼できる者をボート員に選んでくれたまえ」

遠くにぼうっと現われた岬――グリビン岬――の風下側に入っていくにつれて、外洋のせわしく立ち騒いでいた波はおさまっていった。

「城が見えるまで、パンチ・クロスから一ケーブル、操船余地をとっておくことです――向こうのあの岩の群れです」ダウス航海長がキッドへ言った。キッドはありがたいとばかりに、そうした情報をすべて頭の引き出しにしまいこんだ。

ティーザー号は狭い港口を滑るように通って、黄昏《たそがれ》のなかにひっそりと沈む内港へ入っていき、開けた広い水域に錨を降ろした。何十隻も停泊している船舶の林立するマストの向こうに小さな町があり、明かりがちらちらとまたたきはじめた。

キッドは、着心地はいいが擦り切れた航海用軍服を着替えながら、「ニコラス、上陸したいか、本を読んでいるほうがいいか？」と訊いた。

ニコラス・レンジは顔を上げた。キッドが自室で艦の仕事をしていないとき、レンジは艦尾窓のそばの安楽椅子にかけて、窓から入る外光で本を読むようになっていた。これはキッドにとって賛成するどころの話ではなく、艦長室からは想像どおり、陰鬱で孤独な雰囲気が消えて、温かい避難所のような空気が漂うようになった。

「ローマ人がこの島国に侵攻してきたとき、ローマ文明人の甘言に屈しなかった土着のブリトン人は、コーンウォールとウェールズの砦へ追いやられ、そこで異邦人の迫害を受けずに暮らした。だから、ここの土地の人たちをぼくらは外国人と思うかもしれない。逆に、ぼくらが外国人と見られるか？　どちらが正しいか、ぼくは知りたくてたまらないよ」

「それに、きみの民族学のびっくり箱にここも加えたい、だろ？」

「そのとおり」

「では、いったん上陸したら、ボートが見えるところにいてくれると、ありがたい。こっちの仕事はどのぐらい時間がかかるか、わからないから」

　雑用艇《ジョリー・ボート》の舵柄をとったのはスターク掌砲次長で、ポールダン操舵長が艫《とも》の調整オールにつき、その反対舷にルーク・キャロウェイ一等水兵が、舳先《へさき》の二本のオールには二人の候補生がそれぞれついた。キッドはボートを出すように命じた。

　小柄な候補生アンドルーズが大きなオールと格闘して、必死にポールダンのリズムに従おうとする一方、大柄なボイド候補生は力強くオールを操るが、タイミングをとる感覚がほとんどない。ポールダンがひと漕ぎごとに大げさに調整オールに胸を倒して、若い候補生たちに調子を合わせるチャンスを与えながら、ボートは静かな海面を渡って町の突堤へ向かっていった。

キッドはボートから降りると、長い石造りの突堤から下のボートへ、「呼んだら声の届くところにいてくれたまえ」と大声で言った。これでボート員が陸上でちょっと自由を楽しめるかどうかはスタークの判断しだいということになった。しかし、レンジといっしょにその場を離れると、ボートがまた突堤から突き離されるのが見え、激しいののしり声が水面を渡ってきた。帰りは来るときよりも、漕ぎ方がましになりそうだ。

急な丘の斜面に張りついた町は家々が密集していて、細長い形にのびていた。いちばん大きな突堤には堅固な石造りの建物が並んでおり、その何軒かはレンジが喜んだことに、中世に建造されたものだった。水際沿いに小さな造船所がごちゃごちゃと連なり、漁船桟橋が悪臭を放ち、みすぼらしい路地が二人の目を引いた。夕方のあわただしい本通りを進んでいくと、好奇心いっぱいの目、目、目が二人に挨拶した。国王陛下の軍艦が入ったという噂は、フォイ中の酒場に早くも広がっていることだろう。

港長の事務所は突堤界隈のはずれにあった。そこから狭い道はゆるやかに曲がって、急な斜面をのぼっていく。事務所のなかに明かりが一つ見えた。レンジが別れを告げると、キッドはなんの変哲もないドアへ行って、ノックした。ロウがしたたるロウソクを手に、人影が現われた。キッドが口を開くより先に、その人物がつっけんどんに、「あのブリッグ型スループ艦か——出頭してきたのだな。だろ?」

「アイ、サー。スループ艦ティーザー号のトマス・キッド海尉艦長です、お見知りおきを」キッドが頭を下げると、不機嫌なうなり声が返った。

「待ちかねたぞ!」どやしつけるように相手は言うと、キッドを手招きして、大きな待合室らしい部屋へ案内した。室内は一対のロウソクが照らしているだけだった。「ブランディは?」

「失礼ですが、港長ですか?」

「ロストウィジエイ教区にあるフォイならびにすべての外港のな——わしの名はビビーだ。きみにとってはミスタ・ビビーである」

ブランディが気前よくそそがれた。

「お訊きしてもよろしいですか、どうしてわたしを待っておられたのか?」キッドは慎重に尋ねた。

ビビー港長は鼻を鳴らして、革張りの肘掛け椅子にさらに腰を沈めた。「沖合にきみの船が見えたかと思うと、このフォイに針路をとったのだよ。わたしに連絡をとりたいのだと思うのは当然だろうが」ごくっと、港長はブランディを飲んだ。「だから、むろん、きみをここで待っていたのだ」

キッドはひと口含んだ。極上のブランディで、すばらしい味がたちまち火のように広がった。「わかりません。どうして——」

ドン、と港長はグラスを置いた。「では、あれをきみの望遠鏡でのぞいてみろ！　あれが見えるだろうが？」港長は泡を飛ばしてそう言うと、窓の外の夕闇へ手振りし、錨泊しているたくさんの船舶の明かりを示した。「われわれはみんな待っていたのだよ！　きみをな、くそっ、キッド艦長！」

キッドは真っ赤になって、「わかりませんが——」

「ナポレオンとの戦争はもう何週間も前に始まっているのに、いまだに一隻の軍艦も姿を見せないのだ、あの船たちに出港しても大丈夫だと請け合ってくれる軍艦がな！　海軍はどこにいるのだ？」

「海です、海軍がいるべきところに。こう言ってもよければ、海上で出会うものを恐れて船を港に縛りつけておくなんて、気概はいったいどこにあるのですか？」と、キッドは言い返した。

ビビー港長は間をおき、それからしわがれた声で話をつづけた。「きみはこの海岸に来たばかりだ。きみに考える材料を与えよう。一人の商船船長がいる。彼はささやかな船を持っている、まあ、四百か五百トンぐらいだ。彼はみんなと同様に、自分の積み荷が書類に書いてあるとおり無事に港に着くように腐心しているが、このあたりでは、大きな貿易会社のやるようなことはできない。できないのだよ、キッド艦長。というのも、彼の船舶に入っている荷は、近隣の小さな農場や村から来た商品だからだ。ラバの背や牛車、人間の背中に積まれて運ばれてきて、船に積みこまれる。プリマスやファルマス、海峡の東の大きな貿易港に運ばれるものと信じてな。

船長は潮に乗って出港する。そして、すぐさま私掠船に捕まってしまう。捕まるのはひどいことだが、もっとひどいのは、この貧しい者たちは財産をすべて荷に注ぎこんでいるので、その財産を失ったことだ。保険はない——戦時は賭け金がべらぼうに高いので、保険をかける余裕などないのだ。それでやられてしまう、完全におしまいなのだよ、艦長。村全体が破滅する場合もある。この地方の船乗りたちは、愛する者たちと一文無しになって、教区の助けを受けることになる。船？　船は土地の者たちの共有で、すべてなくなってしまう。

だから、キッド艦長、いま突堤へ降りていって、商船船長に面と向かって、あの海に少なくとも三頭の野獣がいると知って、船を港に繋ぎとめておくのは、臆病者だ、と言ったらどうだ？」

キッドは声が上ずらないように抑えながら、「この海域でフランスの私掠船を三隻、見たんですね？　正確な場所はどこです？」

「ああ、この二日間で三隻の船が捕まえられたのだ、そういうことだ。とにかく、一隻は知っているやつで、〝血まみれジャック〟って呼んでいる。そいつは怒らせたら、なんのためらいもなく船乗りたちを殺してしまうからだ」

「では、確かに見た私掠船は、一隻だけなのですね。わたしは正当な戦い方で軍艦に立ち向かった私掠船は、まだ見たことがないですよ」キッドはきっぱりと言った。だが、百五十マイルにもおよぶ海岸線をおれ一人で守るのか？

しかし、なにか自分にできることがあるはずだ。キッドは深呼吸を一つしてから、「本艦は輸送船団護衛隊を結成します。まもなくファルマスへ向けて出港するので、希望する船はいっしょに来ていいです——あの、つまり、ファルマスで定期の大西洋輸送船団に合流するまで、本艦に護衛してほしい外洋航行船だけですが」

これはキッドの受けている命令を大きく逸脱することだった。命令書では、輸送船団護衛隊がたまたまキッドのパトロール海域を通ったら、補佐せよとだけ告げている。輸送船団護衛隊を作れるのは将官だけで、船団は統制するのが複雑で厄介だから、印刷した指示書が船団の各船長に渡され、特別な信号法も示される。つまり、いったん輸送船が護衛隊の指揮下に入ったら、海軍本部は輸送船側から法的責任を問われるということだ。輸送船団護衛隊結成を独りで宣言したのだから、もしも輸送船が拿捕されたら、キッドはその船に対して個人的な責任があり、そうなった場合には、軍歴はおしまい、経済的には破産となることは必定だ。

「港長から船長たちに伝えてくだされば、明朝、船長たちと話します」そうキッドは言った。

　キッドはトーストを食べながら、「ニコラス、おれは、船団護衛を、宣言した」ともぐもぐ言った。

「ほんとうか？」ニコラス・レンジはコーヒーにさらにクリームを加えて、「それは、スループ艦の海尉艦長に与えられた権限の範囲内のことだって、確信があるのかい？　いくらきみが有名な艦長だって」

　キッドは不安だったにもかかわらず、とつぜん楽しくなった。ついに！　決定は自分がしたのかもしれないが、実行は自分一人でしなければならないわけではないだろう。「たぶん、ちがうだろうな。だけど、それ以外に輸送船を海へ駆り出す方法なんて考えられるかい？」

「ティーザー号はすばらしい艦だ。だが、一隻で護衛するのか？」

「川の上流にボディニックという町があるが、そこにカッターが一隻、繋留しているのを見たんだ。指揮しているのはただの海尉指揮官《レフテナント・コマンド》だから、おれより後任になる。その指揮官はおれの命令で出帆することになるって、すぐに知らされるはずだ」

　カッターはかなり助けになるだろうが、いま錨泊している十数隻の外洋航行船を護衛するとなると、充分ではないだろう。だが、ただちに海へ出られれば、英仏海峡の対岸にいるジャッカルどもにこの情報が届くころにはもう手遅れになっていることだろう。

「それで、羽ペンを使える者をぜんぶ、呼んでくれないか？　船団への指示書を書き写させたい。船団におれから話したあとで、配布するつもりだ」キッドは皿を押しやると、主な点を書きとめだした――この船団だけに通じる簡単な識別信号、攻撃された場合に従うべき指示、基本的な遭難表示。風見や信号旗、そのほか正規の護衛隊のように船団と極秘の取り決めをするのはむりだろうが、慣例に従って各船の船尾に大きな数字を書くことは考えたほうがいいだろうか？

HMSティーザー号は、縦に連なるガチョウの群れのような輸送船たちを率いて、進んでいった。弱い風のなかでどの船もティーザー号についてこようと必死だ。ティーザー号はポルルーアン城の遺跡を通りすぎ、醜く散らばったパンチ・クロス岩群を抜けていった。外洋に出ると、ティーザー号は丸みのある緑灰色のグリビン岬を右舷に見てかわし、一時停船して、輸送船が集合できるようにした。キッドは指示書で、ティーザー号が前衛に、カッターのスパロー号が後衛につくと告げてあった。スパロー号の年配の海尉は心地よい寝床から引き出されたとき、腹を立て、補給品も水も足りないと泣きついたが、キッドは取り合わなかった。それでいま小さなカッターは後衛にいて、沖合へと輸送船たちを追い立てているのだ。

夜明けからこの一時間、風は弱かった。キッドの計画では、暗くなる前にファルマスの安全な港に入る予定だが、沖へ出ると、おだやかに広がる海面から光の粒が跳ねかえってキッドを迎えたのだった。

グリビン岬のあたりを吹く弱い風は気まぐれで、キッドは少し索具をゆるめて帆面積を広げさせた。スパロー号を確かめようと彼は後ろを振りかえったが、まだその姿は見えず、フォイの狭い湾口は船団に加わろうと入り乱れる船たちが我先にまえへ出ようとして、ごったがえしていた。

狭い湾内は集まってくる船でじきにいっぱいになり、この弱い風では舵効速力はほとんどつかないだろうから、たちまち衝突し合うだろう。ぐずぐずしないで動きだす以外に手はない。ティーザー号はまるで船団指揮者としての大きな立場を意識するかのように、毅然とした動きで風下へ艦首をまわした。

興奮したアンドルーズ候補生が高く手を上げて、グリビン岬の丸い頂上を指差した。そこには見まちがえようもなく旗がひらひらしていた。

「信号所です、艦長」と、スタンディッシュ副長がすばやく望遠鏡を上げた。

しかし、キッドの目は湾内にひしめく船たちに釘付けになった。数十隻はいる。くるりと彼は回れ右して、沖合のきらめく陽光に目をすがめた。〝血まみれジャック〟にとっていまは、無統制の群れに襲いかかって、選り取り見取りに捕らえる絶好のチャンスだ。この光景は、たちまち悪夢と化してしまう。

「読み取れない」と、スタンディッシュ副長はつぶやいて、しっかりと望遠鏡を構えた。港からとつぜん船がいなくなったのを見て、信号所では面食らい、たぶん確認したがっているのだろう。ドン、と小さく砲声が轟いて、のろのろと硝煙が上がり、旗竿へ注意を引いた。しかし、旗はだらんと垂れて、生暖かい微風にゆらめいているので、読めない。

「くそっ、吼えやがって!」キッドは毒づいた。この重大時に原始的な旗琉信号で会話などしていられない。

「あんなばかげたやつらは、腐っちま――」キッドは言いさした。「あの旗は見えなかったんだな?」短く言って、「プロサー航海士に〝受信応答旗〟を下げるように言え――ずっと上げ下げしておくんだ」

副長が共犯者めいた笑いを浮かべて、「アイ、アイ、サー!」

陸上の人間たちにとって、これほどたくさんの船が外洋へ出ていくすばらしい光景を楽しむには、完璧な天気だった。朝靄《あさもや》はすべての物の色をやわらげている。海と空が出会うところでは海の緑が少し薄くなり、靄の帯を透かしてその上の青がのぞき、さらに上空は陽光におおわれて白く光っている。

西部地方のラガーが、なんとかティーザー号を追い越してもっと広い海域へ出ようとしていた。「後ろにつくんだ、この寝ぼけ野郎!」キッドはどやしつけた。彼が船団に出した指示は基本的なことだった。本質的には「本艦に従え」で、これはどんな愚か者でも理解できる。キッドは軍帽をぬいで、額をぬぐった。自分で自分を笑い物にしている、そう気づいたが、かまいはしなかった。右往左往する船の群れがゆっくりと列を作りはじめ、やっと最後尾にスパロー号が見えた。しかし、スパロー号は弱い風のなかであまり行き脚がついておらず、落伍船を追い立てる仕事はできていない。

実際、ティーザー号はいつのまにか船たちをどんどん置き去りにしていた。港から出た船たちを迎えたこの西風では、徒歩のスピードを保つにも充分ではない。それでも、グリビン岬をもう後にしており、セント・オーステル湾のもっと広い海面が横手に開けてきた。ここからドッドマン岬の風上に出なければならず、その岬からはセント・アンソニー岬と対岸のファルマスへ向けてまっすぐに走ることになる。

取るに足らない沿岸航行船は別として、慈悲深いことに海上には一隻の船もいなかった。だが、明るい靄が水平線をおおっているのだから、ほんとうにいないとだれにわかる？　またキッドは後ろを振りかえって、頭がくらくらするほどたくさんの船たちがティーザー号の航跡のなかを忠実についてくるのを見つめた。彼は恐ろしくなっては、誇らしくなるのを繰りかえした。規律のない烏合の衆は本物の輸送船団とはちがうが、それでもこのおれとおれのすばらしいスループ艦は大船団を率いているのだ。

「ダウス航海長、どうやってきみはこの艦の進み具合がわかるのだ？」と、キッドは訊いた。

航海長の意味ありげな目がメイン・マストの横静索《シュラウド》に弱々しく立っている翼つき風見《ドッグ・ヴェン》に走り、それから、ドッドマン岬のなめらかな斜面を目測するように見つめた。それで充分に答えになっていた。「艦長、太陽の中心にかかっているあの靄《もや》ですが、どうも気にくわんですな。ドッドマン岬を少なくとも二マイルは風下にしておきたいです」

「うん、よし、航海長」

靄の帯は太くなっていたが、太陽の輝きも増していたので、キッドはほとんど注意を払っていなかった。しかし、もしもあの靄がもっと濃い海霧だったとしたら、これまで見たことのある海霧とは別物だ——北アメリカのグランド・バンクスをおおった湿っぽく濃密な霧や、地中海のひんやりして歓迎すべき霧などとは……。この夏の靄はほんとうになんの問題ももたらしはしないのだろうか？

信号揚げ索担当の二人組へキッドは大声を張って、「信号旗を揚げろ、〈もっといい位置を保て〉だ」と命じた。

スパロー号は弱い風をいくらか取りこんだようだが、いまなんの目的もなく船団の後ろを横切りだした。数分して、後衛の中央部へ引きかえしたが、キッドの信号に応答する気がないのは明らかだった。お粗末なカッターは信号旗をぜんぶそろえていないか、キッド艦長の気まぐれで大艦隊の行動をまねる理由などわからないと言うつもりなのだろう。

「艦長」と、ダウス航海長が靄のほうへ意味ありげにうなずいた。帯状の靄はさらに幅が広くなっていて、中心の光っている部分にまちがいなく核がある。やわらかくて、純白の核が。

キッドは行く手のドッドマン岬へ視線をやった。セント・オーステル湾はふたたび湾曲して、その先端がこの歴史的なドッドマン岬になっている。この岬は、何世紀にもわたって何世代もの船乗りたちの大きな海標の一つになってきた。岬はさらに近くなった。右舷側に危険なグウィニーズ岩が荒涼とした奇っ怪な姿を見せている。そして、靄の帯は幅がさらに広くなって、もう太陽の下縁まで届きそうだった。

「初夏にはですね、艦長。南風が吹いている場合、風が冷たい海面を通りすぎたあとに、たちまち濃い霧が発生することがあります。とくに、風がさらに西へまわったときにはそれが激しいですわ」

靄はもはや霧となって太陽をおおい、真珠色の円盤は小さくなっていた。こちらへ進んでくる霧の裾がはっきりしてきた。状況はとつぜんさらに悪化した。行く手にぼうっと浮かびあがった断崖へキッドはちらっと目をやった。あまりにも不当だ。あと一マイル進めば、ドッドマン岬の風上側に立つだろうが、その岬の南側にある障害物へ達したとたんに、うねる霧の帯に包まれてしまう。障害物というのは、ベローズ暗礁によって海底から引き起こされる激しい潮の流れで、一マイルほど英仏海峡のなかへのびている。風下に海岸をひかえ、行く手を見通すことのできない霧に包まれて大船団を率いて引きかえすのは不可能だし、メヴァジスジーや海図に記されているどこか小さな港へ入ろうと、大急ぎで北へ向かうなど、船団全体にとって問題外だ。

キッドは唇を嚙んだ。引きかえすことはできない。しかし、このまま一か八かで走りつづけて、見えない潮流や海岸へ吹く風がティーザー号と船団を恐ろしいベローズ暗礁へ押しやる危険をあえて冒すこともできない。錨を降ろして、霧をやりすごすか？　それでは預かり物たちを危険にさらすことになる。彼らはティーザー号が進みつづけているものと思って、ティーザー号を探して望みもなくうろつきまわるかもしれないのだ。

冷たい霧の最初の流れがキッドの頰をなでた。あたりは一変して、ふんわりとした白い衣に包まれ、キッドの上着には点々と小さな水滴が残った。そばにいた船たちはおぼろな幽霊船のようになったかと思うと、次々と消えていった。キッドは深呼吸をして、決断した。命令をくだそうとしたちょうどそのとき、背後に立つじっと動かない人影が目に入った。そちらへ気をそらされて、「ああ、ミスタ・レンジ、甲板に出ていたとは気づかなかった」と声をかけた。

「投錨するんだろうな、きっと」

「もちろんだよ」キッドはレンジの気軽な物言いに苛立った。次の瞬間、それは決断する重荷を友だちとして背負おうとして出た言葉だったのだ、と気づいた。「アイ、このまま進むほうが、危険は大きいからな」

そこで、二、三歩まえへ進んだ。「ダウス航海長、停船するぞ。パーチット掌帆長、投錨配置につけてくれ。この霧をやりすごす」

艦首錨がおだやかな海面に激しく水音をたてて落ち、風音が静まってささやきになった。ダウス航海長が投錨に先だって海岸の方位を丹念に記録してあったし、いまは自分で測鉛《レッド》を海中に入れて、海底の砂利や貝殻の破片を調べている。

年少兵が時鐘を必死で鳴らしていると、ドンと、すぐ艦尾のほうから陰鬱な砲声が応えた。神経を立てた船からはときどき旋回砲のこもった発射声がした。ほかにも四方八方から砲声が遠く、近く、平板に届いてきた。

舷側板《ブルワーク》から海を見つめるキッドのまわりで霧が渦巻きながら、通りすぎていった。海水が両舷をおなじように洗って、艦尾のほうへ流れてくるのが見えた。潮は上げていて、錨を入れたティーザー号はその流れに艦首を向けており、したがって、ドッドマン岬のまわりに押し寄せる流れに面と向かっているのだ。そうやっているのがもっとも安全で、太陽が霧を焼き尽くしてくれるのを待つしかない。

一時間ほどで船たちの形がまた見分けられるようになり、とつぜん太陽が出てきた。キッドは不安に駆られながら周囲を見渡した。ティーザー号のあとについてかたまって海へ出てきた船たちが、いまは十隻から十五隻ほどしか残っていないのを見て、心臓が縮みあがった。おれが投錨したのを見逃したんだろうか？　海岸へ押し流されていったのだろうか？　霧のなかで私掠船に捕まってしまったのか？

「まったく船乗りたちの実地競争だな」と、レンジがつぶやいた。

「なんだって？」キッドは鋭く言いかえした。

「ああ、きみも気づいていると思うけど、ここに残っている船はティーザー号のような外洋航行船だけだ。小さい船はこの土地の船だから、うまく操船して、それにきみの行動に刺激されて、ちゃんとファルマスに行き着いているよ」

レンジの言うとおりだ、もちろん、そうキッドは渋々認めて、笑みをもらした。まばゆい陽射しのなか、強まってきた風を受けて船団の残った船たちは錨を揚げ、ドッドマン岬をかわした。一時間もしないうちに、南東の追い風を受けると、彼らは劇的な風景のガル岩島を右舷にして、午後早くファルマス湾に着いた。

しかし、キッドはファルマスで上陸するつもりはなかった。おそらくこの護衛行動を説明しなければならないと思ったからだ。そこで、旋回して、港口から充分に距離をとった。預かり物たちは次々と港へ入っていき、なかにはうれしそうに大声で感謝の言葉を投げていく者もいた。カッターのスパロー号はきれいに上手まわしして、なんの儀礼も示さずに行ってしまった。

これは一つの経験だったが、ティーザー号はこの最初の戦時航海をよくやってのけた。

「スタンディッシュ副長、南へ針路をとり、総帆をあげろ。夕暮れ前にマナクルズ岩礁をかわし、そこで夜航海に備える」

「アイ、アイ、サー」と、副長は命令を確認した。艦長命令は当直者の石板にチョークで書きとめられ、ティーザー号は針路を定めた。

「ああ——乗組員に夕食の号笛合図を。配給酒は全員に二倍だ」と、キッドは付け加えた。海軍の慣習に従って労をねぎらうのに理屈はいらないが、おれのこの小さな艦と乗組員たちは一里塚を越えた、そうキッドは感じた。


夜明けは雲を伴っていた。ティーザー号は一晩中、リザード岬から風下側になる海上で海岸へ寄ったり離れたりしていた。そして、いままた海岸へ寄っていくところだ。行く手に鉄色の花崗岩でできた大きなブラック岬がぬーっと現われた。

まわりには漁船以外に船舶はおらず、ただ遠くにみすぼらしい沿岸航行のケッチが一隻いるだけだった。キッドは乗組員を朝食にやることにして、上手まわしで西へ変針した。こうすると、イギリス南西部にあるすべての海標のなかでもっとも有名な海標、リザード岬をもっと近くで見られるようになる。リザード岬はグレート・ブリテン島のまさしく最南端の地で、船乗りが戦争や冒険、幸運や死へ向かって外洋へ出ていくとき、最後に目におさめるイギリスの地だ。それと同様に、母国へ帰ろうと、四十九度二十分の経度を進んできたどの船にとっても待望の初認陸地で、水平線の上に伝説的な岬と母国の海がせりあがってくるのだ。

キッドはこれまで何度かリザード岬を見たことがあり、そのつど体験したことはちがった——雨のカーテンの奥から鉛色の岬がぼうっと現われるのが見えたとか、あるいは、陽射しを浴びた岬が黒と灰色のまだら模様になり、二十マイル先まで見通せたとか——しかし、いつでもその体験は感動的で、キッドの心に深く刻みこまれた。

「ダウス航海長、海岸に寄ってくれ」と、キッドは命じた。この有名な場所を間近で見たいと好奇心に駆られていた。うっとりと見ている候補生へ、キッドは、「おい、若いの」と声をかけた。「わたしからだとミスタ・レンジに挨拶して、甲板でお会いできればうれしいと伝えてくれ」これを見逃したら、レンジは決して許してはくれないだろう。

ダウス航海長が唇をすぼめて、「アイ、サー。南へ向かえば、海岸から一マイル足らずのところへ艦《ふね》をもっていけますわ」

「ご苦労、航海長」と、キッドはしかつめらしく言った。南西風が強くなっているので、リザード岬のまわりの海岸は完全に風下になっている。そんな海岸に近づいていくには航海長に苦労をさせることになる。ティーザー号は南へ進んでいき、ついにリザード岬からは東側になる最後の岬に着いた。その岬の西側へ目をやると、大西洋からリザード岬を洗いすぎてくる大波が次々と炸裂し、騒乱し、ティーザー号を激しく揺さぶった。風はいまや本格的な強さをもっていて、波頭を切っては、白いしぶきを長々と風下へ飛ばしている。

沖へ出るにつれて、海岸線は遠ざかっていき、やがて、上手まわしすると、こんどは反対舷に近づいてきた。波は真横からほとんどまっすぐに襲ってきて、ティーザー号を横へ深く傾けた。

「見張員を降ろせ」キッドは鋭く命じた。

フォア・マストのトップ台は高さが四十フィートあるが、そんな高さでも揺れは増大し、見張員たちは危険で、耐えがたい状態に置かれていることだろう。

ダウス航海長が陸上側を指差した。そこでは波が海岸にぶつかっては爆発し、幾重にも重なる白い帯を作っていた。「軍艦岩礁です。その向こうがコードラント岩礁」と、航海長は海面からのぞいた黒い岩の群れを示した。そのまわりでは波が吼え、叫んでいた。

「そして、あれがリザード岬」

そこにあった。イギリスの最南端の岬。いつもは戦列艦の神聖で安全な艦尾甲板からながめた岬。キッドは風上側の横静索《シュラウド》につかまって、すべてを見て取ろうとした。とつぜん波の塊りが艦首を叩いたかと思うと、一秒後には刺すような波しぶきが体をムチ打って、唇に塩辛い味を残していった。

ティーザー号は風下へ艦首を落として旋回し、北西へ向くと、大きく湾曲したマウンツ湾へ入っていった。イギリスの西端より一つ手前だ。その光景はいままでキッドが海で遭遇したどんな光景よりも劇的だった。湾は強まる南西風に対して完全に開いており、大西洋の長いうねりが盛り上がって入ってきて、ぎざぎざの海岸線は真っ白い波しぶきでおおわれていた。

ポールダン操舵長が、完全に風下になっている海岸から気づかれないほど少しだけ針路をずらした。キッドは気づいたが、なにも言わなかった。ダウス航海長のほうへ向いて、「この南西風には敗北を認めようと思う。西にはペンザンスよりいい避難港はあるか？」

「利用できる所はないですな、艦長――この海岸線は荒いですから」航海長は海岸へ向かってせわしなく走っていく波を見つめながら、考えこんだ。「ポースレーヴンは？ 南西に開いてますが。ほかには実のところ一つもないですな、艦長」

「では、ペンザンスにせざるをえまい。おい、ボイド候補生、副長にわたしからだと挨拶して、ペンザンスで繋留したら、乗組員を夕食にやると伝えてくれ」いまここで急いでなにか掻きこむより、あとで温かい食事をとるほうがいいとたいていの者は思うだろう。ボイド候補生は苦しそうな顔をしていた。「さあ、さあ、ボイド候補生、ぐずぐずするな！」

少年は物につかまっていた手を渋々はずすと、よろめいてまたつかまった。命令に従ってこの少年が下の甲板に降りたら、いままで男らしくこらえていた船酔いにつかまってしまうだろう、そうキッドは気づいた。ティーザー号が小さな島を避けるためにさらに風上に詰めると、少年は傾いた甲板を滑っていって、舷側の排水孔に落ち、ずぶ濡れになった。

その島はティーザー号の風下側を通りすぎていく。切り立った黒い断崖のふもとに狭い灰色の砂浜があって、そこに小さな家が軒を寄せて固まっていた。信じられないほど孤絶したこんなところに、いったいだれが住んでいるのだろうか？

「向こうはマリオン入江です、艦長……あいつは？」ダウス航海長は島の風下側に風を避けて錨泊している三本マストの大きなラガーを見つけた。リザード岬をかわしてから見たのはこの船だけだった。もっと小さい土地の船はみんな、用心して急いで避難港を見つけにいったにちがいない。

「賢いやつだ」と、キッドは応えたが、なにか心に引っかかるものがあった。

ティーザー号はそのまま進みつづけた。艦首のほうからはっきり聞き取れない声が上がり、まもなくルーク・キャロウェイ一等水兵が艦尾へ急いでやってくると、額に手を触れ、おずおずと、「艦長、見たんです……」と言った。「向こうの海岸の、あの家がみんな……」

「うん？」

「赤かった、みたいで。どの窓からも……」彼は言いさして、目を伏せた。

まわりにいた者たちはおかしそうに顔を見合わせたが、キッドはキャロウェイをむかしから知っている。この若者の目はたぶん艦内でいちばんいいだろう。「話してくれたまえ」キッドは温かくうながした。

「あの、通りすぎるときに、だれかが窓からなんか赤い物を出してるのを見たんです。そのまま見てると、うそじゃないです、一人また一人とみんなが窓から赤い物を出したんです」若者は頑とした口調でつづけた。「それから、艦長、みんなそれを振りはじめたんです」

いまやだれも開けっぴろげにおかしがっていた。艦尾へ寄ってきて聞き耳をたてていた中央甲板員たちからはクスクスと笑い声が上がった。

「絶対です、キッド艦長」キャロウェイ一等水兵が訴えた。

キッドは困惑して、艦尾甲板にいる数人の男たちを見まわした。だれもが目をそらしたが、レンジだけは別だった。「ああ、一つだけ理由が考えられます。たぶん、文字を書けないあの島の人たちは、この船が国王陛下の軍艦だとわかったのでしょう。これもたぶんですが、彼らには客がいる、歓迎しない客が。その客はあそこの人たちを身動きできないようにしている、あの錨を入れた場所から……」

「あのラガーか！」

「……では、どうやって自分たちの不安を知らせるべきか？　赤旗は危険の印です。それ以外にぼくには説明がつかないの——」

「下手舵だ！」キッドは舵輪へ怒鳴った。「艦首を風上にいっぱいに向けろ。ダウス航海長、いったん操船余地ができたら、下手まわしして、戻るぞ！」

たちまち甲板の空気は一変して、上を下への大騒ぎになった。水兵たちが滑ったり転んだりしながら、転桁索《ブレース》につき、ティーザー号はできるだけ風上へ詰めて沖合へ猛スピードで向かっていった。危険な海岸から充分に距離をとったら初めて、海岸へ向かうために旋回する危険を冒すことができるのだ。

キッドの頭は急回転した。血みどろの戦い――こんな状況で？　途方もないことだが、戦争の論理は戦うことを要求していた。あの正体不明船は、すばらしい形のラガーは、敵だ、いまやキッドはそう確信していた。敵を倒すのはおれの義務だ。

ぼさぼさ頭の副長が甲板へ飛び出してきた。

「スタンディッシュ副長、フランスの私掠船に遭遇したようだ。拿捕する。必要なときには戦闘配置につけるが、いまから準備しておいてもらいたい」

「アイ、アイ、サー！」見まちがえようもなく、副長の目は獰猛にぎらついた。

キッドは携帯用の望遠鏡を取り出して、艦尾後方のラガーへ向けたが、艦が激しく上下して、焦点を合わせるのは不可能に近かった。一度、跳ねかえるラガーの像をとらえた。ティーザー号と大きさはほぼおなじで、第一斜檣《バウスプリット》は長く、ミズン・マストは後ろへ傾斜し、蓋を閉じた砲門が舷側の幅いっぱいに一列に並んでいた。

キッドはなんとか頭を冷やそうとした。本艦とおなじ大きさのこの船は、いったいどんな船なのだろうか？　彼はいままでフランス北部の私掠船やブルターニュのシャッセ・マリーなど、その種の船を見たことがなかった。だが、詰め開きでもスピードは速く、船長たちは大胆不敵であると噂に聞いていた。しかし、いくら塩っ気のある私掠船乗りでも軍艦に襲いかかる者はいないだろう。連中の商売は船を捕まえることであって、戦うことではない。

キッドは望遠鏡を上げて、なんとか横静索に押さえつけようとしたが、激しい揺れに阻まれて、いらいらしながら望遠鏡を降ろした。しかし、肉眼でもラガー上の動きはいくらか見えた。ティーザー号の動きを自分たちのほうへ引きかえしてくる準備だと正確に見て取った者がいるにちがいない。いまや防衛準備に大わらわで、乗組員は全員、大砲へ送られている。

「下手まわしするぞー、総員、部署につけー！」

上手まわしするほうが旋回スピードは速いが、なにか一つでもやりそこねたら、どんどん海岸へ吹き送られてしまう。下手まわしでも、こんなに海岸が近いところで風に艦尾を見せてゆっくりと旋回するのは、それ自体が危険だ。

キッドは最後にもう一度、ラガーへ視線をくれた。ラガーは風へまっすぐ向いて錨を入れているが、とつぜん、船首がぐいぐい上下しだした。錨索を切っているのだ！　まさしくその瞬間に、ラガーは自由になって船首を振り、長い第一斜檣からジブがするすると上がっていって、たちまち風をはらみ、船首を旋回させた。すると、三本のマストにいっせいに帆が現われた。大勢の乗組員がいる証拠だ。

鮮やかな手際だった。いまやラガーは陸上に近いところで行き脚をつけ、海岸線に並行に走っている。つまり、ティーザー号に近づいてくるのだ。そう気づくと、キッドはひやりと衝撃を受けた。これでは開けた沖合で戦わなければならなくなり、いくらこちらが砲数で勝っていても、こんな荒れたなかでは帳消しになってしまう。どんな勝者だろうと、獲物に斬り込んで拿捕することができそうもないこんな悪天下で、敵は決着をつけるためになにをしようと考えているのだろうか。

転桁索で待機している水兵たちへ、キッドは、「そこ、留めろ！」と怒鳴った。「パーチット掌砲長、水兵たちを休ませろ」

どう見ても、ラガーがとるべき手は、タイミングよく舵を大きく反対側へとって開きを変え、縦帆の利点を生かして沖側へ走って、詰め開きのティーザー号が必死で向かっている位置へまっすぐ進むことだ。

それからどうする？　そう考えたとき、ぴんと来た。私掠船はティーザー号の索具をほんの少し損傷させるだけでいいのだ。あとは天候がやってくれる。この風では横帆艤装のティーザー号は制御を失って、白波の砕ける断崖へ押しやられ、まるでカノン砲で滅多打ちにされたように大破してしまうだろう。

横静索につかまったキッドのこぶしに力が入った。なんと状況は急変したことか。先を見通すことのできる人間は一人しかいない。ティーザー号の艦長だ。目を上げると、レンジの目とぶつかった。友はなにも言わなかったが、ちらっと笑みを浮かべた。スタンディッシュ副長が迫ってくるラガーを飢えた目でにらみつけ、甲板にいる者たちは黙って見つめていた。

ティーザー号は沖へ進む針路を保たなければならない。いま問題は一つだけ、いつ水兵を大砲につけるかということだ。しかし、風下側の傾いた舷側板はひどく低くなっていて、海水がなだれこんでいるため、こちらの大砲を使うふりをしてもむだだ。風下舷は基本的に無防備だ。

私掠船はスピードを上げ、横波を受けて恐ろしいほど揺れかえっているが、さらに半マイルも海岸に近いところをみごとに進んでいた。私掠船の見知らぬ船長にキッドは不承不承ながら敬意を捧げた。こんな険しい海岸線に自信満々で接近しているのだから、船長はこの土地のことをよく知っているにちがいない。

キッドは、私掠船が下手まわししてティーザー号のほうへ向いたちょうどそのときに、水兵を大砲につけようと決断した。私掠船がティーザー号を急襲できる角度を見つけるのを、キッドは緊張して待った。

数分がすぎた。私掠船はいぜんとして針路をそのまま保って海岸線沿いに進んでいる。

「ニコラス、悪党はあのまま逃げる気だ！」

状況はまた一変した。だが、キッドは敵船長の明晰な考え方を評価しはじめていた。船長は現実的で正当な理由から戦うのを避けており、いまやラガーのこちらより優れた帆走性能を生かし、ここの土地勘を利用して海岸近くを走って逃げようとしている。こちらがあえておなじように走ろうとしないことを見抜いているのだ。

「あの悪党を追いかけるぞ」

ティーザー号は風下へ艦首を三点も落としたので、もはやすばらしい姿で風上へぎりぎりまでのぼってはいない。海岸線に沿って敵とおなじ針路で走っているが、敵よりもずっと海側だった。敵の意図としては、船足の速さを利用してティーザー号のまえへ充分に出て、そこでチャンスをとらえて上手まわしし、ティーザー号の艦首のまえを横切って沖へ逃げる。そうやって、戦うことによって略奪航海が中断される危険を避けようとしているのだ、そうキッドは推測した。

それは賢い手だ。しかし、彼らがどうにもできない重要な要素が一つだけある。風だ。ティーザー号は地中海の生まれだ。地中海は獰猛なアルプスおろしが吹きまくる所だから、こんな強風にはトップスルを一段縮帆しただけで容易に対応できるし、造りは頑丈だから、海岸近くの急な波山も乗りこえることができる。それに対して、ラガーは荒天では揺れて難儀する。三本のマストぜんぶにラグスルを広げているが、トップスルはあげてなく、優れたスピード性能を犠牲にしていた。

その結果、ティーザー号は私掠船に追いついただけでなく、前へ出た。行く手に見えるマウンツ湾の湾曲した長い海岸線はとつぜんペンザンスの町で終わる。このまま走りつづけることさえできれば、日暮れ前には決着がつくだろう。

白い筋模様を引く波山に沿って突進し、険しい海岸線へ向かって驀進《ばくしん》するラガーは心躍るような姿で、暗礁や浅瀬の在処《ありか》を知っている船長はその知識を総動員して、海岸線近くに距離を保っている。それに対してティーザー号は充分に沖合に離れて、私掠船のとつぜんの動きを見逃さないようにしっかりと見張りをつづけ、私掠船が外洋へ逃げようとしたら阻止できる位置を保っている。

ダウス航海長が次々と通りすぎる小さな町を指さした。ポールドゥ、チャーンヴァンダー、ベレッパー、そして、ポースレーヴン。どれも外国の地名のような響きで、異国のように見え、他を寄せつけないように孤絶している。ぬーっと岬が現われた。急な灰色の断崖は泡しぶきに半分隠れていた。その向こうに、一マイルほど海岸線がのびていて、先端にもう一つ、もっと大きな岬が突き出ていた。ペンザンスまで距離はまだ半分以上あるが、あの岬がなにか仕掛ける場所になるのだろうか？

まさにその疑問に答えるかのように、とつぜんダウス航海長が叫んだ。私掠船の形がどんどん変わりだした——新たな動きをしており、海側へ向いていく。キッドは胃袋が縮みあがった。こんなめちゃくちゃな横揺れのなかで大砲を撃つのは、狂気の沙汰だ。だが、それ以外にどうやって戦うというんだ？

やがて、なんの前触れもなしに、私掠船の帆がぜんぶ消え、裸マストになった船は後退しだして――いぜんとして船首を沖へ向けたまま――海岸の砕け波のちょっと手前まで下がっていった。

「ああ、わたしも、あんなふうにやるでしょうな。錨を降ろしたのですよ、艦長。暗くなるまでああやって、乗り切ろうってわけです！」ダウス航海長は手放しで感心していた。

そうだとすれば、これはやつの意思表示だ、とキッドは考えをめぐらした。敵はもうさんざんにこっちを手こずらせている。「ダウス航海長、踟蹰《ヒーブ・ツー》してくれたまえ」これで考える時間ができるし、しばらくは優位な位置を保てるだろう。

ティーザー号は波頭の連なる白い線へぎくしゃくと斜めに艦首を向けていって停まると、船体の深い横揺れは激しい上下動に変わった。縦に揺れる艦の底を波が斜めに通り抜けるたびに、ティーザー号はむち打たれたようにがくがくして、集中してものを考えることができなくなった。もしも私掠船が――。

艦首からこもった叫び声が次々と上がった。切迫した声が、「人が落ちたぞーっ！」

帆脚綱《シート》の輪がねていない引き手部分が風下へ落ちていくのが見えて、キッドはよろめきながら舷側へ行った。最初は海岸へ向かって泡筋を引きながら走っていく波また波しか見えなかったが、まもなく、白い泡を背景にして黒い頭が見えた。片手を上げて、死に物狂いで空《くう》をつかんでいる。五ヤードと離れていない。

艦の揺れ方が急に変わったので、フォア・マスト員が不意を打たれて海へ落ちたにちがいない。両手をばたばたさせる姿からはだれなのかわからなかったが、男は波の勢いに乗って艦から離れていく。

「かわいそうに！」スタンディッシュ副長がキッドの隣りで手すりにつかまった。しかし、その目は敵の船にそそがれていた。

キッドはなにも言わなかった。彼の心は選択肢を必死でより分けていた。「パーチット掌帆長、小錨索《ケッジ・ケーブル》に標識浮標《ダン・ブイ》をしっかりと縛りつけてくれ。それから――」

「艦長！　助けるつもりじゃないでしょうね？」

「ああ、助けるぞ。もちろんな」

副長の顔がこわばって、キッドへ面と向かった。「艦長、私掠船は逃げる機会をつかんでしまうかもしれないです」

「かもな」

「艦長、ご注意申し上げるのがわたしの任務です。われわれは敵をまえにしているのです。あの男は戦闘中に撃たれて海に落ちた死傷者とおなじです」

その水兵はすでに、五、六個も風下の波山にいて、狂ったように両手をばたつかせている。ほとんどの船乗りと同様に、泳げないのだ。

副長の言ったことは否定できないが、おれの作戦を実行すれば、あの水兵にチャンスを与えられるし、ティーザー号は位置を保っていられるだろう、そうキッドは考えた。

艦首のほうからまた混乱した叫び声が上がったかと思うと、舷側板のそばに人影が立ちあがって、海へ落ちた。

「艦首《おもて》へ行って、いったい何事か、確かめろ」キッドはスタンディッシュ副長に怒鳴った。

二人が海に落ちたので、キッドの作戦は狂ってしまった。あの二人はティーザー号の最初の死者になるのだろうか？

ぽかんとしているメイン・マスト員たちへキッドは、「カッターを降ろせ」と大声を張った。

カッターは本艦のいちばん大きな艦載艇で、鉤柱《ダビット》にグライプ・ロープで縛って吊されている。もたもたとそのロープをいじくっている者たちへ、「切り離すんだ、くそっ！」と、キッドはどやしつけた。これは命がけの賭けだ。カッターに曳航索を取りつけて風下へ流し、カッターごと引っぱって回収する。もしも転覆したら、ボート員たちはカッターにしがみつける。

スタンディッシュ副長が骨折って艦尾へ戻ってきた。顔から表情が消えていた。「艦長、報告します、アンドルーズ候補生があの水兵を助けようとして、海へ飛びこみました」

「カッターに四人、志願者をつのる」と、キッドは短く言った。「全員、漕ぎ手座に命綱をとれ」あの少年はなにを考えていたのだろうか、こんな危険を冒すとは？　狂気の沙汰だが、あんな子どもにしては見上げた行動だ。

波がのろしのように跳ねあがっては目がまわるほど沈んでいく。そんな艦尾からカッターを海に浮かべるのは恐ろしいことだったが、少なくともティーザー号の風下側に降ろすので、いっときは風から守られる。水兵は風下に見えなくなり、走る波山に隠れてしまったが、候補生のほうはときどき見えた。雄々しく抜き手を切って、逆巻く波また波のなかを水兵のほうへ向かっていく。

「敵はうちのボートを見つけましたよ」スタンディッシュ副長が冷ややかに言って、ラガーを見つめた。ジブが一枚、ぐいぐいと上がっていって風をはらむと、もう一枚がきれいに引きあげられた。キッドは応えるのを拒み、カッターからロープが投げられて、候補生のほうへカッターが近づいていくのを頑として見守りつづけた。

「艦長！　敵は行き脚をつけて、本艦の艦尾後方をまわっていきます。取り逃がしてしまった」

キッドはもう一度、ちらっと私掠船を見やった。私掠船は叩きつける南西風に傾いて逃げだしていく。甲板に並んだ水夫《マドロス》たちの怒鳴り声が波音の上をかすかに渡ってきて、そのあとに卑猥な身振りがつづいた。

カッターが引き揚げられたとき、私掠船はまだ見えており、できるかぎりの帆をあげて、フランスめざして南へ向かっていた。カッターはなかば水びたしで、アンドルーズ候補生はずぶ濡れになって、ぐったりしていた。水兵は見つからなかった。

「追いかけようって考えているのかい？」ひそひそ声で訊いたのはレンジだった。友がそばに来ていたのにキッドは気づかなかったのだが、スタンディッシュ副長は二人から離れて舷側へ行っており、消えてゆくラガーをなんとか望遠鏡でとらえようとしていた。

「いや、今日は」ひっそりとキッドは答えた。かわいそうに、水兵はもうだめだ。彼は自分の任務を果たそうとして、命じられるままに体をのばし、孤独な死を見つけたのだ。一時間ぐらいたったら、水際の砕け波のなかに黒い遺体が現われて、逆巻く波にぞんざいに転がされることだろう。回収して、ペンザンスでキリスト教徒らしく埋葬してやろう。

キッドは目の奥がじーんとなった。これまで海で働いて命を失った者たちをどんなにたくさん見てきたとしても、これはティーザー号の最初の任務で、本国海域において、自分が艦長のときに起こったことだ。いままでとおなじであるはずがない。

一人にならなければと思って、キッドは投錨作業をスタンディッシュ副長にまかせ、自室に降りた。椅子にかけて手足を投げ出し、暗い気持ちで艦尾窓から外を見つめた。ドアに静かにノックの音がして、ニコラス・レンジが顔をのぞかせた。

「入ってくれ」と、キッドは言った。

レンジは足下に注意しながら向かいの椅子に腰をおろした。艦が錨に繋がれると、激しい揺れはいっそう予想のつかないものになった。

「海は厳しい女主人だ、といま言ったら、ぼくをばかだと思うだろうな」

「アイ、だろうな」

「じゃあ――」

「だけど、もちろん、それが事実であることは変えられないよ、ニコラス」キッドはため息をつくと、低い声で先をつづけた。「ただそれは……それは……」

「〝彼らは、船で海へ出て、沈んだ……〟」レンジがそっとうたうように言った。

「それも事実だ」

重苦しい沈黙をレンジが破った。「あのフランス人は責められると思うかい？」

「いや」キッドはきっぱりと答えた。「彼には彼の仕事がある。基本的にはよくやっている」そこで、ぐいっと上体を起こした。「おれが興味を引かれたのは、やつが航海術に長《た》けているだけでなく、この海岸のことをばかによく知っていることだ」

キッドはちょっと考えてから、静かにつづけた。「相手にするとなると、まったく手強い」ティーザー号が錨を中心に振れていくにつれて、ゆっくりと視界に入ってくる海岸線をキッドは見つめた。「だけど、やつはまさしくカモだ。ニコラス、どうしたらいいだろうか？」

返事はなかった。レンジへ顔を向けると、友は腕組みをして、真剣な表情でこちらを見つめていた。そして、ようやく言った。「答えるのは拒否しなければならないと思う」

「ニコラス……?」

「もっとはっきり言わせてほしい。きみには限界があるという疑いようもない事実を、認めるかい?」

ニコラス・レンジが論理を駆使しているとき、じれったがってもなんにもならない、そうキッドはわかっていたので、すなおに答えた。「そのとおりにちがいないよ、ニコラス」

「では、それはぼく自身にとっても事実である、ときみは考えなければならない」

「アイ」

「次に、きみは海の職業において、とても高い地位までとても早くのぼった。そうできたのは、一般の人間よりもはるかに多くの才能を与えられているからにちがいない」

キッドは居心地悪く体を動かした。「もしきみの言っていることが、つまり――」

「ぼく自身、一片のねたみもなく認めているのだが、海技において、きみはぼくよりずっとはるかに優れている。専門技術に卓抜しているし、剛胆だし、それに――あえて言わせてもらえば――野心がきみをこんな高い地位までのぼらせたのだ。そうした才能のすべてはぼく自身のわずかな能力など顔色なからしめるよ」

「ニコラス、きみは――」

「だから、高い地位に付随して起こることは避けられない。もしぼくがそうした問題にあえて意見を言ったら、それは非常に浅薄な土壌から出たものであり、鍛錬して花開いた人間にとうてい太刀打ちできるものではないだろう。そんな意見に重みや意味を置いたら、それは見当違いというものだ。だから、言わないほうがいいのだ。きみが自分の艦をどう指揮するか、それについてぼくは考えを述べないし、褒《ほ》めも、ましてや批判もしない。きみの判断はきみ自身がすべきもので、ぼくはティーザー号のすべての乗組員同様、喜んで従うよ」

だから、私的な軍法会議はなし、ということだ。というのも、レンジが論理的にたどり着いた決意を変えることはできないからだ。しかし、そのとき、キッドにはわかった――いくら二人が親友でも、行動を起こす前にたがいの意見が反していたら、それほど二人のあいだに楔《くさび》を打ちこむことはない。結局、片方が正しくて、もう片方はまちがっていたということになるからだ――たとえそれがどっちであろうと。

レンジは自分の意見より二人の友情を優先させたのだ、とキッドは認めた。これからはおれ一人で決断することになるが、二人のあいだに境界線を敷くというわずかな犠牲さえ払えば、無条件の温かい友情はいつでもそこにあるのだ。「ああ、ニコラス、それはまっとうな考え方だよ」キッドはひっそりと言った。ちょっと黙ってから、口調を変えてまた話しはじめた。「あの悪党をやっつけなければならない。それははっきりしている。だけど、どこでやつを見つけられる？　それが問題だ」

レンジは先を待った。

「それがどこか、おれに考えがあるんだ……」

「理由を訊いてもいいかな？」レンジは注意深い言い方をした。議論はできるが、助言や意見はなし、ということだ。

「おれの直感だけど、われらが〝血まみれジャック〟は自分の国に帰ってはいない。おれたちと遭遇して、やつは円材を一本も失っていない。まだ航海できるのに、どうしてやめる？」レンジからなにも意見を言われないでいるうちに、キッドは自分が自尊心を――そんなものはくそっくらえだが――もちはじめているように感じた。

「それで、どこで？」

「おれたちはできるだけ早く南へ向かう。日没までにはウルフ・ロックに着こうと思う」

「ウルフ・ロック？」と、レンジが驚いて声を上げた。英仏海峡の入口に一つ高く突き出ている岩柱は、すべての船乗りから恐れられている。

「アイ」

「それはどうして？」レンジがうながした。

「すまないが、ニコラス、走りだす前に、やらなければならないことがいっぱいあるんだ」

いまはティーザー号の航海を妨げ、仲間を危険にさらした罪でアンドルーズ候補生を罰し、スタンディッシュ副長に対応するだけの時間しかない。

ティーザー号はペンザンスを風下にしてマウンツ湾を離れ、南へ向かった。軍規に従うと、アンドルーズ候補生は脱艦罪を犯し、もっと悪いことに、艦長の意図や統制が及ばない状況に本艦をおいたと判断される可能性もあるが、キッドは彼を寛大に処分した。しおたれた少年は夕食前に『戦時服務規定』第三十四章を暗誦するように、と申し渡された。

しかし、スタンディッシュ副長のほうはもっと厄介だった。彼が自分の意見にひどくこだわっているのは明らかで、冷ややかな、殻にこもるようすになっていた。これ以上面倒なことにならないか注意して、対応しなければならないだろう。

一時間たたないうちに、ティーザー号はマウンツ湾の風陰を後にして、英仏海峡の中央へと進んでいった。初めは南へ向かい、風がよくなると、開けた大西洋へとさらに走った。波はおだやかになり、午後の時間がたっていくと、太陽が出て、日暮れ前の最後の光彩が行く手を遠くまできらめかせた。

「艦長、このあたりの潮の変わり目は、ファルマスよりも一時間早いです」と、ダウス航海長が無表情に言った。

「いまは大潮の満潮時ですわ」そう付け加えた声には感情がのぞいていた。

「そうだな」

キッドはウルフ・ロックに急行することについてあれこれ議論したくなかった。というのも、ウルフ・ロックは東西と南北の航路を同時に見張ることのできる絶好の場所に位置しているので、そこへ行く理由を論理的に説明することはできるのだが、私掠船がいるという確信はただ勘にすぎなかったからだ。キッドの直感によると、私掠船の船長は夜は自国の海へ向かっていき、それから反転する。ティーザー号はいぜん南の海岸線を巡視しているものとみて、略奪を再開するためにコーンウォールの先端をかわし、今度は北の海岸線に沿ってのぼっていく。しかし、北へ行くにはまずウルフ・ロックが見える海域を通らなければならず、そこにはティーザー号が待ち伏せしているというわけだ。

「艦長」と、航海長は重い口調でつづけた。「ウルフ・ロックは大潮の満潮時には、波に隠れてしまいますわ」

キッドは恐ろしいウルフ・ロックを海側から何度か見たことがあった。だが、航海長の意見では、真っ暗な夜間にティーザー号の位置を保つ手段として常にウルフ・ロックが見えるようにしておき、また、ウルフ・ロックの在処《ありか》をつかんでいることで、知らぬ間に衝突するのを防ぐというキッドの計画は、いまは疑問であるというのだ。

まるでキッドをあざ笑うかのように、頭上でカモメが二羽、鋭い声で鳴き、ダウス航海長は厳しい顔で辛抱強く返事を待っていた。夕闇が迫ってきた。行く手の海面どこかに、海面のすぐ下に、ごつごつした暗礁がある。それは、行く手で無邪気に上下する波の下のどこであっても不思議はないのだ。ここではこれまでに何度か、警告標識のような物を建てようとしたが、そのつど波に流されてしまった。

このままそんな危険を冒すことはできない。「ああ、どうやら——」キッドは言いさした。風上側の艦首の向こうに、弱い陽光を受けて海面に途切れたところがあり、黒い物体が現われたかと思うと、消え、またおなじ場所に現われ、そこにとどまった。キッドはその黒い物体へじっと目をこらした。目がうるんできた。

スタンディッシュ副長が大げさに望遠鏡を上げて、また降ろした。「ただのアザラシですよ」わざとうんざりした声を出して、「一年のこの時期にはよくいます。おぼえていますが——」

「そうだろう」キッドはおもしろそうに言った。「アザラシが岩の上にすわっているのだ。いちばんいい艦首錨と中錨を降ろして、今夜は錨泊する」

「なんと、艦長、そんなことはとても考えられないで——」ダウス航海長は言葉を失ってしまったようだ。

「パーチット掌帆長、錨索に浮標《ブイ》をしっかりと取りつけてくれ。警告なしに走りださなければならなくなるかもしれないからな」

「艦長、錨を？　ウルフ・ロックは垂直に立ってるんですぜ。海底までまっすぐ落ちていて、距離は——なに？　二十尋、三十尋？」掌帆長は不安そうな顔をした。

「掌帆長の言うとおりです」副長が口をはさんだ。「もしもわれわれが——」

「黙れ！」キッドは怒鳴った。「口を出すな、おまえらみんなだ！　このおれの艦尾甲板でおれに疑問を投げるなど——許しはしないぞ！」怒りが静まったと感じるまでキッドは待ってから、冷静に話をつづけた。「艦首錨の錨索は七百五十フィート繰り出すと、水深の三倍になるので、ふつうの余裕をもって繋留できる」それ以上の余裕はほとんどないが、真っ暗な夜のなか、危険な海岸をうろつくほうがはるかに危ない。

「夜間、錨泊していれば、朝には予定どおりの場所にいられるし、暗礁に打ちつけられる危険もない」これで決まりだというふうにキッドはまわりをにらみつけると、命令実行はスタンディッシュ副長に任せて、甲板を離れた。


「艦長、あと一時間で夜明けです、あの、そんで、なんにも見えないです」

従兵のタイソーにやさしく起こされて、キッドはなんとか眠気を払った。たとえ海岸からこんな近い距離でも、外洋から入ってくる大きくなめらかなうねりは海岸でできる短い波より優勢で、キッドは眠れない夜をすごしたのだった。急いで軍服を着ると、彼はうす暗い艦尾甲板へ行った。プロサー航海士が当直についていた。

「爽やかな朝だな」と、キッドは声をかけ、早朝の冷たい風を受けて、脇腹をパンパンと叩いた。

「はい、艦長」無人の舵輪の横に腕組みをして立つ航海士は、なんの感情も見せなかった。

「今日はついていると思うか？」

「はい、艦長」

当直員たちは艦首にいて、灰色の朝の明るみのなかで滑車から垂れたロープをきちんと輪がねていた。ちらっとこちらへ走った視線をキッドはとらえたが、話し相手など必要ない。

明るみが増してきた。海上で錨を入れているのは気骨が折れる。というのも、見えるし見えないというキッドの予想どおり、マストの上からは陸上が見えるが、甲板の高さからはなにも見えず、ただ、途切れない水の広がりと、波の砕ける黒く恐ろしいウルフ・ロックが真横に見えるだけだったからだ。

ピ、ピー、ピ、ピーと号笛が吹かれて、乗組員たちは朝食に行った。一時間たったが、水平線にはなにも見えず、ティーザー号は錨を一つにして停まったままで、乗組員は訓練にかかった。キッドは甲板を行ったり来たりしだした。

時間がたっていく。小さな商船が一隻と、朝の漁をする漁船群が一ついるだけで、海岸線にはなにもいなかった。スタンディッシュ副長は感情を抑えた苦しそうな顔で甲板を歩きまわっており、レンジは邪魔にならないように下の甲板にいた。

「帆が見えるぞーっ！　陸上《おか》の近くだッ——でかいぞー」

メイン・マストの見張員の声は生き生きしていた。まちがいない。キッドは軍帽を甲板へ放ると、横静索を駆けのぼりだした。

「どこだ？」

見張員は遠くの黒い海岸線を指差した。その方角にまぎれもなく大型の船が一隻いた。三つのほの白い点々は三本のマストに張った帆にちがいない。キッドは自分の携帯望遠鏡を手探りした。レンズの視野にラガーが飛びこんできた。ミズン・マストが奇妙に傾斜しているところからして、まずまちがいない。

「おーい、甲板！」喜々として彼は叫んだ。「敵が見えたぞー！　浮標《ブイ》をつけたまま、すぐに錨索をやり放せ、聞こえたかー？」

ひょいと横静索に飛びつくと、キッドは急いで降りながら、スタンディッシュに言うことを考えたが、気の利いた言葉は一つも浮かんでこなかった。そこで、停泊から猛追へと急遽移るために、すばやく命令を出して乗組員を部署につけ、それで満足した。

おれの読みは当たった！　おれの直感は確かで、私掠船はおれが筋道立てて考えた場所へ戻ってきた。錨は海側へ遠く離して入れてあるし、帆は広げていないので、ほかに船がいるとは思っていない私掠船船長には、ティーザー号は見えなかっただろう。すでにグエナップ岬を通過したフランス私掠船はいま、北へまわる航路を進んできている。船長は驚いて、胸くそ悪く思っているにちがいない。

浮標を固縛してある錨索は水しぶきを上げて艦から落とされ、ヤードからは次々と帆が開いていった。ティーザー号はまるでとつぜん生きかえったかのように風をとらえて、獲物のほうへ傾いた。獲物はいま、どこからともなく魔法のように現われて自分たちを追跡しだした軍艦に、肝をつぶしているにちがいない。

厳しい追跡になりそうだ。しかし、今度もまた、ティーザー号は南東の風を受けて、獲物よりもはるかに風上にいるし、私掠船は反転して戻ろうと考えることはできない。というのも、反転するためには上手まわししなければならず、そうすると、まっすぐにティーザー号の針路に入ってしまうからだ。ティーザー号は完璧な位置におり、これ以上よい状況などありえないほどだ。風は強く、ティーザー号がもっともよく走れる斜め後方から吹いている。それに対して私掠船は、ランズ・エンドへ向かって北西にのびる海岸線を背にし、風に逆らってのぼっている。だから、まずはランズ・エンドをかわさなければならず、そこで初めて北の海岸線沿いに逃げられるようになるのだ。

一時間もしないうちに、二隻はロングシップス灯台に近いどこか一点で針路が交わるだろう。この最後の岬であるランズ・エンド岬から危険な岩群が洋上へ散らばっており、その一つの岩の上にロングシップス灯台は立っている。

どうやって戦いを始めるか？　しかし、長い時間をかけて作戦を練る必要などない。私掠船はじきにこちらの風下側の射程に入り、そうなったら、どの砲手長も自分の仕事を心得ているからだ。キッドは剣を取りに行かせた。そこで思い当たって、初めて火薬の味を知ることになる部下たちへ激励の言葉を贈り、頃合いよく、HMSティーザー号を戦闘配置につけた。

イギリスのまさしく先端に転がっている灰色の岩群がさらに近くなった。ランズ・エンド岬の断崖のそばで危険を冒して走っている私掠船も同様で、横腹にぶつかる大波に不快そうに横揺れしている。細部まではっきり見えるようになった――色あせた黒い船側、縦長にそそりたつほの白いラグスル、その上に張られた変形の四角いトップスル。旗はなにも上がっていない。

船首の赤い点が気になって、キッドは望遠鏡に手をのばした。太い第一斜檣の下に船首像がついていた。真っ赤な闘鶏で、獰猛に挑戦するように鉄けづめがのびている。

「艦長、信頼していなかったと批難されても当然だと認めます」スタンディッシュ副長が小声で言った。彼はキッドの真ん前に立つと、ぎくしゃくと頭を下げた。「あれは確かに〝血まみれジャック〟です。あの船長についてはフォイでいろいろ噂を聞きました」

「ああ、勘が働いたんだよ」と、キッドはさりげなく言った。「右舷で砲撃開始する」と、彼はつづけて、私掠船をまた飢えたように見つめた。「ピストルの射程に入ったらだ」ティーザー号のカロネード砲は正真正銘の近距離砲だが、数百ヤード離れたら、正確さはあてにならない。

一方的な勝ち戦にはならないだろう。それは確かだ。ティーザー号はほぼおなじ大きさの私掠船より砲の数は多いが、乗組員の数は拿捕船回航員をぎゅう詰めにした私掠船よりはるかに少ない。だから、本艦としてはどんな犠牲を払ってでも、敵の斬り込み隊がなだれこめないように遠く離れていなければならない。しかし、射撃距離は詰めなければならないので、四つ爪鉤がとつぜん飛びこんでくる危険は冒さざるをえない。

「あのフランス船が気の毒にさえ思えますよ」

キッドの背後からレンジの励ますような落ち着いた声がした。艦長付き事務官が戦闘部署についていたのにキッドは気づかなかった。レンジの顔には微笑が浮かび、腰には飾り気のない戦闘用の斬り込み刀《カットラス》が下がっていたが、本来の任務に従って、重要な出来事をすべて記録するためにいつものノートを手にしていた。

私掠船は七十ヤード（約六十四メートル）と離れていない前方におり、舵輪のまわりに小さな集団がはっきりと見えた。一人は抜け目ない船長にちがいない。こちらを振りかえって、勝算を測っていることだろう。灯台のあるロングシップス岩はすぐ前方に迫っていて、キッドはいやでも気が高ぶりながら、もうすぐ戦場になるにちがいない場所までの距離と操艦余地を目測しだした。

これまでティーザー号は私掠船をうまく海岸線のそばへ追いつめていたので、私掠船としてはロングシップス岩をかわすためにいまや針路をティーザー号のほうへ変えなければならない。敵が変針したら、右舷砲七門に仕事をさせるときだ。キッドは剣を引き抜いて、高く掲げた。「ティーザー号の者！」声が途切れた、困惑して。

私掠船は針路を変えようとしない。ティーザー号はロングシップス岩をかわそうと風上へ切り上がっていくのに、大きな私掠船は総帆に風をいっぱいに受けて進みつづけ、海岸線と灯台のあいだに開けた白波立つ細い海域へと向かっていく。

「くそっ！　ポールダン操舵長、上手舵だ。やつの航跡についていけ！」

「はい、艦長！」

「副長、やつが泳げるところなら、こっちも泳げるぞ」キッドはティーザー号の竜骨をなんとか考えないようにした。竜骨はみんなの足下から二尋下の海中を切り分けて、灯台のある岩群と岬の断崖のあいだの狭い空間へと向かっていく。もしも私掠船がこの沿岸で仕事をするために喫水の浅い特別な設計になっていたら、どうする？

その水道へとティーザー号が突っこんでいった拍子に、キッドは手をかけていた横静索にしがみついた。下の海中で海藻の張りついた岩礁の暗い影が後方へ飛びすぎていき、とつぜん風が吹きつけて、艦を海岸のほうへ押しやった。すると、今度は左舷の向こうに別の岩群が——外側に点在する岩群より小さい岩群が白いしぶきを噴きあげて現われた。そして、〝血まみれジャック〟が砲撃を開始した。

その砲は四ポンドの迎撃砲にすぎなかったが、ティーザー号の艦首追撃砲は二門とも防衛のために艦尾とキッドの艦長室に移してあった。二隻とも水道を通ろうと操船した結果、縦に並んでしまった。狂ったように突っ走るティーザー号は、敵の船尾から飛んでくる砲弾で激しく叩かれるにちがいない。

いまや風は真後ろになり、二隻とも驀進《ばくしん》していったが、こうした状況下でティーザー号のほうがいくらか有利なことがはっきりしてきた。私掠船にゆっくりとだが、確実に追いついていく。追いついたら、すぐさま……。

私掠船の動きは予想外だったと同時に効果をあげた。踊り子が回転《ピルエット》するように、舵を風下側へまわしてぎりぎりまで風上に詰めて旋回していき、その過程で片舷全砲をティーザー号へ向けたのだ。硝煙はたちまち風下へ吹き流されたが、砲弾の命中した船体がバリバリと胸の悪くなる音をたてた。ティーザー号からは一門も撃ちかえすことができなかった。

私掠船は詰め開きで遠ざかっていき、その距離は一秒ごとに開いていく。

「追え!」と、キッドはポールダン操舵長へ直接怒鳴った。操舵長は必死になって舵輪をまわした。ティーザー号の旋回は私掠船よりのろい。横帆艤装のティーザー号はいま、大砲よりも転桁索に人手を必要としているのだ。

これは狂気の沙汰だ。詰め開きの私掠船は、ロングシップス岩群を通りすぎて開けた沖海へ出ようと、針路をとっている。そこへ出ればたぶん、ティーザー号には決着をつけるための操船余地ができるだろう。だが、これは追跡者を振り切るための敵の死に物狂いの試みか、あるいは……？

ちらっとキッドはダウス航海長へ目をやった。航海長は緊張し、その青ざめた顔は、敵と接触したらどんな危険が待っているか、口には出さないがわかっている、と物語っていた。針路を記録していたレンジは顔を上げたが、あとはみんな私掠船を見つめていた。私掠船の甲板は人でびっしりのようで、ときどき鋼《はがね》がきらめいて、ティーザー号の者たちに怖じ気をふるわせた。

私掠船の船長は策略家で、みごとに規律を保って船を操っている。彼のとっている奇妙な動きにはなにか理由があるにちがいない。あった。まったくどんぴしゃりの場所で私掠船の船首がまわりだし、風の中心を突っ切って反対の開きになると、南東へ進みだした。名人芸だった。横帆艤装のティーザー号はもしも上手まわししたいと思ったら、操船余地が必要で、そのためロングシップス岩の向こうへ出なければならない。縦帆艤装のラガーはきれいに旋回したのだが、そのうえ、外側に点在する岩群を利用して、その岩群とロングシップス岩のあいだを進んでいる。いま来た道を引きかえそうというのだ。ティーザー号が追跡できるようになったころには、大きく距離を開けられているだろう。

「艦長！　だめです！」

しかし、キッドは私掠船と張り合うつもりはなかった。このまま行かせなければならない。みごとな航海術を見せられて、キッドは賞賛のあまりため息をつき、南へ疾走していくラガーを見守った。そこで、スタンディッシュ副長へ振り向いた。「まったくたいしたやつだ！　もしわれわれが――」

「ほかにはどうすることもできませんでした、艦長、そう確信します。申し上げてよければ、こちらの動きを見て、やつはあきらめたにちがいないです。もっと警備の薄い海岸を襲うことにしたのもむりからぬことです」

「ああ、ありがとう、副長。しかし、われわれはまた出会うと思う。今日という日を忘れはしないぞ」

ＨＭＳティーザー号の乗組員は墓穴のそばに集まった。古い歴史のあるガルヴァル教会の教区司祭はこういう務めを何度もやったことがある。海は座礁や沈没、海賊や戦争から死者たちを帰してくれる。帰ってきた者たちは少なくともキリスト教の埋葬をしてもらえる。それよりはるかに多くの人たちは人間界から奪われて、航海から戻ってこない。彼らは故郷から遠く離れた海で病気やマストから落ちるなど、船乗りを待っているたくさんの危険のどれかにぶつかって、死んだ。

若いフォア・トップ台員は、墓穴のそばを埋めた船乗り仲間たちが厳粛な目で見守っているのを意識して、おずおずと手のひら一杯に土を取ると、棺をおおった土の上にそそいだ。そこで、後ろに下がり、艦長へ目を上げた。キッドは了解して、司祭へ視線をやると、司祭は厳かにうなずいた。

「では、〝船で海底に沈みし者は……〟」司祭はそう切りだすと、口ごもった。彼はかつて艦長だった。彼の艦が海で最初の犠牲者を出したとき、乗組員は力強い言葉を求めて彼を見ていた。問題は彼自身がその死に動揺していたことで、なぜなら、水兵は戦いではなく、自分の命令に従っている最中に死んだからだ。

司祭はぐっとこらえて、なんとか気持ちを集中しようとした。「海に生きる者たちはみな……見えぬ危険に……勇気を見つけなければならず……われわれの任務は……最後まで……」

瞬《まばた》きもせずに自分を見つめる目、目、目は水兵たちの思いを司祭に少しも明かさなかった。司祭が帽子をかぶると、乗組員たちは細い道をペンザンスへと戻っていった。

キッドは墓穴のそばにもうしばらくたたずんでいた。すると、レンジと目が合った。言葉もなく二人は回れ右して、乗組員たちのあとについていった。

第五章

コーサンド湾には六隻の戦列艦が錨を入れていたし、その先のプリマス水道は戦時の艦船で賑わっていたから、ブリッグ型スループ艦ティーザー号のような地味な軍艦が港に到着しても、それに気づいてくれというほうが期待のしすぎだっただろう。しかし、そんなことなど海尉艦長トマス・キッドは気にしなかった。彼は最上の上着と半ズボンに正装して自分の艦尾甲板を行ったり来たりしながら、平穏ではなかった最初の戦時航海をすませて、いつ鎮守府司令長官から呼び出しがあってもいいように備えていた。

マウンド・ワイズ地区にある信号所のマストのてっぺんに識別信号旗がひるがえると、すぐさまティーザー号の風下側の信号揚げ索《シグナル・ハリヤード》に応答旗が上がった。海へ出ていこうとする動きの鈍い東インド会社船がいて、それを避けるために、ティーザー号はちょっと左へまわった。やがて、断崖の上に芝地の広がるプリマス・ホーがあと数百ヤードのところに迫ると、ティーザー号は左へ回頭して、悪名高いデヴィルズ岬が突き出るハモーズ泊地の入口へ、休息へと、最後の一マイルを進んでいった。

キッドは進入路に神経を集中した。細い進入路には激しい流れが何本もあって、多くの艦船を犠牲にした。その朽ちた船材がまだそちこちの浅瀬の上に見えた。

天気がよくて、岬の心地よい庭園には大勢の人たちが集まっていた。

「ああ、美人が、気づいてもらいたがっている！」スタンディッシュ副長が大声を上げた。

彼は、懸命に両腕を振っている一人の女性へ望遠鏡を向けた。操舵指揮をしていたキッドは気をそらされて振り向いたが、その人影になにか……。

「いいかな？」と、彼は副長に頼んで、望遠鏡をのぞいた。あれは、シシリアだ。

「プロサー航海士、軍艦旗をちょっと下げてくれ！」

副長が警告するようにキッドを見た。

「妹だ」と、キッドは言い訳がましく言った。

ティーザー号の軍艦旗が命令どおり六フィート下がって、また誇らしげに元の位置へ上がった。

妹がどうしてこのプリマスにいるのかわからなかったが、彼女のうれしそうなようすからすると、家族になにか悪いことがあったのではなさそうだった。ティーザー号が繋留場所に着くと、キッドは急いでペンを走らせて、その手紙を最初の陸上行きのボートに託した。帰投した軍艦を待っているいつもの公式仕事を急いで済ませたら、そのボートでシシリアをティーザー号に連れてくるように指示したのだ。

「おーい、ボート！」と、ティーザー号へ近づいてくるピンネース艇へ当直員が怒鳴った。そんなふうに誰何《すいか》する必要は実際にはなかった。というのも、ピンネースには便乗者しか乗っていないからだ。だが、艇長のポールダンは「ノー、ノー」と大声で答えて、海軍士官を乗せてはいないと示した。

シシリアは優雅に舷側板《ブルワーク》を越えると、気遣って差し出したキッドの手に片手を預けた。スタンディッシュ副長が惚れぼれとした視線をシシリアへ向けたのを、キッドはなんとか見てみないふりをしようとした。しかし、わざと大げさに頭を下げても、シシリアには通じなかった。彼女はだれにはばかることもなく兄の背中に両腕を投げると、音をたててキスをし、甲板中の乗組員たちを大喜びさせた。

「トマス兄さん！　あたし、とってもわくわくするわ。兄さんにはこの気持ち、わからないでしょ！　国王陛下のお船の艦長さん――」

「ああ、そうとも、ええと、ＨＭＳティーザー号にようこそ、シシリア」急いでキッドは言うと、「それで、こちらは……？」と、乗りこんできた二人の訪問者へ向いた。

「ええ、ジェーン・マリンズをおぼえているでしょう！　この町に滞在するように招待してくださったの。お断わりすることがあって？」

紹介された女性はうれしそうにえくぼを見せ、おずおずと片手を差し出した。シシリアは話をつづけて、「ジャマイカで、あたし、ジェーンがウィリアムと結婚なさるのをお手伝いしたのよ。そのとき、みんなでいっしょにお夕食をいただいたでしょ？」

がっしりした体格の男が大きく笑みを見せた。「あのとき、わたしは歩兵隊の下っ端少尉でした」くっくっと彼は笑い声をたてた。国王陛下の軍艦の艦長と知り合いになって感激していることは明らかだ。ジャマイカではキッドは小さなカッターの操舵長助手だったことなど、どうやら思い出してはいないようだ。

シシリアが思い切ったようにキッドの腕をとった。「トマス兄さん、お船のなかを見せて」そう言うと、お茶目な笑いを浮かべた。

キッドは大真面目で一つ咳払いすると、「スタンディッシュ副長、なにか問題が起こったら、知らせてくれ。わたしはこの方たちを案内してまわる」

客たちは軍艦のもつ姿に一つ一つ大喜びした――そそり立つマスト、索具が作る複雑な網目模様、間近に見た裸の第一斜檣の斜めに突き出したすさまじい長さ。両舷に並んだ大砲の魂を奪うような迫力、コンパスの入った羅針儀箱、いまは動いていない取っ手付きの舵輪。

便所は甲板から下へ張り出していて見えないが、食堂甲板は彼ら自身の目で見ることができた。各テーブルは天井へ吊りあげられ、小物袋は舷側に縛りつけられて、きれいに片付いた空間が広がっていた。パーチット掌帆長が愛想よく補給品倉庫を見せてくれたので、三人の客は、食卓料理人たちが食糧の配給を受けて、準備にかかるのを初めて見たのだった。

最後に大キャビンに入ると、三人は一艦の艦長に与えられるすばらしい調度に目を見張った。シシリアの兄を見上げる瞳がきらめいた。友人夫妻が遠慮がちにキッドの寝室をのぞいているあいだに、彼は妹に小声で、「シシ、今夜八点鐘に艦長テーブルに招待するよ」とささやいた。

キッドはみんなにシェリーを運んでくるようにとタイソーに命じると、残念ながら仕事が山積しているため、これで艦内見学はおしまいにして、みなさんを陸上へ送りましょう、と告げなければならなかった。甲板へ戻ると、陽射しに目をぱちぱちしたが、シシリアだけはぐずぐずしていた。「トマス兄さん」と、彼女は声をひそめて、「ニコラスに会ってないわ」

「ああ、そうだな、あいつは邪魔されるのが嫌いだから、な」と、キッドは答えて、困ってしまった。ニコラス・レンジの気持ちははっきりしていた。

シシリアはまっすぐにキッドの目をとらえたが、なにも言わなかった。

「ああ、たまたま、おまえに会う時間はあるかもしれない」キッドは客たちに詫びると、下の甲板へ降りていった。コツ、コツと、後ろからシシリアの足音が聞こえた。

小さな船室は入口にカーテンが引いてあったが、キッドは一つ咳払いをすると、明るい声で、「ニコラス――あの、きみと話したいという人が来ているんだ」

なかで人の動く気配があって、ニコラス・レンジの顔が突き出した。キッドの妹を見ると、彼は立ち止まって、キッドへ顔を向け、責める目つきになった。

シシリアは自分を励ますように笑みを浮かべると、やさしい声で、「前触れもなくお邪魔しましたのに、受け入れてくださって、ほんとにご親切に。お体はいかがです？」と訊いた。その瞳はすでにカーテンの奥へさまよっていて、レンジは落ち着いた、だが断固とした奇妙な態度で応じた。「ご親切にはお礼を言いますが、ご覧のとおり、礼儀として、なかへお入れすることはできません」

キッドはあわてて、「ああ、いや、わかるだろう、シシ、この艦には余分な部屋がなくて、これはニコラスの望んでいることなんだ」

シシリアはレンジのつらそうな表情を気にも留めずに、腰をかがめて室内をのぞいた。「まあ、ここは修道士の独房以外のなにものでもありませんわ」いっさい装飾のない質素な室内を見て取って、彼女はそう言った。「あなたにふさわしいお部屋ですわ、ほんとに。それから、今夜、お目にかかることができますか、ミスタ・レンジ？」

「ぼ、ぼくは残念ながら、今夜は陸上《おか》で艦の仕事があって、それがなによりも優先するのです、ミス・キッド」

「ええっ？　アイ、そうなんだよ、シシリア」あわててキッドは口をはさんだ。「知ってるだろうが、彼には艦長付き事務官としての役目があって、いつでも自分の任務第一なんだ」

「艦長、ミス・シシリアです」タイソーがドアを押さえると、シシリアが大キャビンへ入ってきた。軍艦の壮麗な室内にいまはロウソクの黄金色の明かりが反射して、その光景に彼女は畏敬の念に打たれたようだった。

「トマス兄さん、こんばんは……ご招待してくださって、ほんとうにご親切に」

タイソーが最大の礼儀を尽くしてシシリアの毛皮付きコートを受け取った。キッド艦長の客人の人柄を賞賛する気持ちを、彼はほとんど隠そうともしない。

「ああ、シシ、タイソーとは会ったことがないと思うが。彼はカナダへ行く前からおれ個人の従僕で、この男には最高に満足しているんだ」

シシリアが細やかな関心を示すので、タイソーは喜んで頭を傾げて答えた。

「では、兄はよくお世話していただいてますのね」そう言うと、シシリアは案内に従って一対の安楽椅子の片方にかけ、艦尾窓から暮れなずむ黄昏時の景色を窓いっぱいに楽しんだ。キッドも付き合って、もう一つの椅子に腰をおろした。

「まもなく夕食が運ばれてくる。料理人には、おまえが来ると言ってある。夕食のまえにワインはどうだ?」

「それは大変にご親切に。でも、いまはご遠慮いたしますわ」シシリアはすまして答えた。

兄のために妹が礼儀正しく振る舞おうとしてかしこまっているのだと気づくと、キッドは声をたてて笑いだした。つられてシシリアもうれしそうにほほ笑んだ。

「ちょっと考えてみて」と、彼女は子どものように朗《ほが》らかに言った。「ほんの数年前だったわ……」彼女の顔がぱっと輝いた。くるっとキッドへ顔を向けて、せがむように、「教えて、どんなふうか、トマス兄さん！　国王陛下のお船の艦長さんって……どんな感じ？」

キッドは、上着の金モールが深い輝きを放っているのに気づかないほど感動した。「ああ、とてもすばらしいことだよ。艦長になっていないときにはわからなかったけど、いまなら教えてやれる――艦首楼から艦尾甲板に這いあがったのは、おれの人生において最大のことだ、そう思ってくれていい」

シシリアが黙っていたので、キッドはさらにつづけた。「なあ、シシ、ただのフォア・マスト員のときは、艦尾をうかがって士官たちを見た――士官たちは落ち着いて、毅然としていて、水兵たちを見おろし、すべての権力と規律の塊りだった……おれは士官の仲間入りするって聞いたとき、いったいどうなるのか、わからなかった。いちばん驚いたのは、士官室では階級も儀礼もすべて甲板に置いてくることだった。命令は艦尾甲板以外ではくだされない、下の部屋ではなし、なのだ。

つまり、おれたちはみんな平等だってことだ、な。おれたちは兄弟のように分かち合っている。だから、戦いではたがいに理解し合い、信頼し合うんだ。それは、それは……」

「でも、いまは兄さん、艦長さんよ！」

「いま言おうとしたのはそのことだ。おれはいま、士官仲間から引き抜かれた身だ。話している相手はトマス・キッドではなく、艦長なんだ。それをおれたちはたがいに認識している」

シシリアの目がまん丸くなった。「じゃあ、そういう理由でニコラスは……」

「アイ。彼がこの艦に乗っていてくれて、おれはほんとうに幸運だと思う、たとえ彼の言うことを理解するのがひどくむずかしいときがあってもさ」

二人とも考えこんで黙ってしまったのを、タイソーの声が破った。「食事を用意しますです、艦長」

食事が進むにつれて、シシリアは快活さを取り戻した。「驚いたんですけど……兄さんは毎日こんなに形式張って食べてらっしゃるの、たった一人で？」毎日そうだと答えると、彼女は恥ずかしそうに笑いを含みながら、さらに言った。「兄さんはいままで考えたことはないのかしら？　兄さんを見る水兵さんたちの気持ちを。つまり、以前は兄さんも水兵だったので、水兵さんたちの考えていることがわかるんじゃないかって思うの」

「その疑問はよく自分自身に投げかけるよ。それで、答えは、そうだとも、彼らの考えることはわかる。おれもおなじだった。つまり、艦長を雲の上の人と見てたし、おれたち全員の上に君臨する人だってわかっていた。だからその疑問に反論はないよ。さて、尊敬ということになると、まったく別問題だ。もしも水兵たちの尊敬を得られなければ、信頼も得られない。その結果、戦いは負ける」

シシリアはじっと自分のワインを見つめながら、気を遣って切りだした。「出すぎたことを言うかもしれませんけど、兄さんが尊敬ということを持ち出したので、あたし、言わなければならないと思います。兄さんは人生でとても出世したと言っていいでしょうけど、水兵さんたちは兄さんのような人に指揮されるのを腹立たしく感じるかもしれないって思いませんか？　つまり、兄さんの、そう、あたしたちのような出の人間に」

キッドは挑むような笑いを浮かべた。「水兵は名門出身の艦長につきたがるし、貴族出の艦長につくのがいちばんいいと思う――だけど、水兵がいちばん好きなのはむかしから、戦士なんだ」

彼はグラスを置いた。「なあ、シシ、海軍ではおれみたいに艦首からのし上がった者はそうたくさんはいない。こうやって〝錨索孔《ホーズ》から乗りこんで、艦尾《アフト》に上がる〟って言うんだ。そうやって艦尾甲板にたどり着いた人間は百人を越えないと思う。そういう人たちのなかには――みんなまさしく優秀な水兵だが――自分の出身を誇りに思っている人もいる。そういう人たちが〝艦首楼上がりの士官《ターポリン・オフィサー》〟なんだ。

いまおれは、だれがなんと言おうと、水兵だったことを恥じていない。誇りに思っている。だけど、おれにとって、いま自分の黒板に書くべきことは、自分の出身ではなく、立派なジェントルマンとして将来を期することなんだ」話している自分を意識しながら、キッドは先をつづけた。「提督の舞踏会のときのことだが、シシ。おれはトマス・キッド艦長で、名誉ある客だった。レディたちやみんなに会い、彼らはおれを自分たちの一員として受け取った。白状するけど、おれにとってすごくうれしいことだった。ほんとに、とっても痛快だった」

シシリアがやさしくほほ笑んだので、キッドは話をつづけた。「それは別として、おれはこんな気がしたんだ——自分は訪問者だって。おれの言う意味がわかるだろ。歓迎してくれたけど、おれはやっぱり彼らの世界を訪ねてきた者なんだ。なあ、シシ、おれがなりたいのは、訪問者じゃないんだ。彼らにおれを仲間として受け取ってもらいたいんだ、ちょうどおれが艦尾の士官室に入ったときのように。そんなことを望むのは、おれのような者には間違っているかい?」

「まあ、トマス兄さん、そんなことない、そんなことはないわ! でも、でも、ちがいがあるわ。それをあたしが言ってあげなくては、って思ってます」

「じゃ、遠慮しないで言ってくれ」

「あたしが親切心から言っていることはわかってくださいね、兄さん。何年かスタナップ卿にお仕えしていたとき、あたしは最上級の上流社会ですごす特権を与えられました」

「アイ、おれもそうだよ」

「では、ちゃんと聞いて、トマス兄さん」シシリアの声は真剣だった。「まずあたしが言いたい点は、兄さんは宿無しの放浪者として上流社会に入りたがっているということ。身を固めていなければ、最低でも住まいを持っていなければ、訪問客を受けることも、ふつうのお付き合いの集まりをもつこともできません」

そんなことは考えたこともなかった。〝家〟はずっと艦《ふね》だった。艦が自分の世界の中心だった。乗る艦がなくなったときは、ギルフォードに両親が住んでいた。ギルフォードでちょっとのあいだ、レンジと共同生活をしたこともあった。そうだったが、これは一時的なことだといつも思っていた。シシリアはいま、艦の外に生活をもて、と言っている。まずは家を構えろと。

「あたしはいまジェーン夫妻のお宅に滞在してます。ご主人はプリマスの財界では大物です。高名な海軍士官にふさわしい家がどこで見つかるか、ジェーンが教えてくださるわ」シシリアは、キッドのきらびやかな海尉艦長の第一正装を疑わしげに見つめた。「もちろん、陸上《おか》ではいつも軍服を着ているわけにはいきません。仕立屋を訪ねなくてはならないわ。軍服の上着と半ズボンだけでは充分ではありません。長ズボンと襟飾りが肝心なんです」

「用意はしてないが……」

「じゃあ、明日、あたしたちと会って、町を歩きましょ？　それとも……？」

「アイ……十一時に」キッドはぶつぶつと答えた。

「さて、兄さん、悪く取らないでくださいね。兄さんの話し方を見てきましたけど、地位の高い士官にふさわしい話し方ではありませんわ。しゃべり方があまりにも古くさいので、それだけはやめることです。もっとゆっくり、一つ一つの言葉を充分に発音して、慎重に言葉を使わなければなりません」

キッドは、顔が赤くなるのがわかった。「海の田舎者と誤解されたくはないでしょ？」

「海は厳しい場所だ。簡潔な話し方が必要なんだ」うなるように彼は言った。

「でも、陸上《おか》にいるときは、そこは海ではありません」シシリアはきっぱりと言った。「陸上では陸上の人たちがやるようにやること。兄さんに詩集を差し上げますから、毎朝、タイソーに読んで聞かせるようにね。言葉を美しく言うように、精いっぱい努力してください」

まったく言葉を失って、キッドは鼻嵐を吹いた。

「それにね、トマス兄さん」シシリアは大真面目な顔で、「兄さんがあたしに話すとき、あまりにも気安すぎるって言わざるをえません。あたしはあなたの妹かもしれませんけど、それは、ふつうの細やかな話し方をしなくていいという理由にはなりません。お願いですから、あたしに話すとき、もう少し丁寧な言い方にしてくださいね」

「それでご令嬢が喜ばれるなら」と、キッドは皮肉っぽく言ったが、すぐに後悔した。シシリアの言うとおりだ。十八世紀は終わった。十八世紀は、おれの若いころから活気や生気がみなぎっていた。いまは一八〇三年、この時代の空気はもっと生真面目で、慎重だ。外見や礼儀作法が気迫や鋭気よりも大事になっている。「つまり、きみの言うとおりだよ、もちろん」妹の温かい笑みにキッドは心が揺さぶられ、自分の頑固さが恥ずかしくなった。「なんとかやってみるよ、シシ」そう彼は真面目に言った。

「では、さらに、品性という問題もあります。でも、兄さんはもう、男性として立派な風格をおもちです。そういう兄さんの資質は認めていいと思います。でも、ほかに社交上絶対に必要な技術があります。カードの腕前とか、恋愛術とか――」

「くそっ！　おまえの口調はニコラスそっくりになってきたよ」

シシリアの顔が曇った。

「ああ、あの、シシ、本気じゃなかったんだ……」しかし、引き返すすべはない。「訊いてもいいかな……ニコラスとおまえはどうなんだ？　おまえは……？」

最初、シシリアは答えなかった。窓へ顔を向けて、暗闇の奥をじっと見つめていた。やがて、「あの方はほかの人とはちがいます、兄さん」と口を切った。「あたしは待ちます、あの方にどんな理由があろうと。でも、兄さんは生涯、決してあたしの、あたしの気持ちを、彼に言わないで。彼の用意ができたら……」

彼女はハンカチを探し出すと、目頭に当てた。「あの方は幸せ……幸せなのかしら、そう兄さんは思います？」

キッドは話題を変えようとあがきながら、頭をしぼった。「ニコラスか？　ああ、おれは……いや、ニコラスはちゃんとわかろうとすると、おれには奥の深すぎる人間だけど、これだけは言える——つまり、彼は本をたくさん艦に持ちこみ、自分の小さな船室で神が与えてくれた時間ずっと、読みあさっている。それであいつは満足しているにちがいない」

「兄さんはあの方にとって、とてもいいお友だちなのね」ひっそりとシシリアは言った。「お二人とも、お大事になさってね」

シシリアの目が涙でいっぱいなのにキッドは気づいた。女の感情についていけなくて、彼はブランディへ手をのばした。「シシリア、乾杯しよう。将来に。おれたちどっちの将来にもなにが待っているか、だれにわかる？」

「ええ、そうね、シシリア。あなたのおっしゃる意味、わかるわ」と、ジェーン・マリンズはキッドが着る物に無関心だと疑わず、ぷりぷりしてパラソルをまわした。「殿方って、外見のこととなると、無頓着で、厄介な生き物なのよ」

「ほんとにそうね、ジェーン」と、シシリアが満足した顔になって、キッドの腕に手を預け、近くのプリマス乗合馬車駅まで本通りを進んでいった。「でも、兄さんは約束してくださったのよ。自分の世間的立場に見合った服になるまで、辛抱強くこの運命に耐えるって……そうじゃありません、トマス兄さん？」

「アイ、シシ」しぶしぶトマス・キッドは答えた。

「失礼ですが、トマス兄さん？」

「ああ、シシ、こう言うつもりだったんだ……そのとおりです、シシ、いや、シシリア」

こんなまどろっこしいしゃべり方なんぞ、くそっくらえだ。だけど、妹の言うとおりだ。ある意味でキッドは、妹が自分より上流社会にはるかに深く入りこんでいると認めていた。貴族や貴族社会のやり方に慣れ親しんでさえいる。完全に受け入れてもらうには、妹の酷評に従って、上流社会の水準にかなったやり方をまねるしか選択肢はない。

「ジェーンはご親切にも、新聞を持ってきてくださったのよ。仕立屋が終わったら、兄さんの屋敷にするのにふさわしい地区について、ジェーンにご相談してみましょう」シシリアは有無を言わさぬ口調だった。「あたしたち、運がいいわ、兄さん。助言してくださるお友だちがここに住んでいらして」

三人は乗合馬車に乗りこむと、馬車はプリマスの市街地へと進みだした。仕立屋の腕前を女たちが楽しそうにおしゃべりしているあいだ、キッドはソアプール湿地帯をながめていた。メロンやキュウリ畑のなかに松材造りの家が点々と散らばっている。上流社会に完全に入るためには、どんなことでも乗りこえていく以外にない。幸運が自分をこんな高みまで運んでくれたが、次の大きな幸運を利用するには、自分自身をきちんとしなければならない。

キッドは空想がふくらんでいくにまかせた。海尉艦長として自分は世間の尊敬を得ているが、この先の海軍勤務について正しく予想するかぎり、たぶんジェントルマンとして名誉ある退役をすることで満足すべきだろう。海軍において自動的にのぼる次の最後の段階は勅任艦長だが、その先任者になって提督に上がるとなると、歩みはのろい。そこまで行くためには、特別に華々しい武勲を立てるか――ブリッグ型スループ艦ではそれはむりだが――縁故関係《コネ》に頼らなければならない。

コネ――憎まれる士官たち、他人の出世へのねたみ、権力中枢にいる高位者から確かな後ろ盾を得られれば、おなじ実力の者たちの上に自分の名前が載る仕組み、そういう仕組みへの非難。しかし、キッドは少なくともこれは〝えこひいき〟がおおっぴらに認められた形であり、そのこと自体が行きすぎを抑えて均衡を保っていると見ている。〝えこひいき〟ははっきりとわかるので、そんなばかげたことと自分の名前が結びつくのを許す先任者はいない。そして、もし自分の秘蔵っ子が栄光を得れば、自分も信頼を得る。こうした仕組みがネルソンのような勇敢な若者にどれほどチャンスを与えてきたことか。二十歳で勅任艦長！

がたがたとうるさく揺れる馬車が広い郊外の穴ぼこだらけの道から離れると、玉石を踏む軽快な音が響いて、フランクフォート・ゲートに到着し、旧市街に入った。しかし、キッドの頭は急回転していた。コネを得る鍵は、まず注目されることだ。有名な人物の目にとまるために、そういう機会のある上流社会に入れるようにしなければならない。入れたとしても、自分の目的にとってなによりも障害になるのは、よそ者と見られることだ、いくら個性的であっても。

おれの道は決まった。進むべき道ははっきりした。

仕立屋のミスタ・ブラムルは非常に親切で、最初の仮縫いを二日後にすると約束してくれた。キッドはいつのまにか、自分がまったく別人の顔で世間にお目見えするのを期待しだしていた。いままでの派手な色やレース飾りはなし。いまの時代、ジェントルマンは形こそシンプルだが、絹や浮き織り生地を使った裁断のいい服を選ぶものだ、と仕立屋は断言した。それに、半ズボンとバックル付きの長靴《ブーツ》ではなく、薄い色の長ズボンに折り返しのある長靴にすべきだとも言った。

慣れるのにちょっと時間がかかるだろうが、キッドは我慢することにした。最終的には満足した。深緑の上着。レース飾りはいっさいなく、燕尾が軽やかに後ろへ流れている。薄い黄土色のダブルのチョッキは胸の開きが高く、みだらに感じるぐらいぴったりした長ズボンはナンキン木綿製で、クリーム色だ。

「旦那さん、ズボン吊りはご入り用で？」

もちろん。長ズボンは乗馬のときに窮屈にならないように、胴まわりがゆったりと作られているので、しっかりしたズボン吊りが必要だろう。靴屋では、注文がひとつづきに出された――爪先の尖った最新流行の形の長靴、色は黒、茶色の折り返しのついたもの。騎手の長靴みたいだ、とキッドは反対したのだったが。紳士用品店ではさらに細かく注意が払われて、白い絹で裏張りされた黒いビーバー毛皮の帽子が選ばれた。海軍の実用的な三角帽の代わりに丸いかさばった帽子をかぶるのは奇妙な感じだったが、上流社会の儀式ではお辞儀をするのにずっと便利だし、華やかでもあるとキッドは理解できた。

「じゃあ、トマス兄さん、あたしたち、お家を一軒か二軒、見る時間がありましてよ。位の高い士官さんたちはプリマスの山の手のストーンハウス地区をお好みだって、ジェーンが言ってますわ。空気がよくって、ご近所の方たちがお上品なんですって。行ってみましょうか、いかが？」

キッド海尉艦長は――十六門の大砲の支配者にして八十人の部下の宗主は――おとなしく同意して、妹に従った。三人はストーンハウス地区に着くと、南へ曲がって、幹線道路をくだっていった。この道路は〈ロング・ルーム館〉につづく道だとキッドはわかったが、その開けた土地のはるか手前のダーンフォード通りで彼女たちは馬車を停めた。そこにはどっしりとした棟続きのテラス・マンションが並んでいた。

シシリアとジェーンのあいだですばやく目顔が交わされたあと、その目はキッドにそそがれ、シシリアが、十八番のお家が訪問を受けてくださるわ、と告げた。まもなくキッドは二軒続き邸宅の玄関のまえに立っていた。薄い色の三階建てで、がっしりとした造りだった。キッドはぎょっとして、シシリアを振りかえった。「だめだ！　こんなのあまりにも――」

「ばかなことを、兄さん！　いずれおもてなしをしなければならなくなるわ。ついていらして」

家主の代理人がキッドを品定めすると、物慣れた笑顔を見せて三人を受け入れた。玄関ドアが開くと、なかは小さな玄関広間になっていて、廊下がつづき、廊下の両側に部屋が並んでいた。二人の女は同時にそっと鼻をくんくんさせた――台所に流し場、どうやら合格らしい。廊下のはずれにすばらしい階段があって、手招きするように上につづいていた。

案内されて、キッドはいらいらしながら二階へ上がっていった。片側にすてきな食堂、反対側に廊下の長さいっぱいを占めた応接室があって、キッドは心を動かされた。つづいて三階へ行くと、そこには大きな主寝室と子ども部屋があった。

「召使い部屋もご覧になりたいですか？」

「アイ、いや、はい」キッドはあわてて答えなおした。自分の気持ちを優先させず、相手に気遣いするのが海軍流だ。最上階は天井が傾斜していて、ほどよい大きさの部屋が二つあった。キッドに考えられる家事用使用人の数からして、充分すぎるほどだ。

最後にもう一度すばやく見てから、通りに出ると、シシリアが逃がさないわ、というふうにキッドの腕をつかんだ。「ねえ、トマス兄さん、絶対ですわ――部屋ごとに暖炉があって、応接室はとってもすばらしいわ。もちろん、嫌な色のカーテンは代えなければならないし、床の敷物はかなりみっともないですけど、兄さんの寝室はあたしがいろいろ見たなかではいちばん広いわ」

キッドにとっては広すぎた。ティーザー号の艦尾甲板の大きさぐらいあったな、と彼はぼんやり思い出した。「なあ、シシ、もっと見にいく前に、この家はおれには大きすぎる。おれにはむり――」

「そんなばかなこと言わないで」シシリアが苛立って言った。「応接室が一つ、食堂が一つ、兄さんの寝室が一つ、それにもう一部屋――これより少なかったら、どうやって暮らせるんです?」

落ち着き払った友人の顔をちらっとシシリアが見た。友人の目は、すでにお兄さんはわかっていらっしゃるので、この場は成り行きに従うのがいちばん、と言っているかのようだった。

「しかし、シシ、家賃はきっと――」

「短期契約だと、破産するほど高くなります、それは認めますわ。でも、一年の賃貸契約ですと、そうね、二十ポンドぐらいかしら？」と、彼女は自信なさそうに言い添えた。

それはキッドの給料のかなりな部分を占めるが、恐れていたよりは安かった。そして、考えた――自分自身の家の主になる、好きなことをやる、招待にお返しをする、パーティの開催を知らせる、あとで何カ月も話題になるような晩餐会をもつ……。「シシリア、おまえの言うとおりかもしれない。考えてみるよ」

「ニコラス、ちょっと問題があって、きみの意見を聞かせてもらえれば、とてもありがたいんだが」

ニコラス・レンジは本から顔を上げた。「どうぞ、なんなりと、兄弟」

朝日が海面から反射して、船室の天井にきれいな斑点模様を踊らせているが、キッドの心はよそへ行っていた。「あの、家を借りようと考えているんだ……ささやかな家だ、もちろん。陸上《おか》に借家を。もしおれといっしょに上陸して、見てもらえれば、助かるんだが」

レンジはキッドといっしょに丹念に辛抱強く十八番邸を見てまわった。階段には惚れ惚れとし、階数には感想を言ったが、キッドが最下階に台所があって、召使いたちは最上階にいるのは全体として効率的でいいと言うと、意見を言うのを控えた。

「ここの賃貸料を、訊いてもいいかな？」と、レンジはこもった声で言った。

「二十ギニーだ」キッドは動じずに答えた。

「それだと家具付きではないだろう。半家具付きだと、二十三ギニーぐらいにはなるかな？　ぼくは借りることを強く勧めるけど」

「ああ、そのとおりだ、と思うよ」急いでキッドは言って、なんとか真面目な話し方をしようと骨折った。「ニコラス。きみに考えてもらいたい提案があるんだ」注意して言葉を選びながら、彼はつづけた。「きみ自身の状況のことだけど……艦長付き事務官としての収入はひどく少ないと思う。学者として、きみは本やなにかを置いておく場所が必要だろう。この家にそういう場所を提供したいんだ……だけど、家賃はもらう」

「きみの提案を受けるのは、うれしいことだよ」と、レンジも言葉を選んで言った。「だけど、きみも知ってのとおり、ぼくはすばらしいティーザー号で充分に与えてもらっている」

「ああ、しかし、ここに住所をもてば、きみは生涯を一隻の艦《ふね》のなかで暮らす偏屈者だって、みんなから思われないですむだろう……」

レンジは黙っていた。

「……それに、晩餐会のような社交のときに、きみに助けてもらえれば、ありがたいと思う」

「わかった」レンジは顎をなでた。「きみは家賃のことを言ったな、確か」

「ああ、言った。月一シリング（一ギニーは二十一シリング）。それと、おれの名前、トマス・キッドが世界中で見られるように印刷してくれ、きみの処女作に」

レンジは顔をそむけた。落ち着きを取り戻すと、こちらを向いて、にっこりと笑い、明るく言った。「じゃあ、ぼくの名前の上にきみを〝艦長〟と書いただけでは満足しないだろうな、ぼくの家主にもなるんだから」そこで、片手を差し出した。「そう約束するよ」

自分の家だと言えるようになるまでに、なんとたくさんのことをやらなければならないか、驚きだった。窓にかかっていた暗い色のカーテンはいま流行の色に取り換えられ、むきだしの床にはすべて、趣味のいい塗料にワニスを重ね塗りした帆布が敷かれた。ただし、応接室だけは、気持ちの安らぐセージ色の壁に合わせて緑色のほんのちょっと擦り切れた絨毯を敷いて、完璧なものにした。

寝室に関しては、キッドは大きいほうの部屋を考えると、激しい拒否感が湧いた。艦の私室ぐらいの大きさでないと、なんだか気持ちが落ち着かないし、レンジには本を収納できる空間はすべて必要だろうと主張した。こうしてキッドの友は、優秀な学者にふさわしい堂々たる書き物机を窓際に置くことができた。残った空間には質素なベッドと、満足のいく大きさの空《から》の書棚が据えられた。

キッド自身は、最新デザインのマホガニー製天蓋式ベッドを奮発した。前からある簡素な家具といささかちぐはぐではあるが。

シシリアは家具の置き方を見にきたとき、礼儀を尽くして丁寧に助言したが、レンジは何度か、シシリアよりもっと礼儀を尽くしてではあったが、彼女の助言を受け流した。やがて、やっと双方が満足いくように家具が据えられた。

私掠船との追跡劇でわずかに損傷を負ったティーザー号が修理を行なっているあいだに、キッド邸は完成に近づいた。食堂の壁には鏡付きの突き出し燭台が取りつけられて、部屋のなかにいっそう快い明かりを投げかけた。ほどよい枚数のシェフィールド銀皿はサイドボード行きとなった。

客間には大理石のマントルピースが品よく設《しつら》えられ、真鍮製の暖炉道具がすべて集められてきちんと置かれ、絹を張った熱よけ衝立《ついたて》が立てられて、調度はすべて整った。

奉公人を雇わなければならない段階になると、状況は一変した。独身の海軍艦長の家で働き口があるかもしれないと、かけがえのない友人ジェーンが噂をばらまいた。すると、たぶんそのおかげだろうが、小柄だが明るい色の目をした船乗り未亡人ミセス・バーガスがその日のうちにやってきて、メイド頭の口に応募した。

キッドは微妙な点を判断するのに自信がなくて、従兵のタイソーを呼びにやった。いつもどおりタイソーは責任を果たし、バーガス夫人は採用されて、キッドが海から帰ってくるのに備えて家を整えておくことになった。当然、彼女は事の成り行きで、雑働きのメイドを管理し、居室を共用することになった。また、ティーザー号が港にいるあいだは、日雇いの料理人と食器洗いメイドを知り合いのなかから選ぶことも引き受けてくれた。

タイソーが執事および奉公人頭としているので、キッドはもう家のなかのことにわずらわされないですみ、十八番邸は新しい生活に入った。気恥ずかしそうな新入りのメイド、ベッキーがキッドに片脚を引いてお辞儀をし、階下からは謎めいた物音がした。料理女が自分の城を整えだしているしるしだ。

この家は立派に住めるようになったと宣言していい、そうタイソーが確信する日がついにやってくると、キッドは大喜びで両手をもみ合わせながら、「ニコラス！　今夜、食事をしよう。だれを招待すべきだと思う？」と訊いた。

ニコラス・レンジはキッドの子どものようなはしゃぎぶりに笑いを押し隠して、「そうすると、うちの新しい料理人は料理をたくさん用意しなければならない。悩ましい負担になるとは考えないのかい？　二人だけで楽しく食事して、彼女がどんな魔法を使うか見たほうがいい」

結局、揚げた牡蠣《かき》の上にコーンウォールのシタビラメを載せた料理はすばらしく、焼いたカモ肉にいたっては、キッドは自分の運命に満足したほどだった。

タイソーは目を配りながらワインを手に行ったり来たりし、おずおずしたベッキーは家長の威厳のある目に見つめられて、不安げに皿を下げた。キッドの人生はいま、大きな分水嶺に達していた。

「引き揚げようか？」キッドは気だるくレンジに訊いた。

レンジはちょっと間をおいて、カスタード・プディングの最後のひと口を片付けると、

「そうしよう！　いまはブランディこそわがいちばんの友だ」と、やはり満足そうに言った。「ティーザー号の貴重な料理人を非難するわけでは決してないが、この料理人の腕前なら、だれを招待しても、もう心配なんてすべきではないな」

「すてきなパーティだったんじゃないか？」レンジは含み笑いを浮かべると、新聞を床に放って、朝食の燻製《くんせい》ニシンを自分の皿に取り分けた。「ベイズリー艦長は冗談を言って、レディたちをずっと大笑いさせていたな。彼が社交の場から追い出されることはないだろうって、ぼくは思うよ」

修理中のティーザー号に毎日通うことは面倒ではなかったし、昨夜開いたパーティはうまくいき、それに加えて長くつづいている友情は心を温かくしてくれたので、キッドの身内には心地よい満足感が湧いてきた。「アイ、そのとおりだ、ニコラス」キッドは考えにふけり、まさしくこの客室の壁に笑い声が反響し、ロウソクのやわらかい明かりが赤らんだ頬を照らしていたのを思い出して、ふうっとため息をついた。「次は仮装パーティをや

るべきだって、きみは思うかい？」もしも六人で賑やかな夜になったのなら、八人に増やせば、たぶん華やかな社交パーティにできるだろう。「それに、ミス・ロビンズが言ったんだけど、おれたちに音楽の夕べを開いてもらいたがっているレディが大勢いるんだって」

ニコラス・レンジは唇をすぼめた。「この話はきみにも受け入れてもらえると思うんだが、それにぼくから押しつけるのはぞっとしないが……きみは富の邪神マモンが残酷な要求をするっていうことを、考えたことがあるかい？」

「つまり、ニコラス、パーティをやる金がどこにあるかってこと？」

「最近、きみは帳簿を、見たことがあるか？」

「帳簿？」

「会計のだよ。陸上《おか》では金持ちでも貧乏でも、家計簿はちゃんとつけているんだ」

キッドは苛立ちをあらわにしたが、レンジは容赦なく話をつづけた。「用心のために収入と支出の動きを詳細に記録すれば、どんな催しを計画しても、収支の範囲内なら安心していられる――」

「時間があるときにな、ニコラス」キッドはぶっきらぼうに言った。

「思っていたとおり、きみの高尚な任務はこの必要な仕事をやる時間さえきみに与えてくれないようだな。それなら、お返しの提案をしよう。もしもぼくの月々の家賃を六ペンスに値下げしてくれるなら、ぼくは喜んできみのために——いや、ぼくたち両方のために——帳簿係の役目を引き受けるよ」

「だめだ！」キッドは仰天して口走った。

「なあ、どうしてだめなのか、訊いてもいいかな？　ぼくはすでにきみのすばらしい艦のためにその役目を引き受けているだろう」

「だけど、だけど、きみは学者だ、もっとふさわしい——」

「帳簿をつけるという重要な仕事を——学者にとっても重要なことなんだよ、きみ——軽蔑するなんてばかげている」

キッドは渋々笑いを浮かべた。「きみの言うとおりだ、もちろん。結構だ、ニコラス」

彼はへりくだって、「ありがとう、その件、謹んで受けますよ」と言った。

ドアがきしんで、メイドのベッキーが入ってきた。二人へぴょこぴょこ頭を下げて、「カーテンを閉めますか、旦那さま」とおずおずと訊いた。

「そうしてくれ」キッドは上の空でうなずいて、友のほうへ向きなおった。「ニコラス、ずっと考えていたんだけど、きみの仕事の進み具合はどんなふうか、いま話してくれるかい？」

「もちろん」と、ニコラス・レンジはうれしそうに笑って、両手の指先をぎゅっと押し合わせた。「きみも知っているとおり、ぼくの研究は自然のなかでやる実地活動に基づいた民族誌学だ。中心テーマとしてぼくは、おなじ攻撃に対して——大きいものだろうと小さいものだろうと——世界中の人びとの異なった反応から普遍的な事実を引き出すつもりなんだ。この目的のために、ぼくは一般の哲学者たちとはまったくちがう方針をとっている。というのも、ぼくは自分の真理を——学者の真理であって、象牙の塔の回廊で交わされる推論ではないんだよ——その真理を証明するために、まずは観察結果を集めることだけに専念するつもりなんだ。そのために、ぼくはすでに二つの道を歩みだしている。まずは、目下のテーマについて知識を得るにはどんな方法があるか、徹底的に知らなければならない。次には、自分で事実を集めなければならない。これは複雑かつむずかしい仕事だ。ぼくはまだ満足のいくように骨格を組み立てている段階だが、本質的にはこの仕事には二つの引き出しが必要になることは明らかだ。一つは真実のための引き出し。ぼくあるいは別の人間がこの目で見たからそうなのだという真実だ。もう一つは、仮説のための引き出し。つまり、そうだと言われていること。したがって、ぼくはその仮説が証明されるまでは、真実として受け入れることはできない」

　レンジは気を兼ねるように笑みを浮かべた。「きみが親切にも、きみの艦《ふね》に寝室を与えてくれたから、もちろん、陸路ではできない観察をたくさんすることができる。そのうえ、さらに親切にも、陸上《おか》に寝場所を提供してくれたことはますますありがたいことになっている。というのも、手紙のやりとりをする相手ができたら、ぼくの住所を訊くと思うからだ。親愛なる友よ、きみの名前は第一の恩人としてかならず序文に載せる、絶対だ」

キッドは椅子の背に深く寄りかかった。これはおれが理解していたよりはるかに壮大な研究だ。レンジがこの研究についてほとんど話そうともせずに、毎日何時間も部屋に閉じこもっていたのも不思議はない。「もしもなにかあれば……」と、キッドはためらいながら訊いた。

「ありがとう。ほかには頼むことはなにもないよ。だけど、まったく別な話だが、今朝、ちらっと見たんだけど、なにか招待状が届いたんじゃないかい？」

キッドは赤くなった。「ああ、そうだ。そのとおりだよ、ニコラス」海軍での縁故関係《コネ》に艦長付き事務官をどこまで関わらせるか、キッドはまだ気持ちが決まっていなかった。「ロックウッド提督の奥さまからだ。来週、エッジカム卿のご領地で野外パーティが開かれる」できるだけさりげなくそう言うと、キッドは招待状をレンジに手渡した。

レンジは招待状をじっくり読むと、「なにか趣旨のある社交会のようだな」と言った。

「名士はすべて集まる、きみもだ。しかし、この招待には、もちろん、あちらの思惑があるのだろうな」

キッドは一息、間をおいてから、「あの、思惑？」と、怪訝《けげん》な思いで訊いた。

「ああ、そうとも！　きみは新顔だし、性格のいい好青年だ。目下、独身だし、それを破る気配はいまのところ見せていない。だから、出席者の数をそろえるのに、女主人のいちばんの候補者なんだ」

「そうか、わかった」

「たとえがっかりすることがあっても、しっかりがんばることだ。この会で立派に振る舞えば、この先たくさんの招待を受けると見て、まちがいない」

「なあ、招待状には、〝友人同伴〟とある。あの、ニコラス、きみも――」

「ぼくには、きみの社交上の立場を利用して、きみの妹さんをみんなに印象づけるいい機会だと思える。彼女は思い切って野外パーティに出たら、きっと楽しめると思うよ」


兄に片手を預けたシシリアは落ち着いていたが、マトン入江の突堤に集まった人群れへ進んでいくキッドは、彼らの視線を意識して、おののいていた。新しい長ズボンと長靴の身なりは目立つどころではないような気がした。

人群れの中心に提督の奥方、恐るべきロックウッド夫人がいたので、キッドは意を決して針路を変え、奥方に近づいていった。「マダム、わたしの妹シシリアをご紹介してもよろしいでしょうか」なんとか彼はそう言うと、はっと気づいてビーバーの毛皮の帽子をぬぎ、それで優雅に空《くう》を掃いてお辞儀した。

大丈夫だったようだ。新しく加わった人間に気づくと、まわりの話し声はやんだが、提督は励ますような笑みを浮かべ、ロックウッド夫人はシシリアにつんとすましてうなずいた。「来てくださって、うれしいわ。きっと楽しいことよ」その目がちらっとキッドに止まったが、すぐに次の到着者へ動いた。

キッドはひそかにあたりを見まわした。知っている人は一人もいなかったが、シシリアは巧みにキッドを変針させて、怪訝そうな顔をした中年女性のほうへ向かわせた。女性は青い服の華やかな紳士の腕に片手を預けていた。その紳士にシシリアは最近、なにかのパーティで会ったことがあるのだ。「ご無礼はお許しくださいませ。そのボンネットがとてもすてきで、そう申し上げずにはいられませんでしたの」シシリアは朗らかにそう言って、

「おリボンがお顔によくお似合いですわ」

夫人はびっくりしたが喜んで、キッドが夫に紹介されると、すぐにシシリアと話しこんだ。

突堤から提督艇《バージ》に乗ってクレミールまで海面を渡っていく短い舟旅は、ぼうっとしているうちにすぎていった。一行は一幅の絵のような田園風景のなかに歩を進めた。うねる庭園は完璧に整えられ、何エーカーもある緑の芝地にはイギリスのさまざまな樹木が小さな森を点々と作っていた。楡《にれ》の木の二重の並木がずっとつづく坂をのぼっていくと、珍しい八角堂のある壮大な館が現われた。

「もしもこの傾斜が我慢できないとお感じになる方がいらしたら、椅子を持ってこさせましてよ」と、ロックウッド夫人が一同へ言った。しかし、夏の明るい太陽を浴びて、大き

なクリの木の下に開けた広場でのんびりとすごすのは心地よく、キッドの恐れはしだいに消えていった。

広大な館のまえに大きく広がった芝地にバスケット料理が並べられ、その後ろに召使いたちが日傘を掲げて立った。提督のグループが広げられた敷物の上にゆったりと品よく腰をおろすと、ほかの人びともおなじようにした。

「トマス兄さん、ほかの方に話しかけて、もっと交流するようにしませんと」と、シシリアが小声でぴしりと言いながら、また彼女の注意を引いたさっきの知人へ丁寧に笑いかけた。

言われるままにキッドは一人の男へ顔を向けた。その男はアーミティッジといい、ロックウッド提督夫人の親戚で、アイルランド出身の地主だった。彼の話すことは主にひねくれた不平不満のようだった。キッドは共通する話題がまったくないとわかると、やけくそになって、ピット元首相が政府に返り咲く可能性とか、たばこの衝撃的な値段とか、この土地で起こったスキャンダラスな殺人事件とか持ち出したが、どれも相手の気持ちを動かさず、しまいに黙りこんでしまった。

シシリアは友だちに会うというアーミティッジ夫人に連れていかれ、キッドはアーミティッジと二人きりになった。まわりで優雅な会話がはずむなかで、キッドは社交の機会を試そうかと黙って考えていた。すると、人の気配を感じて、顔を向けた。

提督の令嬢の〝春の女神〟パーセファニだった。身をかがめて、キッドのほうへ皿を差し出している。「キッド艦長、お勧めしていいかしら？　このオリーブパイを一つお試しになってみて。とってもおいしいんですの」そう言った華やかな声には、しかし、こちらを怖じ気づかせるような冷ややかな、貴族然とした響きがあった。

令嬢のドレスは小枝模様の薄いモスリンで、長く垂れて裾を引き、すらりと優美な体つきを隠すものはなにもない。ピンク珊瑚《さんご》の一連ネックレスと、リボンをあしらった品のいいボンネットがよく似合って、完璧だった。

キッドはどぎまぎしながら、あわてて立ちあがった。「ミス・ロックウッド！　またお会いできて、実によ、よかったです！」敷物に足がとられてよろめき、令嬢から受け取ったパイを落とすまいとして、新品の帽子を落としてしまった。

くっくっと令嬢は笑って、帽子を拾ってくれた。「ほんとに洗練されたビーバー毛皮ですこと。海軍の士官さんがこんなによいご趣味を披露なさることなど、めったにありませんわ」その声にはこちらの警戒心を解く温かさがこもっていて、瞳にはまだ笑いが漂っていた。

「ああ、その、帽子ですね。白状しなければなりませんが、いまはやっている服装のこととなると、妹がわたしの水先人なんです」キッドはシシリアを目探ししたが、姿は見えなかった。「妹に会ってください、ミス・ロックウッド。男はみんな、妹のことを最高だって思うんですよ」

おかしそうに彼女は言った。その視線が揺れて、キッドの話し相手の無表情な顔に止まると、令嬢は声を張って、「もしもここにいらしたのが初めてなら、この景色には心を奪われますことよ」と言った。「見にいきましょう」

ほかにもカップルが散策したり、話したりしていた。キッドはぎくしゃくと前へ足を運びながら、なんとか品よく見えるように骨折った。とつぜん腕に重みがかかるのを感じた。令嬢が笑いを押し殺して、声をひそめ、「アーミティッジという方は、ご自分の気持ちのままに振る舞って、ああいうふうに退屈な方になるんですの。あなたがひとりで引き受けておられるので、お気の毒になりました。引っぱり出したりして、許してくださる?」

「ミス・ロックウッド! お心遣いにわたしは、わたしは、感謝します。もしごいっしょにプリマス水道をながめることができたら、わたしにとっては興味深いことです」

東側の景色を隠しているまばらな林までは、丘を少しのぼっていく距離だったが、まだ野外パーティははっきり見える範囲だった。

「じゃあ、そうしましょう」

二人はゆっくりと歩いていき、やがて、丘が尽きて、プリマス水道の幅広いきらめく水の広がりが現われた。対岸のプリマス・ホー高台の向こうには往来の激しいカッテウォーター川と外洋へ出る水路がつづいている。

「この景色は見飽きることが決してありませんわ」と、令嬢が言った。「いつでもとっても活気があって、常に千変万化してますもの。でも、あなたはきっと、まったくちがう目で見てらっしゃるにちがいないって思います」

こんなレディに対してふさわしい気の利いた返答をキッドは持ち合わせていなかった。どぎまぎして、ただこの大きな港に入ってきたときの船乗りとしての体験をいろいろ話した。令嬢は満足したようだった。というのも、ずっと耳を傾けていたからだ。

「父の話では、あなたはナイルの海戦でネルソン提督といっしょだったんですってね」

「あの、実際にはそうじゃないと……つまり、わたしは提督とはちがう艦《ふね》に乗っていて、戦いは暗闇のなかだったんです。旗艦はほとんど見えませんでした」

令嬢は怪訝そうな顔でキッドを見た。「それに、おなじ年のアクレの戦いにも?」

キッドは用心しながら笑みを浮かべた。こんな話は、すてきなレディにふさわしい話題ではない。「ええ、ですが、わたしは陸戦は好きではありません。あれは実に……実におぞましいものです」彼は中途半場に締めくくった。

令嬢はしばらく間をおいてから、静かに話しだした。「ご存じ、キッド艦長? あなたはあたくしが会ったほかの方たちとまったくちがいます。つまり、海軍士官としてです。提督の娘は男友だちに事欠かないってお思いかもしれませんけど、あなたは……ほかの方たちなら、そういう危険に立ち向かって勝利したお話を喜んでなさったでしょうに……あなたは……ちがいます」

率直に見つめる彼女の瞳からキッドは目をそらさずにはいられなかった。ためらいがちに彼は訊いてみた。「ロックウッド提督はロンドンへいらして、宮殿に上がっておられるそうですが。お嬢さまもやはりロンドンへいらして、お会いする機会があったのですか、その、王室の方々に」

令嬢はちょっと間をおいてから、キッドをやさしく見つめた。「父の兄は宮内次官補で、プリニィーの側近の一人なんです。それに母はシャーロット皇太子妃の侍女だったんです。シャーロット皇太子妃はいまはもちろん、ヴェルテンベルク王国フレデリック国王の王妃ですわ。ですから、母は王妃から離れていることはできないんです」そう言って、彼女はため息をついた。

「プリニィー?」畏れ入りながら、キッドは訊いた。

「プリンス・オブ・ウェールズのことですけど、もちろん。皇太子はひどい浪費家でおしゃれ好きなんですが、芯はしっかりなさっているとあたくしは信じています」ふいに彼女はうつむいた。「キッド艦長、あたくしたち、もう帰らなければならないと思います。お付き合いくださって、ありがとうございます。次の航海もご成功なさるように願ってますわ」さっと甘い笑みを浮かべると、令嬢はキッドの先に立って、野外パーティへと戻っていった。

第六章

キッドは隣りに立つ濡れ光る黒い油布製雨合羽《オイルスキン》の人影へ、「スタンディッシュ副長、陸上《おか》では充分に楽しんだか？」と声をかけた。すると、小さなスループ艦の上をまた雨を伴った疾風《スコール》がゆっくりと通りすぎていった。

副長は体を揺さぶって雨粒を振り落とすと、にっこり笑った。「ここだと自分も若い女性を見つける希望がもてます」

キッドは、デヴィルズ岬の突き出す細い水路をじっと見つめた。ゴーゴーと渦巻く潮流が岩群に打ちつけている。引き潮だし、南西の風はおだやかなので、外洋に出るためにドレーク島の手前で小さく旋回するのは少しもむずかしいことではないはずだ。

副長がメガホンを上げて、フォア・マストの転桁索《ブレース》員へ大声で指示すると、ティーザー号はプリマス・ホー高台を通りすぎる水道へまっすぐに向いた。そこで彼は、「艦長、艦長はいま、ストーンハウス地区に住所をおもちなんですね」と言った。

「ああ、そうだ」と、キッドは答えると、満足感をおぼえた。「ダーンフォード通りだ。

あそこに……屋根の色がまわりより濃い家があるが、見えるか？　通りに沿って三番目だ。片側にハモーズ泊地が、反対側にプリマス・ホー高台が見えるんだ」そんな場所に自分の家をもっているなど、夢のようだった。

「艦長！」ポールダン操舵長が鋭く警告して、雨スコールの奥からぬーっと行く手に現われた大きな商船を指差した。ティーザー号の艦首のまえを横切って、ミル湾の埠頭へ向かおうとしている。不運だった。見張員たちはたぶん、艦長は目下の仕事に神経を集中していると思って、はっきり見えている船を差し示すのは控えたのだろう。

自分に苛立ちながら、キッドは次々と命令を出して、ティーザー号の針路をそらせ、鈍重な商船の船尾を通り抜けた。「みんな頭をはっきりさせるのに、ちょっと海風が必要なようだな。ジェニークリフの沖まで行ったら、すぐに乗組員にひと汗かかせてやろう。両舷とも訓練だ、スタンディッシュ副長」

「アイ、アイ、サー」と、副長が答えた。「あの、それで、艦長……ご無礼をお許しいただければ、本艦の艦長付き事務官もいま、あの、おなじ住所だと聞いたのですが？」

「アイ、そうだ」キッドはきっぱりと言った。

「艦長」

「では、彼は自分の任務をなまけていると理解すべきなのか？　勤勉さに欠けるとだれかが言っているのか、きみを補佐するときに」

「ああ、いえ、艦長」副長はあわてて答えた。「彼は大変に立派で、協力的です」

「ミスタ・レンジは輝ける素質をもった学者で、提督の特別な許しを得て、本艦の便宜を受けている。ここに研究の足場があるありがたさを、彼はわかっているのだ。もしもきみが哲学に充分に通じているのなら、彼に好きなだけ質問する機会はあるだろう、じきにきみとミスタ・レンジを夕食に招待しようと思っている」


午後になると、天候は回復し、風は逆転して心地よい西風になったので、キッドは自分の担当海域の東半分をパトロールすることにした。

急ぐ必要はない。どこに問題がひそんでいるか、だれにわかる？　提督の執務室ではこのところ、略奪があったという報告は一つも受けていなかった。キッドは〝血まみれジャック〟をまた追い詰める機会は果たしてあるのだろうか、と思いをめぐらした。

そのあいだにも、社交界への自分の進出ぶりを考えると胸が熱くなった。デヴォン州のうねる緑の海岸線をながめ、行く手にきらめく夏の美しい海を見渡すと、心楽しくて、キッドの満足感はどんどん大きくなっていった。

礼儀礼節をわきまえて正真正銘の社交界に最初の攻撃をかけ、うまくいった、そうレンジには伝えた。提督の令嬢と出会ったことをちょっと詳しく話して聞かせると、レンジは慎重ながらも、よかったと認めた。自分がどんな振る舞いをしたのか、キッドにはわからなかったが、令嬢が自分に話しにきたというまさしくその事実こそ、キッドがいるのを嫌っているわけではないと物語っていた。彼女の社会的地位はキッドよりはるかに高いのは確かだが、それでも彼女はキッドを選んだ――これはおれが上流社会に受け入れられるという確かな証拠だ。その結論にキッドは有頂天でしがみついて、くるりと回れ右すると、艦尾甲板を行ったり来たりしだした。

海岸線が意味と個性をもちはじめてきた。キッドはエルム川の河口を認めた。もう何年も前に水兵の大叛乱の真相を探る上陸班の一員として、彼はその河口に上がったことがあった。そして、荒れ地《ムア》の下のアイヴィーブリッジという小さな村で最悪の事態を知ったのだった。

海岸線は南へのびて、ボルト・テールとボルト岬をすぎると、最先端がスタート岬だ。冬の恐ろしい強風から逃れようとする海峡艦隊にとって、いちばん大きな海標の一つで、さらにその先のトーベイ湾へ行くと、凪《なぎ》と休息が約束されている。

ティーザー号のパトロール海域の終点は、トーベイ湾の先に長くつづくライム湾の、東端にあるポートランドと、その少し先のウェイマスである。ライム湾にはエックスマスより東側に重要な港はないので、キッドは終点のポートランドまで足をのばそうと決めた。

「スタンディッシュ副長、明日は日曜だから、日曜集会をやる。いいかな？」

これはちょっと不公平だった。ティーザー号は海軍工廠に三週間も入っていたあとだから、まだきちんと整っている。だが、艦を整備整頓させるのに、艦長視察と礼拝をやるよりほかにいい方法があるだろうか？　とにかく、部下たちの気性を知るためにはいい思いつきだ。そのために艦内の準備をするのは副長の任務で、スタンディッシュ副長はどんな不首尾に対しても責任を問われることになる。これは海軍の慣習で、副長は艦と同様、その力量を披露することになるのだ。

ピ、ピー、ピ、ピーと四点鐘に掌帆長の号笛が鋭い音をたてると、キッドはそれに応えて大キャビンを出た。第一正装に身を整えた彼は、スタンディッシュ副長から、「ただいま国王陛下のティーザー号は、艦長視察の準備が整いました」と謹んで報告されると、了解した。

キッドは主昇降口《メイン・ハッチウェイ》へ進んでいくと、パーチット掌帆長の横に立った。掌帆長は〝気をつけ〟の合図に号笛を一回だけ吹いて、艦長が甲板に上がると前触れした。そこで、キッドは、重々しく上甲板《アッパー・デッキ》へ上がっていった。この場にふさわしい威厳を見せて、彼は上甲板の左舷側をゆっくりとした足取りで進んでいった。乗組員は全員、〝気をつけ〟の姿勢で、彼を見つめていた。

マストの上から降りているロープ類は正しく索止め栓《ビレイイピン》に巻かれているように見えたし、ピンから垂れているロープの先端部分はどれも、甲板上に丁寧に平渦に巻いてフレミッシュ・コイルにしてあった。そこで、キッドは繋索柱《ビット》を通りすぎて、ずらりと並んだカロネード砲のところへ行き、横に置かれた砲弾受け《ショット・ガーランド》を見やった。キッドの動きをダキッチ掌砲長がじっと見守っている。砲弾がどれもみごとに欠けたところがなくて真っ黒で、カロネード砲は滑り板の上で光り輝いているとすれば、それはまったく奇跡に近いことだと彼は承知していた。どうやら見かけは保たれているようだ。キッドは艦が揺れるなかで慎重に歩を運んでいった。

前甲板《フォア・デッキ》も艦尾と同様にきちんと整備されていた。神聖な艦尾甲板ではロープの最後の四インチが芸術的なまでに先細りにされていたが、艦首ではちがった。しかし、その他の点では細部まで気が配ってあって、満足のいく状態だった。前甲板のロープの先端はどれもきちんと細紐を巻きつけてある、とキッドは気づいた。それは複雑だが、確実で優美な西部地方のやり方だった。一方、フォア・マストの横静索を繋ぐロープには、タールでなく塗料が塗ってあった。

「頼もしい出来映えだな、スタンディッシュ副長」と、キッドは認めた。

副長は満足そうな笑いをなんとか押し隠そうとした。

しかし、いまプロの船乗りとしてのプライドがかかっていた。キッドはひそかにまわりを見まわしたが、文句をつけるべきところは一つもなかった。もっとよく探さなければ……。甲板を渡ってくる風の角度を感じながら、彼はきちんと滑り板の上に載っているカロネード砲のほうへ向かっていった。威厳を犠牲にしてしゃがみこむと、排水溝の手前にある旋回砲車の前部の底を手で探った。そこに探していた物があった。今朝の作業中に、まいはだの小束と撚《よ》り糸の切れ端が引っかかって、ふわふわしていた。キッドはまっすぐに立ちあがると、責めるようにスタンディッシュ副長を見た。

「あの、艦長、艦首楼の班長に言っておきます」副長の言い方にはちょっと反発がのぞいた。

キッドはうなるような声で、「もっと高所にわたしを不安がらせる重大問題がある」と言って、副長の目をとらえ、相手の警戒心を引き出した。「つまりだ、副長、フォア・マストのトップ台で見張員が任務を怠っているぞ！」

みんながいっせいにマストの上を見ると、興味津々の見張員が下の甲板のようすをうかがっていて、あわてて視線を外洋へ戻した。キッドはこの見張員の好奇心をうまく利用できるだろうと見ていたので、いままでわざと上を見ないようにしていたのだ。「当直士官はあの見張員にどう任務を教えこむか、わたしに報告しろ」と、彼はどやしつけた。

みんなが畏れ入って静まりかえるなかで、キッドはきびすを返すと、前部昇降口から居住甲板へ降りていった。下には乗組員が集められており、分隊ごとに士官に統制されて、辛抱強く黙っている。水兵たちの揺れる林が空間を埋めており、そのあいだをキッドは道を拾っていった。

全員に注目されているのを意識しながら、キッドはゆっくりと進んでいき、片舷から片舷へと視線をまわした。目をそらした者とか怒りや反抗心を探したが、ただ警戒する気配やガラス玉みたいな無表情な目があるだけだった。水兵たちのまえを通っていきながら、ふとキッドは足を止めた。「どうしてこの男は靴をはいていないのだ?」語気強くプロサー航海士に訊いた。水兵は海上では裸足だが、艦長視察のため分隊集合するときは、靴をはかなければならない。

「この男は一足も持ってないんです、艦長」プロサー航海士はおぼつかなげに答えた。

「一足も持っていないとは、どういうわけだ?」キッドは重い口調で問いかえした。海軍の分隊組織は、乗組員の健康的な暮らしを計るために考えだされた人道的で実際的な仕組みである。配属された士官は自分の分隊を戦闘にもちこむだけでなく、部下たちのどんな個人的な問題にも対処する責任がある。

プロサー航海士は落ち着かなげに体重を移した。

「話してみろ、どうして靴がないのか」キッドはその水兵にじかに訊いた。

「おれ、給料支払い伝票が、ないもんで」と、当人がもぐもぐ言った。

キッドは思い出して「きみは、ああ、フォックスバウンド号から来たのだったな」と言った。「つまり、給料計算書がまだティーザー号に届いていないってことか?」

「へえ、艦長」

キッドはぐるりとプロサー航海士へ向いた。「艦長付き事務官に伝えてくれ。この件をフォックスバウンド号に知らせて、この男の給料を清算したら、すぐにわたしに報告するようにと」

プロサーが、航海士が、身近にいる自分の部下たちをこんな状態に置いておくとは、とキッドは腹が立った。部下たちを気にかけ、彼らの信頼を得ることによって初めて、士官は彼らにとって価値のある人間になるのだし、もっと大事なことは、戦闘で彼らの指揮をとったときに、よい判断をすることができるのだ。プロサーがさらに大きな権威のある地位につきたがっていることはみなに知られている。もしも彼がもっと早く艦長推薦を得たいと思っているのなら、これではかなうわけがない。

艦尾は下士官たちの居住区画だ。彼らの食堂は清潔に整理整頓されていた。キッドは思わず、ほかの区画から下士官食堂を仕切っている巻き上げ式のキャンバス布を降ろしてくれ、と頼んだ。案の定、布の内側には色彩豊かな人魚や謎めいた海獣の絵がたくさん描いてあった。

キッドは目を上げて、甲板の向こうからこちらを見つめているスターク掌砲次長を見やった。もう何年も前、カリブ海でのことだが、キッドはこんな食堂でスタークといっしょに海上でもっとも幸せな時間をすごしたのだ。スタークへ笑いかけたいのをなんとか抑えて、満足がいったとうなずくだけにとどめた。

調理員の仕事場は汚れ一つなく、朝食用の塩漬け牛肉が銅鍋に入れるため用意されていた。パーチット掌帆長の倉庫はきちんと整理されて、道具類がきれいに並んでいた。縫帆長の小部屋に入ると、舷側沿いに小さなハンモックが寝心地よさそうに吊られていて、そのなかに眠そうな目をした艦の猫、スプリットスルが寝そべっていた。毛並みがつやつやして、後生楽な顔をしている。

キッドは、ティーザー号の修道院のような腹のなかから出て、もっと人間的な上の世界へ上がると、満足がいったと宣言した。軍艦として文句をつけるところはほとんどない。そこで、スタンディッシュ副長へ向きなおった。「教会の準備にかかりたまえ」と命じて、自室に降りた。カ、カーンと礼拝式を告げる時鐘が響きわたり、ガタガタと会衆席を作るための火薬樽や厚板が運ばれる物音が轟いて、キッドはその騒ぎがおさまるのを待った。

「もしきみが……？」と、キッドはレンジに話を持ちかけた。艦に司祭がいない場合、通常は艦長かほかの士官が礼拝式を執り行なうことになるが、レンジの話はすばらしいと評判なので、みなが敬意をもって拝聴するにちがいなかった。

「そうは思わないよ」友はそう答えると、「きみの人柄のほうが、本艦の礼拝式をやるのにずっとふさわしいよ」と、温かく言い添えた。

しかし、艦長付き事務官は乗組員たちのまえに出なければならない。スタンディッシュ副長から報告があって、二人は主昇降ばしごをゆっくりとのぼって、甲板へ出た。乗組員たちは大人も子どもも全員一つにかたまって腰かけ、なんの感情ものぞかせずに自分たちの艦長に向き合った。キッドは舵輪のそばに立って、急ごしらえの聖書台をまえにした。キッドは眼前に広がる光景にうれしくなった。この男たちはおれの部下だ。辛抱強くすわっている。おれの命令一下、この男たちが帆をあげ、戦う。使命が成功するかどうかはひとえにこの男たちの技量と勇気にかかっているのだ。

キッドは、数人の水兵をその気性からして心にとめるようになっていた。よく知っている連中もいる。彼らの面構えは迫力があって安心感を起こさせるが、あとはただ生気のない顔つきで、警戒するように身構えている。国王陛下の軍艦で定期的に執り行なわれるようにと、海軍本部の諸卿が英知を集めて制定した儀式を、全員が静かに待っていた。

しかし、キッドはまず背筋をぴんとのばすと、「『軍事服務規定』！」と声を張った。

「脱帽！」スタンディッシュ副長が大声で命じた。

全員が帽子をぬぐあいだに、艦長付き事務官のレンジがまえへ進み出て、シェークスピアの舞台にも劣らぬ朗々たるバリトンで海と空へ向かって厳しい条文を朗読した。

「〝艦隊に所属するいかなる者も、臆病、任務怠慢、あるいは反逆心によって、敵の追跡を行なわず……あるいは、外洋、港町、河川、港内を問わず……国王陛下の武器弾薬を持って逃亡した……ゆえに、軍法会議によって有罪判決をくだされ、死をこうむる……〟」

レンジは任務を終えると、後ろへさがった。

二人の水兵がまえへ引き出され、この者たちは支索《ステイ》をたるませていたと報告された。スタンディッシュ副長はこの仕事を手早く片付けたがった。彼の熱意をキッドは認めることができたので、二人の水兵の名前をパーチット掌帆長の要注意人物名簿に十四日間載せるように、と判決を言い渡した。そのほか種々の問題が処理されて、礼拝式を始める時間になった。

かしこまってみんな静まりかえると、期待して身じろぐ気配があった。キッドは自分が試される時だとわかっていた。指揮官たちのなかには、懸命に素人《しろうと》説教師を気取ろうとする者もいれば、手軽にそっけなく片付けようとする者もいる。だが、ふつうの水兵は保守的で、神を畏れる人種だ。だから、自分の強い信仰心がないがしろにされると、侮蔑されたと思うものなのだ。

「ギッシング?」と呼ばれて、船匠助手がヴァイオリンを手に立ちあがり、ジャーマン・フルートを持つボイド候補生の隣りに並んだ。準備がすべて整うと、キッドは、『おお、神よ、わたしたちの救い主』と賛美歌の題名を告げた。乗組員たちはともに心をこめてうたいはじめた。よく知られた旋律に乗って古めかしい言葉が大きく、強く、まえへと響いていく。これは乗組員たちの精神状態がいいというしるしだ。

キッドは聖書台へ歩み寄った。メモは無視した——これはおれの部下たちだ。彼らがなにを望んでいるか、おれは知っている。「ティーザー号の者たち、ティーザー号の乗組員たちよ」と、彼は切りだした。個々の乗組員にははっきりとした違いがある。その違いは、ただ名簿に載っている者と、自分とティーザー号の存在意義を見つけた者との忠誠心の違いからくる。「きみたち全員にある話をしよう」これで彼らの関心をつかんだ。「もう何年も前のことだが、わたしがまさしく最初に乗った艦《ふね》で、フランス艦と戦ったときのことだ。敵艦に接近したとき、わたしはひどく怖くなった。だが、わたしの砲手長がそこにいた。砲手長はわたしより年上で、はるかに分別のある人だった。正真正銘の外洋船乗りで、わたしが男らしく戦いに望めるように、元気づける言葉を与えてくれた」

キッドの目はスタークの目を見つけだした。彼の目はわざと表情を消していたが、その当時を思い出していると物語っていた。

『『キッド』と、砲手長はわたしに言った。『人間はいつか死ぬ。それは絶対にまちがいないことだ。だが、朝、目がさめたときに、その日がどんな日になるかは絶対にわからない。今日が死ぬ日だと思えば、何事にも英雄のごとくに立ち向かう。その日が死ぬ日ではないと思うと、死ぬ日のことを心配して、その日をむだにすごしてしまう』』

キッドはささやき声がやむのを待ってから、聖書を取りあげた。「もちろん、砲手長の言ったとおりだ。だが、その言葉ははるかむかしからここに書いてある。『マタイによる福音書』六章第三十四節。〝したがって、明日のことを思い煩うことなかれ。明日のことは明日が考えよう。その日の苦しみはその日負うだけで充分である〟

諸君、どんな天候であろうと針路を定めなければならないとしたら、その針路上にこそ、チャンスはあるのだ」

ポートランド砂嘴《ビル》岬がティーザー号のパトロール海域の東の終点だが、イギリス海軍ここにあり、と住民たちに知らしめても害にはならないだろう。「ポートランド・ビル岬を通りすぎる。それから回れ右する、ウェイマスの沖合でな」と、キッドはダウス航海長に指示した。

隣りのパトロール海域に入る必要などはまったくなく、とりわけポートランド・ビル岬からは悪名高い激潮帯《レース》がシャンブル岩礁までつづいている。だが、岩礁は悪天候の場合に危険なだけだ。夏にはウェイマスで国王が水遊びをすることは有名だ。国王陛下の海軍が本分を尽くして国王の海岸線を安全に守っている、そう国民に見せるより国王に忠誠な行動はあるだろうか？

明るい陽射しを浴びて楔《くさび》型をしたポートランド半島が遠くに見えたが、その風景は評判に反してあまりにもおだやかで、シャンブル岩礁の上で不規則にざわめく海面はキッドが聞いていたのとはまるでちがって、静かだった。ティーザー号は岩礁のあいだをすり抜けていき、一時間ほどすると、ウェイマスの沖合に着いた。礼拝式のあとには修理と繕い物をやるのが海軍の慣例で、そんな気晴らしを楽しんでいた水兵たちはいま、舷側板にずらりと並んでいた。

潮流に乗ってティーザー号はゆっくりと旋回していき、望遠鏡が何本か、陸上へ向けられたが、国王陛下は滞在していなかった。うずくまったようなヘンリー王砦の上に色彩豊かな王室旗は掲げられていなかったのだ。

「ティーザー号を持ち出してもらいたい」と、キッドは命じた。

いま風がさらに西へ順転しているので、帰りの走りはもっときつくなるだろう。だが、長い間切りでライム湾を渡っていけば、水兵たちが修理と繕い物を楽しむ時間が長くなるだけでなく、翌朝にはエックスマスの町が水平線の上に見えるようになるだろう。

翌日、ティーザー号がエックスマス沖に一、二時間、踟躕《ヒーブ・ツー》しているうちに、上空に雲がかかった。もしもなにか見えたとか情報が入ったとか、急な知らせがあれば、町からカッターがこちらへ繰り出してくることだろう。朝食がすむと、ティーザー号は帆を張って、南のテンマスへ向かった。そこでおなじように、狭い港口に張り出した砂州から充分に距離をとって踟躕した。

キッドの心のなかに、これは現実だろうか、という思いが忍びこんできた。これは戦争ではない、立派な造りの艦に乗り、八十人もの部下を率いて巡航する快適な航海だ。部下たちはティーザー号の存在目的ではなく、おれの気まぐれに一つ一つ従う。そして、おれの目のまえにはイギリスでいちばん美しい海岸線を南下して、スタート岬まで行くごく簡単なひと走りがあるだけだ。その先はゆっくり間切っていってプリマスへ帰投する。こんな状態がいつ破られるのだろうか？　ティーザー号は軍艦として身の証《あかし》を立てるときが来るのだろうか？　そして、おれは〝血まみれジャック〟と剣を交えるときが来るのだろうか？

　帆が広がると、ティーザー号は威勢よく傾いた。ホープス・ノーズが次の陸地初認《ランド・フォール》点だ。その向こうにトーベイ湾が広がり、ブリックスハムがある。ちょうど下の自室へ降りて仕事をする時間で、キッドはしぶしぶ甲板を離れた。

　レンジは艦尾窓のそばのいつもの場所で深い思索にふけっていた。彼をそっとしておいて、キッドは書きかけの報告書のまえでため息を一つつくと、椅子に腰をおろした。せっせと仕事をしていたが、甲板でとつぜん上がった叫び声に耳がそばだち、急いでこちらへ近づいてくる足音をとらえた。

「艦長！」戸口でだしぬけにアンドルーズ候補生の声がした。「スタンディッシュ副長からご無礼しますが、艦隊が見えました、とのことです！」

「艦隊？」恐れている敵の侵攻艦隊だろうか？

「艦長！　海峡艦隊です、コーンウォリス提督の司令長官旗が上がってます！」

　キッドは急いで上着の袖に手を通すと、甲板へ駆けあがっていった。見ると、艦隊はすでにホープス・ノーズをかわして、トーベイ湾の広い海面へ向かっており、封鎖艦隊が作る威風堂々とした威容が緊急の際の泊地へ入ってきた。

キッドはマストを見上げた。本艦の細長い三角形の就役旗が陸上からちょうど九十度の角度でぴんと、長く誇らしげに棚引いていた。つまり、風は真西から吹いているということだ。したがって、ブレストにいるフランス艦隊はねぐらに閉じこめられて、海へ出ることはできない。老獪なコーンウォリス提督はこれを修理と再補給の機会と見たのだ――風がもっているあいだは。もしも風が一点か二点以上変わったら、すべての錨を大急ぎで揚げて、艦隊は海へ出て、監視と警備を再開するのだ。コーンウォリス提督は〝ビリー・ブルー〟というあだ名で知られている。習慣として彼は、錨泊中も常に出帆旗、すなわち〝ブルー・ピーター〟を上げっぱなしにしているからだ。

大艦隊が休憩に戻ってくるあいだ、キッドは敬意を表してティーザー号を離しておいた。海軍の規則では、キッドには司令長官を訪ねて〝任務続行の許可〟を求める義務がある。これは儀礼的な慣習で、先任者が後任者の艦を一時的に別の仕事につかせるために、略式任命する機会を作るのだ。

「タイソー、正装だ」

ティーザー号の礼砲が鳴り響くなかで、キッドは第一正装に着替え、腰に剣を吊り、胸に勲章を飾って仕上げると、手漕ぎの艦載艇《ピンネース》に乗りこんで、近づきがたいほど強大な旗艦、百十二門搭載のヴィル・ド・パリ号へ向かった。

トーベイ湾は統制のある混乱状態だった。どこからともなくたくさんの小型船が現われていた。大艦隊が視認されたという緊急信号によって召集されたのだ。運搬船や渡船、はしけなど、途切れないボートの流れが艦艇のあいだを縫っていく。これが再補給の光景だ。イギリスで最大の町の人口に匹敵する人員たちが沖合から魔法のように現われて、数カ月分の食糧を要求し、このいっときのために作られた恐ろしいほど複雑なボート隊を動かしていく。

旗艦へ向かっていくキッドのピンネースは、大急ぎで行き来するボート群の針路を絶えず一か八かで横切っていき、ボート員たちはその光景に目を白黒させた。通りすぎるどの艦でも、乗組員が索具に鈴なりになって、擦り切れた帆を下へ降ろしたり、揚げ索《ハリヤード》や転桁索《ブレース》を上下逆にしてから滑車に通し直したりしていた。それは海上にとどまっているために四六時中、風波と戦っていた奮闘ぶりを実によく物語っていた。はしけの群れは、ミルブルックの醸造所から曳かれてきた。どのはしけも、海上に何週間もいたあと艦の樽に残っていた水と取り換えるため、もっと健康によい飲み物、ビールを大量に積んで、脚を深く水に入れている。運搬船はタマネギやキャベツなど、積みこめる青物と格闘していた。その野菜はすべて、まさしくこの朝まで土のなかにあった。不運な請負人は十二時間前の予告を受けて、何トンもの野菜を供給するはめになったのだ。

ペイトン・サンズの海岸でも大きな動きがあった。馬や家畜のくねくねとした列が丘の向こうからのびていて、テント村のほうへ進んでくる。テントのまわりには樽が山積みにされ、男たちが狂気に駆られたように作業をしていた。アイヴィーブリッジの集荷場から丘を越えて駆り立てられてきた雄牛たちがそこで処分され、塩漬けにされて、海岸へ運ばれ、そこで樽に入れられるのだ。

これは水兵たちに食料を補給するために国家がいかに奮闘努力しているか、それを如実に物語る光景であり、また、この死命を制する戦闘艦隊を海上に常駐させておくことがいかに重要なことであるか、国民にわからせるための実演宣伝でもある。

旗艦の巨大な舷側が眼前にそそりたつと、キッドは緊張した。この艦に座乗しているのは艦隊司令長官、サー・ウィリアム・コーンウォリス提督だ。彼の鉄の規律こそ、大西洋でブレストを封鎖するという恐ろしい状況のなかで艦隊を一つにまとめているのだ。提督の海上勤務の始まりはアメリカの独立戦争時までさかのぼる。この戦いで兄のチャールズ・コーンウォリス将軍は一七八一年、ヨークタウンで降伏し、弟のウィリアム・コーンウォリスは翌一七八二年に、セント諸島の海戦でロドニー提督とともに戦った。インドではティープー・スルタンを相手に准将として戦闘指揮をとったのだった。

キッドは舷側の踏み板《ステップ》を慎重にのぼっていき、華麗に装飾された舷門に着くと、甲高い号笛の音とうんざり顔の舷側員たちに迎えられた。海尉がうやうやしく軍帽をぬいだので、キッドはまず艦尾甲板に対して作法どおり敬礼し、つづいて海尉にも敬礼すると、艦尾へ向かって歩きだし、提督室へ向かった。

「かけたまえ、若いの」大柄な男はつぶやくように言うと、数枚の海図を調べてから、おだやかに顔を上げた。「訪ねてくれて、かたじけない」

赤ら顔と地方郷士《ローカル・スクワイヤー》のぶっきらぼうな物言いが提督の明晰な頭脳と非情な組織人の本性を隠していた。水兵たちはコーンウォリス提督のことを〝厳格ビリー〟と呼び、提督がうつむいて、甲板をゆっくり行ったり来たりしているのを見かけたら、提督からたっぷりと距離をとっておくのだ。

「獲物はたくさん見つけたか？」と、提督はやさしげに訊いた。

「いえ、ぜんぜんでした。私掠船一隻にはうまく逃げられてしまいました」キッドはそう詫びた。

「気にするな、坊や、まだ始まったばかりだ。さて、わたしのことを気にかけてくれたのなら、きみにやってもらいたい仕事がある、その仕事にうちのフリゲート艦を一隻さかなくてすむのでな」

「アイ、サー」

青白い顔の海尉がドアから顔をのぞかせたが、提督のしかめっ面にぶつかると、たちまち引っこんだ。

提督はキッドに向きなおった。「フリゲート艦インモータリティ号を見つけてくれ、オーエン艦長の。彼に小さな収納箱を渡して、代わりに正式な書式の受領書を受け取ってくるのだ。教えておくが、その箱のなかにはある量の金が入っている。だから、受領書が必要なのだ、きみの受領書もな、キッド艦長。われわれはその金で情報を買うのだ」

「提督、あの、そのフリゲート艦はどこで見つけられるか、お訊きしてもよろしいですか？」

「沿岸戦隊だよ」提督は苛立って答えた。「だれにわかる？　西風に吹かれていたら、ベニグエテとトゥランゲのあいだにあるグーレイの沖合の、どこにいても不思議はない」キッドがためらっているのを見て、提督は、「副官たちに訊け」とどやしつけた。「ついでに、まともな海図をもらうのだ。そこは船の墓場だし、この仕事はちゃんとした人間にすぐにやらせなければならないのだ」

ティーザー号がトーベイ湾の騒ぎをあとにして、スタート岬へと船足をのばすにつれて、キッドは、これはまあ筋が通っているな、と腹を立てながらも認めた。本来の任務から小さなブリッグ艦を引き抜けば、純血種のフリゲート艦をさくより貴重な戦力を消耗する度合いははるかに小さい。だが、こんなに気軽に使い走りに出すなど、出される指揮官の気持ちなどまったく考慮しない命令だ。

その一方でこの任務は、キッドとティーザー号にとって、世界最悪の海域の一つに初めて出かける航海でもあった。大西洋に面したフランスの最北西にあるブレスト港、そこへ入る道は岩礁が点在する油断のならないところで、何世紀にもわたって数え切れないほどイギリス軍艦の命を奪ってきた。ごくまれに東風が吹いているとき以外は常に危険な風下の海岸になり、臆病者の行くところではない。

あっという間にスタート岬が真横に来た。この分ではめざす相手をつかまえるのに、ひと間切りで行けるかもしれないが、このどんよりとした天気では、本艦の確実な現在位置を測定するのに必要な目標物は一つも見えないだろう。それに、西風は強まり、潮の流れもともなって、ひどく風下へ流されるだろうから、現在位置をもっともよく推定したとしても、あてにはならない。

急いで行かなければならないが、賢明な行動としては、充分に西へ走り、そこでもういちど上手まわしするしかない。そうすれば、朝にはブレストの沖合に横たわる守護神、ウェッサン島が水平線の上に見えるだろう。そこで本艦の確かな現在位置をつかめば、もっと接近できるようになる。

用心のしすぎのようだが、キッドは、鉄の南京錠をかけて自分の寝室に安全に保管してある小さな木箱のことを考えていた。あの箱を無事に届けることにすべてはかかっているのだ。

旗艦ヴィル・ド・パリ号の愛想のいい航海士、デーヴィスが案内役を買って出て、ティーザー号に来てくれていた。本艦の航海長ダウスはこの海域に来た経験は限られているので、年若いデーヴィスの助言はありがたいものになるだろう。プロサー航海士は一七九〇年代にブレスト封鎖任務につき、多くの時間を費やしていたが、それは候補生時代のことだし、彼自身の慎重さに欠ける態度から、キッドは彼に手放しで助言を求める気にはなれなかった。下甲板でなんらかの経験をしていると、海図や沿岸水先人をあてにせず、体験者の記憶こそいちばん頼りになると思うものなのだ。

夜が明けると、西から薄い霧雨が真っ白な高いカーテンとなって走ってきて、ゆるやかなうねりの上をのろのろと進み、艦尾甲板にむっつりと立つ一団を濡らした。いまの推定位置は信頼できるかぎりでは、ウェッサン島の風上二十五マイルあたりだった。ここはむかしから艦隊の会合場所だが、封鎖艦隊はいまトーベイ湾にいるので、海上は空っぽだった。

「上手舵《ヘルム・アップ》」と、キッドは命じた。「針路、東」

賽《さい》は投げられた。ティーザー号はいまやまっすぐに風下へ走ってフランスへ向かっている。ウェッサン島を視認したら、それに従って針路を調整する。見えなかったら、結局は、海図に記されている干岩礁《ひがんしょう》の迷路のなかへ入りこんでしまう。

キッドは計算した。艦上で自分のいる場所が高くなればなるほど、遠くまで見える。水平線までの距離はマイルにして、目の高さ（フィート）の平方根の一・一七倍だ。艦尾甲板に立っているとき、目の高さは甲板より約十フィート高くなるので、それから得られる水平線までの距離は四マイルだ。ウェッサン島はいちばん高い場所で百四十フィート強だから、おなじ計算をすると、水平線までの距離は約十四マイルになる。したがって、両方を足すと、ウェッサン島は十八マイル手前で初認できると予想できるし、メイン・マストのてっぺんでは二十三マイル手前になる。

「おい、そこの若いの、のぼれ」と、キッドはアンドルーズ候補生へ命じた。大勢がいるトップ台に目がもう一対加わっても、多すぎることはないだろう。しかし、少年がまだ横静索に飛びつかないうちに、とつぜんフォア・マストのトップ台から「陸上が見え《ランド・ホ》たぞー!」と大声が上がった。見張員が風下側へ激しく身振りした。

キッドはじりじりしながら、甲板から島が見えるようになるのを待った。目の前に見知らぬ灰色の陸影が形を成してきた。

「南へ回頭しろ」と、キッドはポールダン操舵長へ命じた。もしもこの陸影がウェッサン島なら、南へ探索できる位置に行かなければならない。もしもウェッサン島ではなかったら……。

デーヴィス航海士がやってきて、キッドの横に立ち、じっと目をこらした。「まちがいなく、島の一部のようですよ、艦長」まるでまわりの緊張感に気づかないように、彼はうれしそうに言った。「北東に見えれば、ウェッサン島であることは確かです。島には深い湾があって、ロブスターのハサミが開いているように見えるんですよ」

「ダイアミード号ではよく、〝クルミ割り〟って呼んでました」と、プロサー航海士がもったいぶって言った。彼はキッドの反対舷に位置をとっていた。キッドはなにも応えなかった。

結局、問題の陸影はウェッサン島だったので、本艦の現在位置を正確につかんでいたことになる——いまのところは、だが。西風は吹きつづけており、海面をちょっとしわ立てはじめたが、たぶんこれは英仏海峡をくだってくる引き潮の末端とぶつかっている影響だろう。雨まじりの突風が不規則に渡ってきては、数分も居座り、視界を数ヤードにまで落とした。これにはキッドも苛立った。インモータリティ号を見つけるのがむずかしくなるだけでなく、右舷の向こうにある黒い岩群を隠してしまうのだ。

「南下するのにいちばんいいのは、フゥル水道を通ることです」と、デーヴィス航海士が進言した。「この西風で斜めに流されてますから」

プロサーが頬をふくらました。「ダイアミード号ではいつもヘレー水道を通ってましたぜ、どうしてかっていうと——」

「うるさい、黙れ！」キッドはどやしつけた。「艦首《おもて》でなにか仕事はないのか？」

ウェッサン島の黒い塊りを艦尾に残して、ティーザー号はおぼつかなげに走りつづけると、とうとう水平線の上のあたりより濃い灰色の低い帯がのび、帯はしだいにはっきりして、岩のごつごつした海岸線になった。

「フランスです、艦長」と、デーヴィスが言わずもがなのことを言った。

キッドはうなり声を上げた。いま彼が神経を集中しているのは、針路からはずれずにまっすぐその海岸線へ接近していくことだ。近づくにつれて、細部まではっきりしてきた――ぎざぎざに尖って、荒々しい邪悪な岩の群れ。

海図を見ると、断続する暗礁や干岩礁が肝を冷やすほど散らばっていた。その上、どんな犠牲を払ってでも避けなければならない激しい潮流もあると記されている。助けもなく安全な道を探っていくのは、悪夢だろう。

「大丈夫か？」

デーヴィス航海士は、辛抱強くうなずいた。

近づいてくる断崖をダウス航海長が横目で見て、「チッ、チッ、こんな難所はめったにないわ」と声を上げた。もう断崖から二マイルと離れていない。断崖はまっすぐ風下の海岸になっており、航海長の本能が警鐘を鳴らしていた。彼の目がキッドの目をとらえた。

「心配することはなんにもないです」と、デーヴィス航海士がのんきに言った。「ル・ピアトレスの海岸線から離れないようにしていけばいいだけで」

険しい断崖のわずか一マイル手前で舵が切られたが、断崖に並行して南へ進んでいくうちに、キッドには安全である謎が解けた。この距離だと、近くの断崖からはっきりとわかるほど風の吹き返しがあって、それで状況がいくぶんやわらげられているのだ。

右舷の向こうの霧に包まれた海は、黒々とした恐ろしい岩の群れで埋まっており、どの岩のまわりも白く縁取られて、怖気《おじけ》を振るった。険しい岬から一マイルそこそこのところを通過すると、ティーザー号は海岸線へ斜めにさらに近づいていくことがはっきりした。もっと近く寄っていく……とつぜん、下手まわしできるだけの海面がなくなり、来た道を引き返すために上手まわしする余地さえなくなった。

「気にくわんですな、艦長。操船余地がない、引き返すことができんですわ」と、ダウス航海長が言った。「もしも……？」

右舷側にびっしりと海藻の張りついた黒い小島が横たわり、左舷側には曲がりくねった荒涼たる岬が張り出している。そのあいだの漏斗《じょうご》状になった空間をティーザー号は進んでいった。ところが、入っていくと、ドーンと、砲声がしめった空気を揺るがした。さらに砲声が上がり、キッドはどこから砲声が来るのか、必死で探した。高い断崖の上に砲台があるにちがいない。自分たちはそのすぐ下を通っていこうとしているのだ。

くるりとキッドはデーヴィス航海士のほうを向いた。彼は落ち着き払って、「フランス野郎のことは気にする必要はないです、艦長。海上まで射程をのばす気なんて、ぜんぜんないですから。とにかく、ちょっとした迂回路を知ってます。この潮の状態だと、海岸に寄せられるんで、ベニグエテを通過することになります」

デーヴィス航海士の言うとおり、ティーザー号は用心深く道を拾って、海藻のたなびく小島に恐ろしいほど接近しながら通過した。その間も砲声は弱々しく轟いていた。さらにもう一マイル走ると、ティーザー号は開けた海面に出て、黒々とした海岸線は後方に落ちて見えなくなった。

「通りすぎたです、艦長」と、デーヴィス航海士がすまして言った。「ここがグーレイです」そう言い添えると、左側につづいている波立ち騒ぐ海面へ身振りした。「ブレストは、東へほんの十数マイル行ったところにあります」

すべて実にみごとだった。ティーザー号は、ブレスト港への主要航路へ入るいちばん厄介な部分を乗り切ったのだ。しかし、インモータリティ号はどこにいるのだ？　小さなブリッグ型スループ艦は広い湾口を横切って、反対岸へと進みつづけたが、探す相手は影も形もなかった。それに、苛立ったフランス側は砲艦を送り出す気になるかもしれない。

反対岸のトゥランゲ岬を拾い、岬から海側へ何マイルものびている黒い岩礁のおぞましい塊りを見つめて、航海長が苦労しながら、そのイロイス岩礁へと渡っていった。そこでラズ岬が自然に造った境界線へ向かっていくと、暗礁と浅瀬が十五マイルもまっすぐに沖へのびていた。

四千マイルも向こうの外洋から渡ってくる風は、情け容赦なくティーザー号を駆り立て、いじめてやりたいとでも思っているかのように、恐ろしい海岸線へと押していく。しかも、風はいまや強くなっていて、海上のそこここに白ウサギや白馬のようなおぞましい白波を吹き立てている。雨はおさまって突風だけになっていたが、ちぎれ雲の上には低く雨雲がかかっていた。

「デーヴィス航海士？」と、キッドはくぐもった声をかけた。だんだん気持ちが落ち着かなくなっていた。押し寄せてくる波を真横に受け、視界はよくなっているのに、倍増した見張員たちはまったく帆影を見つけていない。

「あの、艦長、ご理解ください。沿岸戦隊にはやるべき仕事が二つあります。フランス艦が海へ出たら、イギリスに知らせること。それと、フランス艦がいるところへはどこへでも行って、おまえたちは監視されているから、港に隠れているほうがいい、そう教えてやること。インモータリティ号は……まあ、どこにいてもおかしくはないのです」

「ありがとう、デーヴィス航海士」キッドは敵意に満ちた海を見渡し、近づきがたい海岸線へ目を戻した。海軍の任務はしばしば厳しい仕事を割り当てる。問題のフリゲート艦が見つかるまで、ティーザー号は波を分けていくことができるだろうか？　こんな危険な海域で、天気も荒れそうなときに……。

ラズ岬から張り出した岩の障害物が近づいてきた。決断しなければならない。甲板からは見えないが、風下側にはドゥアルヌネ湾が広がっており、その湾にはこちらの関心を引くような港は一つもない。たぶん、小さなドゥアルヌネ港以外は。その湾に――あのドゥアルヌネ湾に、キッドは入る危険を冒す気はなかった。胸がちりちりする記憶がよみがえってきた――最初に乗った艦デューク・ウィリアム号、初めて硝煙の臭いを嗅いだ下っ端の三等水兵時代。出てきたフランス戦列艦の群れと短い時間だが戦ったのは、ここだった。フランスの艦艇は慣れた泊地に避難しているにちがいない。フリゲート艦インモータリティ号はもちろんその泊地のことはよく知っているだろうから、いまごろは偵察しているのかもしれない。

「ダウス航海長、ドゥアルヌネへ向かうぞ」

ティーザー号は左舷にそそりたつ岬を通りすぎて、湾へ入った。海面はその奥へと大きく開けていた。その先の海岸はトップ台からしか見えないだろうから、キッドは辛抱強くトップ台員たちを見上げていた。だが――なにもなし。帆も見えない、フリゲート艦もいない。「くそっ！」と、キッドは毒づいた。

ピーピー、とアンドルーズ候補生が艦尾甲板の自分の部署から号笛を吹き鳴らし、「艦長！　艦長！」と片足から片足へ体重を移して飛び跳ねた。艦尾へ激しく手を振りつけている。いま通りすぎてきた岬の風下側に一隻の船が奥まで充分に入りこんで、錨を降ろしていた。軍艦旗がみんなにはっきりと見えた。

「インモータリティ号です」と、デーヴィス航海士が確認した。

しかし、ティーザー号は大きなフリゲート艦よりはるかに風下にいるので、相手まで風上へ間切って戻るしかない。ドドーンと、フリゲート艦の艦首から大砲が轟いた。砲弾がティーザー号の信号旗揚《ハリヤード》げ索の上をきれいに飛んでいき、この〝誰何《すいか》〟にみんなの注意を引いた。

「特別識別信号旗を上げろ」と、キッドはアンドルーズ候補生へ怒鳴った。ありがたいことに、先見の明が働いて、キッドは出航するまえに海峡艦隊の旗艦から特別識別信号旗をもらってきていた。だから毎朝上げる旗の代わりに、この日のための正しい旗を持っているのだ。

するすると特別識別信号旗が上がっていった。この旗は、沿岸戦隊のりゅうとしたフリゲート艦を惑わしはしないだろう。ティーザー号は風に傾きながら、風上へ間切っていき、そのあいだにもキッドは海軍の儀式にのっとることはすまいと決断した。勅任艦長だって、こんな場合、キッドが正装で訪艦するとは期待しないだろう。

ティーザー号が近づいていくと、二十四ポンド砲が轟いて、ティーザー号の艦首水切りのまえに水しぶきが広がった。同時に、フリゲート艦の砲列甲板の端から端までカノン砲が押し出された。ずらりと並んだ砲口をキッドは見おろした。

ぞっとした。そこでもういちど、相手の軍艦旗を確かめようと思った。もしもインモータリティ号が捕まっているのだとしたら、フランス人は偽りの軍艦旗を掲げて発砲するようなことはしないだろう。しかし、インモータリティ号はやはりイギリス海軍の軍艦旗をひるがえしていた。

「パーチット掌帆長！」と、キッドは怒鳴った。なんとか声は抑えられた。「いますぐフォア・トップスルの帆脚綱《シート》をやり放せ！」

必死で水兵たちが帆脚綱を繰り出してやると、帆が大きく轟いて、自由にばたついた。トップスルを降ろすのはもっとも切羽詰まったことで、むかしから降伏した印である、それをキッドは思いつくことができたのだ。

「カッターを降ろせ、ボート員を集合させろ」しわがれた声で彼は命じた。

ポールダン操舵長がボート員たちを急《せ》かしてフリゲート艦へ進んでいく。キッドはしゃっちょこばって艇尾にすわっていた。荒天着は濡れて、気持ち悪かった。近づくと、このフリゲート艦はイギリス海軍の艦であると確認できた――波風に叩かれて疲弊しているとしても、細部まで――カノン砲の黒い砲口から、風見の周囲にほどこされた洒落たロープ飾りまで、イギリス海軍の誇りを見せていたのだ。

カッターはフリゲート艦に横付けして鉤竿を引っかけると、フリゲート艦の舷側を洗い流れる波また波に狂ったように揺れかえった。キッドはタイミングを見計らって舷側の踏み板に飛びのった。荒天着が体にからまったり張りついたりしながら、のぼっていき、舷側板を乗りこえた。

舷門班ではなく、無表情に二列に並んだ海兵隊員に迎えられた。武装していた。その先頭に険しい顔つきの勅任艦長が陣取っていた。彼は両手を上げてキッドを止まらせた。

「いったいきみは何者かね?」と艦長は声をきしらせた。

「ブリッグ型スループ艦ティーザー号の、キッド海、海尉艦長です。お見知りおきを」キッドは息を切らしながら言った。

「それを証明しろ!」艦長が怒鳴った。

糸の浮き出たずぶ濡れの軍帽以外にはだれともわからない荒天着を着ているのにキッドは気づくと、言いかえしたい気持ちを抑えた。イギリス海軍士官であることを証明する身分証明書の切れ端も持っていない。

くるりと彼はポールダン操舵長を振りかえった。ポールダンはキッドの後ろに固まったように立っていた。「プリマス・タウンでいちばんいい酒場はどこだ?　さあ、早く!」

「タ、タウン?　すんませんが、艦長、おれたちはポーツマス・ホイズがいっとうお気に入りでして。ドックの本通りにある酒場で、最高のブラウン・エールを出してくれるんで。だけど、オールド・プリマスのことだったら、あの……」ポールダンはフリゲート艦の艦長に恐ろしくにらみつけられて、不安げに言葉を途切れさせた。

艦長はわざとらしくちょっと間をおいてから、うめくように、「よろしい」と言った。「海兵隊員を解散させろ。各部署、分かれ」艦長はキッドのところへ寄ってくると、あと数インチのところで止まった。「さて、きみ、説明してくれ」

キッドは腹を立てて、「わけがわからないですよ」と言いかえした。「どうしてわたしに発砲したのですか」

艦長はキッドの目に目を釘付けにして、ぴしりと言った。「では、きみがフリゲート艦の艦長だったら、発砲しないか、相手をひどく疑っているときに。そういうことであるからして、なあ、わたしの視点から考えてみてくれ。

奇妙な、そして、わたしには外国船に見えるスループ艦がまるで自国の海のように無頓着に、まっすぐドゥアルヌネ湾へ進んできた。正真正銘のイギリス人ならみんな、近づこうとしない所へだ。相手はこちらを見て、電光石火のごとく特別識別信号旗を上げた、まるで、わが国の艦を拿捕したあと、その信号旗を手に入れたかのようにな。相手は不敵にも回頭して、一か八かわたしの艦に近づいてきた。もしかしたら、こちらが無防備に錨泊しているところを捕まえようと思って、背信的にも片舷斉射を浴びせるかもしれない。

相手には一つ忘れていることがあった」と、艦長は間をおき、残忍な笑いを浮かべて、雷鳴のような声でつづけた。「相手が海峡艦隊の艦なら、海峡艦隊の特別識別信号旗を持っている——だとすれば、いったいどうして軍艦旗はちがうのを上げているのだ?」

遅ればせながら、キッドは思い出した。コーンウォリス提督のために今回だけの臨時航海に出ていたので、ティーザー号はコーンウォリス海峡艦隊の青色軍艦旗ではなく、ロックウッド提督の赤色軍艦旗を上げていたのだった。

第七章

「決めたよ、ニコラス」と、キッドは肘かけ椅子のなかで、幸せいっぱいの気分でのびをした。

「大海原で何週間も過酷な日をすごして、まだ眉毛の塩をこそぎ落とす時間もろくにないんだよ、兄弟」と、ニコラス・レンジがため息をついた。「それなのに、きみはもう、厄介なことに乗り出そうともくろんでる——」

「財政を脅かすような大きなことじゃないよ。きみの言うことは認めるけど、ちょっとした集まりのようなもんなんだ」キッドは機嫌よくそう言った。

メイドのベッキーがはにかみながら入ってきて、カーテンを引くと、ちょっと笑って出ていった。

「じゃあ、大きなパーティだって考えなくていいのかい？　テーブルに並べる食事に、思い思いに来たり帰ったりする大勢の客たち、いたるところに用意しておくワインに酒、そんな費用はかからないってわけだ。もちろん、ちゃんとした社会的地位のある人は、一般の人より居住施設が整っている場合が多いよ。だから、お返しの招待をする機会も多くなるさ」

「決めたんだ！」もしも自宅を有効に使わないのなら、持っていたってなんになる？

「だれを招待しようか？　きみも知ってるとおり、ティーザー号はそう長くは港にいられないだろうから……」

招待することは同意を得たが、計画はこれからだ。「あの、おれは、女手があったほうがいいかもしれないって思うんだ」と、キッドは切りだした。「考えてるんだ、シシリアを招待すべきだって……きみはどう思う？」

レンジが書きかけの招待状から顔を上げた。非の打ち所のない太くて丸い書体が並んでいる。「シシリアはきみの妹だ」と、彼は落ち着いた口調で言った。「きみがシシリアを呼ばなかったら、それは異常なことになる。それに、招待したことで、ぼくが彼女のお相手をすることになるかもしれないと遠慮しているのだとしたら、どうかそんな気遣いはしないでくれ。来るも帰るもまったく彼女の自由だ。教養ある女性として彼女の権利だよ」

レンジはまたうつむいて、書きはじめた。

その夜は大成功と決まったようだった。招待はすべて受けられた。引きも切らない客の流れを迎えるのにキッドは大忙しで、だれも帰りたくなさそうだった。

シシリアは女主人役として輝いていた。彼女の用意したオレンジとブランディの味のする夜会用ケーキはだれからも喝采された。メイドのベッキーはタイソーからさりげなく指示を受けながら、リキュールとワインの載った盆を持って客のあいだを縫っていた。ほどなく、賑やかにさんざめく部屋のなかに、十八番目の客の名が触れられた。

「これはこれは、ミセス・マリンズ！」と、キッドは温かく迎えた。「家を手に入れるのにご助力いただいて、ほんとうに感謝しています。この家がどんなにパーティをしたがっているか、お感じになりませんか？」

「そう感じますわ、ミスタ・キッド」ジェーン・マリンズは笑いを隠した。

「旦那さま、ミス・ロビンズとおっしゃる方が」戸口で臨時雇いの召使いが告げた。

「まあ、ミスタ・キッド！　あたくしたちのこと、おぼえていてくださったなんて、すばらしいわ」彼女の後ろで人の動く気配があり、「ご招待状に〝友人を一人〟って書いてありませんでした？」と、ロビンズ嬢がくっくと笑った。

「もちろん、そうです、ミス――」ロビンズ嬢の背後から友人が現われて、キッドは言葉が途切れてしまった。「あっ！　あの、お、お出でくださって、ありがとうございます、ミス・パーセファニ・ロックウッド」キッドはなんとかそう言うと、はっと気づいて、丁寧にお辞儀をし、差し出された手を取って、なかへ案内した。

ロックウッド提督の令嬢は最新流行のクリーム色のドレスに、髪型はかなり骨折ってギリシャ風に結いあげていた。

「あなたのお船が到着したの、気づきましたわ、キッド艦長」そう言った口調はとても温かだった。「なんてすてきなお船ですこと。ブリッグ型のスループ艦？　当てずっぽうですけど」

「アイ……つまり、そのとおりです。名前はティーザーです」

「とっても好奇心をそそるお名前」令嬢のハシバミ色の瞳がしばらくキッドの目をとらえていた。「彼女のこと、気に入っていらっしゃいますの？」

キッドは冷静に見つめかえしたが、内心では小躍りしていた。ティーザー号がおれの艦《ふね》だってロックウッド嬢に言ってなかったとすれば、どうやって彼女は知ったんだ？　自分で調べたのだろうか？　どっちにしろ、彼女はおれに関心があるってことだ。「ああ、ミス・ロックウッド、これまで海軍にはティーザー号という艦は三隻いますが、詰め開きで走るとなったら、かなうものはいません、わたしのティーザー号に」

「そうでしょうね」ロックウッド嬢はちょっと間をおいてから、またやさしい口調でつづけた。「教えてくださいません？　大嵐のとき、あなたは彼女にまさしくご自分の命を預けるのですか？」

「預けます」即座にキッドは答えた。こんな言葉のかげになにが潜んでいるのだろうかとキッドはいぶかりながら、ロックウッド嬢が〝船〟の代名詞に陸上者《おかもの》の使う味気ない〝それ〝ではなく〝彼女〟という船乗り言葉を使っているのに気づいた。「これまでもそうですし、これからもまたそうすると信じています、イギリスの海にいるかぎりずっと」

「そうでしょうね」と、彼女は丁重に返した。その瞳はまだキッドの目を見ていた。キッドは顔が赤くなるのを感じた。

「あの、キッド艦長、今夜またお話しする機会がないかもしれませんので、申し上げておきます……またお会いできて、とっても楽しかったですわ」

キッドは言葉も出ないまま、頭を下げ、ロックウッド嬢は、パーセファニ・ロックウッドは、ロビンズ嬢に呼ばれて客たちのなかへ入っていった。その後ろ姿をキッドはじっと見つめた。彼女の気品に敬服して、だれもが引きさがり、キッドのほうへ尊敬の眼差しを投げた。

キッドは主人としての任務をまた果たしはじめると、気持ちが高揚してくるのがわかった。時間がたって、最初の客たちが帰り支度を始めた。そのなかにロックウッド嬢がいた。彼女が帰ってしまわないうちに、話しかけるべきだろうか？　だが、キッドが行動に出ることができないうちに、令嬢はキッドの目をとらえていて、彼のほうへやってきた。

「キッド艦長、すてきな晩をありがとうございました」

「こ、こちらこそ、ミ、ミス・ロックウッド」キッドは言葉がつかえてしまった。

「あたくし、お願いしたいことが……いえ、そんなことをあなたにお願いする権利なんて、あたくしにはありませんわね」と、彼女は眉根を寄せて、手袋をした手を口に当てた。

「どうぞ、おっしゃって」キッドは男らしく言った。

「では、あなたがとてもご親切なので、ちょっとお力を貸してくださるかもしれないと思いまして。ほんとは大変なことなんですけど」

「ミス・ロックウッド、わたしにできることでしたら……」

「父のためなんですの」と、彼女はすまなそうに言った。「父の誕生日に絵をプレゼントしようと思って。海洋画を。それで、海や船の細かい所が完璧に正しく描かれているかどうか、心配なんです。ご存じないでしょうけど、父は索具やなにかにまちがったところを見つけると、ひどく不機嫌になるんです。ちゃんと選ぶのをお手伝いくだされば、とってもありがたいんです」

「ええ、はい！　つまり、もちろん、お手伝いしますとも」

「ほんとにご親切に。では、オールド・プリマスの出版社でお会いしませんか？　そこにはすばらしい海洋画も少しあるって聞いているんです。水曜日の十一時に、よろしいかしら？」

「水曜日、いいですとも」そうキッドは口走った。二日後だ。

「ええ……それから、このことはあたくしたち二人だけの小さな秘密にしておいたほうがいいので」最後にそう言うと、パーセファニ・ロックウッドは茶目っぽくにっこり笑った。

「さあ」と、キッドは公用の手紙の山から顔を上げた。

「では、艦長、上陸してきます」スタンディッシュ副長が子どものように言った。モーニングコートに大ぶりなレースのスカーフをした彼は颯爽としていて、小粋なシルクハットをまるで隠そうとするように持っていた。

「どうぞ、スタンディッシュ副長」

艦が短期間、港にいるあいだ、二人の士官が艦を空ける場合は、不文律によって、交代にすべし、とされている。

「ついてるようにな……遊ぶときは」

　相手は大きく笑って、出ていった。

　キッドはデスクにかがみこんで、また仕事を始めた。注意を要する請求書に明細書、報告書に手紙類が途切れることなくつづいて、退屈になることはないが、どんなこともいい加減に処理したり見逃したりしたら、あとでしっぺ返しを食う。

　遠慮がちなノックの音があって、「入れ！」と、キッドは大声を張った。

「陸上《おか》からです」アンドルーズ候補生がキンキン声で言った。

　それはただ畳んだだけの手紙で、シシリアからだった。

親愛なるトマス兄さん
ジェーンから最近、兄さんの海軍工廠のお話を聞きました。彼女が言うには、海軍工廠は当代の奇跡ですって。もしも兄さんがどなたかお偉い方とお知り合いで、兄さんの付き添いで海軍工廠をお訪ねすることができたら、とてもすばらしいわ。もしも兄さんがご都合のよろしいときに、あたしの好奇心に付き合ってくださったら、とても感謝します。

兄さんの海軍工廠だって？　ふふっとキッドは笑った。プリマスはいまでも大きい町だが、海軍工廠とそのまわりに膨大な数の労働者たちが集まって、小さくなったかのように見える。だが、キッドは苛立ってきていたので、ここから逃げだして陽光のなかを散策できる口実だったらなんでも歓迎だった。

「十時に、ノース・ステアーズで」と、キッドは手紙の裏に走り書きした。シシリアは、海軍士官の上陸場を知っているだろう。

シシリアはパラソルをくるくるまわしながら、こちらにも伝染するような上機嫌でキッドを待っていた。

「レディにはとってもすばらしいお供ね」と、彼女は声を上げてキッドの腕を取った。キッドとレンジがテラ・オーストラリスから帰って以来、シシリアは驚くほど元気になって、いまはまぎれもなく魅力的で、黒目がちなきりっとした容貌はだれの目もとらえた。

「じゃあ、帆を広げて、行き脚をつけようか、シシ？」

水兵たちがにやっと笑って帽子に手を触れ、歩兵隊のいかめしい少尉がキッドの金モールを飾った青軍服に形よく敬礼した。二人は上陸場を離れて、塀の角をまわっていき、本通りの入口に着いた。門衛長が小さな建物から出てくると、手を振ってキッドを認め、二人の歩哨がパシッと音をたてて〝捧げ銃〟をした。

「さあ、ここがきみの言っていた王立海軍工廠だよ。広さは七十一エーカー、技術工は三千人、職工ときたら、数え切れないほどだ。いまきみのまえでは五千人以上もの人たちが働いていると言っていい」

こう言うと、キッドは足を止めた。故郷のギルフォードで最大の工場である鋳鉄所でも、工員は数十人足らずで、キッドの知っているほかの工場でも数百人を越えるところはほとんどない。

ゲートを通ると、「なんてすてきな教会でしょう」と、シシリアがすぐそこにあった端正な小さな建物を見て、つぶやいた。

「一七〇〇年代に建てられたんだよ。ウィリアム三世の時代に」

手入れの行きとどいた西洋菩提樹《リンデン》の並木道がずっとのびていて、その先にすばらしい棟《テラ》続き家《ス・ハウス》が長く連なっていた。バースやロンドンにあってもふさわしいような家々だ。「あれは工廠に勤める士官たちの家だ。工廠長に船大工長、事務長など、みんなお偉いさんだよ。家の裏には庭があって、まえはオフィスになっている」

ところが、シシリアの目は小高い丘からくだって、海軍工廠の中心部のドック区へ向かい、乾ドックからそそりたつ戦列艦の複雑な威容を見つめた。近づいていくにつれて、その大きさがいっそうはっきりしてきた。空へそびえ、マストとヤードはあたりのいちばん高い建物よりもはるかに高い。この巨大な構造物が実際に動くように設計されているとは、信じがたい。

シシリアはキッドの腕につかまって、乾ドックの縁から下をのぞきこみ、自分が目にした壮大な光景に意表をつかれた――巨大な船体、はるか眼下にある泥だらけのドックの床、そこで動きまわる小さな人間たち。

「一生忘れられない光景を見せてやるよ」と、キッドは言った。「ドレスに気をつけて」

彼は巨大な穴のなかへ降りている小さな石段を見つけた。鉄鎖の手すりが付いている。

「さあ、おいで、シシ」

シシリアは怖がりながらも鎖を信用してしがみついた。二人は降りていった、一段、また一段と。陽射しがうすれ、泥と海藻の悪臭が立ちのぼってきて、強烈に鼻を突いた。最後の段に着くと、キッドはシシリアに止まるように叫んだ。「さあ、見てごらん」

シシリアは顔を向けた——はっと、息をのんだ。頭がくらくらする穴の底から、緑の筋模様がこびりついた軍艦の巨体が頭上にそそりたって、すべての物を隠していた。しかも、船体は乾ドックの前へも後へも果てしなくつづいており、町の通りより長い。その巨体は竜骨《キール》の中央部が数個の盤木《ブロック》の上に載っているだけで、あとは細長い突っ張り棒で支えられてひっくり返るのを防いでいる。まるで逆さまになっているような奇妙な感じで、目がくらくらした。

キッドは船側のふくらんだ部分からずっと先のほうを指差した。「あれがこのドックの水門だよ、シシ。言っておくが、水門の向こう側は海で、いまおれたちが立っている所はふつうは海面から三十フィート下なんだよ」

「あたしたちがここにいるあいだに、水門を開けはしないでしょうね？」と、シシリアはか細い声で訊いた。

「おれが命令するまで、開けたりはしないよ」くっくっとキッドは笑ったが、シシリアはほとんど不作法なほどあたふたと、陽射しへ向かって石段を駆けのぼっていった。

石段のいちばん上までキッドはのぼると、隣りの乾ドックに行きたい気持ちを抑えることができなかった。その乾ドックはいまのよりもっと大きいので、なかに入っている七十四門艦が小さく見えた。「さあ、ここだ。このドックは世界一大きくて、それにまつわる語りぐさがあるんだ。

いいかい、このドックを造るとき、わが国最大の軍艦である百門搭載のクイーン・シャーロット号のために設計がされたんだ。ところが、そのとき、フランスはもっと大きな軍艦、百二十門搭載のコメルス・デ・マルセーユ号を建造した。三千トン近くある。ちょうどそんなとき、一七九三年に戦争が起こり、そのため海軍工廠はこのドックを大きくして、工事を完了させた」

キッドは話の効果を上げるために、ひと息おいた。そこで、「さて、きみは思い出すことだろうが、その年、地中海艦隊の司令長官サミュエル・フッド中将は、ツーロンを占拠して、フランス艦隊の艦艇を多数、拿捕した。だから、そのためにドックの拡張工事をやったようなもんだって言われているんだ。というのも、このドックを最初に使ったのは、そのコメルス・デ・マルセーユ号だったからさ！」

二人は腕を組んで、かたかた音をたてている建具工場のまえを通りすぎていくと、ピッチ庫から濃厚な臭いが鼻を襲ってきた。ドック、またドック、どのドックにもいろいろな修理段階の軍艦が入っていて、船大工や索具工たちが生き生きと働いていた。

頑丈な大釜からは男たちが一列になって、布でくるんだ湯気の立つ木材を引き出している。

「曲げ工たちは蒸気釜を使って、外板の条列板《ストレーク》を肋材《フレーム》に合わせて曲げるんだ。そして、目で見て、曲げ具合を合わせていく。一枚で三ヵ所も曲げるんだぞ。見せてやるよ」キッドは感嘆しながらそう言って、カリブ海のアンティグア島にいたときは、おれも造船所で働いたな、と思い出していた。

「まあ、あの人、かわいそうに！」と、シシリアが息をのんだ。木挽き穴をのぞきこんだ彼女は、二人ひと組の木挽きたちの下側の男を見たのだ。二人は大きくて長い鋸《のこぎり》をせっせと引いて、オークの幹を厚板に切っていく。オークを載せている架台の上に立った男は背中を丸めて鋸を押し、墓穴ぐらいの大きさの湿っぽい穴のなかに立つ相棒は、鋸の反対端を引く。彼の上に木っ端やおが屑が降りそそいでいた。

「一日中働いて、たったの一シリングなんだ」と、キッドは言い、そこで、索具庫を指差した。「きみは信じないだろうが、前に乗っていた戦列艦テネイシャス号は、艦上のロープをぜんぶ合わせると、二十マイルにもなったんだよ。錨索を吊りあげる細いロープは、巻くと、円周が二フィートにもなる、きみが信じられるとすればね」

シシリアが疑わしそうにうなずいたので、キッドは先をつづけた。「索巻き機《キャプスタン》をまわす者たちは、錨索だけで七トンもある重さを引いているんだ。錨索をまっすぐに上げ下げして、錨の重さをしっかりと支えるんだよ」

思ったとおりシシリアが感心しているのを見ると、キッドは〝開き〟を変えた。「それから、索具庫の上は帆布庫になっているんだ。われわれは四エーカー以上もの帆を積んでいる、そう言ったら、この倉庫がどんなに重要なものか、わかるだろう。それに、ちょっと考えてみてくれ、予備の帆がたくさん必要だし、ロープ類はすぐに擦り切れるし、海には何百隻もの艦艇が出ているので、その分を掛けると……」

道を幅広い運河が横切っていた。運河は四分の一マイルほどまっすぐに流れて、海軍工廠の奥のほうへと入っていく。幸い、旋開橋がかかっていた。「この区域はキャンバーって言うんだ。すぐそこにボート池がある。その池でティーザー号は錨をひと揃い艦内へ吊りあげたんだ。池へ行けば、すごくおもしろいものを見せてやれるよ」

二人は左へ曲がって、石造りの建物へ向かっていった。優に百ヤード四方もあり、まるでヤマアラシのように何本もの高い煙突が林立していた。近づいていくと、カタカタ、キーキー、ドスンドスンと、こもった不協和音が大きくなり、ガラスの入っていない窓が発作的に黄色く輝いた。

「鍛冶屋ね」と、シシリアは隣りに開けた広い土地を見やった。そこは何百という完成した錨で埋まっていた。どれもまっすぐに立ち、錆びないように黒く塗料が塗ってある。

「アイ、鍛冶屋だ。ちょっとなかをのぞいてみよう」

それは火炎地獄の光景だった。恐ろしい騒音のなかで、何百人という男たちが五十基の大きな塊鉄炉で作業をしていた。白熱した鉄の液体が煙の充満したうす暗がりに火花をまき散らし、金属を叩く陰鬱な音が轟き、青白い顔、顔、顔が灼熱した塊りを持って走りまわっている。

「シシ、鉄槌炉を見てみようか？」キッドは妹の耳元で怒鳴った。「ヘラクレス、そう呼ばれている。三十人がかりで――」

妹にはこのお楽しみは次の機会までのばしたほうがよさそうだったので、鉄槌炉見物はやめにした。軍艦にある驚くほどたくさんの金属製品をこの鍛冶工場が作り出す。錨を鋳造するときには、職人たちはいつもの量の弱いスモールビールではなく、大量の強い酒を要求する、それほど過酷な現場なのだとキッドが説明してやると、シシリアはそれで満足した。

海軍工廠の驚きに満ちた光景は尽きることがないようだった。マスト庫では、一等級戦列艦に据える長さ百二十フィートのメイン・マストがたくさんの部材から成形されて、円周十フィートの一本の円材にされ、マスト池へ転がされていって、すさまじい水しぶきをあげながら水中に落とされた。それを見て、シシリアは感嘆した。

ロープ製造所では、上の階で撚《よ》り糸がほぐされて準備が整えられると、それが下の階でいっしょに編まれて子縄にされた。子縄は機械にかけられてさらに撚り合わされて、ロープになる。見物するシシリアにキッドは、「数百尋《ひろ》の錨索を作るのに、三千本の撚り糸が必要なんだよ」と説明した。

ピッチ庫の刺激の強い臭いに襲われたあと、艦上で見られる二種類のタールの違いをシシリアは聞かせられた。一つは西インド諸島のトリニダード島で産出するアスファルトで、甲板の張り板の合わせ目をふさぐのに使われる。もう一つはまったく別種のもので、バルト諸国でとれる香りのいい松脂《まつやに》から抽出され、ロープに塗られる——。

「トマス兄さん、あたし、あんまり感動して、気が遠くなりそう」そうシシリアが告白した。「どこか腰をおろせる場所を探して、ひと休みしましょうよ」

ちょっとがっかりだった。銅板を回収するために、フジツボの張りついた古い船材を燃やしているときしか、すばらしい海の匂いを嗅ぐことはできない。それに、もちろん、南の区域ではたくさんの船台が並んでいて、その上で堂々たる軍艦が建造されている。バンカーズ・ヒル砲台、あそこにはパリから届いたとても珍しい真鍮製の大砲がある……だが、たぶん、そうした見物は次の機会に取っておいたほうがいいのだろう。

二人はゆっくりとゲートへ戻っていった。シシリアはぼうっとした顔をしていたので、キッドは、「シシ、このあいだのパーティ、楽しかった？」と声をかけた。

「楽しかったわ……とっても、ありがとう、兄さん」彼女はなんとか元気を出して、そう答えた。

「客たちはすばらしい時間をすごしたようだったな」と、キッドは鼻高々で言った。「提督のお嬢さんが来ていたのに気づいたかい？　名前はパーセファニだ」と、彼はさりげなく付け加えた。「来てくださるなんて、すごいよ」

「ええ、ほんとに。びっくりすることだわ」

「ああ、彼女は別のレディが連れてきたんだけど、シシ、どうもあの令嬢、おれに関心があるみたいなんだ。ティーザー号のことを訊いて、おれにふさわしい艦《ふね》かどうかって……あの、とにかく、おれはそんなふうに感じたんだ」

「大好きな兄さん！　あのご令嬢は名門一家の方よ。あの方のまえには、あたしたちとは別世界にいる崇拝者たちが、列をなしているにちがいないわ」

「だけど――」

「トマス兄さん、彼女はとてもすてきな方よ、それは確かですわ。でもね、兄さんに礼儀を欠かないようにしていらっしゃるのを別なふうに誤解しないでください、どうかお願いだから」


キッドは、提督令嬢が待っていると言った建物の二階の部屋へ上がっていった。「ミス・ロックウッド？」

「まあ、キッド艦長！　なんてお早いこと……あたくし、たったいま着いたばかりですのよ」パーセファニ・ロックウッドは髪に花を飾っていて、それが華やかな昼間用のドレスを引き立てていた。ほかに部屋のなかにいるのはいやに気取ったここの社長だけで、彼は控えめに行ったり来たりしていた。

「どう思われまして？」

キッドは油絵を見ようと、寄っていった。それは勇壮な作品で、前の時代の一等級戦列艦が帆をいっぱいにふくらませ、二隻のスループ艦が反対方向へ走っていた。社長がせかせかとやってきて、「あの、サミュエル・スコットの『減帆する一等級戦列艦』です」と早口に言った。「ジョージ二世の時代のもので」

彼はにらみつけられると、引き下がった。

「キッド艦長？」

これは性急に意見を言う場合ではないとキッドは思って、時間をかけた。目立たなくつけられた値札から、この画家は単なる壁塗り工ではないと見て取ると、「すばらしい絵です」と切りだした。「乗っているのは司令長官です。メイン・マストに国旗が上げられているので、わかります。それに、わたしがまちがっていなければ、艦尾回廊にほかの男といっしょにいる紳士は、司令長官ご自身です」

ロックウッド嬢がもっと近々とのぞきこんだので、避けようもなく彼女の顔がキッドの顔に近づいて、肌のぬくもりが伝わってきた。

「ウーン」と、彼はなんとか考えをまとめて、先をつづけた。「しかしながら、一つ疑問があります。絵の題名は『減帆する』ですが、見たところ、帆脚綱《シート》は充分に繰り出されていますし、メインの大横帆《コース》の括帆索《バントライン》はのばされています。ヤードの上に帆を減らす人員が一人もいないところからして、わたしにはむしろ帆を広げている、大きくしているところだと受け取れます」

「このミスタ・スコットは海洋画家としてよく知られていて、〝風刺画の父〟として有名なウィリアム・ホガースの友人なんですの。スコット画家の海の知識には誤りがある、キッド艦長はそうお考えですか？」

キッドはぐっと唾を飲んでから、「ミス・ロックウッド、もしも海をご覧になったら、海には一定の形というものはありません。実際にはどこも上下しています。この波の高さだと、実際の海では風に波が吹き立てられているので、波から風の方向がわかります。それは帆の張り方もおなじです」

令嬢はキッドが先をつづけるのを待った。

「ここにボートが数艘、浮かんでいます。このことから波はさほど大きくないとわかります。すると、どうしてどの艦もトゲルンスルをあげていないのでしょうか？　それにスループ艦は、海上では国旗をフォア・マストに上げませんし、国旗も旗竿に上げません。錨泊したときのために、保管してあるのです、それに――」

「おみごとですわ！」と、令嬢が拍手した。「あなたに目利きをお願いしたのは、正解でした。この画家にはこれ以上、時間をかけないことにしましょ」

ロックウッド嬢が社長のほうを見ると、彼は急いで戻ってきた。「目利きのお客さまがおられることはわかっております」と、彼はキッドの目を避けて言った。「ですから、このポーコックをお見せしましょう」もったいぶってそう言って、二つ折り紙の紐をほどいた。「水彩画です。題名は、『ル・ジュスト号とインヴィンシブル号』こちらのほうがお好みに合うはずですが、いかがでしょう？」

社長が絵を広げて、ロックウッド嬢に渡すと、令嬢は彼にあてつけるようにキッドに手渡した。その出来映えはいまの絵とはまったく違った。二隻の戦列艦のあいだで果敢に砲火を交わし合い、風下側のフランス艦はほとんど砲煙に隠れている。海の動きと色は……大西洋の深い緑色は……完璧だ。

「栄光の六月一日の海戦です、もちろん」社長はよどみなく言い添え、感嘆するキッドを横目で見た。

「キッド艦長、あなたはこの場にいらしたんでしょ？」と、令嬢が社長の悔しそうな顔を尻目に口をはさんだ。

だが、キッドはこのとき、難破したフリゲート艦アルテミス号から生き残って、ポーツマスの水兵収容艦で軍法会議を待っていたのだ。「いいえ、その海戦には参加していませんでした」と、彼は短く答えた。

「父もよ」ロックウッド嬢はきっぱり言って、「でも、ナイルのほかにも海戦に参加なさったのでしょう」

「アイ……キャンパーダウンの海戦に」

「キャンパーダウンの海戦の油絵はありますか？」と、彼女は訊いた。

キッドはほっとした。ポーコックの絵の値段には不安になっていたのだ。

「このホイットカムのは？」と、社長が差し出した。

キャンパーダウンの海戦はキッドにとって運命を分かつ戦いだった。ノアの叛乱の悪夢からまもなく、彼は血みどろの戦場に逃げ場を見つけた。これはフランスとの戦争でイギリス海軍が遭遇したもっとも激しい戦いだった。その戦場でキッドは海尉への昇進を勝ち取ったのだ。

ふたたびキッドの目は絵に集中した。彼の戦闘部署は砲列甲板だったので、外の激しい戦闘は見えなかった。しかし、あとで激戦のようすを聞いたので、その話を繋ぎ合わせれば、この絵の要点を判断することはむずかしくはなかった。

「そうです。中央にいるこの艦は、ダンカン提督のまさしくヴァネラブル号です。このオランダの司令長官デ・ウィンターのフライバイド号を激しく砲撃しています。信号旗がわかりますか？　五番旗です。もっと接近して戦え、という命令です」なんともきわどい戦いだった。水兵たちは戦いの直前に、公然と叛乱を起こしたのだ。生々しい記憶がよみがえってきた。「これはモナク号、オンスロー提督の旗艦です。提督がわたしを一階級上へ引きあげてくださったのです。ご一族はギルフォードの近くのご出身で……」

キッドの張りつめた気持ちを彼女は感じとって、やさしい声で、「この絵の海はご満足がいきますか？」と訊いた。

「これは、これは、波がすばらしいです」と、キッドはひっそりと答えた。「短くて、急です。テセル島沖の浅瀬ではこういう波が立ちますが、そのとおりです」

「では、この絵がよろしいでしょう。お持ちいたします」社長がその絵を持って急いで部屋から出ていくと、二人きりになった。

ロックウッド嬢はキッドのほうを向いて、温かくほほ笑んだ。「では、絵を手に入れることができましたわ。ほんとにご親切に」彼女は向かい側の壁際に置いてある長椅子へ向かっていった。「ここでちょっとお休みしましょう」と、優雅に腰をおろした。横にすわるのがいちばん自然に思えた。

「聞かせてください、キッド艦長。もし失礼をお許しくださるなら、あたくし、あなたのことは正真正銘の船乗りに見えるって申し上げずにはいられないんですの。お話しくださいますか？　あなたを最初に海へ引きつけたものはなんだったんですか？」

キッドはためらった。彼女がおれの過去についてどんなことを知ろうと、それは海軍士官という職業に新たなことが一つ加わるだけだろうから、おれには話したいことを話す自由がある。「わたしは強制徴募されたのです」

令嬢はびっくりして、目をぱちくりさせた。「ほんとうに？」

「アイ。わたしが艦尾甲板の地位を与えられたのは、ついこの前のキャンパーダウンの海戦のときだったのです」キッドはじっと令嬢を見つめたが、令嬢の顔には、なるほど、そうだったの、と合点の色が広がるばかりだった。

「でも、あなたが海に出たのは、まるでそう生まれついていたみたいに思えますわ」

「海は……別世界です、人間の生き方が。陸上《おか》では絶対に味わえないほどわくわくします」

「わくわく？」

「艦首が開けた海と出会うと、自分の足の下に甲板を感じます……いつでも艦《ふね》は海神にお辞儀をしていて、生き生きとし、じっとしていることがない。感じるんです、ああ、その……」舌足らずにキッドは締めくくった。

「だめ！　もっと話して！」

しかし、キッドは黙っていた。上流階級のレディのまえで自分を物笑いの種にするつもりはなかった。いずれにしても彼女は遅かれ早かれ、おれのほんとうの出自を知ることだろう。

「では、海の神秘は女の関わることではない、そう受け取らなければならないのですね」ロックウッド嬢はからかうように言ってから、冷静な声で、「キッド艦長、お願いです、あたくしの好奇心を許して。女には経験することを許されないことがたくさんあって、あたくしの性格はそういうことを黙って受け入れられないのです」

彼女はややしばらくあちらを向いていたが、またキッドへ向きなおって、抑揚のない声で、「もしあなたが軍艦乗りで、お艦《ふね》に対して愛情をもっているとしたら」と切りだした。「ほかのお艦に大きなカノン砲を撃つとき、どんなお気持ちですの？　そのお艦にはあなたのような軍艦乗りが乗っているんでしょ」

彼女はおれを挑発しようとしているのだろうか？　それは海軍士官としての任務だと教えてやらなければならない……いや、どうにかして、おれに接近しようとしているのだろうか？

「ええ、もちろん、敵が武器を突き出したら、われわれはそれを除かなければなりません、チェスの駒のように。取り除くまで、撃つのです」

「では、マスケット銃の銃口を人に突きつけているときは？」ロックウッド嬢は真剣な顔でキッドを見つめた。

社長が包みを持って、早足にやってきた。「お嬢さま、用意ができました、もし――」

「すぐに降りていきます」と、彼女は抑揚のない声で言った。

また二人きりになり、ロックウッド嬢は答えを期待するようにキッドを見た。

「わたしは軍服に撃つのです、人間にではありません」

「剣は。相手のまえに立って、剣を突き刺そうとしているときは。心によぎらないのですか――」

「わたしは人間を殺しました……何人か。そうしたからこそ、わたしは今日、あなたのまえにいるのです」いったいこれはなんなんだ？

ロックウッド嬢がやさしくほほ笑んだ。「あたくしの思ったとおりでした。あなたは違う。あなたは険しい道を通ってこの世界でいまの地位を獲得したので、人と違うのですね？　ふつうの海軍士官はあたくしに任務とか名誉とかいうことを話しますが、あなたは飾ろうとせずに、物事の表面を通して奥にある厳しい事実を見ていらっしゃるわ」

ロックウッド嬢は立ちあがると、スカートのしわをのばして、事務的な声で言った。

「キッド艦長、あなたは興味を引かれる男性ですわ。たぶん、またの機会にこういうお話をつづけることができるでしょうね。乗馬はなさいます？」

ロンドンから来た男はすっくと立ちあがると、部屋の真ん中へずかずかと進み出て、集まっている一同を見まわした。「密輪だ！　もしも諸君のなかに密輪は小説のなかの話だなどとまだ考えている者がいたら、だとしたら、いいかな、諸君、わたしは断固として異議を唱える。密輪はむかしからつづいてきた悪質な愚行であり、国家に対してもっとも恐るべき結果をもたらす悪行である」

その男の態度には知性はあるが、動物的な猛々しさがあった。キッドは、ロックウッド提督がいま、この男を政府の使者として紹介したとき、提督が見せた敬意を思いかえしていた。フェネラ号のベイスリー艦長のほうをキッドはちらっと見た。彼はわざとぽかんとした顔をしていた。同席しているほかの三人の艦長も当惑したり、退屈そうにしている。

「わたしとしては、きみたち海軍士官にもっと直接かかわるように強く要請する」男はさらにつづけて、「きみ、そこの艦長！」と、ウァイヴァン号のパールビー艦長を指差した。「この戦争はどうやって資金を供給されていると思うかね？　おい？　きみのすばらしい軍艦に充分な糧食とちゃんとした給与を与えるために、その手段をどこで見つけることができる？　きみの軍艦を海に浮かべておくだけで、国王陛下には大金がかかるのだ。なあ、艦長よ、その資金をどこで見つけられるのだ？」

パールビー艦長がびっくりして口を切った。「ああ、その、大蔵省に集まった金」

「それはどこから来るのだ？」

「ああ……税金？」

「そうだな？」

男の眉根が寄り、パールビーはたちまち反撃された。

「税金だよ！　ピット元首相の定めた所得税計画は最近、廃止されたのだからして、国王陛下の政府にはほかにどんな収入源が残されているのだ？　髪粉や窓、ロウソク、カード・ゲームにかけるお寒い贅沢税以外になにもない。それに、関税と消費税である」

にらみつける彼の目が全員に挑んだ。

「関税と消費税、この収入源がしぼんだら、この国のまさしく防衛力は危機に瀕する。紳士諸君、きみたちだけに打ち明けるが、現在、非常に深刻な状況にあるため、この税金源の呪うべき流出を阻止するためにはどんな痛みも惜しまない、そう首相は求めておられる。

この損失は由々しきものである。われわれがつかんだところでは、忠実に納税されたタバコ一オンスに対して、一ポンド近くが密輸であり、茶の四分の三以上が正当な税を逃れている。当局がもっともよく把握していることを打ち明けると、押収した密輸品ひと樽に対して八樽はすりぬけている。これは国家に対する破壊的な、耐えがたい略奪である以外のなにものでもないのではないか？」

「そのとおり」と、ロックウッド提督が野太い声を上げた。使者の激しさに困惑した顔で提督は先をつづけた。「さて、紳士諸君、われわれは全力を傾けて、この悪行を制圧するよう要請された。わたしの命令はこの要請に基づいたものであり、諸君には私掠船追跡に劣らぬ熱意をもって、この悪党どもを追跡するよう求める」提督は大げさにハンカチを振りまわしながら、一段と声を張った。「念のために言っておくが、密輸の最中に逮捕された者はその船と積み荷を押収され、その利権は逮捕した者に属する……」

密輸業者追跡は名誉と名声を獲得する道ではないが、密輸は国家に対するまぎれもない脅威なので、国家に対する義務を果たす道であることは明らかだ。「海岸線のなかでとくに監視すべき場所はありますか？」と、キッドは使者に訊いた。

「デヴォン州とコーンウォール州にはこの王国でもっとも悪辣な連中がいると見ていい。やつらは良き女王ベスの時代から密貿易をやっており、その道をいま捨てる理由はないと思う。密輸村としてポルペロとフォイがあげられるし、ペンザンスも無辜《むこ》の町にはほど遠いが、きみが探索する所ではどこででも密輸業者は見つかるだろう。どんなに小さい入江にも漁村にも〝自由貿易者〟はいて、瞬《まばた》き一つするあいだにやつらは罪のない漁民に変身するのだ。

しかし、最近、ある変化が起こっている。こちらを困惑させるような、致命的になりかねない変化だ。もっとも信頼できる情報によると、海岸線沿いに組織化された情報網が働いていて、こちらが一つの村を封じこめて密輸活動を壊滅させようとすると、そのまえに、邪悪な才能をもった一人の男がすべての密輸活動を統制して、指示を出すらしいのだ。だから、われわれがある村に不意打ちをかけようとすると、やつらはすばやくよその村へ移ってしまい、悪事を働いている村は一つも見つけられないことになってしまう。まったく最悪の状況になってきているのだ」

ペンザンスの港は夏の陽射しを浴びて陽炎《かげろう》が揺らめき、大きく広がっていた。ティーザー号はのったりと凪《な》いだ海面に錨を入れて、艦内作業に励んでいる。キッドはティーザー号に戻ってくると、下の自室に降り、上着をぬぎ、ありがたいとばかりに従兵のタイソーからリキュールを受け取った。

「くそっ！」と、彼はニコラス・レンジへぶっつけた。レンジは艦尾窓のそばでひっそりと椅子にかけて、本を読んでいた。

「まったく税関の連中って、どうにも理解できないよ」

彼は自分の椅子に腰を落とすと、メモ用紙を取り出した。「ニコラス、知ってるかい？税関を維持するのに膨大な人間が必要だって。乗船税官吏にボート乗り、塩監視人、騎馬官吏、すごい数の荷役監視人……あとは忘れた」

「おもしろいじゃないか、兄弟。ひょっとして、彼らの一日の仕事ぶりが、わかったか？」

「関税および消費税庁の人間のかい？　わかったかぎりでは、海外から来た商船はすべて税関設備の整った港に入って、そこで〝合法埠頭〟を見つけ、積み荷を揚げて、課税を受ける。それをちゃんとやらせるのが彼らの仕事だよ。〝合法埠頭〟には乗船税官吏と荷役監視人がいて、すべての荷が合法で、残らず陸揚げされたか、監視の目を光らせているんだ」

「〝合法埠頭〟だって？」

「アイ。これは規則なんだ。もしも積み荷が〝合法埠頭〟に揚げられなかったら、もちろんそれは密輸品で、悪党を捕まえられる。だけど、これは毎日の食い扶持を稼いでいる税関の人間の仕事なんだ。おれたちが役に立つのは、予防的な仕事だ。つまり、密輸品を陸揚げしようと、海からやってきた悪党どもを捕まえることなんだ」

「税関には、税関自体の士官たちがいると思うよ」

「いるんだよ、ニコラス。それに船員もだ。おぼえているかもしれないけど、カリブ海で乗ったシーフラワー号は税関のカッターとして造られた船だった。帆面積が大きくて、第《バウ》一斜檣《スプリット》が長い。密輸業者を捕まえるために、スピード第一に造られていた。だけどな、この税関はボートも持っているんだ。ガレー船仕様で、オールを二十本も備えている。なかには風に向かって走れるのもあるし、隠れた小さい入江まで追っていけるのもある。海岸線では立派な馬に乗った騎馬士官たちが出張っていて、崖の上を行ったり来たり監視し、さらに徒歩で偵察している者たちもいるんだ」

「じゃあ、税関はうまくやるさ」

キッドは批難するようにレンジを見た。「彼らはこの密輸戦に負けている、そう思うよ。大きな作戦をやるには負担がかかりすぎる。相手は命知らずだ。それにいまは組織化されている。税関はやつらより人手が少ない。ちょっと考えてみてくれ。きみなら女房と子どもがいて、一日一シリングの手当で、武装した泥棒に立ち向かっていくか？」

「じゃあ、どうするんだ？」と、レンジは本を置いた。

「明日、作戦会議を開く。徴税官がある情報をもっているので、ある場所で会って報告を聞くんだ」

「ぼくにもその報告を聞かせてくれたまえ、兄弟」レンジはおだやかにそう言うと、また本を取りあげた。

「あの、ニコラス、もう一つ、問題があるんだ。きみの意見を聞かせてもらえれば、すごくありがたいんだ」

「いいとも。問題の中身を教えてくれ」

「それは……それは、いつもの哲学的な問題ではまったくないんだ、言っておくが」

「さっさと帆を張って、走りだすんだ、友よ」

キッドはためらいながら、考えをまとめた。「女性から『あなたは興味を引かれる男性です』って言われたら、きみならその意味をどう考える？」

「そういうことなら、きみはその女性の好奇心をそそったという意味だと思うよ。きみの性格が女心を刺激した。そういうことだ。どうして？　どこかの悪い女が言い寄ってきているのかい？」

レンジの友だち口調を無視して、キッドはなおも訊いた。「それから、おれが乗馬をするかどうか、もしも彼女が知りたがったら？」

レンジはひと息おいて、「きみが言っているのは――」

「それに、おれに面と向かって、あなたはほかの人とは違う、戦場ではほんとうはどんな気持ちかって、訊いたら？」それはいまとなっては現実のこととは思えない会話だった。

「それは、ミス・ロックウッドじゃないか？」レンジは静かに言った。

「アイ、ニコラス。出版社で」

「そういうことなら、問題はまったく別だ」ふうっと、レンジはため息をついた。

キッドは苛立って、「どんなふうに？」

「単刀直入に言うが、それは単なる社交辞令以上のものではないよ。その点になんの疑問の余地もないとその場で理解すべきだ」

「どうして？」

レンジはためらった。「ぼくは友人として、ほんとうの友人として言うのだから、そう思ってもらいたい。ぼくの言うことをきちんと受け取るのだぞ——もっとも上流階級の人たちは、ジェントルマンとレディの交際を庶民とはまったく別の見方で考えるんだ。つまり、どんな結婚にもかなえるべき条件がある。まず、社会的な条件で、名門同士の交際であること。つづいて、財産が釣り合うことなど。だから、こうした場合、二人の望みなどほとんど考慮されない。

きみが彼女になんらかの接近をしたら、したがって、ぴしゃりとはねつけられるだろう。というのも、若いレディは結婚話を受けるには、一点の傷もないという評判でいなければならないからだ。別世界の人間とのたわむれの付き合いは、最後にはたいてい偏見で終わることになる」

キッドの顔は石のようになった。「彼女は――」

「いや、彼女もおなじだ。残酷だが、率直に言うと、きみの気持ちは完全にまともだと思う。だからこそ、ぼくはきみに言わなければならないんだ――ロマンティックな愛情から結婚するのは、下層階級だけの話だ。このレディはご両親の希望をかなえるように期待されている。ぼくの意見としては、きみはこの場合、いい人ではあるが別世界の人間でいたほうがいい」

「あなたは興味深い男性だって、あの人は言ったんだ。ああ、くそッ、おれを見ていた女が、彼女が、どんな気持ちか、おれは男としてわかるんだ」

レンジの顔が険しくなった。「トマス、親愛なる友よ、上流階級のレディは男をあしらう――もてあそぶ――ということはよく知られている。だから――」

「いまきみの言ったことはおぼえておくよ、ニコラス。それに、そう言ってくれて、ありがとう。気をつけるよ。でも、言っておくけど、もしもおれの住所がレディにとって気にくわないものでなかったなら、おれは自分が求婚したいときにするよ」

ペンザンス税関の徴税官は〈ロング・ルーム館〉のカーテンをすべて閉めた。「今夜こんな時間に来ていただくようにお願いしなければならず、申し訳ないです。その理由は、追って明らかにしますが……」

キッドはスタンディッシュ副長といっしょに最前列にすわっていた。副長の怪訝そうな顔を無視して、キッドは辛抱強く待った。集まっているほかの男たちは硬い表情で、知らない顔ばかりだった。紹介もされない。

会議はすぐに始まった。この二晩後に密輸があるという謎めいた情報が入ったようだった。ここ数カ月でもっとも大胆な密輸計画になるとのことだ。偽情報の可能性もいくらかはあるが、どうやら税関側が大きく優位に立っているらしい。

「明かりの点ではご不自由をおかけします」と、徴税官が大声で重々しく言った。一本、また一本とロウソクが吹き消されて、室内は真っ暗になった。広間の向こう端からつぶやき声と摺り足の音がして、やがて静かになった。

「どうぞ、あなたはかけたままで。みなさんにご説明しなければなりませんが、いまここに一人の人物がおります。彼は自由貿易者たちと親しく、彼らの計画について内部情報をもっています。その情報を検討するため、われわれに提供すると同意してくれました。おわかりと思いますが、もちろん、顔は隠しておくように言われております。また名前がはっきりとわかるような質問は控えていただくとありがたいです。さて、なにか訊きたいことはありますか？」

「じゃあ」と、広間の中央から声が上がって、「密輸はどこで行なわれるのだ？」と訊いた。質問した男は暗闇のなかではぼんやりとした人影ということしかわからない。

「プラア・サンズ」と言った声は野太くて胸に響き、声を作っているようなところはほとんどなかった。「そこで連中を見つけられる、二晩後に」

「プラア・サンズ海岸？　どうして、そこが──」

「おれは、そこで密輸品が陸揚げされるとは言わなかったぜ。そこで連中を見つけられるって言ったんだ」男はひと息おいてから、「いいか、連中は姿を見せ、あんたがたが雷みてえに襲いかかっているあいだに、密輸樽は別の場所で陸揚げされているって寸法だ」

「どこで？」

「スタックハウス入江。アクトン城を忘れたかい？　入江からほんの二百ヤード上にある。そんで、いちばん低潮の時には砂州が現われて、簡単にボートをつけられるのさ」

キッドはその場所を知らなかったし、その場所がなにを意味するのかもわからなかったが、それはあとでわかるだろう。「あの、彼らが使っている合図はどんなものか知ってますか？」暗闇のなかへ彼は訊いた、妙な感じだった。

「ベッシーの家の窓に明かりを二ついっしょにつけると、海岸に税関はいねえってことだ。船を先導する明かりは、城の下の広場に二つ一組のスポウト・カンテラを二組つける。一方向からしか見えねえカンテラだ。問題が起こったときは、ピストルを撃つ。ほかにはなんか？」

「どんな船が来ると見ていたらいいんだ？」

「ああ、うん、そいつは言えねえ」

「組織しているのはだれだと思う？」大声でスタンディッシュ副長が訊いた。

しばらく間があってから、男が答えた。「そいつも言えねえ」

作戦はすぐに決まった。税関吏はプラア・サンズ海岸にいると密輸団は予想しているので、税関吏たちはその海岸にいて、一方、ティーザー号はスタックハウス入江の沖合に潜む。プラア・サンズ海岸とスタックハウス入江は、カッドン岬によって東西に隔てられている。

徴税官は陽気に一杯飲みおわると、海図を取り出した。「この大きなマウンツ湾はペラナスヌーから東側のリザード岬まで海岸線はすべて、絞首縄を免れた盗人どもの巣窟でしかない。なかでも最悪な盗人は、このカッドン岬をかわしたところで見つかると思う。カッドン岬は、スタックハウス入江から東へちょっと行ったところにある。

カーター兄弟って聞いたことがあるか？　兄のジョンは〝プロシア王〟って自称している。プロシア入江の主ってことだ。弟のハリーはこの二十年間、われわれをきりきり舞いさせてくれている。この兄弟はかつて、フリゲート艦ドルーイド号と血みどろの戦いをしたんだ。プリマスの入口のなんとコーザンスで密輸品を荷揚げしてな。大勢が殺された」

「さっき城のことを言っていたが、どういう城なんだ?」と、キッドは口をはさんだ。

「アクトン城のことか? ジョン・スタックハウスの城だ。スタックハウスはカーター兄弟同様、有名な悪党だが、本人はただの海藻採りだって言っている。その収益で城が建てられるなんて、やつの海藻がどんな貴重品か、知りたいものだ。キッド艦長、あいつを捕まえたら、すごいぞ」にこりともせずに、彼は言った。

「逮捕すべく準備する。あなたは確かにプラア・サンズ海岸にいたいんですね?」

「わたしはあの男を完全に信じているわけじゃない。可能性はいろいろある。プラア・サンズ海岸にはただやつらは姿を見せるだけだってあの男は言った。こちらがスタックハウス入江に行っていて、プラア・サンズ海岸にいないときに、実は裏をかいて、プラア・サンズ海岸こそ陸揚げ場所だということもある。そうなると、税関側の大半と国王陛下の軍艦はプラア・サンズ海岸からずっと離れた所にいて、やつらはプラア・サンズの浜辺に密輸樽を転がしていく。感謝するが、わたしの班はプラア・サンズ海岸にいる……もしもその逆だったら、きみはスタックハウス入江で任務を果たしてくれ」

その夜は暖かくて静かだった。ティーザー号は真っ暗闇のなかで海岸に近づこうとしていた。〝密輸業者の月〟と呼ばれる細い月のかすかな明かりでただ物の形や動きが見分けられるだけで、細部はわからない。静かなせいで、舵効速力がもっとも必要なときに、そのスピードも出ていない。

「艦長、警戒せんと……グリーブ岩群ですわ」

「アイ、ありがとう、航海長」キッドには、もろい花崗岩が散らばる嫌なバソール岬や、とりわけ危険なグリーブ岩群は警告されるまでもなかった。黒々とした岩が四分の一マイル近くも連なって、沖合へまっすぐにのびている。

「ボートを二艘とも、放せ」

もしもその密輸団がフリゲート艦と戦って勝利することができたとすれば、スループ艦のティーザー号に勝ち目はない。できるだけ多く人員を割《さ》いてスタンディッシュ副長とともに送り出し、リザード岬のように長く張り出したカッドン岬の西側へ行かせ、下草のなかに潜ませて、スタックハウス入江を見張らせる。ほかの者たちはプロサー航海士の指揮のもと、スタックハウス入江のもっと西にあるトレヴィアン村の近くに陣取らせる。

ティーザー号はボート班を送り出すと、幽霊船のように沖合へ戻って、踟蹰《ヒーブ・ツー》した。近づいてくる船は、ティーザー号のそばに来るまで見えないが、同時に自分たちも見られることはない。キッドの作戦では、荷揚げが始まるまで沖合で待ち、上陸班からの合図に従って、海側から密輸作業中の一団を捕まえる。

完全に静まりかえったなかで一時間がたった。チャップチャップと舷側を叩く波音と、ギーギーとかすかなうねりにもまれて船材がきしむ音がするだけだ。そのとき、別の音がした。長いあいだ乗組員たちに沈黙を守らせておくのはむずかしいが、声をたてるな、とキッドは下士官たちに警告してあった。

だしぬけにキッドの隣りに人影が現われた。「夜風にがんばる気つけ薬だよ、相棒」と、レンジが小声で言って、熱いレモン入りのワインを差し出した。

キッドはありがたく受け取ったが、部下たちの手前、こっそりと下の自室に降りて、飲み干した。「こんな使われ方をされているティーザー号を見ると、なんとも承服しがたいよ」と、彼はうめくように言った。「海に浮かんでいるすばらしい軍艦をならず者集団に立ち向かわせるなんて……尋常なことじゃない」

「そんな悪党どもから国家の危機を救うことについて、ぼくにしっかりと講義して聞かせたのは、つい今朝のことだよ」

「アイ」キッドはむっつりと答えた。「徴税官は、密輸船には四十人ぐらい乗っていて、陸上には荷を陸揚げするために五十人いると見ている。そんな危険なながへ部下たちをやるのは、正しいことだろうか？」

「それが彼らの任務だよ」と、レンジはきっぱり言った。「そして、きみの任務でもある。だけど、もっと悪いやつは略奪行為に資金を提供して、命じているやつだと思わないかい？」

「それよりもっと悪いやつは、密輸品を買っている連中だよ。それじゃなきゃ、密輸なんて成立しない」

「そのとおりだ。だけど、そういう人間たちを詳しく調査するのはすばらしいだろうな」と、レンジが考えこんだ。「感受性を総動員して考察するに、彼らは自分たちの置かれた環境を受けとめて、環境の要求するところに応えるために違法を働いている」

「その哲学については、別の機会に議論しないか？　おれは甲板に戻るよ。いつ悪党どもが見えてもおかしくないからな」

真夜中が近づいてきた。密輸団はまだ影も形もない。ましてや船は。うんざりしながら、キッドはまた海岸線に沿って見ていった。明かりはない、合図もない。プラア・サンズ海岸はカッドン岬の向こうにあるので見えない。だから、そこで密輸品の陸揚げをしているかどうか、示すものはなにもなく、ただ真っ暗闇があるだけだった。

その岬の向こうから夜空にすーっと、のろしが上がった。

「上陸班だ！　なにか見つけたんだ！　転桁索《ブレース》につけー。みんな、動け！」キッドは怒鳴った。

またのろしが上がった。こんどは海へ鋭い角度で飛んできた。キッドは舷側から海面をのぞきこんで、ティーザー号が情けないスピードしか出していないのを見ると、「くそっ！」とののしった。しかし、人員の半分は陸上にいるのだから、何事も早くはできない。

明かりはない、合図もない……そして、船もいない。「だれかなにか見えるか……とにかく、なにかあるはずだ！」だが、なにもなかった。

たまたま雲が薄れて、かすかな月明かりの上のほうまで上がっていったので、スタックハウス入江が見えた。空っぽだった。

だが、二発ののろしは暴発ではない。密輸品の陸揚げは、カッドン岬の向こう側でやられている可能性はあるだろうか？

南西の追い風に大いに感謝しながら、キッドはティーザー号を旋回させて、カッドン岬へ向かった。あえて岬のぎりぎり近くを通過した。とつぜん、二本マストの大きなラガーが海岸近くに停まっているのが見えた。じっと動かない。

「ダウス航海長、横付けするぞ」ぴしりとキッドは命じた。

あの男の情報は偽物で、二つの隊を実際の陸揚げ場所からまんまと引き離したのだ。もしもキッドが念のために部下たちを上陸させておらず、また、スタンディッシュ副長が賢明にもカッドン岬の東西両側を見張っていなければ、密輸団は発見されることなく安全に樽を陸揚げできただろう。

ラガーから暗がりのなかへマスケット銃の火が走った。もう一発。つづいて四ポンド砲が轟いた。キッドは怒りに震えた。おまえたちの国を守っている水兵たちに向けて発砲するとは、このくずどもめ！

ティーザー号が片舷斉射すれば、すぐさま片を付けられるが、そんな手段をとるべきではない。従兵のタイソーがキッドの戦闘用のすばらしい剣を持って現われた。その闘剣は名誉ある戦いをたくさん見てきた。副長がいないので、斬り込み隊はキッドが率いることになる。彼は首を横に振った。「いや、タイソー、ありがたいが、やつらの血など、この剣にふさわしくはない」キッドは武器箱へ寄っていくと、斬り込み刀を取り出した。

「相手が撃たないかぎり、撃つな」そうキッドは怒鳴って、ラガーへ飛び移る用意をした。ティーザー号が近づいていくと、ラガーの砲撃はやみ、右往左往する人影から叫び声が上がっている。

「逃げだしてるぞー」フォア・マスト員が大声を上げて、指差した。ラガーの向こう側の海面にボートが一艘浮かんでいた。男たちが転がりこんでいる。

二隻はすさまじい音をたててぶつかり、船体が激しくきしんだ。キッドは一フィートほど下のラガーの甲板に飛びおりると、舵輪へ向かって走った。あとにティーザー号の者が十数人つづいている。

「舵を確保しろ」そう命じると、彼は舷側へ駆けつけた。下のボートのなかではパニックになった男たちがもつれ合っていた。「ボートから出ろ!」キッドは怒鳴った。

「艦長、陸上《おか》で騒ぎが」アンドルーズ候補生の声は興奮してひび割れていた。

目をやると、陰った岬の断崖で銃弾が飛び交っていた。

「戦っているんです、艦長」

密輸団には密輸品を運ぶための仲間が陸上に数十人いる。スタンディッシュ副長がそれを阻止しようとして、窮地に陥っているのかもしれない。「ティーザー号の者、ボートに乗れ！」キッドはがなった。

彼らは死に物狂いで漕いで、その小さな入江に入っていき、狭い砂浜に乗りあげた。男たちが襲いかかってきたが、棍棒を受けとめたのは斬り込み刀で、男たちはてんでに逃げだし、藪の茂った急な崖をよじのぼっていった。遠くでしわがれた叫び声があがって、消えた。味方だけになった。

「おーい、ティーザー号！」キッドは大声で呼んだ。「スタンディッシュ副長！」

「艦長！」岬の尾根から声がしたかと思うと、下草の踏みしだかれる音がして、よれよれになった副長が現われた。息をはずませているが、暗闇のなかで笑った歯が白くきらめいた。「いい夜なべ仕事でした、ね、艦長」

「ばか言うな！　積み荷はどこだ？」

「ああ、その、まだ船のなかにあるにちがいないです」

ボートが真っ黒な深場へ押し出されて、ラガーへ戻った。ラガーの乗組員たちは甲板にむっつりとすわりこんでいた。

「パーチット掌帆長、船艙に降りて、なにかあるか調べろ」キッドはそう声を張った。

「空っぽですわ、艦長。もう調べたです」

では、隠し場所は一つしかない。急いで動かなければならない。もしこのチャンスを逃したら、すべての証拠が消されてしまうからだ。キッドはすばやく部下たちを集めて、上陸隊を作ると、ボートでいまの小さな入江へとって返した。

「おれについてこい」そう命じると、キッドは崖をのぼりだした。

物影がゆらめく暗闇のなかで彼らは滑ったり転んだりしながら、上の斜面につづくでこぼこ道をのぼっていった。上の暗がりのなかには石造りの建物が建っていた。

「おまえたち三人は目を開けて、おれが戻ってくるまで見張っていろ。だれも一インチたりと動くなよ」

キッドはゼーゼー息を切らしながら、アクトン城の四角い巨大な建物へ向かっていった。正面の銃眼付き胸壁の下に明かりが一つ見えるが、あとはまったくの暗闇だ。

「ついてこい」キッドはそう命じると、早足に前へ進んでいった。平らな芝地になったのがありがたかった。一行は急いで草地をよぎっていって、奇妙なほど狭い正面玄関で立ち止まった。ドンドン、とキッドは斬り込み刀の柄でドアを叩いた。部下たちが背後に集まってきた。なんの動きもない。もう一度、キッドは叩いた、もっと大きく。すると、なかから不平たらたらの声が上がったが、こちらがすばやく動けば、連中が数十個もの大きな樽を隠せる可能性はない。

「国王陛下の名において！」と、キッドは怒鳴った。

のろのろとかんぬきが引かれる音がして、鍵のきしむ音がつづき、やっとドアがこちらへ開いて、年取った召使いの心配そうな顔が現われた。

「ミスタ・スタックハウス！　いますぐ、ミスタ・スタックハウスのところへ連れていけ、この悪党！」

「そのお方は……そのお方は、ここにはいませんです」老人は口ごもると、ふいにキッドのうしろに集まっている男たちに目をとめた。

「では、こいつをつかまえろ！」

「わたしは……わたしは……」

キッドは老人を脇へ押しやって、中世風のカーテンで飾られた玄関広間へずかずかと入っていった。鋭くあたりを見まわして、部下たちを呼んだ。「全員、各戸口につけ――油断するな」

キッドは耳をそばだてた。もしも密輸品を急いで隠そうとしていれば、物音が聞こえるだろう。しかし、夜は静まりかえっていた。そのとき、階段で人の動く気配があった。いちばん上の段にロウソクの明かりが現われて、降りはじめた。

それは、ナイトガウンにキャップをかぶった年配の男だった。ゆっくりと階段を降りてくる。いちばん下に着くと、足を止めて、まわりを見つめた。

「ミスタ・スタックハウス？」と、キッドはぶっきらぼうに訊いた。

男の目が疑うようにぎろりとキッドへ向いた。その目にはまごうかたなく権力者の眼光がきらめいているのにキッドは気づきはじめた。

「きさま！」と、男が声をきしらせた。「これはいったい、どういうつもりかね、きみ？」

なにか妙だ……。「ミスタ・スタックハウス、わたしは信じるに足る理由があって——」

「このばかもん！　わたしはジョン・スタックハウスではない、きみもよく知ってのとおりな、艦長！」

「あの……」

「ブレード艦長だよ、きみ！」

あわてふためくキッドの心に押し寄せてきた——この人物はだれあろう、数年前にナイルの海戦で出会ったネルソン提督の先任航海海尉にほかならない。いまは勅任艦長で、奇想天外なことにこの城の新しい持ち主なのだ。

次の数分間はキッド海尉艦長にとって、風上へジグザグと間切ってのぼる苦しい走りだった。

入江の崖の上に石造りの建物があり、それはこの土地の酒場だとわかった。

「艦長、〈ベッシー居酒屋〉で。みんな、なにも知らないって言っとります」

あいつら、おれをばかにしているのだろうか？　「ご苦労、パーチット掌帆長。夜明けまでしっかり見張って、それからちゃんと調べろ」しかし、亭主のすました顔を見ると、なにか見つかる見込みはほとんどなさそうだった。

遠くでこちらへ呼びかける声が上がって、コッドン岬の反対側のトレヴィアン村から駆けつけてきたプロサー航海士の班だとわかった。彼らは息を切らして崖をのぼってきて、結果を聞きたがった。キッドは残酷にも彼らを追い払い、ティーザー号に戻った。勝利を祝う騒ぎはない。いまここであきらめたら、愚の骨頂だ。

「あのラガーを調査するため、ペンザンスへ持っていく」キッドはざらつく声でそう言った。決定的な証拠はおそらくまだ船内の巧妙な隠し場所にあるにちがいない——偽の隔壁とか、仕掛けのある水樽とか。

朝になったら、酒場を調べる。キッドは夜通し十五人の部下たちを酒場の封鎖につけておいた。猫の子一匹、彼らのそばを通りすぎることはできないだろう。「夜が明けたら、起こしてくれ」タイソーにそう言うと、彼はすっかり着込んだまま、吊り寝台に転がりこんだ。

キッドは陰鬱な気分で目がさめた。夜明けの美しさが広がり、不気味な黒い断崖が弱い朝の陽射しを受けて、うすいグレーと緑のまだら模様に変わっていっても、彼の気持ちは晴れなかった。骨折り損だったのだから、ペンザンスへ戻ったら、責めたてる視線を浴びるにちがいない。

さっそく調査班は〈ベッシー居酒屋〉へ出かけ、キッドが朝食をとっているときに戻ってきた——手ぶらで。そのとき、キッドの頭にある考えがひらめいた。そのひらめきを呼び起こしたのは、はるか遠い場所でひとむかし前に食堂甲板で聞いた〝かたぶり話〟だった。

「スターク掌砲次長——トゥビー——おやじさんをここに呼んだのは、個人的に助けてもらいたいことがあるからだ」

スタークはなにも言わず、背筋をぴんと張って丸太のようにすわっている。黒い目はまばたき一つしない。

「カッターのシーフラワー号でカリブ海にいたときのことを思い出していたんだ。荒れた夜、ジャマイカ島の沖合で停泊しているときのことだったと思う。早く話せってせっつくおれたちに、おやじさんはある女と幽霊の恐ろしい話をしたんだ。おぼえているかい？」

「いいや、艦長」スタークは無表情に答えた。

「おれも今日、思い出したんで、話してやるよ。ほんとに恐ろしい話だった」キッドはできるだけ友だち口調でつづけた。「で、そのときおやじさんは、ずっとむかしマウンツ湾の自由貿易者の仲間だったっていうようなことを、たまたま言ったと思うんだ。そうだったかどうか、ちょっと考えていたところだ」

スタークは時間をかけて考えると、ゆっくりと話しだした。「おまえさんはおれの上官だ、キッド艦長、それを心得とられる。だけど、どう答えるかは、おれの自由でさあ」

スタークは一度、目をそらし、また戻したとき、その視線はまっすぐに厳しくキッドへ向いた。「艦長はおれに古い船乗り仲間をだましてほしいと思っとられるようだが、そいつはできねえ。だけんど、こいつは言える……マウンツ湾の話はちょっとしたよた話さ、かっこよく聞こえるようにな、言ってみりゃあ。おれはロムニー湿地生まれだ、ケント州の。そこでその貿易のことは知ったかもしれねえが、ロムニーにいたときは、ただのカッターのフォックス号に乗っておったただけで……北コーンウォールじゃあ、いたのはバーンスタプルやランディの町で、だから……」

聞いてみるだけのことはあった。「アイ。ありがとう、トウビー」キッドはトウビーに詫びる顔つきになるのを隠そうとはしなかった。

「なあ、おれはやつらが積み荷を陸上《おか》のどこに隠しているか、それが知りたいだけなんだ。この問題になんの答えも出せないで、錨を揚げて走り去るなんて、できないと思う」

笑顔が答えてはくれなかった。

「まったく惨めったらしいことだ、もちろん。コケにされたまま、ペンザンスに戻ると、突堤にはあの徴税官がいて、おれたちのティーザー号をあざ笑って待ってる。隠し場所もわからない国王陛下の新米監視船だってさ……」

キッドは待った。知らないうちに、艦首楼の話し方に戻っているのに気づいたが、反応はなかったので、彼は立ちあがった。「とにかく、ありがとう、トウビー……帰る前に、一杯どうだ？」

「……あのう、隠し場所は、陸上《おか》ではねえんで。おれに断り込み用の四爪鉤を一つとピンネース艇を一時間、貸してくだせえ」


長くはかからなかった。ティーザー号の者たちが今か今かと見つめるなかで、ピンネースの乗組員たちはラガーが停泊していたあたりに四爪鉤を上げ下げして、とうとう引っかけた。二人がかりでロープを引くと、最初の樽が水をしたたらせて海面を破った。樽はさらにどんどんつづき、どれも重くて、次の樽に長いロープで繋がれていた。

密輸船のラガー、拿捕者ども、四百ガロンもの証拠の樽——満足したスループ艦ティーザー号は帆をあげて、その場を走り去った。

第八章

「じゃあ、ニコラス、きみのことはその本たちに預けていかなければならないようだな」

キッドはそれが残念で、皮肉っぽく言った。友は本屋の隅で、かび臭い大きな本に鼻を突っこんでいる。ここはヴォクソール通りだが、船乗りには〝フォックスホール〟つまり、〝狐穴〟と呼ばれている。

「ああ、あの……うん、この本は時間がかかりそうだ」ニコラス・レンジは上の空でキッドに答えた。「あとで会おうか？」

プリマスは港町だが、もっと騒々しいポーツマスとちがって、市街地そのものは巨大な海軍工廠や艦隊泊地から湿地帯をはさんで安全に離れている。その代わり、そばのカッテウォーター川に停泊している船舶から商船の船長たちが繰り出してくるので、オールド・プリマスの高台にある居酒屋や酒場では彼らの姿がよく見かけられた。しかし、外国各地からやってくる船乗りたちに仲間入りしたり、彼らの行く旅籠や隠れ屋の陽気な騒ぎに巻きこまれたイギリス人船乗りは、コックサイドの崩れそうなぼろ屋やプール地区の巣窟でも見かけられた。

キッドはそういう連中が波止場界隈で巻き起こすばか騒ぎに関わりたくなかったので、キャット通りをぶらぶらして、市庁舎を通りすぎ、オールド・タウンのもっと広々した海岸地区へ行った。そこは、偉大なる〝海の猟犬〟サー・フランシス・ドレークが祖国にたどり着いた場所だ。ドレークは金銀財宝を積んで世界周航から凱旋し、プリマス水道に戻ってきて、キッドの新居からほんの数百ヤードしか離れていない海面に錨を入れたのだ。ドレークの心配げな第一声は、「女王はまだ君臨しておられるか？」

大勢の人波に混じるのは心楽しく、キッドは丸石を敷き詰めた歩道を踏んで、この町に独特の個性を与えている古い家並みを通りすぎていった。ふと彼はある店のまえで足を止めると、ウインドーに並べてあるけばけばしい政治漫画をのぞきこんだ。

「まあ、キッド艦長！」

キッドは背中をまっすぐ起こすと、振りかえった。「ミス・ロックウッド！」彼は優雅に片脚を後ろに引いて膝を曲げ、品よくお辞儀を返した。

「シンシア、こちらはイギリス海軍のキッド海尉艦長よ。あたくしのお友だちなの。キッド艦長、ミス・シンシア・ノップレイをご紹介してよろしいかしら……こちらは……あら、ちょっと思い出さなくちゃ……あたくしの母方の三番目の従姉妹《いとこ》。そうだったわね、シンシア？」

キッドはまた頭を下げたが、〝お友だち〟という言葉を聞きのがしはしなかった。「ミス・ノップレイ、お知り合いになれて、うれしく存じます……それにミス・ロックウッド、またお会いできてとてもよかったです」

ノップレイ嬢はキッドに慎ましく頭を下げて、温かい声で、「まあ、ではこの方があなたの言っていた〝興味を引かれる男性〟なのね。キッド艦長さま、お会いできて、とってもうれしいですわ」そう言うと、彼女は一歩下がったが、その瞳はいぜんとしてなにか考えるようにキッドを見つめていた。

「あたくしたち、〈オールストン〉のお店に行く途中なんです、チョコレートを買いに。ご迷惑でしょうか、ご一緒しませんかってお誘いしたら。それに、シンシアに航海のお話をちょっとしてくださいませんかってお願いしたら？」

チョコレートは実にうまかった。それに、ナポリで国王夫妻を脱出させたネルソン提督のことや、ハミルトン大使とヴェスヴィオ火山の頂上にのぼったこと、アクレで州知事宮《パシャ》殿を訪ねたことなど、キッドが話すと、二人の令嬢は大喜びした。彼は自信がふくらんでいくのを感じた。ロックウッド嬢はおれのことを〝お友だち〟って呼んだし、自分の従姉妹におれを紹介した。その意味は……？

「ほんとに楽しかったですわ、キッド艦長」パーセファニ・ロックウッドの肌は上流階級の令嬢らしく白くなめらかだが、うす茶色い瞳は丸くて卒直で、キッドがどぎまぎして困るほど長く彼の上にそそがれていた。令嬢が手提げ袋《レティキュール》を開くと、香水のほのかな香りが漂った。「このたびはプリマスにそんなに長くはいらっしゃれないのでしょうね？」と、彼女は訊きながら、レースのハンカチを取り出した。

「あの、わたしは……わたしたちは、新しいフォア・トップスル・ヤードが届くのを待っているところでして。嵐に吹かれて折れてしまったんです。一週間はかからないと思っています」

「まあ、そんなことがあったなんて、大変でしたわね」にっこりとパーセファニは笑った。

「では、あたくしたち、行かなくてはなりません、キッド艦長、ごきげんよう。お付き合いくださって、ありがとうございます」

静かな船室にレンジの使う羽ペンの音がカリカリと響いて、物思いにふけるキッドの邪魔をした。おれの想像にすぎないのだろうか、それとも、パーセファニはおれのことを〝興味を引かれる男性〟と言ったとき、なにか特別の意味を感じていたんだろうか？　その言葉以外、キッドは自分に興味を示すような彼女の盗み目や赤らんだ頬など見てはいなかった。それにしても、今回はキッドに不利だった。というのも、これまで付き合った女性たちはパーセファニとはまったく住む世界がちがったからだ。彼女たちと付き合ったときの決まり事は、今回はあてはまらない。もしもおれが自分の気持ちを押しつけたりしたら……。

だけど、そうしたいのか？　そうとも！　パーセファニはこれまで知り合ったり話したりした女性たちのなかでいちばん魅力的で、いちばん完璧だ。どうやら彼女のほうも……。

船室は狭くて、息苦しく感じられた。「あの、ニコラス、おれは甲板をひとまわりしてこようと思う」

ニコラス・レンジは、わかったとつぶやきながら、書くのをやめなかった。

甲板に人影はほとんどなかった。スタンディッシュ副長と大半の乗組員は上陸していたので、キッドは一人きりでゆっくりと行ったり来たりした。ロックウッド嬢に対する自分の気持ちを率直に告白すべきだろうか？　もしもおれの完全な誤解で、パーセファニはおれにまったくそんな関心などもっていなかったとしたら？　下層階級の出の者から許しがたい無礼を受けて、怒るだろうか……もっと悪くすれば、おれのことをあざ笑うだろうか？

そんな手探り状態でいるのは苦しかったが、キッドはなにがなんでも決着をつけたい欲望と野望に押し流されていた。

下の食堂甲板から陽気な声がこもって聞こえてきた。水兵は色恋沙汰では行動に出るのを不安がったりしない。くよくよ考えるのはやめて、全帆を張りあげ、恐れず横付けする。

キッドは唇を噛んだ。レンジは助けにならないだろう。彼は自分の立場をすでにはっきりさせている。だが、助けてくれるかもしれない人がいる……。

シシリアは客間に入って、親しい口をきいても大丈夫になると、唇をとがらせて、「いったい何事なの、トマス兄さん？」と切りだした。「そんなに差し迫った用事？　こんなに急に訪ねてくるなんて、あたし、ミセス・ジェーン・マリンズに謝らなければならないわ」

「ほんとうにごめん、シシ。きみには社会的な立場があるのに、邪魔してしまって」キッドは重苦しくそう言うと、空っぽの暖炉を見つめた。「あの、ちょっと考えることがあって、気持ちを整理しなければ……」

シシリアは鋭い瞳でキッドを見た。「個人的なことね、きっと」

「アイ、シシ、おれ個人のこと、そう言っていい。つまり、きみに関係のあることじゃないんだ、もちろんな」キッドは落ち着かなく腰をずらした。「おれの質問に答えて、ほんとうのことを言ってくれるかい、シシ？　女として」

「ご令嬢のことね、このあいだお会いした」シシリアは厳しい口調で、「では、質問というのはどんなことですの、トマス兄さん？」

キッドは口ごもりながら、「おれを助けてくれるつもりがないなら、それなら……」

「ばかなことを言わないで、もちろん力になります。もっとも、兄さんが男としての問題をかかえて、どうしてニコラスのところへ行かないのか、あたしにはさっぱりわかりませんけど」

「彼の、彼の意見は決まっているんだ、そういうことなんだ」キッドは困惑して答えた。「これは、きみに、きみに訊かなければならないことなんだよ、シシ」

「結構ですわ。話して」

「ああ、あの、通りで、ミ、ミス・パーセファニ・ロックウッドに会ったんだ。彼女の従姉妹といっしょで、彼女は……」

「あたしが言ってあげたことに背《そむ》いて、兄さんは令嬢の虜になってしまった。それで、その情事を成就したい！」

「シシ！　そんなふうに言わないでくれ。おれは……彼女は……ああ……」

「わかったわ。言いません。どうぞ、訊い――」シシリアは兄の顔つきを見ると、言葉を途切らせ、態度をやわらげた。「大好きな兄さん、あたしはただ、兄さんが冷たい世界の人たちから卑しめられるのを見たくないだけなの。話してください、そんなにあの方を想っているの？」

「シシ、いつも彼女のことを考えているんだ！　彼女はおれがいままで会ったことのない人だ。いや、見たことすらない人だ。彼女は――」

「兄さんに対する彼女の気持ちを、兄さんはどう考えているの？」

「それなんだよ、教えてほしいのは」

「兄さんに対する彼女の気持ちを教えるっていうこと？　それはむずかしいわ。女の人が自分の内心を表わす方法って、人によってぜんぜんちがいます。それに、ミス・ロックウッドは、自分の感情を厳しく抑えるように育てられているはず。あたしに質問させて。通りで出会ったのは、偶然のことだと思います？」

「アイ、そうにちがいない、だって――」

「それで、彼女がそのまま兄さんを有名なチョコレート店へ連れていったのね……ふーん。その従姉妹には兄さんのことをどんなふうに紹介したの？」

「シシ、彼女はおれを友だちって呼んで、従姉妹は、パーセファニが興味の引かれる男性に会えてうれしいって言って、おれを見たんだ……いいか……こんなふうに」

「そんな目つきをして兄さんがなにを言おうとしているのか、あたしにはわからないわ。でも、彼女は兄さんのことを友人の方たちに話しているようね。それはよい出だしだわ。それから、教えて、兄さんを見るでしょ……彼女の目は……なかなか兄さんから離れないのかしら？」

「それがおれにとって、だんだん深い意味になってきているんだよ、シシ。だけど、彼女が最後に訊いたのは、艦《ふね》はプリマスにあとどのぐらいいるか、ってことだった」

「艦？」

キッドの眉根が寄った。「ああ、そうなんだ。つまりは、おれがあとどのぐらいいるかってことだ」

「まあ」シシリアがやさしく声を上げた。「では、あたしが宣言するわ……ほんとうに、兄さん、ご令嬢は兄さんに興味がある、のよ」

キッドは真っ赤になりながら、うれしくてにっこり笑った。「彼女のことを、おまえはどう思う？」

「あの方のことをよく知る機会はまだ一度もないし、それに、兄さんとのことも、って言わざるをえないわ」

「ありがとう、シシ。おれのとるべき針路がわかったよ」キッドは幸せな気持ちで言った。

「トマス兄さん、まえにも言ったので、二度と言いませんけど、兄さんがまずやるべきことは、令嬢の気持ちをつかむことよ。それから、彼女のご家族や友人たちに好ましい印象を与えるように、彼女の世界の一員になれるように、一からやらなくてはならないわ——」

キッドは顔をしかめてうなずいたが、シシリアは容赦なくつづけた。「兄さんは彼女を獲得すると予想しましょう。彼女を求める兄さんの目的はなに？ 兄さんの品性のていどまで彼女が落ちてくるように、彼女の行儀作法を悪くさせる？ それとも、彼女の品のよさを自分も身につけるように努力するのが兄さんの務め？ つまりね、彼女は兄さんが粗野なのをお友だちに謝らなければならない？　それとも、兄さんのたしなみの良さを自慢にする？」

「アイ、シシ、ぜんぶわかるよ……」

「では、まず、話し方に気をつけなければなりません。あたしがいろいろ言って差しあげたのに、悲しくなるほど兄さんは注意していないわ。それでは上流階級の方たちにはぜんぜん通用しませんよ。では、次は兄さんが絶対にやらなければならないこと……」

キッドは新しい四柱式のベッドに仰向けになって、暗闇のなかを見つめた。妹との話し合いは厳しいもので、彼の心は深く傷ついていた。女が、海軍での男の傑出した軍歴を誇り、満足するのは実にいいことだが、軍歴の下にある男の気持ちを知ろうとやきもきする一方で、男の収入や服装、態度などについてほかの人がどう思うか、そんなばかげたことを考えるらしい。

妹を信じない理由は一つもない――シシリアは自分の愛情と応援する気持ちを表わすためにとても努力してくれたが、始終、礼儀作法をよくしなさいと言うのはうるさいことだ。

しかし、パーセファニがおれのことを他人に言い訳するか、誇りに思うかというシシリアの問いには返す言葉もない。おれの過去を明らかにしてしまうものはこの身からすべてぬぐい去るように、必死で努力しなければならない。

そのとき、あれこれ疑問が押し寄せてきた——最初の疑問がいちばん大きかった。これはすべて夢想にすぎないのだろうか？　パーセファニがおれになにかを感じているなんて、いったいどんな証拠があるのだ？　それらしいことをちらりと言いはしたが……。

もしも彼女がほんとうにおれに惹かれているとしたら、彼女の気持ちは強くなって、やがて、熱烈に告白する！　ほんとうに価値のあることはなにかと、彼女の気持ちは彼女自身に告げる——ちょっとした話し方や態度、下層階級の出であることなど枝葉末節だと。現に、パーセファニはおれの過去を知っても、それでおれに対する態度が影響されることは少しもなかった。

ありうる！　もしもパーセファニがほんとうにおれを欲しいなら、何者にも邪魔はさせないだろう。彼女の両親は——子爵の弟で、伯爵の妹である彼女の父母は——承諾させなければならない。さもないと、親と疎遠になってしまう。だから、体面上、おだやかな決着がつけられて、おれたち二人は田舎のどこかに小さな所領を持たされる。馬車が一台か二台、充分な数の召使い……それよりなによりおれはパーセファニ、つまり、ミセス・トマス・キッドに腕を貸して、その土地の上流社会に登場できるのだ。宮廷にだって。宮廷では彼女の知り合いはだれも、彼女の結婚相手を見たがることだろう。

くそ！　可能性は絶対にある。

招待状が届いたとき、キッドはなにかあまのじゃくな思いにうながされて、レンジに話すのをやめた。相棒は、礼儀作法や優雅なテーブルマナーなど、果てしなく講義したい気持ちに駆られるにちがいない。というのも、このパーティはある外国の大公に敬意を表して開かれるもので、そこに招待されるなど、まったく希有《けう》のことだからだ。しかし、招待状はキッドだけに来たのだった。

とつぜんの招待だったが、だからこそ、キッドの役目は今回も希少価値のある独身男性ということだろう。場所は〈ソルトラム館〉。ボーリングダン卿の別邸で、このあたりで最高の邸宅であることはまちがいない。

招待のかげに隠された理由がどうあれ、おれは上流階級の高みに行き着いたのだ。トマス・キッド――かつて一介の水兵だった男――がそんな世界に入る……。あとはおれしだいだ。チャンスが与えられたのだから、信望を得られる振る舞いをし、優雅さと機知を身につけ、都会風に洗練されていれば、注目されるだろう。ほかにも招待状が次々と舞いこんで……しかし、いまは〝乗艦〟準備がいろいろある。

馬車は絶えずきしみながら、カッテウォーター川を通りすぎ、その上手のプライム川に差しかかった。服装は海軍の第一正装にすることに決めてあった。戦時のいま、それは当然のことではあるが、流行の服装や費用を心配せずにすむという計り知れない利点もあった。艦長の第一正装には本物の金のモールが欠かせないとレンジをうまく言いくるめたことを思い出して、キッドは罪悪感がうずいた。レンジはちらっと一度キッドを見ると、共通の資金のことには一言も触れずに部屋を出ていったのだった。それでも、濃紺と白と深い黄金色の作り出す効果は心底満足できるもので、洒落者たちが見せびらかすどんな服装にも太刀打ちできることだろう。

馬車はプライム川を渡り、〈ソルトラム館〉へ最後の丘をのぼりだした。キッドの動悸が速くなった。彼はこの日まで、チェスターフィールドの『男の礼儀作法案内』をむさぼり読み、デブレットの『貴族名鑑』やその他の本を開いて、ヨーロッパ貴族の話し方など細かい点を調べた。さらに例によって、《紳士の雑誌》がちょっとした話の材料をあれこれ提供してくれたし、彼自身、プリマスにいま流れている噂話を仕込もうと、わざわざメイド頭のバーガス夫人に頼みこみもした。彼女はびっくりしたが、喜んで助けてくれた。そして、寝室に一人になると、彼は辛抱強く母音の発音と文章構文を練習し、しまいには朝食のとき、レンジの顔がキッドに「進歩したよ」と告げたのだった。やれるだけの準備はやった。

〈ソルトラム館〉は古代ギリシャ建築様式の広大な邸宅で、無数の明かりがともり、夏の夕暮れのなかで光り輝いていた。召使いが馬車の踏み板を降ろして、〝気をつけ〟の姿勢をとると、馬車から降りたったキッドは興奮して、胸がわくわくどきどきした。あと少しで、いままであこがれるだけだった世界へ入っていく。だから、すべては自分がどう振舞うかにかかっているのだ。

入口に立つ召使い長へ、「トマス・キッド海尉艦長」と、彼は告げた。

それはいままで見たこともないほど大きな玄関ホールで、ドーリア式の円柱が四本並び、彫刻をほどこした左右の壁面には、ローマ様式の像が一対ずつ立っていた。玄関ホールのあたりは、たちまち華麗な紳士淑女でいっぱいになり、シャンデリアのロウソクの明かりがきらめいて、華やかな背景を作っていた。

始まった。キッドは深呼吸を一つすると、深い紫色のフロックコートを着た気品のある人物へ向きなおった。いま紹介されたばかりだ。客たちにすぐ動きがあって、全体が邸宅のなかへ流れていった。

「ヴェルヴェットの間だ」と、その知人がけだるく言った。「ここには来たことがありますか?」

「〈ソルトラム館〉は初めてです」と、キッドは消え入るような声で答えた。「わたしはサリー州の生まれでして」そう付け加えると、彼はもったいぶって袖口へ目をやった。

「え、ほんとに?」相手は興味を示した。「じゃあ、クランドンはご存じで?」

その客間は強い印象を与えるものだった。深紅のヴェルヴェットが垂れた壁はイタリア様式に金箔や化粧漆喰《しっくい》がほどこされ、大理石の暖炉には凝った彫刻がされていた。客たちの話し声が大きく小さくうねり、ロウソクの煙の濃厚な匂いや香水の香り、客たちのぬくもりがくらくらするほどキッドの五感を襲った。金モールを飾ったフロックコート姿の召使いからキッドは丈の高いグラスを受け取った。こっそりとあたりを見まわして、客であふれた室内に知った顔を探しながら、「ああ、ええ、クランドンですね。すばらしい所です。オンスロー提督の領地で」とさりげなく答えて、シャンパンをひと口、飲んだ。

とつぜん、部屋の奥でアーチ型の二枚ドアがおごそかに開けられると、その向こうにもっと大きな部屋が現われた。そちらからしーんと静かになってきて、恰幅のいい執事が位置についた。「バーデン・ダラッハのカール・ザリンゲン地方大守閣下」

人波がまえへ進んでいったが、キッドがためらううちに、いかにも権威者らしい堂々たる人物たちが部屋へ入っていき、丁寧に言葉が交わされた。キッドは待ちながら、観察した。すぐにわかったのだが、侍従がこっそりと一人一人に近づいて、名前を尋ね、時間が来ると、まえへ案内していくのだ。

そのとき、キッドは彼女を見つけた。大勢の客たちのなかにほとんど隠れるようにロックウッド提督とその夫人の姿が見え、父親の腕にパーセファニが腕をまわしていた。レモン色の絹のドレスにクリーム色のレースが網目模様に飾られている。彼女はまるでごくふつうの夜のように楽しそうに話していた。あの人はここにいて当然なんだ、そうキッドは自分に言い聞かせた。もちろん、ここは彼女の世界ではないか？

ロックウッド提督一族はまえへ案内されていき、夫人は騎兵隊の華やかな軍服を着た温和そうな紳士のまえでうやうやしく片膝を曲げてお辞儀した。

ほかの客たちが進んでいき、やがて、キッドの番が来た。彼は大股に大きな部屋へ入っていった。すばらしい水色のダマスク絹織り物が掛かった壁、イタリア様式に完璧に塗られた天井、鼈甲《べっこう》や模造金箔をあしらったシャンデリアのきらめく光、キッドはそんなものには目もくれず、誇り高く堂々として歩み寄った。

侍従が控えめに距離をとってキッドを立たせたが、前のカップルはまだ話をやめず、男のほうは流暢《りゅうちょう》なドイツ語で長々としゃべっている。

ようやく二人は後ろへ引き下がり、男が短く三度お辞儀をすると、侍従が小声で、「閣下」と呼びかけた。「イギリス海軍のキッド海尉艦長です。艦長、ザリンゲン地方大守閣下です」

キッドはティーザー号の自室で筋肉が痛くなるまで練習したとおり、きわめて優雅に片脚を引いてお辞儀した。「閣下、いえ、お父上の侯爵さまはみごとに選帝侯になられたのですから、〝殿下〟とお呼びすべきではないでしょうか？」

キッドはまっすぐに立ちあがると、相手のぐっと上がった眉にぶつかった。「〝閣下〟でよろしい、カピタン。われらが小さな王国で起こったことを、そのように知っているイギリス人に出会うなど、めったにあることではない、そう言ってもよろしいかな？」閣下の慈悲深い顔が喜んでしわを刻んだ。

「ありがとうございます、閣下。イギリスでは楽しいご滞在になりますよう、願っております。この時季の気候は、珍しいほど快適です」と、キッドは思い切って言った。

「大変に、ありがとう。武運長久を祈るぞ、カピタン」

キッドは閣下のまえから下がると、はっと気づいて三度お辞儀をした。それから回れ右すると、ほっと安堵して、喜びがこみあげてきた。

うまくいっているぞ――しかも、おれ自身の力で！　あたりに懸命に注意を払ってはいるが、脳裏にさまざまな思いが交差して、キッドは静かに自分を抑えていた。北部でトウモロコシの値段が上下し、由々しき状況になっているので、おそらく取引所に影響があるだろう、そんな話が聞こえてきた。

こっそりと四方を見まわすと、パーセファニの姿が見えた。許しがたい頰ひげを生やしてぺらぺらしゃべる陸軍大佐へ、礼儀正しく耳を傾けている。そのとき、彼女の顔がまわって、まっすぐにキッドを見た。キッドが目をそらすこともできないうちに、とつぜん彼女の顔に大きく笑みが広がって、見つけましたわ、というふうにうなずいた。

キッドはうろたえて、ぎくしゃくと頭を下げ、むりやり彼女から目を引き離したが、いろいろな考えが錯綜していた――もしもこれまでに自分は彼女にとってただ名前だけの存在だと思ったことがあったら、この恋は一巻の終わりだ。もしも自分が別の人間だったら、思い切って彼女のところへ行って、事を進めるだろうが、いまはどういうわけか、ためらわれる。

その夜は進んでいった。軽食が運ばれて、全員が席についた。キッドは太った紳士と、オーストリッチの毛皮で装った笑顔の中年夫人を相手に、小さな話題をもちだして、話してみた。パーセファニはまた、両親の従順な付き添い役に戻っていると、彼はひそかに気づいた。

「閣下、ならびに貴顕諸卿！」ボーリングダン卿が拍手をして、みんなの注意を引いた。「しばし、お耳を拝借。地方大守閣下はわれらがイギリスの歌を聴きたいと強くご所望です。ひとつミス・ソフィー・マナーズにお願いするのがいちばんよいと思いますが？」

明るい拍手が湧いて、はにかんだ若い令嬢が立ちあがり、フォルテピアノへ進んでいくと、拍手はさらに大きくなった。椅子が床にこすれる音がして、動いていた人たちはみな、彼女へ向いた。「ヘンリー・パーセル作曲の小品を、一曲」と、彼女はうわずった声で告げた。

歌声は澄んで甘かったが、長く転がるようなメロディはキッドの好みにあまり合わなかった。連隊の緋色の軍服姿の背の高い将校がソフィー嬢に加わって、デュエットになると、二人の声が快く絡み合って、うっとりした。熱烈な拍手や歓声が起こり、二人は別の歌をうたった。そこで、将校はにっこりと笑って、「みなさま、ありがとうございます」と挨拶した。拍手がやんだところで、彼は左右へ頭を下げてから、キッドのほうをまっすぐに見た。「わたしたちのために、海軍にひと肌脱いでいただくよう、お願いできますか？」彼は陽気にそう呼びかけた。

キッドは凍りついた。だが、励ます声が嵐のように湧き起こった。イギリス海軍はこの地域では人気があるのだ。彼はひるんだが、逃げ場はない。

立ちあがると、キッドは雷鳴のような拍手に迎えられた。大勢の諸卿や淑女たちが退屈そうな顔から熱狂的な顔までいろいろな表情を並べて自分を見ているのを目にすると、言葉も出ずにその場に釘付けになった。

そのとき、腕になにかが軽く触れた。パーセファニだった。

「心配なさらないで、キッド艦長。ここにいるあたくしたちはみんな、あなたのお友だちですから、ね」パーセファニはひそやかな声でそう言うと、もっと声を張って、「これから、キッド艦長がうたいます。そして、あたくしがフォルテピアノで伴奏します」

パーセファニは勝ち誇ったような笑顔を見せて、キッドの腕を取り、まさしく嵐のような声援のまえへしっかりと彼を引っぱっていった。そこでフォルテピアノをまえに腰をおろし、指を広げたが、キッドは低い声で、「ミ・ミス・ロックウッド、わ、わたしは」としどろもどろになって、「歌なんて、一曲も知りません」

「心配なさらないで！」と、彼女がひそひそ声で言いかえした。「このモーツァルトの小曲はあなたにぴったりですわ。あなた、バリトンでしょう？」彼女の指が誘うような動きで鍵盤をなで、部屋のなかは静まりかえった。「キッド艦長、ページをめくってくださいます？」

キッドの引きつった顔を見て、パーセファニはやさしい声で、「心配なさらないで、あたくしがなんとかしますので」と言い添えた。「ただ言葉を追ってください。みんな音符の下に書いてありますから」

キッドは立ちすくんで、下を見つめた。「で、できない」

パーセファニはキッドへ同情した顔を上げ、失望を隠そうともしなかった。

キッドは気持ちを静めた。「ありがとうございます、ミス・ロックウッド。ですが、ちょうど思い出した歌があります……それを自分でうたいます。つまり、一人で」

キッドはまえへ出ていって、錚々《そうそう》たる顔ぶれで埋まった室内へ面と向かった。ぎっしりと並んだ化粧した顔に恐るべき諸卿、紳士たち、地方大守閣下。キッドは胸いっぱいに息を吸うと、うたいはじめた。それは彼がよく知っている数少ない歌の一つで、自分の気持ちや思い出のこもった歌だが、艦尾甲板ではもう何年もうたっていなかった。

流れだした歌には深い感情があふれていた、真の愛から引き裂かれて外国へ向かう水夫の気持ち……

きみの愛する人のほうを向いて、キスしておくれ
この金のリボンをきみの手首に結ぼう
このリボンを見ると、きみはいつも
愛する人を思い出し、涙することだろう……

単純なメロディは受け入れられて客たちは静まりかえり、キッドの力強い歌声は室内にこだました。すぐにフォルテピアノから即興でやわらかい音が流れだした。ためらいがちに伴奏し、主旋律が繰りかえされると、創り出されるピアノの音は強く大きくなっていった。

歌は終わった。びっくりするほどしーんとなり、やがて、室内は熱狂する拍手喝采で割れかえった。キッドは思い切ってパーセファニへ視線をやった。彼女は喜びにあふれた視線を返し、その瞳はきらめいていた。「アンコールされているのだと思いますわ」と、彼女は甘い声で言った。「お応えになります？」

キッドは艦首楼組の好きな歌をうたった。ボーリングダン卿と物思いげな地方大守閣下は『スペインのお嬢さんたち』の潮気に満ちた歌に耳を傾けた。パーセファニはほとんどすぐに華やかに笑いながらピアノで加わった。

さあ、みんな、杯《さかずき》を上げろ、
みんな、杯を空けろ。
楽しくやっては、愁いに沈む
健康を祝って乾杯だ、真の魂をもつ愉快な勇士たちよ！

キッドは心をこめてこの古い歌をうたいながら、室内の反応を探った――大喜びで楽しそうな顔、敵意もあらわな顔。あえて彼はロックウッド提督へ視線をやると、提督は大きな笑みを浮かべ、膝を叩いてリズムをとっていた。しかし、夫人は悪意のこもった顔つきでキッドを刺すように見ていた。

キッドが快い海の歌をうたいおわると、やんやの拍手が轟き、彼の片脇でパーセファニがこちらへあちらへお辞儀をした。「やりましたわね、キッド艦長！」と、彼女はささやき、瞳は輝いていた。「あなたは……すばらしいわ」

キッドの心はとろけた。

キッドが家に戻ると、ニコラス・レンジはデスクの上に一本ロウソクをともして、そのそばにかけていた。ちらっと彼は目を上げて、キッドの表情を見ると、素っ気なく、「じゃあ、今夜は成功したと見ていいようだな、兄弟？」と言った。

「アイ、少なくとも、すばらしい夕べだったよ、ニコラス」

キッドは上着をぬぐと、どさっと椅子に腰を落とした。大きな笑みが消えようとしない。

「それに……あえて訊いてもいいかな？　きみは会場でミス・パーセファニ・ロックウッドに会ったのだな」

「会った」キッドはおずおずと言ってから、その夜の一部始終を目に見えるように話して聞かせた。「きみもあそこにいて、最後に客たちが、おれたち二人に盛大に拍手喝采するのを聞くとよかったのになあ」そう締めくくって、心から満足した。

レンジは最後まで話を聞くと、驚いて首を振った。「では、いまの話だと、きみは目的を達したと思っていいわけだ。きみはほんとうに上流社会で名声を得たのだ」そうレンジは断言した。「それと同時に、注目を浴びることもできた、そう認めなければならないようだな。ただし、モーツァルトを退けて、『スペインのお嬢さんたち』をとった男を、生まれのいい若い令嬢がどう見るか、ぼくには思いもおよばないよ」

「じゃあ、言ってもいいかな、ニコラス？　最初におれのために出てきて、ピアノを弾いてくれたのはその令嬢だったんじゃないか？　それに、おれがアンコールに応えるべきだと言ったのも、その令嬢だったんじゃないか？」キッドはとげとげしく言いかえした。

レンジは背伸びをして、疲れた笑みを浮かべた。「結局な、親愛なる友よ、きみはいまや有名人で、噂の的だ。良かれ悪しかれ上流社会はきみの存在を知り、きみがミス・ロックウッドの愛を勝ち取ったと見て取ったわけだ」

フォア・マストのトップスル・ヤードは水曜日に届くことになったので、木曜日にマストに取りつける。金曜日はまっとうな考えをもった船乗りにはもちろん、出港すべき日ではない。そこで、土曜日に出港するため、キッドはティーザー号の補給を始めることにした。彼はパーチット掌帆長を自室に呼んで、手はずを整えた。

あと数日しかない。海に出るのをしぶっている自分に気づいて、キッドは罪悪感をおぼえながら、仕事に身を入れろ、と自分を叱咤した。レンジはティーザー号の書類の山をせっせと処理し、紙面にペンを飛ぶように走らせている。最近、十八番邸に届いた本の包みを早く読みたがっていることはまちがいない。

いまキッドは、パーセファニになんらかの挨拶をどうやってするか、いや、実際にすべきかどうか、そんなむずかしい悩みをかかえていた。彼女はおれから切りだすのを期待しているだろうか？　シシリアに訊くべきだろうか？　いや、女性をくどくのに、妹に訊くなんて、おかしくはないだろうか？　ノックの音がして、考えが邪魔され、艦長宛の手紙がうやうやしく手渡された。

シシリアの太い文字だとわかると、偶然の一致に笑みをもらしながら、キッドは封を切った。別の手紙が出てきた。見慣れない筆跡だった。シシリアはすぐさま本題に入り、キッドの驚きとうれしさは大きくなっていった。

「……彼女は、兄さんがあたしたちといっしょに来たいかどうか、知りたがっています。あたしは、来るべきだってほんとうに思いますよ。兄さんのお船から出て、荒れ野を見るのよ。この王国でもっとも劇的な風景だと言われている土地を……荒れ野を馬で走る……ダートムアの荒れ野を。パーセファニといっしょに。」

もう一通はパーセファニの手紙だった。美しい丸い文字で、シシリアに宛てたものだった。シシリアにはピクニックで会ったのだ。キッドの目は彼女の文字の上をさまよった。それは装飾を排した書法に完璧にのっとった文字で、太く、自信に満ちていた。内容には温かさがこもっていたが、事務的で、会う場所は、タヴィストック街道の数マイル北にあるグッドメーヴィ厩舎、女性の服装に関しての丁寧な助言、そして、最後の文章は――

「あとで思いついたのですが、キッド海尉艦長はこの日、お暇をおとりになれるでしょうか、あたくしたちにお付き合いしてくださるように説得できるとあなたは思いますか？」

町から出る馬車の旅のあいだ、シシリアはほとんど口をきかずに、曲がりながら高原へのぼっていく風景を窓から見つめていた。キッドには好都合だった。邪魔されずに、考えが浮かぶにまかせられたからだ。これは正式なパーティなんだろうか？　寂しい荒れ野はたぶん追いはぎや泥棒の巣窟だろうと思って、キッドは剣を身に着けてきた。自分の重い闘剣ではなく、こっそりと拝借した短剣だ。フロックコートの前裾を斜めに断った焦げ茶色の飾り気のない乗馬服と、折り返しのある長靴《ブーツ》、この姿が最新流行の服装に慣れている人から合格と見られるように、と彼は願った。

行く手の林の上のほうにむきだしの丘陵が連なって、荒れ野の稜線を作っていた。キッドの脈拍が速くなった。やがて、馬車は揺れながら細い道に入り、かなり大きな乗馬用厩舎の広い中庭で停まった。

二人は手を取られて馬車から降りた。シシリアが御者に渡すコインをまさぐった。外気には馬たちの臭いがこもって、耐えがたいほどだった。パーティが待っている気配はまるでなく、キッドは不安に襲われた。上着の隠しに入れた時計は、時間どおりに到着したと告げている。

馬番がすばらしいアラブ馬を引き出してきた。馬は鼻を鳴らして、じれったそうに地面を前足で掻いた。パーセファニが茶色の乗馬服に身を整えて、馬の横についていた。頭髪はきっちりと後ろに結い、男物のような黒い帽子から栗色の髪の毛が幾筋かほつれてのぞいている。ちらっとキッドの上着を見ると、「まあ、キッド艦長、その色のお好み、大好きですわ!」とからかうように言った。

シシリアが横で片脚を引いて丁寧にお辞儀したのに気づいて、キッドは深々と頭を下げた。

「ミス・キッド、またお会いできて、うれしいわ」と、パーセファニは親しみをこめて言った。「困ったことですけど、殿方は馬に乗るために荒れ野まで行くのが大嫌いなんです。あたくしはあそこにいると、自由になれるので、とっても好きなんです。あなたはよく乗馬をなさるの？」

「好きなだけというわけにはいきませんけど、ミス・ロックウッド」シシリアは慎重に答え、パーセファニの元気な馬をちらっと見た。「でも、朝にゆっくりと走ったら、わくわくするでしょうね？」

シシリアの乗る馬はかわいいぶち模様の雌馬で、アラブ馬より従順そうだった。馬番がしっかりとした鞍の鐙《あぶみ》革をシシリアに合わせて調整した。

キッドの馬が引き出された。力のありそうな赤褐色の馬で、たてがみと尾と四肢が黒い。キッドは用心しながら、近づいた。馬の目がキッドの動きを一つ一つ追い、彼が飛び乗ると、跳ねて鼻を鳴らし、顔を突きあげて、くつわのはみを噛んだ。

「まあ、それはスルタン種なんですのよ、キッド艦長。あなたはその馬にばかにされてませんわ。その子、もし腹を立てたら、とっても暴れん坊になるんですもの」

キッドはなんとか馬に自分の意志を感じさせようとした。馬は短気に何回か旋回すると、落ち着いたらしく、キッドは馬をシシリアの横へもっていった。ちらっとパーセファニを盗み見た。彼女は息をのむほど美しく、背筋をぴんと張った姿勢は端正で、その姿を乗馬服がいっそう引き立てていた。

「ヘル・トアでバスケットとシャンパンが待っています。あたくしたち、その権利ありね、でしょ？」

一行は蹄の音をたてて、小石を敷きつめた中庭を横切っていき、やがて一列になって木陰の道を進んでいった。キッドは喜んでシシリアにパーセファニのあとをついていかせ、気むずかしい馬に乗った自分は、慎重に進むシシリアのあとについた。馬番が必要な物を入れた荷かごを積んで、しんがりになった。ほかに合流する人は一人もいないことが、いまやはっきりした。自分たちは特別に招待されたにちがいない、そう考えると、キッドは顔がほてってきた。

道はゲートにぶつかり、キッドはゲートを開いて、女性たちのために押さえておいた。ゲートは開けた荒れ野につづいていた。ヒースの茂る広大なうねる荒れ野はこの世のものとは思えないほど荒涼として、どこまでも果てしなくつづいていた。その光景を遮るのはときどき現われる黒い岩の塊りや、ごつごつとした奇怪な岩石だけだった。

「とうとう！」パーセファニが声をたてて笑い、荒々しく開けた丘へまっすぐに馬を走らせた。女性二人がまえへ出ていくあいだ、キッドの馬は静かにいなないていた。馬に拍車を当てて進めるのはわけないことで、彼は馬の大きな筋肉が自分の脚にはずむのを感じた。

キッドはシシリアを追い越した。彼女は自分のリズムを見つけるのに注意を集中している。キッドはすぐにパーセファニに追いついた。彼女は驚いたが、うれしそうな視線を投げた。瞳がきらきらしている。「ご心配なく、キッド艦長。ここは歩くのもすばらしいんですのよ」

キッドが馬の歩調を落とすのにちょっと難儀していると、パーセファニは馬を速めて、キッドに並んだ。ハリエニシダが垂れていた。彼女は鞍の上でわけなく体をまわして避けると、風へ向かって笑い声をたてた。運動して、頬がピンク色に染まっている。

キッドは振りかえってシシリアがついてくるか確かめたが、彼女には馬番が付き添っていた。そこで、また手綱をゆるめた。

ゆっくりとさらに荒れ野に入っていくと、キッドはその荒々しさに、広大無辺さに胸を突かれた。木一本ない、低木の生け垣も建物も見えない。恐ろしいほどの孤独感だった――ある意味で海に似てなくもない。芝を叩く蹄のリズミカルな音と相まって、キッドは感動で血が沸きたち、ぞくぞくした。

とつぜん、羽のばたつく音がして、キッドの馬は後ろ足で立ちあがった。前足の蹄が空を蹴り、その白目に恐怖が浮かんだ。キッドはなんとか振り落とされまいと、手綱を放して、揺れるたてがみを両手でつかんだ。すると、前足が地面へ落ちて、馬は狂ったように早駆けで走りだした。パニックになって一マイル以上も飛ぶように走りつづける馬に、キッドは激しい絶望感にとらわれながらしがみついていた。彼はなんとか手を前へ出して、空中に飛んでいる手綱を取りもどそうとしたが、むだだった。あきらめて、馬の首に体を預け、馬の力が尽きてスピードが落ちるようにと願った。

ようやくスルタン種の興奮が静まってきたので、キッドは思い切って片手を放して飛んでいる手綱をつかみ、それをもう一方の手に移し、そうしながら、太ももで馬の両脇を押さえこんだ。川らしい水の流れが樹木の茂った窪地に消えているのが見えたので、キッドは馬をむりやりそちらへ向け、もっと樹木が深くなって馬のスピードを落としてくれればいいがと祈った。

最初の低木はすぐに飛びすぎ、もっと密生した森に入ると、馬はスピードを落とした。早駆け《ギャロップ》がふつう駆け足《キャンター》になり、やがてだく足《トロット》におさまった。安心してふうっとキッドがため息をついたとたんに、とつぜん馬は背中を丸めて跳ねあがり、キッドを鞍から放り出した。キッドの体は空中でまわって、長靴がもつれ合いながら下草の上に落ちた。

仰向けに横たわって、キッドは空を見つめ、息をあえがせた。やがて、心配して息をこらしたパーセファニの顔が焦点づいてきた。「まあ、お気の毒に、キッド艦長！」と、彼女は膝をつき、手袋をはめた手をキッドの手の上に置いた。「お怪我は？　手を貸して、起こしてさしあげましょうか？」

「ミス・ロックウッド」キッドはなんとか声を出し、両肘をついて上体を起こした。「くそっ、なんて言うことを聞かない馬だ！」と、彼は声をあえがせた。「だから、士官に対する礼儀作法を教えるために、あいつには手枷足枷をはめるべきなんだ」

キッドは上体を引き上げると、下草のなかにすわった。「落ち着くまで、お許しを」そう言って、彼は髪の毛から緑の葉を引っぱって取ると、注意しながら脚に触ってみた。

「もちろんですとも」パーセファニは彼の隣りにつつましくすわった。「お妹さんのことは馬番がお世話してますし、スルタンは問題ないようです」

スルタン馬は、近くの川の縁にみずみずしく茂った青草を満足そうに食《は》んでいた。

パーセファニがキッドへ顔を向けた。「キッド艦長、あたくし、あなたとお会いして、喜んでます。あたくしたち二人とも……」彼女は顔を伏せて、葉っぱをいじった。

顔を上げたとき、キッドの目は彼女の瞳をとらえ、長いあいだじっと見つめていた。パーセファニを立たせてやると、二人は思わず唇を合わせた。二人ともびっくりした。彼女は凍りついて、それから言った、ほんのかすかに震えた声で、「もう、二人を探しにいかなければ……」

第九章

「頭を下げろ、このばか！」と、スタークは声をきしらせた。

ルーク・キャロウェイ一等水兵が低い生け垣の下でもっと低くうずくまると、人を乗せた馬は蹄の音をたてて、狭い道を暗闇の奥へと下っていった。

「スターク掌砲次長、ぼくら、もう危険なことはないんすか？」若いキャロウェイが傷ついたように言った。

スタークはほかにもだれか来るかもしれないと聞き耳を立てたが、やがて立ちあがって、伸びをした。「小僧、その口、閉じろ。そんで、おれが言ったとおりにするんだ」こんなに遠くまでやってきても、あの小さな漁村へはあとちょうど一マイルはあるだろうから、まだ安全とは言えない。

スタークは自分の荷物を持ちあげると、また歩きだした。道はさらに急な下りになった。眼下にきらめく集落は谷間に埋もれるようにしてあり、まるで靴べらのような形の平地になっていた。その深い谷の両側は切り立った崖だ。

道はすでに細くなっていて、二人はようやく小さな流れのそばに建つ最初の家並みにたどりついた。

「やれやれだね、掌砲次長。だけど、ここは臭いな」と、キャロウェイが文句を言った。鼻の曲がるような魚のしつこい臭いが夜気のなかに充満していた。スタークは足を止めて、また聞き耳を立てた。こんな小さい村では、よそ者は税関のスパイかもしれないと疑いの目で見られるだろう。怯えた寡婦が警告の声を上げただけで、一巻の終わりだ……だが、真っ暗闇の外を歩こうという住民の姿は一つもなかった。

「掌砲次長、ぼくら、どこで寝るの？」

「まずはキッドリーウィンクを探すんだよ」ぴしゃっとスタークは言いかえした。

「なんだって？」

「土地のもんの言い方で、居酒屋のことだ」そう言って、スタークはあたりを見まわした。こんな小さい村でも、居酒屋の二軒や三軒はあるはずだ。

二人はこぢんまりした港へ向かっていった。漁船突堤に並ぶ建物のいちばん奥に、〈三匹のイワシ〉という店があり、陽気で賑やかな陸標になっていた。スタークは注意深くあたりを調べてから、キャロウェイといっしょにひしゃげた鍛冶工場のまえを通りすぎ、居酒屋へ急いだ。

店は小さいが、心地良く、うす暗いなかで年月を経たつやが光っていた。床に撒いたおが屑からこぼれた酒の臭いが立ちあがり、強いリンゴ酒の頭の痛くなる臭いもして、外の魚の悪臭と競い合っている。

居酒屋のなかが静まりかえった。五、六人の風雨に鍛えられた顔が二人へ向いた。疑わしげな、敵意に満ちた表情だ。給仕人が二人へ近づいてきて、両手をぬぐいながら、「あんたたち、どっから来たね?」と問いただした。

「おめえさんの知ったことじゃねえよ」と、スタークはおだやかに返して、部屋中を見渡せる角のテーブルへよぎっていった。「だがな、一杯飲ませてくれるのは、歓迎だよ」と腰をおろし、キャロウェイに来るように手招きした。

給仕人はためらったが、酒を取りに引きかえしていった。近くのテーブルにすわっていた男の一人が、瞬《まばた》きもせずにスタークを見つめていたが、「ダチ公よ」と声をかけた。「聞きてえことがある」

スタークが待っていると、使いこんだブラックジャックに入った酒が来た。タールを塗った革の大ジョッキだ。「おお、こいつはよそ者二人組に対して、まっとうな歓迎ぶりじゃねえか?」スタークはごくごくと飲むと、静かに大ジョッキを置いた。ポケットのなかをまさぐって、ぴしゃりとコインの小山をテーブルに積んだ。「こいつは、おれたちにどっか寝るとこを見つけてくれた者にやる。たぶん、二、三日だな。静かないいとこ。そしたら、出ていく」チリン、チリンと彼は辛抱強くコインを鳴らした。

いまの男が仲間たちとひそひそ言葉を交わしてから、大声で、「あんたら何者か、わかった……海軍の脱艦者《デザーター》だな、なんとまあな」

スタークはぎゅっと唇を嚙むと、用心しながら、「だからなんだってんだ？　おれたちを売ろうって気か？」

男はうれしそうに高笑いした。「あんたの正体、わかったさ、あんたを見たとたんにな」くるりと彼は仲間たちへ向いてなにか言うと、笑い声が上がった。

「ああ、だけどよ、あんたら」と、別の男が口をはさんだ。「二日よりもっと泊まることになるだろうさ、きっと。さもねえと、つかまっちまうぜ」男の青い目は片方が白く濁っていて、見えないようだ。

スタークはなにも言わなかった。

「で、あんたら、名前はなんてんだ？」最初の男が訊いた。

「ジェムだ、この若いのはおれの船乗り仲間でハリー」

「ああ、アイ……ところで、ここに泊まりてえなら、ミスタ・ジェムよ、おれたち、部屋とるのに手ぇ貸せねえわけじゃねえぜ。あんたら、それらしく見えるが……なんか漁やってたのか？」

「サバにカレイ……タラもちょっとな」スタークは子どものころ、ケント州のハイズで沿岸漁業の過酷な生活を送っていた。

それで男たちは満足がいったようだった。「デイヴィ・バントだ」と、最初の男が言った。

「ジャン・パッキー」もう一人が横から言った。「今夜はあんたら、宮殿でお休みだ、約束すらあな」

二人の寝場所はある意味でそのとおりだった。寝床は魚臭い網を載せる台《ベッド》にごわごわの帆布を敷いたもので、コーンウォールではこれを〝魚の宮殿〟と呼んでいるのだ。この家の下の部屋は、にわかに漁具やイワシ樽の山の保管所になっていた。

スタークは寝返りを打って、もっと寝心地よくしようとしたが、むだだった。小さい漁船で海に出ていた夜はこれよりずっとひどいもんだった、そう思い出して落ちこんだ。こんなことをするなんぞ、まちがいだったんだろうか？　もののはずみで決めて、後悔するはめになるんだろうか？　ルークを巻きこむ権利がおれにあったんだろうか？　この若いもんは広い世の中のことをまだほとんど知らねえのに……。

危険がないなどと、スタークは幻想を抱いてはいなかった。二人はまだ信用されていないし、すぐに正体を見破られるおそれもある。自分たちの身の証《あかし》を立てないかぎり、いつかは……。

すべては数週間前のあの夜、スタークがスタックハウス入江でやったことから始まった。

キッド艦長はスタークが密輸貿易をやっていたことを思い出し、まずスタークの知っていることを訊きだした。その結果、いまスタークとルークは上陸させられている。脱艦した水兵のふりをしてポルペロの密輸団の根城に入りこみ、自分たちが信用されて、正体不明の天才的密輸団頭領についてなにか探り出せるか、やっているのだ。

暗闇のなかでルーク・キャロウェイがうめいて、寝返りを打つ音が聞こえた。きっと艦の心地いいハンモックを恋しがってんだろう、とスタークは皮肉っぽく思った。

若いルークにとってこれは魅力的な冒険だったが、スタークが志願した理由はただ一つ、キッド艦長に深い敬意を抱き、実を言うと、一方的ではあるがキッド艦長に友情を感じているからだった。トマス・キッドが新入りの陸上者《おかもの》から一流の水兵になり、そして艦尾甲板入りを果たし、いまは初めての自分の艦を指揮している。その道をスタークはずっと見てきた。小型のティーザー号がプリマス司令部で任務を果たして永遠に失せることのない名声を得ることは、不可能だ。それをスタークはよくわかっていた。だったら、キッド艦長が期待できるのはせいぜい、国王陛下の軍艦を一度は指揮したというはかない栄光のなかで静かに引退することだ。キッド艦長に勝利をもたらすため、スタークは下士官組がやれる最大の努力をするつもりだった。

パッキーの女房が黙ってスタークへざらざらのパンとガーティ・ミルク、つまり、種粒入りのうすいオートミールを手渡すと、彼は、「ありがと、奥さん」と感謝を口にした。

女房はなにも言わず、黒い目がスタークの一挙一動を追った。

「ミスタ・パッキー、ぼくが最初に漁に行ったときは」と、ルーク・キャロウェイが敬意をこめて、「やり方をおぼえるためだったすよ」と言った。

パッキーは一声うなって、「そうすんだな、息子よ」と意味ありげに言い、ちらっとスタークを見た。「サバ、って言ったな」

「アイ」

「今晩、おれんち、漁に行く……ボーイ・カウアンがあんたらもいっしょに来てほしいって言ってる」

「その人が船主か？」

「で、獲物はみんなで山分けだ」パッキーはきっぱりと言った。

スタークはパンを食べおえてから、「おれにゃ、関係ねえよ、相棒。だがな、このポルペロは自由貿易するにはいい場所じゃねえってよく聞くぜ。だったら――」

とつぜん室内に緊張が走った。ドン、とパッキーがスプーンをわざとらしく置いて、スタークをにらみつけた。「おれんち、ここでそんな話をしてんじゃねえぜ、このくたばりぞこない。わかったか？」

「もち。おれがそんな貿易に加わってたのは、ガキのころさ」スタークは静かに言って、相手の目を受けとめた。なにも返ってこないので、彼はまた食事へかがみこんだ。
ぼろをまとった子どもが入ってきて、突っ立ったまま、見知らぬ男たちを見つめた。
「こんちは、腕白小僧」と、スタークが声をかけた。
男の子はまだスタークを見つめていたが、とつぜん、うたいだした。

〝母ちゃんは鍋のそばで、父ちゃんはビール、
待っているのさ、税関を出し抜いた男たちを！〟

女房が手を叩いて、子どもを叱りつけた。子どもは出ていった。

外は明るく、三人の男たちは突堤へ向かっていった。早朝の太陽が夜通し降っていた雨の跡を乾かし、小さな村は完璧なほどまばゆく輝いていた。居酒屋〈三匹のイワシ〉のまえにある漁船突堤のまわりでは、カモメたちが鋭い声で鳴きながら、弧を描いている。港では舫《もや》い綱に繋がれた船が上下したり、舫い に舳先《へさき》をすりつけたりしていた。
港のどちらの側も急な斜面になっていて、ところどころに小さな家がありえないような角度でしがみついていた。想像も及ばない独特の風景で、どの家も岩と痩せた小さな土地に合うように建てられ、さまざまな色に塗られた建物は、難破船の船材がくれたものだ。

海岸沿いに漁師たちが陣取って、晴れた朝の陽射しを頼りに網をつくろったり、魚具の手入れをしたりしていた。〈三匹のイワシ〉を通りすぎると、荒い岩場がつづき、港の入口は狭いが美しく、最後の荒磯がぎざぎざとそそりたっていた。〈三匹のイワシ〉の向こう側に短い突堤があって、港への防壁になっている。

三人が漁船突堤のある平らな区画に着くと、ジャン・パッキーが、「さてと、ほれ、そこにいるのがボーイ・カウアンだ」と言った。「おはよう、ミスタ・カウアン」

ボーイ・カウアンは六十代なかばで、白髪だが、落ち着いて温和そうで、なんの心配もなさそうな顔つきだった。「ジャン、こちらが、おまえさんの言っていた新入りかい？」

「アイ。こっちがジェムで、そっちがハリーだ」

「あんたはサバをやったことがあると、ジャンが言ってたが」

「そうだ」

「ハリスにはどんな糸を使っていたか、教えてくれるかね？」さりげなくカウアンが訊いた。

「靴直しの糸、たぶんテグスだな」スタークもさりげなく答えた。「タラが釣れそうなときは、軸の長げえ釣り針だ」

カウアンは顔をほころばせた。「ポルペロじゃ、馬の毛が好きなのさ。ノジル・コックに人手をつけたいが、あんたと若いハリーと二人ともいいかな？」

ノジル・コックというのは簡単な木製の道具で、糸を撚り合わせて、強いハリスを作る。ハリスは釣り針につける最後の細い糸で、この糸は釣り糸本体の道糸からのびている。ルーク・キャロウェイは、果てしなく長い糸を引っぱる仕事につかされた。数個のフックが回転枠のなかに入っていて、キャロウェイの持つ数本の糸はフックに繋がれており、枠が回転させられると、撚《よ》り合わされていく。スタークはやわらかい革の切れ端を糸のあいだに差しこんで、糸の撚り具合を均一にする。鉛の錘《おもり》が糸を撚った部分にいくつかつけられて、撚りが戻らないようにしてある。最後にノジル・コックがはずされて、サバに似せた羽といっしょに釣り針がハリスにつけられるのだ。

「ほら、できたぜ、相棒」スタークが満足そうな顔で完成したハリスを見つめた。「道糸はどこにある?」

圧倒するような量に見える四十尋もある道糸が一山に積まれていた。しかし、スタークはその糸を輪がねて、六フィートの輪束にし、さらに二分の一フィートごとに8の字結びをする作業を辛抱強く始めた。結ぶたびに道糸全体を引っぱらなければならない。8の字結びの箇所に順にハリスが取りつけられていくのだが、この枝針の取りつけには何時間もかかりそうだった。

キャロウェイがキナ皮のところへ手伝いにやらされた。煮立った薬剤のなかに網や帆をひたすのだ。ビルマ・キナ皮と獣脂のまじった胸の悪くなる臭いがする。

女房が昼の茶を持ってやってくると、「おまえ」と、パッキーが声をかけて、「この二人になんか着る物ねえか？　今夜、漁にいくんだ」

女房はどこからか魚臭い上っ張りとセーター、それに帆布のズボンを見つけてきた。二人の船乗りはその場で漁師に変身した。それからもっとも大事な物が出てきた——漁師の長靴だ。ルーク・キャロウェイには見たこともない代物だった。ばかでかくて、長さが太ももまであり、底には固い革が張られて、鋲《びょう》が打ってあった。

ボーイ・カウアンが上空へ片目を吊りあげて、品よく微笑を浮かべ、「サバかイワシが、今夜あたりは来るぞ」と断言した。「大いに獲れよ、若いの」

スタークは夕方までに仕事が終わると、コンソナ・ロックスまで細い道をたどっていくことにした。そこにある造船所がカウアン船長の船を修理していて、最後の仕上げにかかっているのだ。

泥地のなかに支柱で支えられた船が立っていて、前掛けをした船大工が仕事をしていた。

「ミスタ・カウアンの船はどれだい？」と、スタークは声をかけた。

船大工はちらっと顔を上げた。「こいつだよ」そう言うと、またかんながけを始めた。

四角い船尾に〝ポルペロ・ファンシー〟と文字が並んでいた。横幅の広い半甲板船で、使いこまれた感じがして、清潔だった。しかし、ばかに小さい！

スタークはマストに斜桁を取りつける輪索《スノッター》があるのに気づいて、「主帆はスプリットスルかい？」と訊いた。帆がついていないので、マストは一本で、第一斜檣《バウスプリット》がずいぶん長いという以外にどんな帆装かわからなかった。しかし、長い第一斜檣にはバランスとスピードを考えて、少なくともジブが二枚、張られることはまちがいない。

船大工がゆっくりと背中を起こして、陽射しに目をすがめた。「で、あんたはだれだい？」

「おれは、今夜、ミスタ・カウアンといっしょに漁に出るんだ」

「大漁になるといいな」男は額をぬぐった。どうやら、見知らぬよそ者が自分の客と漁場へ過酷な仕事に出かけるのに、その理由を訊きたいとは思わないようだ。「ああ、主帆は、あんたの言うとおりだ。わしらは〝スプリーティズ〟って呼んでる。ルーじゃ、〝スプリーティズ〟を使うのは、ラガーだけじゃ」

スタークはうなずいた。ルーはポルペロから三、四マイル離れた港町で、気象条件がちがうため、むかしから伝えられてきた造船の伝統がちがうのだろう。ポルペロ港の細い入口を通るとき、縦帆のスプリットスルは船首をできるだけ風上へ向けておけるにちがいない。

スタークはもう一度、船を見てみた。船首には小部屋が一つあるだけだ。船尾には床板は張られてなく、中央部には隔室が二つあった。たぶん、魚庫と網の収納所だろう。税関から逃げたり、密輸品を隠したりするのにそぐわない船であるのは確かだ。

突堤の向こう端から、「ミスタ・バターズ、船はどうだね?」と丁寧に訊く声が上がった。カウアンだった。

「日没の一時間まえには、用意ができてますわ」船大工が大声で答えた。

巻きイワシと裏庭で採れたジャガイモの食事を終えると、スタークとキャロウェイは約束の時間に船へ向かっていった。靴底の鋲が小石を踏みしだいても、港へ降りていく人たちは少しも注意を引かれなかった。みんなせわしそうで、目的のある足取りだった。沈んでいく夕陽が丘陵の頂を黄金色にきらめかせ、村の密集した家並みに長く影を引いている。二人は船にたどり着いた。いまは水に浮かんで、ふざけるように突堤を突いている。

細い道を降りていくと、一人の男がスタークへ、「じゃ、あんたが、パッキーんとこのやつかい」と言った。

スタークが目をぱちくりすると、カウアンがくくっと笑った。「パッキーのセーターやなんか着てるからだよ。女たちは男のために、セーターにその家の模様を編みこむのだ。不運に会ったときに、死体を見分けやすいようにな」

二人はファンシー号に乗りこんだ。デイヴィ・バントとジャン・パッキーが加わった。カウアンが漁具を集め、索具をきちんと取りつけると、漁師二人にはすべきことが本能的にわかるようだった。船乗り二人のほうは彼らの邪魔にならないようにした。夕暮れが近づいてきて、漁場へ向かうたくさんの船に合流する時間になった。カウアンは最後にもういちど見渡すと、舵柄をとり、帆を広げるように次々と命令をくだしてから、「デイヴィ、出してくれ！」と怒鳴った。

舫い綱が落とされて、ファンシー号は風をとらえると、ほかの船たちと入り乱れないうちに、旋回してポルペロの港口を通りすぎた。

ほとんどの漁船が夕陽へ向かって沖へ出ていったが、カウアンは謎めいた笑みを浮かべながら、舵柄を風下にとって旋回し、船尾から風を受けて、第一斜檣を海岸へ向けた。

スタークは興味をあらわにしないように骨折った。沖合から見ると、ポルペロの村とこぢんまりした港はほとんど海岸線に隠れて見えなかった。ぎざぎざした海岸線へ近づくと、密輸品を陸揚げできる場所は容易に見分けがついた。砂地の入江、くねった海岸線のせいではっきり見えない小さな浜辺、それらしい洞窟。税関がやっきになって海岸線を守ろうとするのも不思議はない。

「ほら、あんたのだ」と、バントがスタークに小さな木枠を手渡した。「あんたの釣り糸に餌をつけておいてやったぜ、相棒」

幅の広いファンシー号はこの夜、どんな小さな波にもよく弾んだが、一つ一つの波に反応することで乗っている人間は濡れずにすむのだと、スタークにはわかっていた。彼は釣り糸を――すでに餌のついているのを――木枠に巻きつけて、待った。

　ほかの船が何隻か回れ右して、ファンシー号についてきていたのにキャロウェイが気づいて、「ミスタ・カウアン、どうして魚のいる場所がわかるんすか？」と訊いた。

　最初、カウアンは答えなかった。顔を風に向けて、静かに鼻をくんくんさせ、手はしっかりと舵柄を握っていた。やがて、船が走っていくにつれて、コーンウォールの漁師たちが積み上げてきた知恵を静かに明かした――あちこちの気に入った干岩礁に海標をつけてある……。サバやタラ、アナゴ、イワシ、サメ、カレイには人に知られていない習性がある……。数マイル四方ものニシンの群れが、夕暮れにこっそりと海面に浮上してくるが、海中から湧きあがってくるすばやい泡と、海面にかすかに漂う脂《あぶら》の臭いで見つけられる。そして、夜明けの明かりがさすと、また群れ全体が沈んでしまう……。延縄《はえなわ》漁師、引き網漁師、ヤナギかごを使うカニ漁師たちの手際のよさ……。命がけのイワシ漁……。こうした話は、漁師たちが懸命に勝ち取ってきた多くの技術の証だった。

　太陽の真っ赤な円盤が水平線に接すると、カンテラが二つともされ、淡い夕闇のなかに小さな島がかすかに見えた。そこで帆が降ろされた。カウアンは一度、船べりから海面をのぞくと、船がさらに流されていくのを待った。聞こえるのは波のチャプチャプいう音と、索具がギシギシきしる音だけだった。カウアンは海標を探して海岸線沿いに視線をまわしていたが、やがて、静かに言った。「ジャン、ここでいいぞ」

ジャン・パッキーは言われたとおりに自分の木枠を取りあげて、釣り糸を降ろしだした。スタークはおなじようにやろうとしたが、カウアンが身振りで止めた。パッキーはうめき声を上げて、「魚は少ねえです、ミスタ・カウアン」

小さい帆が風に立てられて、船がもう少し海岸へ静かに寄っていくと、帆が絞られた。パッキーがまたおなじ作業を繰りかえし、さっきより長く探ってから満足そうな表情を浮かべた。

「もういいぞ」と、カウアンが言った。

夕闇が濃くなるなかで、彼らの釣り糸が降ろされた。

スタークは魚が突いてくるのを感じ、グイグイいう引きがはるか海面下の見えない世界と彼を繋いだ。下ではいま、魚の群れが不運にもスタークの糸に嚙みついた魚もろとも旋回して、暗闇のなかにきらめく銀色の渦を巻いているにちがいない。もう忘れていたあの若い日々のように……。

バントがいっぱいまで降ろした釣り糸を最初に手繰りこみだした。船べりから右、左と交互に手を出して、うめきながら糸を引きこむと、とうとう最初の魚が目に飛びこんできて、狂ったようにばたついた。みんないっせいに首をのばして見ようとしたが、カウアンが海面をのぞきこんで、大声を張った。「みんな、サバだ、まちがいない」

バントのあとにパッキーがすぐに引きあげ、興奮したキャロウェイもつづいた。船の中央部はたちまち、針と糸と、背中に縦縞模様のあるすべすべした魚でいっぱいになった。やがて、処理作業が始まった。

二時間して、群れは去った。スタークとキャロウェイは骨という骨がきしんだ。魚臭い小さな船首室で初めての休憩が許されたが、結局、サバの群れがもっと東側でまた見つかって、じきに起こされた。

カンテラの弱い明かりのそばでひりひりする目をこらして釣り針に餌をつけると、糸はふたたび降ろされた。また釣り糸を手繰りこむ重労働が始まり、そのあとは腑《はらわた》を抜く血まみれの作業となった。そのあいだずっと、彼らは心身を締めつけてくる疲労と戦った。サバの群れがまた深くもぐると、作業は中断され、ありがたい休息が訪れた。しかし、東のほうにサバが戻ってきたらしく、海面が輝くと、また釣り糸が降ろされた。やがて、太陽の円板がのぼって、魚はふたたびもぐってしまった。

船艙がほぼ一杯なのがわかると、「すげえ大漁だぜ、ジャン！」と、バントがへとへとになって大喜びした。

「そうだな」と、ジャン・パッキーが答えて、ちらりとカウアンを見た。

「アイ、まったくだ」と、カウアンが慎重に答えた。「山分けだ。この二人にも分け前をやるが、みんな、どうかね？」

船艙に蓋がされ、ポルペロ・ファンシー号は母港をめざした。スタークは疲れ切って、横になった。こんな仕事なんぞほかにはない。だが、二人が進んで手伝ったことは注目され、この小さな村に受け入れられれば、それだけ目的に近づいたことになる。

満ち潮にのって港に入る最後の段階では、ボルペロ・ファンシー号といっしょに十五隻ほどの船が港口に集まってきていた。みんな帆を絞り、船尾に櫂《かい》を用意して、漁船突堤が空くのを待った。

ファンシー号は空いた場所を見つけた。スタークはまた背中を丸めてカゴに魚をいっぱいに入れては、大賑いの突堤へカゴを振り上げる作業をつづけた。突堤では競売が始まっていた。ほかの男たちはどういうわけか、しおたれていた。作業が終わると、ファンシー号は繋留場所へ持っていかれ、スタークはカウアンに理由を訊いてみた。

「予想のつかないもんなんだよ、サバ漁はな……一匹も見つからん日もあれば、別の日には……」カウアンは笑み一つ浮かべずに、話をつづけた。「今日は、ポルペロのだれもが……わしら漁師を除いてな……ついていた」

彼らは漁船突堤の端で足を止めた。肩紐をかけてカゴを背負い、大きなポケットに塩をいっぱいに入れた女をカウアンが指差した。「あれは魚の行商女だ。わしらの魚を教区中で売り歩くのだ。大漁だったから、あの女は安く仕入れてぼろもうけだ。市場に魚があふれれば、値段は暴落よ」

カウアンはわざとらしくため息をついて、「また会えるかね、ミスタ・ジェム？」と付け加えた。

　スタークとキャロウェイは網用の台《ベッド》に倒れこむと、昼まで眠った。腹ぺこで目がさめて、現実に戻った。パッキーの女房は船が着いて魚が陸揚げされたのを見ていたので、唇を薄く引き結んでいた。

「なんか食うものねえか、おまえ？　腹が減ったよ」と、パッキーが言った。椅子にぐったりと腰を落として、手足を広げている。

「テディだね……ほかになにがあるって言うのさ？」女房はぶつぶつ言うと、鍋のほうへ行った。

「テディって……なんですか、奥さん？」キャロウェイがためらいがちに訊いた。

　パッキーがおもしろくなさそうに、歯を見せて、「裏で育ててるタティのことだ、ジャガイモだよ。女房は、もしあんたらがめしを食いっぱぐれたんなら、用意するって言ってんだよ」

　貧しい食事を終えると、スタークは言い訳をして、キャロウェイといっしょにぶらぶらと港へ行った。外側の突堤に二人は並んですわりこむと、漁網の山にもたれかかった。初めのうちスタークはなにも言わずに、漁船突堤の上空でカモメが鋭く鳴きながら弧を描くのを見るでもなく見て、物思いにふけっていた。やがて横になると、目を閉じて、痛む手足に暖かい陽射しがそそぐのを楽しんだ。

キャロウェイがもぞもぞする気配があった。「スターク掌砲次長、次はなにをするんで？」

スタークはうなった。「いまだけはな、このばか、艦に帰るまでは、〝トウビー〟って呼んでいい」だけど、おれたちは密輪に関係あることをなんかつかむのに、ちっとは近づいているんだろうか？　奇妙なことだが、どう見ても、ここの漁師たちはひどく貧しくて、一生懸命に働いている。密輪をやっていい暮らしをしているとは、スタークにはとても思えなかった。

「アイ、アイ、トウビー」と、キャロウェイは答えて、真剣な顔になった。「キッド艦長のところに手ぶらでなんて、帰りたくないす、ね」

「おれだって、そうよ、相棒」スタークはぶつぶつと言った。

「もし艦長がここにいたら、どうするって思うですか、トウビー？」

「もしキッド艦長がここにいたら、どうするかなんて、わかんねえな、若いの」スタークは皮肉っぽく答えた。だが、確かなことは、キッド艦長ならやつらの巧妙な手をなにか見抜くだろうということだった。キッド艦長のもっている強みは、生まれつき人と違ういい頭と、必要とあらば一人で立ち向かう勇気だ。

スタークはキッドの評判を落としたくなかった。キッドは艦尾甲板まで這いあがり、いまは自分自身の艦の艦長だ、そこまで行くのにどんな苦労があったことだろう？　ある意味でスタークはキッドの出世に自分も誇りをもっていた。かつては自分の部下の砲員だった男が肩章組にたどりついて、ここまで来たからだ。

それに、キッドは正真正銘の船乗りだ、名ばかりではなく。そうとも、なにかしなくてはだめだ。「おい、ルーク、バターズ船大工のところへ行って、手伝うんだ。ここの密輪のことを、なんか聞けるか、やってみろ……だけど、小僧、舵は大きくとるな。いざとなったら、連中、逃げ足が速いからな」

ぎくしゃくとスタークは立ちあがった。すわって待っていても、なんにもならねえ。彼はぶらついてこの村を見てまわるつもりだった、油断なく注意して。

ポルペロはまったく独特な漁村だった。中心はもちろん小さな港で、谷の両側のいちばん急な斜面には人家がなかった。しかし、歩いていくと、村は、漁船突堤や貧しい家のかたまる西側の労働地区と、ちゃんとした家の並ぶ東側の住宅地区に分かれているのがわかった。

美しい小川が海へそそいでいて、川沿いに古い建物がぎっしりと並び、密集した集落になっている。スタークは細い路地から路地をたどって、小さな緑地のそばにある教会やみすぼらしい店を一、二軒、通りすぎていった。密輪をやっていると臭わせるものはない。ポルペロは住民たちが興味津々でスタークを見たが、疑いの目や敵意は見えなかった。

密輸団の巣窟だという噂は取るに足らないものなのか、税関のほうが上手《うわて》をいっているのか、どっちにしても、キッド艦長が聞いたことと矛盾していた。

これは難題だ、解決するためにはもっと本腰を入れないとだめだ、そうスタークは悟った。

パッキーが家の外で網の修理をしていた。彼は親しげにうなずき、スタークは荷物を取りになかへ入っていった。そのとき、ある考えがひらめいた。部屋の奥の隅から慎重に漁具やがらくたを取り除いて、埃まみれの床が出るようにした。そこで棒きれを見つけると、ぴったりと床に置き、進みながら、棒きれをずらしていった。なにもない。もう一度、さらに数インチ、棒きれを這わせた。すると、棒きれが引っかかった。床の表面をなでながら、目をこらしていくと、とうとう探していたものが見つかった。埃のなかにかすかに一本、線がある。

スタークは船乗りナイフを取り出すと、それを差しこんで、こじるうちに、隠された跳ね上げ戸が開いた。そこで、戸を上へ引きあげると、下は洞穴のような空間になっていた。手近に陶器皿が置いてあって、ロウソクが立っていた。くんくんとロウソクの臭いを嗅いでみた。この隠れ家は最近、使われていた。

スタークは漁具などをぜんぶもとに戻して、すばやく離れた。外へ出ると、パッキーが顔を上げた。「もし時間があったら、女房がタティ作るの、手伝ってくれれば、ありがてえが」

丘の斜面を半分ほどのぼったところで、女房が痩せた土壌の小さい土地を鋤《す》いて、畝《うね》を作っていた。スタークが手伝うと、女房はありがたがった。彼は気にならなかった。この一家が厳しい季節を生きのびるために自分が手伝わなければ、飢えてしまうだろうし、それに、手伝っていると考える時間ができた。

二人は黙って作業をしていたが、とつぜん女房が手を止めて、耳をすました。遠くからかすかな叫び声がした。叫び声は急を告げるように何度も繰りかえされ、スタークは髪の毛が逆立った。

「叫び屋だわ」と、女房が息をのんだ。「ああ、神さま、感謝を！」

「叫び屋？」スタークはびっくりして訊きかえした。叫び声は家々の窓からも、急な丘の斜面に建つ家の屋根からも、港からも聞こえた。村人たちが家や畑から飛び出して、低いほうへと駆けだした。もう叫び声ははっきりと聞こえた。「ヘヴァ！　ヘヴァ！　ヘヴァ！」

「いったいなに――」

「見える？」女房が下のほうを指差して、港口を守っている岩場を示した。そのいちばん高い所で人影が跳ねまわって、ブリキのラッパのような物を握り、それを口に叫んでいるのが見えた。

「叫び屋よ！　叫び屋が叫んでるの！　いっしょに行こう」そう女房は怒鳴ると、スタークの横を押し通って、「イワシの群れが来たのよ！」

スタークは海のほうを見やった。空中で弧を描いたり急降下したりしているカツオドリたちの下の海面に、赤紫と銀色のひどく長いシミが一マイル以上ものびているのが見えた。女房といっしょに急いで斜面を滑りおり、道に着くと、港へ集まっていく人群れに加わった。

帳面を開いた鋭い顔つきの男が、すぐにスタークの体格を見て取って、「オールは漕げるか？」ぴしりと訊いた。

「アイ」

「ヴォーヤー」と、男は命じて、準備中の船へじれったそうに身振りした。ヴォーヤーというのは奇妙なほど乾舷が低くて幅が広い、屋根なしの手漕ぎ船だった。

オールをつかんですわると、スタークは自分に苦笑いした。掌砲次長がこんなことをやるなんぞ！　しかし、喜んで手を貸しているように見せなければ、漁師たちに近づくチャンスは消えてしまう。

漁網が船のなかに入れられ、オールを漕いで港を出ると、スタークに作戦が説明された。中心となる囲いこみ網をもう一隻の船が持っており、イワシの群れをできるだけ多く囲いこんだら、スタークの船が網の口を閉じて、獲物を陸上へ運ぶ手助けをする。待ち伏せをしている三番目の船には、引き網漁師の親方が乗っていて、作戦の指揮をとる。

魚を陸揚げできるようになるまで、腕のいる厳しい仕事になる、そうスタークにはわかっていた。彼らは大きくオールを漕いで、海側から慎重に魚群に近づいていくと、スピードを落として停まった。反対舷のオールについている男がスタークを肘で突いた。高い岩場に立った叫び屋が叫ぶのをやめて、のばした両手に色付きの布きれを持って振り、一連の信号を出していた。引き網漁師の親方が注意深く見ている。

「みんな、漕げー」親方が命じて、舵柄を反対側へまわした。スタークの船は親方の船のとおりについていった。船団は、基本的には高い岩場に立つ叫び屋から魚群の居場所を示されていて、親方はその指示に従って船団を展開させている、そうスタークは見て取った。ちょうどよい頃合いによい場所で、四分の一マイルもある囲いこみ網がイワシの群れの進路に沿ってカーブするように、海中へ繰り出されていった。ぜんぶ繰り出されると、網を広大な輪にして両端を合わせる重労働が始まった。

それは背骨が折れるかと思うような作業だった。動かない漁網と、広大な輪のなかにいる何万匹もの魚の重みを引いていくのだ。しかしそのあと、魚ごと網をいちばん近くの砂浜に引いていく果てしない作業になった。それにくらべれば網を輪にするなど、へでもなかった。ランティヴェット湾、魚は最終的にその海岸に追いこまれる。

人里離れたその海岸はポルペロの西へ二マイル足らずのところにあり、興奮した人たちでびっしりだった。各船はもっとそばに寄り合い、澄んだ海水を透かして黒白まだら模様の海底がきらめきながら上がってくると、親方が停まれと叫んだ。

囲いこみ網船の男たちがオールの上に胸を預けて、スタークの仲間たちがさらい網を用意するのを見守った。その網がなにをするためのものか、すぐにわかった。さらい網は囲いこみ網よりも小さく、大きい網のなかに入れられると、しっかりと引っぱられて、びっくりするほど暴れて逃げまわる魚たちを海面へ集めていく。カモメがけたたましく鳴く。どんどん狭まっていく開口部へ向かって魚が逃げるのをそらすために、ロープに結ばれた石が狂ったように飛びこんできた。

ヴォーヤーの男たちがみんな海へ飛び降りて、魚を獲りにかかった。底の浅い幅広のすくいカゴや素手ですばやく魚をすくっては、船へ揚げる。

浜辺では子どもたちが金切り声を上げて跳ね飛び、女たちはカゴを持って集まり、男たちへ声援を送っている。ようやくヴォーヤーが浅瀬に引き上げられると、女たちも華々しい騒ぎに加わった。

つかまえた魚の量は途方もなかった。重さは数トン、囲いこみ網のなかで何十万匹もの銀色の魚影が円を描いている。しかし、親方は叫び屋を見て、すくうのをやめさせ、「いまはそれまでだ、みんな」と告げた。残った魚は後日のために、網のなかで安全に泳がせて、とっておくのだ。

「さてと、ジェム、おれたちの漁はどうだい？　うんと楽しんだか、え？」

居酒屋〈三匹のイワシ〉のなかは笑いどよめいて、みんな上機嫌だった。さし当たり暮らしの心配がなくなった漁師たちは、幸運に乾杯した。

スタークはマグカップを上げて、「いい酒だ、こいつは」とうめくように言った。「デイヴィ、もう一杯どうだい、相棒よ？」

「おれは、軽いリンゴ酒がいいよ」と、デイヴィ・バントがのんびり言った。「あんな漁をやったんで、あんた、喉がうんと渇いたようだな」

忙しそうな給仕にスタークは合図して、「おまえさんたち、すごい大もうけだな」

バントは身を乗りだして、真顔で言った。「イワシはおれたちにゃ、すげえ幸運さ。この村ではこんなふうに言うんだ」

〝教皇さまの健康を祝って乾杯だ、教皇さまも悔い改めて、
四旬節を半年間にのばしたまえ。
半年のあいだずっと、天地のはざまでこう祈るから、
イワシを与えたまえ、イワシほど魂を救ってくれるものはない……〟

ジャン・パッキーが二人のところへやってきて、腰をおろした。「ジェム、この男はロング・トム・シャーだ。あんたも知っとくべきだけどさ、ここじゃ漁としちゃ、タラやアナゴはイワシの下なんだ」

スタークはむっつりとして、紹介されるままに、ゼブ・ミナーズとゲジゲジ眉の鍛治屋サム・コードとも知り合いになった。この漁は臨時の仕事で、船に乗り組んだスタークは、給料が支払われて解雇になるのだ。

部屋の隅でルーク・キャロウェイがはにかんだ漁師の娘と話しこんでいるのが見えた。娘はまだエプロンをしていた。キャロウェイがスタークの目をとらえると、スタークはぱちっとウインクしてやり、それからまた流し網漁の危険や報酬について耳を傾けた。

とつぜん、幸せなどんちゃん騒ぎがしーんとなった。二人の男が入ってきていた。二人とも漁師ではなく、用心深く室内を見まわしている。漁師たちが一人また一人と背中を向け、居酒屋のなかは重苦しく静まりかえった。

「あの二人、だれだい、相棒？」と、スタークは訊いた。

パッキーがスタークへ顔を寄せると、しわがれ声をひそめて、「地獄に落ちやがれ……税関の役人よ。おれたちに港の監視を押しつけたがったのさ。だれもあいつらを泊めてやらなかったんで、船で寝るはめになったのさ」

片方の男がスタークを見た。目と目が合って、スタークは凍りついた。あの男、知ってる！　ジョー・コリーだ。むかし乗ってたデューク・ウィリアム号でおなじ当直だったやつだ。しかも船乗り仲間としては最悪だった。もしもおれのことがわかったら、一巻の終わりだ。

スタークはすばやく動いた。頭を下げると、ひび割れた声で、「気分が悪いんだ……すぐに外へ出なくちゃなんねえ」そう言うと、後ろのドアから抜け出した。

急いでスタークは居酒屋から逃げだしたが、跡をつけられているのがわかった。彼は小川道の一つに飛びこんだ。小川沿いに並ぶ古い建物のあいだを抜ける道で、暗くて狭い。運悪く、建物が一軒、古びて崩れ落ち、行き止まりになっていた。スタークは進むことができなかった。恥じ入った顔で引きかえさざるをえず、あとをつけてきた男がスタークを待っていた。ゲジゲジ眉の鍛冶屋、サム・コードだった。

「税関吏のことは、心配ない、友だちよ。二人は行っちまった。だがな、あんたに会いたがっている人がいるんだ。いいかい？」

二人は〈三匹のイワシ〉へ戻ったが、こんどは奥の部屋に通された。そこには上等な服を着た色黒の頭の切れそうな男が待っていた。

「こちらはサイモン・ジョーンズだ。おやじさんが去年、亡くなって、それでいまは彼がこの仕事を取り仕切っているんだ」

「ご苦労、サム」と、ジョーンズが言って、スタークへ椅子にかけるように身振りした。

「手短に言おう。わたしはイワシ漁のためにここに来ていたが、税関吏が入ってきた。そのときのあんたの行動を見ると、あんたは税関吏の友だちじゃないし、われわれを探るためにここに送りこまれたスパイでもないとわかった。で、われわれの共通の友人であるジャン・パッキーが、あんたは自由貿易のことを知らない人間じゃないと、わたしに知らせないではおかなかったということだ」

スタークは表情を変えなかったが、内心では小躍りしていた。「知ってるかもしれねえな」と、彼は慎重に言って、男から男へ鋭い視線をまわした。

「ブツはなにか、訊きたいのだが?」と、ジョーンズが言った。

「フランス人はタバコとブランディを密輸出する。湿地帯の漁師が樽のところへこっそり行って、まあ、そんなようなことだ」スタークは答えた。

「いま、あんたが海へ出るような危険を冒すのは、賢いことではないが、陸上《おか》でも頑強な男がもっといろいろ必要なんだ。興味はあるかね?」

「監視官をだますのか?」スタークは疑わしい気持ちで訊いた。密輸探索中の騎馬税関吏を待ち伏せするなど、そんなことをやるためにここに来たんじゃない。「そんな口ぶりだが……」

「そんなことは言ってない。そんな嫌な仕事をやらせる人間なら、たっぷりいる。ちがうのだ、あんたの水兵としての能力をいちばん活用できるのは、誘導灯係だ……」

スタークはうなった。こっちのほうがずっといい……荷を正しい場所に揚げるように誘導するカンテラの係だ。「アイ、それならできる。報酬は？」

「ひと晩、カンテラ係で半ギニーだ。もし面倒が起こった場合には、もう半ギニー」

「よし。おれのダチ公のハリーにも、なんか仕事があるかな？」

「うむ。なにか見つけてやれる。給仕だな、たぶん」


むかしとまったくおなじだった。あの緊張感、苛立ち、疑心暗鬼、隠してある武器を手でまさぐる。はるか沖合の船上では、陸上へ望遠鏡を向けて、今夜は荷揚げできる夜だと知らせる合図を待っている。居酒屋でも、十数人の険しい顔つきをした男たちがマグカップをまえに、出動命令を待っている。

スタークはわずか一、二時間前に鍛冶屋のサム・コードから指示をもらったばかりだった。彼は、悪事とは無縁そうな顔をした農夫二人といっしょに豚を追って、ポルペロから急な丘陵を越えて東へ向かい、タランド湾へ行った。そこの居酒屋でいま日没を待っていた。

密輸を成功させるには頭脳と組織力が必要だ。たとえ近間のガーンジー島などで委託された品物でも、英仏海峡を渡るのは危険だし、密輸品を陸揚げして、急いで運び去るには数十人の男たちが一致協力しなければならない。

その小さな居酒屋は人家から離れた所にあり、そばには小さな海岸があった。海岸線に沿ってたくさんの居酒屋があるのをよその人間は不審に思うだろうが、スタークにはわかっていた——漁師の厳しい生活にとって、船を引き上げた場所の間近に乾杯できる店があるのは、ありがたいことなのだ。

外では海藻採りが波打ち際をぶらぶらと棒で突いてまわっていたが、彼の荷車のなかには海藻の山の下にスポウト・カンテラが二つ、すぐ使えるように用意されていた。原っぱがあり、その端では数人の男たちがうろうろして、合図用のたき火を用意している。

太陽が低くなると、スタークは外へ出た。弱まっていく陽射しのなかで、彼はいまもっとも優勢な風を利用して沖合から海岸へ接近するいちばんいい針路をすばやくつかんだ。そこで、海岸近くの岩場を通りすぎて、細長い小さな浜辺へ行き、もう一人のカンテラ係と接触した。いずれ二人は誘導灯をつけて、一人が相棒より数百ヤード上の場所に陣取る。そうすれば、密輸船の船長は安全に海岸に近づける正確な針路をたどることができるのだ。二人が使うカンテラは周囲が囲われていて、その囲い面一つ一つに長い漏斗《じょうご》がついており、漏斗を向けた方向以外は明かりが見えないようになっている。

とうとう動きがあった。一隻の船に乗って男たちの一団が到着した。一人は顔をおおっていて、ほかの男たちにてきぱきと命令した。サイモン・ジョーンズの教養ある声だとスタークには訳なくわかった。白い馬に乗った若い農夫が呼ばれた。

「出かけろ」と、農夫が命じられると、まわりの男たちから押し殺した声援が上がった。農夫は馬から下り、手綱を引くと、意識しながら海岸の道を進みだした。それが海岸に税関吏がいないという合図だった。

夕闇が迫るなかで、陸揚げ班が態勢を整えた。スタークと相棒は誘導灯に火をつけて、丘陵の斜面に上がると、それぞれの位置についた。すると、どら声の男がのぼってきて、スタークの〝助手〟として彼の隣りに立った――おれは見張られているのだ。黄昏のなかにがやがやと声がしたと思うと、そちらから、新たに人の流れが出てきた。居酒屋の裏の丘陵に一ヵ所、森になっているところがあり、そこから男たちが鎖のように連なってこちらへ降りてくる。

丘陵の頂からは荷馬が何頭か、くねった道を下ってくるし、浜辺にはロバの群れが集まった。そのとき、顔を黒く塗った男たちが数組、棍棒を掲げて浜辺の両側へ出ていった。ときおり、鋼の武器も見えた。税関吏や消費税庁の役人が男たちに出くわしたら、神よ、役人たちをお助けなすって。男たちは百人以上いるにちがいないので、大事な船荷を仕入れた元手は相当なものだったにちがいないと、スタークは計算した。

いままでスタークが確認したのは、サイモン・ジョーンズだけだった。あいつが頭領だろうか？　たぶん、この土地の頭《かしら》ではあるだろうが、海岸線全域を統制しているという天才的な悪党ではねえだろう。疑問が這い寄ってきた。これはおれがむかしやっていた自由貿易よりはるかに規模がでかくて、手のこんだ仕事だ。おれの正体がばれねえようにして、どうやって首謀者にたどりつけるだろうか？

スタークはちらっと居酒屋を見た。鍵がかけられ、かんぬきが交わされていた。主人と給仕はあとで、この夜、怪しい者はだれも見なかったと真顔で誓って言うことができるだろう。〝ハリー〟は――ルーク・キャロウェイは――どうしているだろうか？　もしも――。


「明かりだ！　その明かりを出せ、畜生め！」

スタークは扱いにくいカンテラを持ちあげて、海へ向け、さっき自分のまえに立てておいた二本の棒と一直線になるようにした。もう海から入ってくる道は真っ暗闇だ。密輸船の船長は二つの明かりが見えるまで行ったり来たりして、見えたら、二つの明かりを結んだ線がまっすぐ縦一本になるようにして、見知らぬ海岸へ向けて船を走らせはじめるのだ。

いまやほとんど明かりのない真っ暗闇になった。真夜中前には月は出ないから、海上でなにがあっても、見分けることはできない。スタークは寝ずの番をつづけたが、もしも内報を受けた税関吏が騎兵の助けを受けて急襲してきたら、ほかの者たちといっしょに逮捕され、一片の慈悲をかけられることもないだろう。

スタークはカンテラを載せた肩が痛くなったが、我慢して注意深く明かりを向けていた。やがて、前方の闇がちょっと濃くなった。だんだんその形がはっきりしてきて、大きなラガーが静かに入ってきた。荷が到着した。

がやがやと声が上がったが、命令一下、騒ぐ声は途切れ、荷揚げ班が準備にかかった。男たちが水しぶきを上げて浅瀬へ入っていき、荷馬がもっと近くへ引っぱられていった。黒い物影はしだいに細部も見えてきて、スピードが落ち、細長くなった。小錨が落とされると、船は旋回しだして、沖へ船首を向けた。

スタークはカンテラを降ろして、真っ暗闇のなかでにんまりした。うまく着いた！　それはむかし味わった感覚だった。いま船荷を陸揚げするため、船に積んであった大型ボートが海面に降ろされて、たちまち荷の積みこみが始まった。西側にある岬のかげからイワシ漁でスタークが乗ったヴォーヤーそっくりの手漕ぎ船が現われて、ラガーに横付けしようとこちらへ向かってきた。

みごとに組織化された動きだった。最初の大型ボートが死に物狂いでオールを漕いで海岸へ近づき、水際に乗りあげると、たちまち作業が始まった。明かり一つない闇のなかで、待機していた男たちがそれぞれ、半アンカー入りの樽を体の前と後ろにロープで吊し、一列になってよろよろと丘陵をのぼりだした。もっと大きな樽は荷馬のところへ転がされていき、馬の背中に載せられた。ロバたちはそれぞれ、一アンカー樽を二つずつ積まれた。

作業が速くなった。潮が引きはじめ、月が出てくるころなので、ぐずぐずしている暇はない。梱《こり》が——たぶん中身は茶と絹だろうが——馬の鞍に載せたカゴに移されて、夜のなかへ送り出された。さらにたくさんの樽が浜辺へ揚げられた。何百という樽が着々と暗闇の奥へ運ばれていく。森のなかにある隠し場所へと。近くには農場も人家も、教会の地下祭室さえある。オランダ・ジンにラム酒、極上のワイン、それにきっと最高のコニャック〝クーザン・ジャック〟も。

その規模たるや、息をのむほどだった。いままで樽だけで一千個以上もあり、運び屋の列がまだ辛抱強くとぼとぼと進んでいく。朝までには極上の酒一万ガロンの大方が内陸へ運ばれて、あとで配分され、一ペニーの税金も払われないのだ。

人の流れが減った。月が出るまでに仕事は安全に完了し、男たちの列は消え、ラガーは沖合へと滑りだしていった。酔っ払って喜んだり騒いだりする声が夜を貫いた。運び屋たちのなかに樽に穴を開けたやつがいて、いま、たぶんストローで生《き》の酒を吸っているのだ、そうスタークは思った。

消えどきだ。キッド艦長のためになんの収穫もねえまま……。手口はわかった。ケント州でスタークがやっていたのとほとんどおなじだったが、時と場所は……そのつど変えるだろう。黒幕は……はてさて……。

浜辺へ降りていくと、サイモン・ジョーンズがヴォーヤーの乗組員に報酬を支払っているのが見えた。スタークは頃合いを見計らって、「あの、ミスタ・ジョーンズ」と声をかけた。「話がある。こんなのは船乗りがやる仕事じゃねえ！　貿易航海の仕事があったら、契約がしてえと思っている。なんとかできますかね？」

「国王陛下の軍艦に見つかってしまうかもしれないと、心配じゃないのか？」

「ああ、旦那、密輸航海はいつもこっそりやるし、それに、おれが知っている商売はそれだけで」

「わかった。いま仕事を約束することはできない。わたしにできないことではないが、しかし……」


その日の夜になって、サイモン・ジョーンズはスタークをタランド丘陵にある落ち着いた山荘に連れていった。窓から一つだけ明かりが見えた。なかに入ると、親切そうな顔つきの紳士が二人を迎えた。紳士はスタークへ鋭く注意を向けて品定めした。

「この男がジェムです」と、ジョーンズがうやうやしく言って、品定めが終わるのを待った。

「結構だ」と、紳士はデスクに戻った。デスクは几帳面に整頓されていて、書類がまっすぐに整えられ、紳士のまえには青と赤のインク壺と羽ペンの立ったスタンドがきちんと置かれていた。

「きみは船乗りだな、それは見ればわかるが……英仏海峡を渡って密輸をやったことは、あるのかね？」男の声は奇妙なほどおだやかだった。

「アイ、サー。戦争になる前は、ロスコフでブランディとシルクを……仕事はわかっとります、ちゃんと」

「国王陛下の仕事を休むのが長くなるが」

「おれはもう自由に、あんたさんがたと船で出かけられるんですわ」

「あの、ご存じのとおり」と、ジョーンズが横から口をはさんだ。「フライヤー号のプリヴォクスはまだエクセターの牢獄のなかでして」

「ああ、わかっている。しかし、まずは、ジェム先生に試しにやってもらうつもりだ」彼は立ちあがった。「わたしはジャファナイア・ジョウブという。わたしの仕事の収益は……膨大だ、と思っていいし、わたしはきみを活用できると確信している。ちょっと待っていてくれ」

ジョウブは部屋を出ていくと、すぐに大きな帳簿を持って戻ってきた。帳簿を開けると、指先で行を追っていった。「うーん……いまから四日とたたないうちに、トゥー・ブラザーズ号をガーンジー島へやることになっている、酒の密輸だ。きみは一等水夫として乗り組むことに異存はあるかね？　いい返事がもらえたら、あとで前渡し金を支払う、約束するぞ」

「いま返事しますぜ」

「とにかく、サイモン」と、ジョウブはサイモン・ジョーンズへ言ってから帳簿へ目をやった。「次の月まで、メヴァジスジーでは動けないようだ。フォイの税関は躍起になっているから、陸上班にもっと人手がほしい。そう取り計らってくれたまえ」

ジョウブは帳簿を閉じると、おだやかな目でスタークを見た。「きみがどれほどうまくやれるか、見てみよう、ミスタ・ジェム。いまから二晩後に、きみはルーでトゥー・ブラザーズ号に乗り組んでくれ。それまでに船長に指示しておくので」

第十章

「これがアクレの城門でぼくが見た、血まみれの剣を手に仁王立ちになった男か？　メノルカで、敵のただなかに忍びこんだ男か？　人妻とロマンティックな逢い引きをするために、ジブラルタルの内衛兵司令《タウン・メイジャー》をあえて怒らせたのはどこのだれだ？」レンジはけしかけた。「みっともないぞ、キッド艦長！　あと一日もしないうちに、ぼくらはプリマスに戻って、出港命令を受ける。きみのあこがれの令嬢は、あたくしがそばにいないあいだ、あなたの情熱はさめずに燃えつづけるかしら、と心配する。女性とはそういうことをとても重大に思うのだから、きみはちょっと賢くなって、令嬢に対する自分の関心はうすれてはいないと示さなければならない……敬意のしるしとして」

キッドは艦尾窓のそばの安楽椅子にかけて、天井を見つめつづけた。今回の航海はなにもなかった。スタークはまだポルペロにいるし、私掠船は影も形もなく、キッドにはただ陸上《おか》での出来事を繰りかえし考える時間があるばかりだった。ダートムアでの出来事が頭をよぎる。パーセファニ・ロックウッド嬢はおれに関心がある、もう個人的な関心が、そうとしか説明がつかない。

「ニコラス、おれは、おれは、こういうことに関しては、さっぱりだめなんだ。もしもおれが……自分の気持ちを押しつけたら、そして、女性に関してはきみの見方が正しいのではないかと心配なんだ……。なあ、おれはなんと言ったらいいのか……」

「恐れるな！　もしも令嬢がきみをもてあそびたいと思ったのなら、王侯のパーティで名だたる大勢の聴衆をまえにしてそうしたほうがよかっただろう？　そうじゃなかったんだ、親愛なる相棒よ。きみは、ただの男たちが持っていないもののおかげで、ミス・ロックウッドの恋心をとらえたのだ、それを認めなければならない」

「だけど……だけど、もしおれが……彼女を追いかけて、そして……失敗したら、そのときは、ひどく……」

レンジは鼻を鳴らした。「親愛なる友よ、きみは愛を求めたとき、まずは失敗するってほんとうにそう思っているのかい？　だとすれば、この言葉をくれてやるよ——弱気が美人を勝ち得ためしなし」ちらっとレンジは笑ってみせて、「それに、こうしたことは論理で攻略することはできないと、きみだってわかると思うよ。それに、もし拒絶されることを恐れて打って出なかったら、もちろん、彼女の手を勝ち取ることはできない。逆に、もし積極的に告白して、跳ねかえされたら、そのときは失敗だ……だけど、喜んで受け入れられて、至福の結果になる可能性もある。だから、取るべき道はただ一つ、理にかなった……」

キッドはごくりと唾を飲みこむと、玄関の呼び鈴を引っぱった。これまで提督邸に来たことはなかったので、古典建築様式の厳かな玄関は、軍務ではなくただ社交的な用事で来たキッドのぶしつけさに顔をしかめているように見えた。

「キッド艦長がレディ・ロックウッドをお訪ねしました」彼は召使いにできるだけはっきりと告げて、訪問カードを手渡した。アカンサスの葉模様で縁取られた青い銅板に名前を刻んだもので、レンジにぜひとも作るようにと勧められたのだ。そこで、緊張して待った。

上流階級のしきたりによると、彼はロックウッド嬢を直接、訪ねることはできない。それはジェントルマンとして決してやってはいけないことだ。まずは母親を通さなければならない。キッドは難攻不落の女家長に会うのかと思うと、恐れおののいた。たぶん、ロックウッド夫人は不在だと告げに、召使いは戻ってくるだろう。

足音が聞こえて、キッドは身構えた。ドアが開いたが、そこにいたのは、朝のくつろいだ服をまとったレジナルド・ロックウッド提督だった。戸惑った顔で、「キッド艦長、もちろん、来てくれてうれしいが、訊いてもよいかな……訪ねた相手は、レディ・ロックウッド……？」

「て、提督」キッドはしどろもどろになった。レンジがキッドのために辛抱強く作ってくれた台本では、こんなはずではなかった。召使いはキッドを応接室に通し、そこでは女性たちがつつましくすわって、縫い物をしている。丁寧な言葉が交わされ、お茶が出される。十五分かせいぜい三十分ぐらいいて、ロックウッド嬢とは一度も二人きりになれない……。

「ほんとうのことを申し上げますと、実は……あの、わたしはパーティのお礼を直接、申し上げたくて、ミス・ロックウッドにお目にかかりたいと思ったのです」

提督の顔がほころんで、ちらっと笑みが浮かんだ。それに勇気づけられて、キッドはさらに言った。「そして、はなはだ不躾《ぶしつけ》ですが、音楽のことでご助言をいただきたくて」

「実に残念だが、キッド艦長、レディ・ロックウッドはいま、ちょっと都合が悪いと言わざるをえん」そこで提督は間をおいたが、気軽な口調で、「だが、パーセファニが会えるかどうか訊いてみよう。なかに入らんか？」

広い応接間にはだれもいなかった。提督が背中を向けて、召使いに話しているあいだに、キッドの目は、マントルピースの上のいちばんいい場所に飾られた海洋画に引きつけられた。

「その絵が好きかね、キッド艦長？　最近、パーセファニがプレゼントしてくれたのだ……女にしてはまことにいい好みだ、そう思ったよ。ここを見てみろ……強風下で、風下舷の横静索がたわんでおる、そんなことをわかっている画家は、そうたくさんはおらん。ところで、確かきみはこの海戦に参加しておったのだな。このとおりだったか？」

「自分はただの航海士でしたから……でも、この絵は大変にすばらしいです、確かに」キッドは緊張を解いてそう認めると、もっと近々と見てみた。

そのとき、キッドの背後でドアが開いた。「まあ、キッド艦長！　お訪ねくださるなんて、おやさしいこと！」彼女の声にはまぎれもなく喜びがあふれていて、キッドは丁重にお辞儀をしなければと思いつくまえに、にっこりと少年のように笑ってしまった。

「ミス・ロックウッド！」彼女の髪はうっとりするほど美しくカールされて顔を縁取り、キッドは思わず目をそらして、気持ちを落ち着けた。「あの、パーティではお心遣いをいただきまして、直接、感謝の気持ちを申し上げたくて参上しました」

今度は失敗せずに頭を下げ、パーセファニは膝を曲げてお辞儀を返した。

「それから……もしご親切にも……」

「ええ、キッド艦長？」パーセファニは信じられないほど魅力的だった。

「あの、洗練された正統な音楽のことで、ご助言をお願いしたいのですが。あの、わたしがおぼえたらいいとお思いの曲を」

ロックウッド提督はぶらぶらと応接間の向こう端へ行って、ぼんやりと窓の外をながめていた。

「音楽？　まあ、もちろんです、キッド艦長。お手伝いできたら、うれしいですわ」パーセファニはにっこりと笑って、フォルテピアノへよぎっていき、椅子の蓋を上げると、分厚い楽譜の束を取り出した。「キッド艦長、あなたのお声はすばらしいわ。なにか見つけられると思います……。ああ、この歌ならどなたにも受け入れられますわ。プリンス・オブ・ウェールズのお気に入りですから」

彼女はフォルテピアノのまえにすわった。「キッド艦長、こちらにいらして、あたくしの横におすわりになって。そこからでは楽譜が見えませんわ」

キッドはためらった。提督はこちらを向いて見つめていたが、相変わらず窓のそばにいる。キッドはピアノへ寄っていった。椅子は二人掛けだった。

「『リッチモンド丘のかわいい娘』」と、彼女は事務的な口調で言った。「四分の二拍子で、始まりはこんなふう……」と、指が優雅に鍵盤の上を滑っていき、彼女は音を拾いながらうたった。「さあ！　あたくしに代わってうたってくださいません？」

キッドは間近に腰をかけて、彼女にうたいかけると、畏れに喜びが入り交じった。

「……西風は森を抜け、
ああ！　わたしのかわいい娘にささやきかける、
『愛するきみのためならば、死んでもいい』と。
ああ、彼女の想いがわたしに向くように、
わたしの想いは彼女だけのもの！

わたしのあなたと呼べるなら、王冠すらあきらめよう……」

急いで近づいて来る足音がして、ドアが押し開けられた。ロックウッド夫人がせかせかと入ってきた。髪の毛は大急ぎで結いあげられ、顔にはかろうじて白粉《おしろい》が叩《はた》いてあった。パーセファニのピアノの音が乱れて、止まった。二人とも立ちあがった。

「まあ！　キッド艦長……お訪ねくださるとはご親切に」夫人は冷ややかに言った。キッドができるかぎり深く頭を下げると、夫人はほんのちらっと顎をうなずかせた。

提督が急ぎ足でこちらへやってきた。「おまえ、キッド艦長はパーセファニに礼を言いに来てくれたのだよ。パーティで助け船を出してもらった礼にな、おぼえておるだろ。あ、それで実は、自分にうたえそうな曲を教えてもらえるかと……」

ほかの場合だったら、そんな提督の言葉に気を奪われて、侮蔑の表情を見ないですんだだろうが……。

「そうですの？」ぴしりと夫人は言った。「わたしはとても気分が悪くて、ベッドで休んでましたのよ。いったいこれはなんの騒ぎかと、ずっと考えてました。そうですのよ、レジナルド！」返事も待たずに、夫人はパーセファニへ向いた。彼女は立ちあがって、悔いるようにうなだれた。「あなたの絵の先生が三時にここにお見えになるのよ。もうキッド艦長にはご自分の仕事に戻るようにおさせなさい、パーセファニ」

「はい、お母さま」

「キッド艦長にはあなたがお勧めの曲のリストをお持ちいただいて、もちろんそれで満足していただくことね。ごきげんよう、キッド艦長！」

キッドは言葉もなく頭を下げ、帰ろうと回れ右した。とっさにパーセファニが楽譜をつかんでキッドへ駆け寄り、「これで練習なさって……あたくしの代わりに、キッド艦長」と手渡した。

ごくりとキッドは唾を飲んだ。「そうします、ミス・ロックウッド」

彼女は母親の怒った顔を尻目に、片膝を曲げて深々とお辞儀した。立ち去るキッドの心はハミングしていた。


「ニコラス！お手紙に……トマス兄さんの将来のことで緊急事態だって、書いてありましたので」シシリアはキッドを無視して、息を切らしながら言った。暖炉のそばでお気に入りの安楽椅子にかけていたキッドが、驚いて立ちあがった。

「ミス・シシリア、そのマントを預からせてください」ニコラス・レンジはよどみない口調でそう言うと、シシリアの後ろに控えていたタイソーへマントを手渡した。「ええ、そう書きました。ぼくは、こちらの側からなんらかの行動を起こす必要があるかもしれないと考えているのです」

「ニコラス？　いったいなんの話だい？」と、キッドが新聞を置いた。

「兄さんは……それは、ミス・パーセファニ・ロックウッドに関係のあることだと、思いますけど、ニコラス？」

「そのとおりです」と、レンジは重々しく言った。

「まあ、兄さんは――」

ごほんと、キッドは意味ありげに咳をして、「シシ、実は――」

「彼はお屋敷に令嬢を訪ねて、温かく受け入れられたんです」

シシリアの瞳はきらめいた。「ご令嬢が……では、兄さんはこの先、望みがあるという……」

「そのことについてご相談したくて、ご迷惑をかけると思いましたが、ここまでお出でいただいたんです」

「まあ、ニコラス、もちろん、来ましたわ！　どんなことをしなければなりませんの？」

キッドは困惑して目をぱちくりさせた。「つまり、きみたちが話しているのは――」

「親愛なる妹よ、どうかすわりましょう。考えなければならないことがたくさんありますから」

暖炉のそばの二つしかない安楽椅子にレンジとシシリアは腰をおろし、キッドはうろうろするばかりだった。「きみたちが話し合うっていうんなら――」

「お願い、黙ってて、兄さん」シシリアはきつく言った。「これは大事なことなの、ね」

そのとおりだった。いちばんむずかしいのは、兄より社交に長《た》けた恋敵たちをしのぐ形で二人を自然に結びつけることだ。娘を守ろうとする母親が前面に出てくるかもしれないことは言うまでもない。

パーセファニ嬢の嗜好や性格についてシシリアとレンジはいろいろ議論し、細かいやり方について話し合い、どういうふうにやるか決めた。結局、一つの計画が浮かびあがった。

「トマス兄さん、あたしの言うことをよく注意して聞いてね。兄さんは、ジェーンとご主人の開くお茶会に招待されます。そして、まったく偶然にパーセファニ・ロックウッドも同席します。彼女を見たときに、兄さんはいかにもそれらしく驚いてみせるのよ。そして……」

「これはまあ、ミス・ロックウッド！　ここであなたにお会いするなんて、ほんとにびっくりしました！」キッドは丁寧に言いながら、喜びを押し殺した。ちらっとシシリアから注意する目配せがあったので、彼は令嬢の連れへ顔を向け、「ミス・ロビンズ、お目にかかれるとは、この上ない喜びです。ご機嫌いかがですか？」とすばやく付け加えた。

客間は広くなかったので、女性たちが席に着くと、とても打ちとけた集まりになった。

「七月の荒れ野《ムーア》は景色がとってても美しいって聞きましたわ」と、ジェーン・マリンズが口を切って、パーセファニへにこやかに笑いかけた。

「想像できますわ、ミセス・マリンズ。でも、あんな陽射しを遮る物のない所には、帽子とパラソルなしではいられませんわね」パーセファニは品よく言ってから、ちらっとキッドを流し見た。

「いつか、思い切って行ってみるべきでしょうな」ぎこちなくジェーンの夫が言った。どうやら、パーセファニの存在に気圧《けお》されているようだ。

「まあ、いけませんわ！　野生の馬や脱獄囚がいることを考えてくださいな……とっても危険よ、あなた」と、ジェーンが警告した。「良家の子女にはね」

シシリアがキッドのほうへ向いた。「トマス兄さん、お茶をついでくださる？」

「ペコーとチューチャを自分で混ぜましたのよ」と、ジェーンが鼻高々で言った。「主人はロンドンへ行ったときいつも、ストランド通りのトワイニングで、一、二ポンド、買ってきてくれますの」

キッドは青銅に銀をほどこした凝った作りの茶壺のところへ行くと、蓋をはずして、自分の仕事にかかった。「どうぞ、ミセス・マリンズ？」参加者の優先順位について厳しい訓練をした成果がいま出た。パーセファニが上位であることは明らかだが、ジェーンは既婚者だ。

パーセファニは礼儀正しく目礼してカップを受けた。キッドは戦略的に選んだ向かいの席にまた腰をおろし、おしゃべりが満ちたり引いたりするあいだ、存分に令嬢を盗み見た。

会話が途絶えると、シシリアがキッドへ目配せした。ゴホン、とキッドは咳払いをして、「いい天気だと思いませんか？」と明るく言った。

パーセファニがカップを置いた。「もしこの北東風がもっと西へまわったら、キッド艦長、あたくしたち、すぐに傘へ手をのばしたほうがいいですわね。あなたがたお船の方の言い方ではこうじゃありませんか？『太陽の向かい風になったら、信じるな、また変わるから』」甘い声だった。

キッドはお茶に逃げこんだ。

ジェーンとシシリアがすばやく目顔を交わした。「キッド艦長、あたしたち女にはかまわないでください、あたしたちは噂話が好きですから」と、ジェーンが言って、思い切ったような声で、「あの、うちの温室に新しいブーゲンビリアが咲いたんです。ミス・ロックウッドにお見せになったらいかがでしょう。もちろん、カリブ海にはいらしたことがあるんでしょ？」

期待してしーんとなるなかで、キッドは立ちあがった。心臓がどきどきしたが、あれこれ言葉を選んでいるうちに、パーセファニが立ちあがった。「あたくし、とっても興味がありますわ。そういう南国のお花について、もっとお話ししてください、キッド艦長」

二人はいっしょに小さな庭に入っていった。キッドは野菜畑や古い果実の木のあいだを進んでいき、温室へ入ると、できるだけ軽やかな声で、「これがブーゲンビリアです、ミス・ロックウッド」と言った。「ジャマイカでこの花を見たのを、よくおぼえています。バルバドスでも……」

しかし、なにかが彼女の気持ちをそらしているようで、顔をそむけ、キッドの話を聞いてはいなかった。キッドはもっとそばで花を見るふりをし、それから、片腕を差し出して彼女の背中に添えた。なにか気を悪くさせるようなことをしただろうか？

そのとき、パーセファニがキッドのほうへ向きなおった。「ミセス・マリンズは、カリブ海で結婚なさったんでしょ？」

「ああ、ええ、ミス・ロックウッド。妹が結婚式に参列したんです」キッドはなにかほかにも言おうと言葉を探したが、一言も出てこず、彼女は歩きだした。さらに何歩か歩きつづけ、キッドはなすすべもなくついていった。すると、彼女が足を止めて、ごくさりげない口調で、「あなたの社会通念ですと」と話しだした。「あたくしは親に命じられたとおりに結婚するって思われるかもしれませんわね。でも、誓って言えますわ、キッド艦長、あたくしは自分が好きで、大事にしたい方としか結婚しません。おかしな考えだって思うでしょ？」

彼女は告白しているのか……？

「わたしは……わたしはそういうお考えのあなたに、敬意を表します」しわがれた声でキッドは答えた。

彼女はキッドへ瞳を上げた。その表情はやわらいでいて、キッドには耐えられないほどだった。深呼吸を一つしてキッドは口を開いたが、その声は意外なほどかすれていた。「もしも、あなたはだれかと、海を職業とする男と、結婚したら、その男にそれを捨てるように期待しますか？　つまり、海を、です」

パーセファニはキッドの目が自分の瞳をとらえるのを待ってから、「いいえ、キッド艦長、そんなことはしません」

キッドの耳のなかで静かさが雷鳴のように轟いていた。やがて、パーセファニは背中を向けると、日陰になった塀のそばに建つ貝殻で飾られた小さな岩屋へゆっくりと向かっていった。いちどキッドを振りかえると、かがみこんで貝殻を一つ拾いあげた。それを両手のなかで愛おしむようにすると、「この貝殻をいただいていきます、これを見ると、きっとあなたのことを思い出しますわ、キッド艦長」

キッドが帰宅すると、ニコラス・レンジは急いで立ちあがった。その目はきらめき、興奮していることは見まちがえようもなかった。

「ニコラス！　信じられないだろうな！　彼女は来たんだ。いっしょに散歩して、話した。

きみのまえにギニー金貨の袋を置いて誓うよ……彼女はおれに好意をもっているんだ！」レンジも明らかにこの興奮を分かち合ってくれているようで、キッドは心を動かされた。「では、おめでとう、友よ。だけど、彼女のまえで言ったことは忘れないでおきたいだろうな。そのときはきみが繊細さに欠けることを、暴露してしまったんだろうな」

キッドはにんまりした。「すばらしいドレスを着ていた。あれはおれのためだったのかな？　髪は……」

レンジの声が妙だった。なにか激しい感情に突き動かされている。「親愛なる友よ、ここにぼくが持っているものがなにか、わかるか？」手書き文字がぎっしり並んだ汚い紙を、レンジは差し出した。

「ああ、いや、ニコラス。教えてくれ」

「これは、これはな、親愛なる友よ、民族哲学におけるぼくの拙論がある価値をもっているかもしれないという世間が示してくれた最初の、まさしく最初の証なんだ。これは、兄弟、ランフォード伯爵ご自身からの手紙だ！　ぼくの見解を新しいと褒《ほ》めてくれて、研究を進めるように励ましてくださったんだ」

とつぜんレンジは椅子に腰を落とすと、せわしなく瞬《まばた》きした。「それに、それに、ロンドンに来たら、アルベマール通りの王立研究所に自分を訪ねるように考えてほしいって言っておられるんだ」

キッドはランフォードという名前から、暖炉の研究をした科学者という以上のことは思い出せなかったが、レンジに強い影響を与えていることは疑いようもなかった。「やあ、すごくいい知らせじゃないか、ほんとに、わが友よ。ランフォード伯爵ご自身から！」

二人の気持ちを落ち着かせるぐらいのコニャックがあった。飲んだあと、レンジはキッドにこう言えるようになった。「自分のことで我を忘れていたよ、兄弟。きみの幸せな出来事をもっと聞かせてくれ」

「ああ、それについてはいろいろ考えているんだ。ミス・ロックウッドを訪ねるべきだと思う。楽譜を返さなければならないし、な」キッドはひとりよがりにそう言った。「だけど、その曲をおぼえるのにミセス・ジェーン・マリンズが助けてくれるかどうか、訊いてからにしようと思っている。ジェーンのお宅にいるときに、フォルテピアノが置いてあるのを見たんだ」

キッドは形式張って玄関の呼び鈴を引っぱった。彼はとびきり優雅な盛装をしていた——淡い黄褐色のチョッキの上に深い緑色のモーニングコート、クリーム色の半ズボン、苦労して襟飾りも結んであった。しかも、楽譜はリボンで縛ってある。

「サー？」先日とおなじ召使いだったが、キッドがだれか、わかったようすは見せなかった。

「キッド艦長です。レディ・ロックウッドをお訪ねしました」

「恐縮です、艦長」と、召使いは頭を下げ、なかへ戻って、キッドの鼻先でそっとドアを閉めた。心臓が激しく動悸を打った。足音が消えた。何十年もたったかと思えるころ、召使いが戻ってきた。「レディ・ロックウッドはご不在です」と告げて、召使いはキッドの肩の向こうへガラスのような目をすえた。

馬車が小屋のなかにあるのをキッドは見ていたので、夫人は外出していないことはわかっていた。「では……では、ミス・ロックウッドは？」

「ミス・ロックウッドもご不在です」

「ああ、では、どうぞ、これをミス・ロックウッドにお返しください」キッドは楽譜を手渡してから、これで訪問するいい口実をなくしてしまったと気づいたが、後の祭りだった。踵《きびす》を返すと、彼はその場を立ち去った。頭のなかが狂ったように騒いでいた。

シシリアはキッドの心配を打ち消した。「お母さまが防衛に出ているのよ、きっとそうよ、トマス兄さん。別の手を見つけなければ。ええと……ジェーンはとっても協力的なので、もう一度、ミス・ロビンズと〝お友だち〟を招待してくださるようにお願いできると思うわ。こんどは〝カードの夕べ〟よ。ジェーンには、ホイストに目のないかなり地位の高いお知り合いがいるわ」

ホイストは二人一組になって四人で戦う。そんなカード・ゲームで強い手が出せるようにおぼえるのは、キッドにとってなんとも骨の折れることだった——駆け引きのコツ、そろい手、パートナーと交わす微妙なやりとり。だが、キッドは最終的に、パーセファニに恥ずかしい思いをさせないこと、この一点にたどり着いたのだった。

のろのろと時間がたっていった。ようやく約束の夜になり、客たちが次々とやってくるあいだ、キッドは若い陸軍将校と上の空で言葉を交わしていた。ついに戸口でロビンズ嬢の甲高い笑い声が聞こえ、キッドは自分にむち打ってそちらへ顔を向けないように我慢した。

「まあ、ミス・ロビンズ」と、ジェーンの心のこもった声が上がった。

キッドはもう我慢できずに、ロビンズ嬢が見えるところまでさりげなく顔をまわしていった。彼女が見えた。〝お友だち〟を連れていた……抑えきれずにケタケタと笑う小柄な女性だった。パーセファニではない。

しばらくして、ロビンズ嬢がキッドにこっそりと紙片を渡し、いたずらっぽい口調で、「これをご覧になりたいだろうって思いまして」とささやいた。

三回勝負が休みなくつづいて、やっと終わったとき、キッドは一言断わって、席を立った。熱に浮かされたように彼は紙片を取り出した。それはロビンズ嬢に宛てたもので、〝カードの夕べ〟に招待してくれたことに礼を述べていたが、つづいてこう書いてあった

――〝いま、いろいろとお約束があって、当分どんなご招待もお受けできないのです……〟

手紙をたどるシシリアのしかめ面がすべてを物語っていた。だが、キッドはくっくっと笑って、「なんでもないさ、ただ、だれかがおれを騙《だま》そうとしているんだよ。だろ？　これはパーセファニの字じゃないもの！」

シシリアの表情はよくはならなかった。「そんなことは問題ではないわ、トマス兄さん。彼女のお母さまが書いたことはほとんど確かだわ。お母さまは兄さんにいい顔をしていないのよ、理由はなんであれ」シシリアは唇を噛んだ。「少し考えないといけないわ。ミスタ・レンジにご相談しなければ……。お休みをとって、陸上《おか》へお帰りになれるかしら？」

キッドはティーザー号にいるレンジのことを考えて、罪悪感をおぼえた。レンジは貴重な研究のためではなく、積みこまれる補給物資の点検や艦の仕事を忠実に果たすためにティーザー号にいるのだ。キッドには艦長として、入港中、自分が不在のときでも乗組員たちに艦の日課をつづけさせる権利があるが、いま、彼自身がティーザー号に姿を見せる回数は最低限に落ちていた。しかし、なにか問題が起こった場合には、レンジが使いをくれるとわかっていた。

「彼は今夜、食事に来ることになっている。おまえも――」

「ええ、トマス兄さん、三人で話し合いましょ」

由々しき事態だ、とレンジがシシリアの意見に強く賛成すると、キッドは酔いがさめる思いだった。「彼女の母親がからんでいることは、まちがいない。こういう問題では、もちろん、母親の希望が優先する。母親をなだめて、逆にやさしい気持ちを引き出すように画策するのは、ほんとうにむずかしいことだ」

シシリアが心配そうな顔でレンジに、「兄さんはしばらく、自分の想いを抑えておくべきかしら？」と訊いた。「レディ・ロックウッドが兄さんの人柄をお認めになるように、時間をおくべき？」

「二人のあいだでなんの連絡もないとなると、彼女の立場を好転させるようなことはなに一つ起こらない、そうぼくは思う。いま、親愛なる妹よ、ぼくには名案が浮かばない……」

キッドは立ちあがると、怒って行ったり来たりした。「そんな見当違いな考えはしないでくれ！　あの人はおれに面と向かって言ったんだ――自分は親に命じられたとおりに結婚はしない、自分の好きな人と結婚するって！　彼女の道は彼女自身に決めさせろ、くそっ」

レンジが両の指先を押し合わせて、「兄弟よ、もし彼女が結婚問題で母上の希望にそむいたら、そのときはまちがいなく相続金を失う、つまり、持参金をだ。そして、きみが期待していた社会的な地位は、ああ、必然的に、見直すことになる」

「それに、考えてみて、兄さん、彼女のようなお育ちの人が、満足すると思って？　一介の船乗りの妻としての生活に」シシリアがやさしく言った。

キッドは足を止めると、妹を見た。「ああ、満足すると思うよ！」ちょっと考えてから、強い口調で言った。「そして、おまえに見せてやるよ。おれは、おれは彼女を招待する、この家に、そしたら、世間もわかるだろう」

レンジの表情がやわらいで、静かに言った。「親愛なる相棒よ、それが賢いことだと思うか？　彼女の母上は――」

「〝音楽の夕べ〟にするんだ。しかも、しかも、欠席するのを残念がるほど錚々《そうそう》たる顔ぶれが集まる会だ。こういう重要人物たちのために音楽の夕べをやるので、手助けしてくれるようにと、ミス・ロックウッドに頼むつもりだ。母上だって、彼女が来なければならないことは、わかってくれるさ」

「華々しい顔ぶれ？」と、レンジが訊いた。「贅沢な、だから、費用のかかる夕べ？」

しかし、キッドに思いとどまらせるすべはなく、なんとか出した肯定的な答えにしか彼は耳を貸そうとしなかった。真夜中近くになって、主なことが決まり、翌日、シシリアは来てくれそうな名士たちに当たってみるという献身的な仕事に取りかかった。

これは海軍絡みの会ではない。キッドの階級では将官級に出席を要請することはできない。しかし、同時に、広い世間には、ネルソン提督のナイルの海戦に加わった者が、その五周年を記念して主催する晩餐会には喜んで出席したがる人たちもいた。

正午近くに、シシリアが満足できる情報をもって帰ってきた。もしキッドが招待すれば、プリマス市長閣下ご自身が喜んで招待を受けるというのだ。オールド・プリマスの入口を守る堅固な城塞の大佐と副官もおなじだという。

〝音楽の夕べ〟の準備を始めるときになったが、いちばん重要なことがまだだった。シシリアは招待状を自分で書くと言い、莫大な費用がかかるが、きちんと印刷した正式な招待状にしなければならないと言い張ったのだ。

招待状は急いで送られ、キッドはじれったい気持ちをなんとか抑えた。この夕べはとてもすばらしいパーティになるだろうし、上流社会でもっとも洗練された成功者でもこんな晩餐会を主催する立場にはなれないだろう。キッドは幸せな思いをのみこんだ。主人役として、おれはこの社会の頂点に立つ……それをこの家で彼女が見てくれる……。

招待をお受けする、という陸軍軍人たちの返事はすぐに来たし、海軍も同様だった。市長閣下からもそう遅くなく届いた。しかし、一人の返事は遅れているようだった。パーセファニはこんなパーティにいつも出席しているのだから、間近な会をいろいろと調整しなければならないのだろう、そうキッドは解釈して、できるだけあせりを抑えて待った。

晩餐会の日が近づいても、パーセファニからはなんの返事もこないので、キッドはいらいらしだし、だれに気がねのない避難所としてティーザー号へ行った。やがて、晩餐会の前日になってようやく、当直士官がキッドに密封した手紙を手渡した。手書きの文字が彼にはすぐにわかった。なにか説明のつかない理由から、彼はこの手紙をティーザー号で開けるのがいやだった。大事なその手紙をポケットに滑りこませると、ボートを出すように命じた。

一人になれる自宅の応接間で、キッドは面食らっているメイドのベッキーを下がらせると、安楽椅子にかけて、手紙を開いた。まるで指図されて書いているかのように、決まり文句が繰りかえされていたが、パーセファニ自身が力をこめて書いていることは否定しようもなかった。彼女は出席できない、それどころか、しばらくのあいだ、どんな招待も受けられないという。

キッドは手紙を機械的に畳むと、暖炉の飾り棚の真ん中に置いた。どう見ても、強制されて書いたものではなかったし、希望の余地を残した言葉もなかった。そして、最後に会ったときに彼女のなかに見たあふれる想いのかけらもなかった。

この手紙の奥にはなにかがある、そうキッドは確信した……だけど、なにが？　あの人は心変わりしたのだろうか、いまの生活よりひどく落ちた環境で暮らすのはどういうことか、考え直したのだろうか？　だれか求婚者がよこしまな言葉を使って、彼女がおれに背中を向けるように仕向けたのだろうか？　複雑な上流社会の決まり事をおれが破ったので、それで彼女の侮蔑を買ったのだろうか？

キッドはパーセファニ自身の口から聞くつもりだった。今度、彼女が荒れ野に乗馬に行くときに、出迎えて……。破廉恥なことだが、厩舎の者に賄賂《わいろ》を渡せば、時間と場所がわかるだろう。


パーセファニが到着するのが聞こえた。一列に並んだ馬車の最後尾で、キッドは重い気持ちをかかえながら、パーセファニの涼やかな声が馬番に挨拶して、馬車を立ち去らせるのを耳にしていた。小石を踏む彼女のしっかりとした足音が近づいてくると、キッドはまえへ出ていった。


彼女は一人で、いつものように完璧な乗馬服姿で、呆然としてキッドを見つめた。すぐに気持ちを落ち着かせて、丁寧な口調で、「キッド艦長」と言った。「びっくりしましたわ！　あなたが……ここであなたにお会いするとは、思っていませんでした」

「ええ、ミス・ロックウッド、以前、いっしょに乗馬を楽しみましたね。いま、ごいっしょしても、かまいませんか？」

「そんなこと、いけません」

キッドは顔が赤くほてってくるのを感じながら、かすれた声で、「では、一人で馬を駆るべきだと？」

「ご自由に。あたくしの関わることではありませんわ」パーセファニは手綱を取ると、馬に乗る準備を始めた。

「パ、パーセファニ！」思わずキッドは口走った。「ど、どうして？」

パーセファニは立ち止まっていたが、とつぜん顔をそむけた。それから、馬番へ向いて、「ガーヴィー、しばらく歩いていきます。距離をおいて、ついてきて」と命じた。

キッドを待たずに、彼女は荒れ野へ向かって早足に歩きだした。キッドは急いで彼女の横に並ぶと、あえてなにも言わなかった。

「楽しそうな〝音楽の夕べ〟については、あたくしから差し上げたお詫び状を、受け取られたでしょ」彼女はキッドを見ようとしない。

「承知しています、ミス・ロックウッド」

それでもちらっと彼女はキッドへ瞳を向けた。二人とも黙って歩きつづけ、歩調は落ちなかった。「ご成功を、願っております、キッド艦長」パーセファニは抑揚のない声で、感情を見せずに言った。

「わたしは、わたしたちは、だれかほかに手を貸してくれる人を見つけます、かならず」キッドはぎくしゃくと言った。両手をポケットのなかに入れてあるので、固くこぶしを握っているのは彼女には見えない。

パーセファニはなにも言わなかったが、しばらくしてから、歩調を落とし、「キッド艦長」と彼のほうを向いた。「あたくしのお友だちのことは、お話ししたことがなかったと思いますが」

キッドは困惑して口ごもり、彼女に話をつづけさせた。

「お友だちはある意味で、あたくしとてもよく似ているんです」さりげない口調で言って、彼女はかがみこむと、エニシダの花を摘んだ。「年もおなじなんです、実は」

「ええ？」なんとかキッドはそう口にした。

「でも、いま、彼女には一つ問題があるんですの」やはりさりげない口調で、「もう解決したと自分では思っているらしいんです」

キッドはなにも言わずに、この話がどこへ行くのか推測し、結末を恐れた。

「あの、お友だちは立派な紳士と出会ったんです、配偶者として考えられるような……でも、ご家族は、その紳士が自分たちの期待にそぐわないと感じたのです。彼のご一族はお友だちの一族より社会的地位が決定的に下なんです」

パーセファニは、一本はみだしたエニシダの茎をパシッと象牙のむちで打って、また話をつづけた。「彼女は愚かにも自分の感情に従って、見苦しい振る舞いをし、お母さまに叱られたんです。お母さまはお付き合いをつづけることを禁止しました」

「それで、あなたは……お友だちは……」

「彼女はお母さまを愛していて、お母さまに逆らえないのです、キッド艦長。そう思ってください」パーセファニは真剣な瞳でキッドを見つめた。

キッドの胃袋は引きつった。「こう言うのですか？　別の男が求婚したと……あなたの、お友だちに？」

パーセファニは即座に答えた。「彼にかなう人は一人もいません」

キッドは唾を飲みこんだ。「では、ミス・ロックウッド、わたしにこう言わせるのですね――あなたのお友だちは、ほんとうに卑劣だと思うと。お友だちが彼に以前、自分は好きな人以外とは結婚しないと言っていたとしたらね」

パーセファニは足を止め、真っ青になって、くるりとキッドへ向いた。「キッド艦長、ご自分がなにをおっしゃっているのか、わからないのですね。そんなことは言わないで」

「そして、もし彼女が自分の気持ちよりも安楽な生活を優先させるのだとしたら――」

「お黙りください、艦長！　そんなことは言わせません――」

「パーセファニ、おれは――」

彼女は深く息を吸うと、しばらく息を止めてから、悲しげにつづけた。「キッド艦長。彼女、彼女はお母さまを愛していて、お母さまを悲しませたくないのですが、それが問題なのではありません」見つめるキッドからパーセファニは視線をそらせて、ひっそりと言った。「お母さまの言うとおりですけど、ある意味で彼女の考えていることはちがうのです。たとえ両親をあきらめさせてでも、二人が結婚したと想像してみましょうか？　もし彼女が自分自身の友人や知人と別れたとしたら、上流社会とのつながりのない夫自身のことを、常に言い訳しなければならないでしょう。そうしたら、どんなことになるか、考えられますか？　そして、夫のほうは、妻の雰囲気や、妻の態度に対して毎日、言い訳を見つけなければならないとしたら？　彼にそんな負担がかかるのが、お友だちには耐えられないのです」

「まあ！　ニコラス、あなたでしたの――トマス兄さんかと思いましたわ。あの、兄さんはお留守ですの？」それでもシシリアはボンネットの紐を解いて、ここにいたい気持ちを表わしたが、それは上流社会のたしなみに反することだった。未婚の若い女性が付き添いなしで男性と同席するのは、眉をひそめられることなのだ。

「こんばんは、ミス・キッド」と、レンジは静かに言って、立ちあがったが、椅子のそばから離れなかった。

「わかりました。では、とても残念ですわ。だれが考えても、あなたにはいま、一人きりの女性をもてなすお立場にはいられませんものね……」しかし、レンジから笑顔は返らず、シシリアは立ったまま、心配になった。そこで、形式張って、「かけてもよろしいですか、ミスタ・レンジ？」と訊いた。

「あなたがお訪ねになったのがお兄さんのことでしたら、お知らせしなければなりませんが、彼はこの三日間、陸上《おか》へ上がってきません。ティーザー号は月曜に出港する予定です」

「兄さんは――」

「落ち込んでいます」

「かわいそうな兄さん」シシリアはため息をついて、リボンをひねった。「こんなことになりそうだったのではありませんか？」

レンジはまた椅子に腰をおろして、瞬《まばた》きした。「いまとなって考えると、この恋がいい結果になりそうだと彼に思わせたのは、親切なことではなかったです。キッドに縁故がないのは、彼女の母上の目には呪わしいことだったので……母上は野心的な人にちがいない、そう思います」

「パーセファニ・ロックウッドは兄さんにとても惹かれていましたわ」シシリアは思いをめぐらした。「すてきな夫婦になるでしょうに、もし……」

シシリアは立ちあがって、部屋のなかを歩きまわった。「彼女はお母さまのご希望に逆らいません、それは確か。だから、これはあたしたちがなんとかしなければならない問題です」

「二人の結婚に対するあなたの見方にぼくは心から賛成することはできますが、実現はしません。そうは考えませんか？　たぶん残念でしょうが、キッドの場合、この結婚の仲立ちをするのはやめるべきです」

「どうしてです、ミスタ・レンジ？　あなたにはロマンティックなお気持ちが少しもないんだと思いますわ」

レンジは黙っていた。目はくすんでいる。

「トマス兄さんが幸せな人生を送るために、手助けしなければならないことがあれば、あたしはかならずやります……もし、そういうことを思いつけば」シシリアは熱っぽく言って、ボンネットを取りあげると、考えをめぐらしながらボンネットをかぶった。とつぜんその手を止めて、「あるわ……でも、実現するためには、時の神さまがあたしたちに味方してくださらなければ……。それに、あの方は頼まれれば、あたしたちに特別のご親切を……」いたずらっぽくシシリアは眉を寄せると、立ち去った。

召使いが銀の盆に手紙を載せて、音もなく入ってきた。レジナルド・ロックウッド提督は朝食をとっているとき、怒りっぽいことがあるので、召使いは遠慮がちに、「緊急のお知らせです」と伝えた。

「なに？　ああ、ここに置いてくれ。それで、くそッ！」

ロックウッド夫人はため息をついて、また娘の刺繍をあれこれ批評していたが、夫が興味津々で鼻を鳴らしたので、顔を上げた。「なんですの、あなた？」

「ああ、なあ、おまえ、今夜は約束をしないで、空けておいてくれよ！　ブルームズベリー侯爵が〈アット・ホーム〉で、わたしに会いたいようなのだ。侯爵がプリマスにおられるとは、知らなかった。おぼえているか？　一年ぐらい前に、宮殿でおまえを紹介したが」

「まあ！」ロックウッド夫人はとつぜん思い当たって、「ブルームズベリー侯爵……それは興味を引かれますわ、レジナルド。侯爵は外交畑で高い地位におられるんでしょ、確か」

「ああ、そのとおりだ。思慮深い方で、世界中をまわっておられるが、仕事は極秘裏にやるのがお好きだ。たまたま知ったのだが、侯爵はビリー・ピット元首相ご自身を動かすことができるそうだ。これはおまえには言うまでもないことだが、わたしが海上の指揮権を与えられたら、侯爵はうまくやっていかなければならない相手だ」

「ええ、そうしなければね、レジナルド。侯爵はアランデル伯爵のご長女と結婚なさったのではありません？　シャーロットと？　調べておかなくては」

夫人は満足がいくと、娘のほうへ向いた。「ねえ、パーセファニ、侯爵はとても大事なお方よ。あなたもいっしょに来て、ご紹介いただくことね。いいこと、殿方は高尚なお話をなさるから、わたしたちは直接、話しかけられないかぎり、口をきいてはいけませんことよ」

「はい、お母さま」
「ドレスは、刺繍をしたクリーム色の平織りのがいいわ。それから、この巻き毛はもっときちんと整うようにしてごらんなさい……あなたは今夜、注目の的ね」

　ロックウッド提督の馬車はギシギシと音をたてて停まった。召使いが急いで一行に手を貸して、馬車から降ろした。「さほど大きな屋敷ではないな……だが、ここにブルームズベリー侯爵はおられるのか」第一正装に身を整えた提督は、妻の腕を取った。「侯爵のプライバシーがいつも考慮されるのだ。侯爵はただプリマスを通過されるだけだと思う……侯爵の主人役はいったいだれだろう？　侯爵が出発されたあと、お近づきにならんといかんかもしれないな」

　玄関口で一行は品格のある執事に挨拶された。「よくいらっしゃいました」一行は階段をのぼり、小さいが、品のいい応接室に案内された。

　部屋の外でロックウッド夫人は立ち止まり、最後の一分でダチョウの羽根飾りを整え、パーセファニをもう一度、点検して、「いいこと、おまえ、主人ご夫妻には温かい笑顔と、特別に心遣いをすること、忘れずにね。さあ、レジナルド、わたしたち、用意ができました」そこで、一行はなかへ入った。

「サー・レジナルド・ロックウッド提督、ならびに、ご令室レディ・ロックウッド、ご令嬢ミス・ロックウッド」執事が触れた。

ロックウッド夫人が飛び切り優雅な笑みを浮かべて、紹介を受けようと、まえへ進んでいった。

「侯爵閣下、わたしがご紹介する名誉に預かってよろしいでしょうか」と、主人役が言って、「サー・レジナルド、ならびに、レディ・ロックウッド、お二方のご令嬢ミス・パーセファニです」と調子をつけて言った。さらに、「提督」と、主人は、口をあんぐり開けたロックウッド提督と夫人へ向きなおった。「どうぞ、こちらが、誉れ高きフレデリック・ブルームズベリー侯爵とご令室のシャーロット侯爵夫人です」

ブルームズベリー侯爵は笑みを投げかけた。「みなさんにわしの友人を紹介すべきだと思うが」と、侯爵は隣りに立っている温厚そうな人物を示した。「ウィリアム・グレンヴィル男爵だ、イギリス国家の外務大臣である……ウィリアム、そう言っていいな?」

「ああ、ありがとう、フレデリック。ごたごたつづきのアディントン内閣は、この冬を生きのびることはできそうもない、そう思う。ピットがふたたび政権を執ったら……そう、わたしもふたたび重荷を背負う覚悟だ、え?」

ロックウッド夫人は深く膝を曲げた姿勢から立ちあがり、なんとか言葉を出そうとあたふたしたが、自分が目にしている光景に仰天して、口がきけない。そのあいだに、若く美しい女主人はブルームズベリー侯爵夫人の腕を取って、片脇へ引き寄せた。「レディ・シャーロット、お礼の言葉もありません！　奥さまと……」女主人は口ごもった。

「よしてよ、シシリア。あなたとまたお会いできるなんて、とってもうれしいわ。もちろん、わたくしたち喜んで、キューピッドに手を貸してくれるようにお頼みしますわ。グレンヴィル男爵がたまたまプリマスにいらっしゃるなんて、めったにない機会ですもの、もちろんね」侯爵夫人はやさしい笑みを浮かべて、さらに、「でもね、フレデリックはお父さまの男爵家を継いだので、みなさま、新年にはフレデリックのためにいろいろ計画を立てておられるようなの。ということは……お願いね、またわたくしたちと会うのを断らないでくださいな、あたくしのかわいい方」

シシリアは、フレデリック・スタナップ卿の夫人としてむかしから知っていてお仕えしたレディ・シャーロットにそう言われて、なんとももったいない思いがあふれ、顔が上気した。「こちらこそ、かならず、楽しみにしております」

ようやくロックウッド夫人が落ち着きを取りもどして、この家の主人へキンキン声で、「キッド艦長！」と呼びかけた。「いったいぜんたい、どうして……あなたはここでなにをしているんです？」

「レディ・ロックウッド、ここはわたしの家《アット・ホーム》ですし、おもてなしをしようと思っています」夫人の顔に現われた表情は、キッドのこのところの苦しみの一分一分に報いるものだった。

ロックウッド提督が、「国家の重要なお役目です」と外務大臣にうやうやしく言った。

「確かにな、提督……しかし、そのことはあとでまた。わたしはキッド艦長自身の口から聞きたいと思っていたのだ。むかし乗っていたボートに穴が開いて、帆布で穴をふさぐのに、フレデリックにロープを引け、かな、キールを引けだったかな、そんなふうなことを命じたと言うが、それはほんとうか。さあ、艦長、その話をしてくれ」外務大臣はデザート・ワインのグラスを受け取ると、キッドをそばへ引き寄せて、遠いむかしにカリブ海で起こったボート航海の、心躍る話に耳を傾けた。

とまどったロックウッド提督はこんどはブルームズベリー侯爵のほうを向いて、「侯爵閣下、西部地方へいらしたのは、初めてですかね?」

ところが、侯爵は、ちょうどそのとき二階からためらいがちに降りてきたすばらしく洗練された紳士へ顔を向けて、「おお、ミスタ・レンジ！　会えて、うれしい！」と挨拶したのだ。「聞いたぞ、食人族の島について書いたきみの論文が、なにやら成功をおさめたそうだな」

「もうお聞きですか？　あの、そうなんです、閣下。幸運にも、王立研究所のランフォード伯爵が認めてくださいまして。ぼくの小論には見るべき価値があるとお考えのようで」

ブルームズベリー侯爵はロックウッド夫人のほうを向くと、自信たっぷりに言った。

「ミスタ・レンジは実に博学な男です。マダム、この男の言うことには注目することですな。彼の学問上の知識は、この地球上のさまざまな地域で得た実体験に基づいたものだからです」

ロックウッド夫人はただ黙って片膝を曲げて、お辞儀することしかできなかった。

「教えてくれ、レンジ、きみはいまどこにおるのだ？」

「ミスタ・キッドが大変親切にも、自分の住まいのなかにぼくの部屋を提供してくれているのです」

「実にいいやつだ。海軍の誇りだな」と、ブルームズベリー侯爵はうなずくと、向こうの外務大臣へ、「おい、グレンヴィル男爵」と声をかけた。「この男はレンジだ。おぼえておるか？　ピカデリーの〈ハッチャー書店〉で会った、あの折りは偶然だったが」

「ああ、そうだった。しばらくだな、レンジ。あのときはたまたま、ギリシャ頌詩に関してきみのまっとうな賛辞を得たのだったかな？」

「たぶん、男爵閣下」レンジは小さく笑った。三人は笑いながら、ロンドンで会ったことや、水兵叛乱の危機を思い出していたが、キッドはパーセファニ・ロックウッド嬢が自分へやわらかく投げかけている特別な視線だけに目を奪われていた。

第十一章

プリマス港のバーン・プール泊地で、午前十時ちょうど、HMSティーザー号は出港配置についた。北へ半マイルほどのところに、デヴィルズ岬の気持ちのいい散歩道が見える。トマス・キッド海尉艦長は洗い清められた艦尾甲板で配置について、両足を大きく踏ん張り、戦争へ出てゆく国王陛下の軍艦を見ようと岬に集まった人びとへ、なんとか目をやらないようにと骨折った。

この朝はすべてが完璧だった。空と海の深い青、けだるい陽射しを浴びた田園の緑、おだやかな南西風、自分の指揮艦のみごとな姿。そして、胸に抱いたパーセファニとの信じられないような思い出。

「副長、出してくれ」と、キッドは命じた。「きみが指揮をとるのだ」

小さなスループ艦ティーザー号はバーン・プール泊地にゆったりと繋留しており、ハモーズ川にはたくさんの艦船が行き来しているが、ティーザー号を外洋にもちだすのは面倒な仕事ではない。

「アイ、アイ、サー」と、スタンディッシュ副長はしっかりと答えて、前へ踏み出した。

「渡れー、帆を広げろー」

トップ台員が索具に取りついて、ヤードを渡っていき、帆が次々と広がって、風をとらえた。ティーザー号は行き脚がつくにつれて、愛らしく横振れしながら、デヴィルズ岬を左舷にした。だが、見送っている彼女の姿を探そうと、岬を見ることはできない、そうキッドにはわかっていた。いまも自分の姿は、強力な海軍の望遠鏡で逐一とらえられているにちがいないのだ。

ドレーク島をかわすと、ティーザー号は海から吹きつける風に傾いて、南へぐんぐん走り、広い海へと向かった。今回は密輸団を追うけちな仕事ではない。それは後まわしにできる。今日の出動はもっと重大な任務だ。私掠船の〝血まみれジャック〟を追跡する。やつはまた海岸線の沖合に現われて、略奪を働き、罪のない人たちを殺戮《さつりく》したのだ。

ティーザー号はプリマス水道を出て、レイム岬から西側にあるすべての湾や入江、島の風下にまで入って私掠船を探せと命じられている。異常なほど土地鑑のある〝血まみれジャック〟が隠れこみそうな所はすべてだ。この悪党に出会ったら、その場でやつの悪行を断ってやる、そうキッドは誓った。

だが、掌砲次長のスタークがいない。スタークはポルペロへ派遣されて、まだ戻ってきていない。スタークに同行したルーク・キャロウェイが、出港直前に一人だけ帰ってきた。

彼は、スタークが骨折って書いた手紙を持っていた。

しん愛なるキッド艦長。ご命令どおり、自分は艦長がさがしておったやつを調べて、みつけだし、いま、証こを見つけるために、船に乗ってます。一、二週かん、かかるです。よろしく。トウビアス・スターク

つまり、スタークはなにか探り出したということだろうか？　艦首楼時代から自分の仲間だった開けっぴろげで一本気なスタークが、下劣で冷酷非情な悪党団のなかでスパイまがいのことをしているかと思うと、キッドは不安になった。しかし、真相を探る獰猛《どうもう》なまでの勇気と肝っ玉の強さをもっている男がいるとすれば、それはスタークだ。

「艦長、針路は？」と、スタンディッシュ副長が訊いた。

「ああ、レイム岬の風上へ」海岸に沿って走っているので、複雑なコンパス針路をとる必要はなく、上手まわしするちょうどいい頃合いを見計らって、ひと間切りでレイム岬をとらえる。それはスタンディッシュ副長にとっていい訓練になるだろう。

命令が伝えられ、副長がキッドの片舷へ戻ってきた。「あの、ほんとうのことだと思えるのですが、艦長、みんなの話していることが……もしほんとうじゃなかったら、ご無礼をお許しください……その、艦長は、提督のお嬢さんの愛を勝ち取られたのですか？」

キッドは鋭く副長を見たが、その顔には率直な賞賛が読み取れるだけだった。「ミス・ロックウッドはわざわざわが家をご訪問くださったのだ」と彼は言って、誇らしげな口調を後悔したが、自分の気持ちを隠すのはむりだと悟った。「もちろん、ご両親とごいっしょにだが」

「それで、もしわたしが聞いたことが正しければ……お二人のことをみなさんでお話しして……雲の上の方たちも」

もう崇拝される英雄と言ってもよかった。「実は、わたしは以前、スタナップ卿として ブルームズベリー侯爵を存じ上げていたが、侯爵の特別なご友人である外務大臣のグレンヴィル卿は……」これでは深みにはまるばかりだ。ちらっと、キッドはマストを見上げた。「副長、フォア・マストのトップスル・ヤードだが、あそこに見えるのは、ほつれたロープの切れ端じゃないか?」うなるようにそう言うと、切れ端が処理されているあいだに、キッドは下へ逃げこんだ。

椅子にかけて、艦尾窓から消えてゆく航跡を憂鬱な思いで見つめながら、キッドはふうっとため息をついた。「ニコラス。世間中が知っているみたいだ。おれはどうしたらいい?」

ニコラス・レンジは書類を置くと、かすかに笑みを浮かべた。「それこそ、ぼくの頭を占めている問題だよ、親愛なる相棒。まもなく、きみは有力一家の一員になり、かなりの持参金を受け取る。ものの道理として、きみの夫人はそれなりの屋敷を探す」

キッドはにっこり笑った。自分を夫婦の片方と考えるのは初めてだし、すばらしいことだった。

「ぼくは心配しているんだ」と、レンジがつづけた。「十八番邸の〝都会のなかの理想郷〟は寂しい一人住まいになる。たとえぼくが家賃を支払う手段を見つけたとしても――

――」

「ニコラス」と、キッドは温かく口をはさんだ。「きみはいつでもおれたちといっしょに住む。心配するな」

「ありがとう、兄弟。しかし、家長の望むところは常に妻の望まぬところ、ぼくはそう考えざるをえないよ」

心の通い合う静けさのなかに二人はすわっていた。やがてレンジが尋ねた。「きみの恋の行方を教えてくれないか？　もう求婚はしたのか？」

キッドは深い笑みを浮かべた。「帰ったら、その時間はたっぷりあるよ……それで、細かいことについて、きみの助言がもらえたら、うれしい」

「喜んで。きみは上流社会の慣例に従うべきだ、もちろんな。まず、彼女が求婚を受けることを確認するために、二人だけで会う。次に、父親に正式に会って、結婚を認めてくれるように頼む。なにか……下打ち合わせが必要だな。結婚式に関わるきみのもろもろの事情が……」

こんな話をしているのがキッドにはとつぜん不安になった。もう気持ちを静めることができて、彼は立ちあがった。「こんな話はやめよう、ニコラス。おれには指揮しなければならない艦《ふね》がある。あのあばたの掌帆長はどこにいる？」

その夜、南西風を軽帆に受けて、キッドは吊り寝台に転がりこみ、気持ちを落ち着けて眠ろうとした。頭に押し寄せてくるいろいろな考えをなんとか閉め出そうとしたが、それはあの手この手で押し入ってきた。

まもなく結婚することはすでに明らかだ。父親はいつもキッドを認めているし、母親も時間がたてば歩み寄るだろうと、パーセファニははっきり言った。だから、あと数カ月でおれの生活は変わり、上流階級のなかでも特段高い世界で、既婚者として暮らすのだ。

シシリアはおれのことをすごく誇りに思うだろう。ギルフォードの両親を訪ねるときは、馬車に召使いと高貴な花嫁を乗せていくことになる……それはキッドがほとんど想像もできない目くるめく未来図だった。

だけど、パーセファニはどうだろうか？　おれは彼女の期待にかなって、権威と知性、洗練された感性、上流社会のおっとりした礼儀作法などすべて身につけた立派な夫になれるだろうか？　くそっ、おれは彼女にふさわしいだろうか？

事はあまりにも急激に起こった。おれは今日まで己自身を頼りとし、行動の選択の自由を生活信条としてきたが、それを毎日命じられ指示されたとおりにやる、型にはまった生活に変える覚悟はできているだろうか？

優雅な暮らしや、気を遣った繊細な話し方に飽きて、以前の暮らしのような単刀直入な物言いや率直な楽しみ方に密かにあこがれるようになるだろうか？　パーセファニは理解してくれるだろうか？　裏切られたと傷つくだろうか？

キッドは休息のない眠りに落ちた。

ティーザー号の仕事ははっきりしていた。私掠船を発見して、叩きつぶす。プリマスから西へゆっくりと巡航して、走りながら徹底的に探す。一方、フェネラ号のベイズリー艦長は反対方向の東へ走る。

常に海岸の近くにいるのは、注意の欠かせない仕事だ。毎晩、沖合にとどまって、毎朝、また海岸へ接近する。どの湾を渡る場合でも、ただ岬から岬へと長く一直線に横切るのではなく、用心が許すかぎり、海岸に近いところを進む。

レイム岬が後方になると、風下側にウィットサンド湾の長くカーブした海岸線が現われた。ティーザー号はすべてのヤードに軽帆を張って、仕事にかかった。ときおり人家の固まった集落を通りすぎた。その名前をいまではキッドもよく知っていた——トリウィンノー、トレガントル、ポートリンクル。どの集落にもたくましい漁師や、無謀な密輸業者、いつかレンジの民族研究の対象になるだろう土着の人たちもいるにちがいない。

午後になって、ルーの町が見えるところまで来た。港に横付けしてひと晩すごせば、レンジは中世の風景を見ることができる、そんな考えをキッドはもてあそんだが、結局、沖合にいれば操艦の自由がきくので、そうすることにした。それに、不必要な入港料を負担することになったら、海軍本部は艦長に渋い顔をするにちがいない。

海岸のすぐそばにあるルー島を調べると、キッドは針路を定めて、ふたたび海岸線沿いに走りつづけた。常に砲列に乗組員の半数をつけて、ホア・ストーン、イソップス・ベッド、タランド湾とたどっていくのは、疲れる航海だった。

ポルペロ、アダー・ロック、ペンキャロー岬と探索しながら通りすぎて、ランティック湾に錨を降ろした。この先も長い走りになる。翌朝早く、ティーザー号は錨を揚げて、ふたたび探索航海を始めた。キッドはスタンディッシュ副長をフォイに派遣し、新しい情報を探らせたが、なにもなかった。

セント・オーステル湾ではゆっくりと上手まわしして、南のドッドマン岬へ向かった。途中のメヴァジスジー、グニアス岩群など、すべての場所がいまは重大な意味をもっている。一マイル、また一マイルとぎざぎざの海岸線をたどっていく。人っ子一人いない入江、小さい岩島の群れ。沿岸貿易船やラガー、ヨールなどの小型帆船が小さな港から港へゆっくりと進んでいく。どれもまっとうな船だとわかるまでは、敵の可能性がある。ときおり、洋上に点々と帆が現われるが、帰国した外航商船から敵の沖合で会合しようと出ていく軍艦まで、どんな船であってもおかしくはない。

ファルマスでキッドは上陸して、なにか情報はないか確かめたが、またも〝血まみれジャック〟は格好の逃げ場をよく知っていて、略奪品の山のなかに消えてしまったようだった。

キッドはうんざりして海へ戻り、長いジグザグで走りながら、有名なリザード岬をめざした。その風下側でひと晩、待つことにした。というのも、私掠船が隠れるのにどこよりも可能性のある場所があるとしたら、それはイングランドの最南端の地だろうからだ。英仏海峡を西に向かってきた船舶は、このリザード岬で変針して、北のアイルランド海やリバプールへ向かうのだ。

しかし、翌日、夏の陽射しは去って灰色に曇り、ときおり吹きつける気まぐれな風が南に逆転して、気圧計の針が落ちだした。天候が変わる確かなしるしだ。リザード岬をかわすと、キッドは骨折りながら、波の動きがいままでよりはるかに激しくなって、ティーザー号が西からのうねりに乗っているのを確かめた。この悪化する天候のなかでウルフ・ロックや大きく散らばるシリー諸島に近づいて調査するのは、気が進まなかった。

ペンザンスでは私掠船についてなにか知っているだろうが、探索に協力してくれる見込みはほとんどなかった。ヴァイヴァン号のパールビー艦長がペンザンスに来るだろうとキッドはなかば期待していた。というのも、パールビー艦長は北の海岸線へ派遣されているので、当然ペンザンスに寄港すると考えられるからだ。しかし、キッドには任務がある。パールビー艦長を待たずに、彼は進みつづけ、任務どおりウルフ・ロックへ向かった。ティーザー号は艦首に波山を受けては、白いしぶきを広げ、ぎくしゃくと揺れかえった。

空が陰鬱な灰色を濃くしていくなかで、ティーザー号は、騒乱する白波のなかに黒々と一本立つ恐ろしい岩柱ウルフ・ロックを発見し、細心の注意を払って通過すると、大西洋の荒野へ進んでいった。風が本格的な嵐になる前にシリー諸島をかわそう、とキッドは決心した。

その一時間のあいだに状況はもっと厳しくなった。風が南になったため、シリー諸島をまわるには逆風になってしまったのだ。そんな最悪の状況のなかで、ティーザー号は見張員を二倍にしたが、それが最悪ではなかった。ティーザー号はシリー諸島へ針路をまっすぐにとることができず、風へ向かって大きなジグザグ航行でのぼっていったため、ほとんどの時間、シリー諸島が見えず、次の間切りでは不運にも衝突する危険があったのだ。

いまや最高の航海術が必要だった。ふつう船乗りがまず心がけるのは、危険な岩群から充分に距離をとることだが、この航海はただシリー諸島を視認するだけでなく、間近に寄って調査しないかぎり徒労になる、そうキッドにはわかっていた。徒労にしないためには、一回一回の上手まわしを注意深く計算して、最後のひと間切りでは、ティーザー号が散らばる島々の西側に正確かつ安全にいるようにしなければならない。

天候は悪いが、視界はまだよかった。だが、それもいつ変わってもおかしくない。いまは六分儀やクロノメーターを使う科学的な航海術ではなく、風によって押し流される距離や、強い潮流によって起こる海の大きな動き、北から入ってくる逆の潮流、それらを勘案した推測航法というもっとはるかにむずかしい技術がいる。ダウス航海長は険しい顔をして黙って立ち、その目は絶えず広い大西洋から入ってくる大波の白い頂から頂へと走っていた。

雨は断続的に荒々しくやってきて、ずぶ濡れの帆脚綱をだらんとさせ、ときには小降りになって通りすぎていくこともあったが、大海原を白い斑点の散るうなる広がりと化した。だが、奇妙なことに、雨は波山から獰猛な力を吸い取って、貪欲な砕け波ではなく、おだやかな丸い小山に変えていった。

やがて、カーテンのような雨脚の奥から初めて島々が形を見せてきた。恐ろしいほど近い。正確に陸地初認することが肝心で、島の方角を教えてくれるのは風向きしかなかった。

「艦長、これは、ポル浅堆《バンク》ですわ」と、ダウス航海長が言った。「ビショップ・ロックはここらのどこかにあります」その声には安堵した響きはまったくなかった。

シリー諸島の西端だ。雨で灰色になって低くうずくまる名もない岩群は、たぶん、この海域で最悪の障害物だろう。一世紀ほど前に、地中海から凱旋帰国するイギリス艦隊の旗艦アソシエーション号と麾下《きか》の艦艇の大部分が、最後にこの諸島に出会い、提督以下二千人近くの乗組員が死んだ。

「艦長、北北東のはクライム岩礁ですな」と、航海長がつぶやいた。

いまはもう、美しく優雅だった陸上生活の夢のような思い出は急速にうすれていった。現実は、海の危険に満ちたこの荒野であり、ばたつく油布製雨合羽《オイルスキン》から流れこむ雨水だった。

ありがたいことに、ティーザー号は復路につくためにいま、ビショップ・ロックをまわることができた。不快に身を揉みながら、ティーザー号は恐ろしく散らばるクライム岩礁のそばを通りすぎた。白く炸裂する波しぶきのなかにところどころ暗い裂け目があるのを見ると、キッドは体が震えた。

ティーザー号はシリー諸島の風上側を進んでいるので、私掠船の隠れ場所になりそうな所をいくつか探ることができた。私掠船がもっともいそうなのは、集落の近くのクロウ水道とセント・メアリーズ錨地だった。もしも私掠船がそこで略奪物を降ろしているとすれば、完全に不意打ちをかけられる場所だ。だが、航海長の意見では、新たに吹きだした強い風は脅威であり、そこの海底は錨の掛かりが悪い砂地なので、本艦も私掠船も荒波に揉まれたら危険で、鳥さえ飛び去ったにちがいないという。

しかし、任務がある。天候は西からいっそう悪くなっていくが、キッドは沖から何本も入ってくる複雑な潮流に惑わされないように用心しながら、私掠船のいそうな錨地を一つ一つ調べていった。航海長の言うとおりだとすれば、そうした潮流は曲がりくねった水路や浅瀬を通ってくるので、一時間で変わってしまうらしい。

ラウンド島の丸い塊りが近づくと、帰る時間になった。艦尾から風を受けて、まっすぐにランズ・エンドへ向かって走り、そこからペンザンスの風陰に入る。しかし、南西からの風はまちがいなく強くなっていくし、うねりは長くなっているので、艦尾斜め後方から波が襲うたびにティーザー号は身を揉んで揺れかえった。

ランズ・エンド沖に着いたころには、打ち身を作るたえまない揺れはやんだが、港で静かな夜を迎えるなどと夢想する者はほとんどいなかった。

ダウス航海長がマストからのびるロープにしっかりとつかまって、「艦長、ペンザンスで？」と訊いた。

キッドはちょっと考えてから、「いや、航海長」と答えた。「風向きに注意してくれ。もし風がもっと逆転して南になったら、問題のフランス野郎を見つけたとしても、本艦は逆風につかまってしまう。いや……リザード岬まで行って、今夜は沖合で錨泊する」

キッドの仕事は海岸線に沿って戻り、プリマスを通りすぎて、パトロール海域の東半分に入ることだ。ベイズリー艦長のフェネラ号とすれちがうときは、だれも、海での忍耐力のぎりぎりまで十字波に揺さぶられることはまちがいない。〝血まみれジャック〟は己の力を示した。あなどれない相手だ。海上にいること、それがティーザー号の最優先事項だ。ティーザー号は海岸線から慎重に距離をとりながら、その日の最後の数時間を費やして、マウンツ湾を渡り、雨に閉ざされたセント・ミカエル・マウント島の堂々たる岩山を通りすぎると、リザード岬へと針路を定めた。いまや一面の白波だった。背に白い筋を引くぎざぎざの大波がティーザー号の横腹に叩きつけては轟き、波しぶきを炸裂させて、甲板当直員たちを悲惨な目に遭わせた。

ようやくリザード岬にたどり着き、岬をかわして、その風陰に入った。最悪の風がやわらぎ、ティーザー号は急峻な近づきがたい断崖の下に錨を降ろした。帆が降ろされると、ティーザー号は旋回して、艦首を波へ向け、ありがたいとばかりに錨索に鼻先を押しつけた。

甲板当直員が解散するまでキッドは待って、下へ降りた。暖かい食事など望むべくもなく、従兵のタイソーがびしょ濡れの衣服を替えてくれると、固いパンとチーズをしゃぶりながら、海での忍耐力についてあれこれ考えた——海へ向かう艦の状態、懲罰のような状況に耐える男たちの意志。堂々たる戦列艦ならこんな強風のなかでも、ちょっと鼻を鳴らしてしかめ面ぐらいはするだろうが、本質的にはもっと堂々と、予想どおり進んでいくだろう。だが、小さなブリッグでしじゅう持ちあげられたり落とされたりしていると、残酷なほど筋肉に負担がかかる。長いあいだ辛抱していたので、体はへとへとだった。キッドは、夜が明けたら風がやんでいてくれればいいが、と願った。

朝が来ても、救われることはなかった。強風はいぜんとして叩きつけ、ぎざぎざの波はその背中に泡筋を引いていたが、ティーザー号には任務がある。最初の曙光が射すと、錨が揚げられた。

「艦長、ファルマスで？」ダウス航海長が訊いた。

舵輪についている者たちが一言、一言に聞き耳を立てているのをキッドは知っていた。ファルマスは心をそそられる場所だ。このリザード岬からほんの数時間のところにあり、キャリック錨地は広大な避難場所を提供してくれる。

しかし、こんな海で生きのびられる船など一隻もいない。ティーザー号は入港するのに――ファルマス港には南に面した入口が一つあるだけだから――転覆する危険を冒すことになる。私掠船にしてみれば、この悪天候で獲物は逃げ去っていないから、どこかの居心地いい隠れ場所で強風が去るのを待っていることだろう。もしキッドがそこへ行けば、無防備の私掠船を発見できる。やってみる価値はある。

「いや、このまま走るぞ、航海長。われわれが追っている男は残忍ではあるが、優秀な船乗りだ。この風を無視しようとは思わないだろう」航海長の厳しい表情を見て、キッドは付け加えた。「もちろん、いつでもフォイに逃げこめる」

ダウス航海長はなにも言わなかったが、踵を返して艦首のほうへ行った。キッドは次々と命令を出して、ティーザー号を見守った。ティーザー号はスピードを上げて北へ向かい、危険に散らばるマナクルズ岩礁をすぎて、風から比較的かばわれたファルマス湾へ進んでいった。

そのままファルマス湾をすぎ、海岸線から離れないようにしながら、グリーブ岬をすぎると、岩の断崖の下に一、二マイル、海岸線が北東へきれいにのびているのが見えた。それで大いに安心して、ティーザー号はぐんぐん進んでいった。キッドの思いはこの世界から別世界へとさまよっていった。その世界で最大の危険は社会的不作法を冒すことであり、最高の技術はテーブルでうまい冗談を言うこと、ずぶ濡れのシャツを着て固いパンを食べることなど生涯一度もない生活だ。

嫌がる気持ちをキッドは押しつぶした。愛する人の慰めのある新しい生活に落ち着いたら、そんなことを考える時間はたっぷりある。

ドッドマン岬に差しかかると、一連の突風が次々とコンパスの円をまわるように襲ってきた。ティーザー号はベローズ浅瀬から押しかえす波で水浸しにならないように懸命に戦ったが、立派に切り抜けて、風陰になっている海上をふたたび北へ進みだした。

グニアス岩礁、メヴァジスジー湾――このあたりの海は西へと出発したときはおだやかで、太陽が爽やかに輝いていた。いまは、暗い灰色にくすんだ緑色が混じり、海岸線はたえまなく走ってくる白い筋模様の砕け波に縁取られている。ティーザー号は、パー・サンズを充分に風下に見て、後にした。小さなポルケリス港の向こうには、私掠船にとって避難所というに値する所はない、それは確かだ。やつらはグリビン岬をかわして、フォイへ向かうことだろう。

沖合へ出ると、ティーザー号の避難所はなくなった。グリビン岬そのものは、岩のふもとに大波が叩きつけて、その泡しぶきに隠れて見えなかった。ティーザー号はおぞましいほど横揺れしながら、岬を航過した。

しかし、この判断は正しかっただろうか？ このまま進むべきか？ コーンウォールに港はたくさんある。フォイ港は南西へ向いているので、入るにはいいが、出るには完全に逆風になる。ティーザー号を不必要に避難所へ入れるようなことをしたら、自然に屈服した以外の何物でもない。

キッドはダウス航海長を呼びにやった。「この荒天を航海長はどう思う？ 風は止むと思うか？」

航海長は唇を引き結んで、走っていく雲をうかがった。水平線に沿って真珠のような光沢のある帯が南へのびていて、その上に広がる陰鬱な灰色と黒のまじり合った空と劇的な対照を見せていた。

「気圧計はこのふた当直のあいだ、変化がないですわ」と、航海長は慎重に言って、「この時季にしては、異常なほど長く吹いとって……」

「では、このまま進む」キッドは決断した。

「……しかし、いいですかね、気圧計はぜんぜん上がっておらんですし、風はいぜんとして南東です。よくなるどころか、もっと悪くなりそうですわ」

「では、この状況がつづくと思うのか？」

「わしの助言としては……わしがこんなこと言う立場にないですが……フォイでちょっと待機して、明日、どうなるか見ることですな」

このまま進むと、強風にまともにさらされた長い海岸線に出て、レイム岬に着くまで、その海岸をまっすぐ風下にすることになる。しかし、レイム岬をまわったら、プリマス水道の安全に囲われた進入路へ入ることができる。そこは広いので、間切って走ることができ、いつでも自分の選んだときに、航海を再開することができるのだ。

しかし、レイム岬をめざして進んで、もしも嵐に巻きこまれたら、プリマス水道の手前に入れる港はないし、嵐に逆らって間切りながらフォイへ引きかえすこともできない。

すべては天候しだいだ。

「ありがとう、航海長。だが、東へ急ごうと思う。もう一段、縮帆してもらえれば、ありがたい」キッドは踵を返して、下へ降りた。次の航行区間はいちばん長くなるので、新しい乾いた衣服で臨みたかった。

昇降ばしごを降りだしたとき、頭上で操舵長が皮肉っぽく言うのが聞こえた。「いつでも、荒天男だよ、うちの〝斬り込み刀野郎《トム・カットラス》〟は」

すると、見えない相棒が荒々しい口調で言った。「ああ、気にくわねえな。ただ愛しのかわいこちゃんに会いてえばっかりに、こんな吹きんなか、おれたちが海岸線をあくせくのぼっていかなきゃなんねえとはさ」

キッドは衝撃を受けて、立ち止まった。むかしのあだ名が復活したんだろうか、おれの恋の望みがみんなの知るところとなっているのだろうか、自分の義務を果たそうとしているのに、動機はべつのところにあると勘ぐられているのだろうか。彼はためらった。ひと呼吸おいて、滑りながら下へ降りていった。

フォイをすぎて、ペンキャロー岬に近づいたころ、波の力はそれとわかるほど強くなったが、キッドはさらに強風にさらされる位置へティーザー号を進めて、走りつづけた。私掠船がこの開けた長い海岸線に隠れ場所を選ぶことは万に一つもなさそうだが、キッドには任務があった。甲板沿いに命綱を張り、いくつか錨を縛りつけて、波を艦尾斜め後方から受けながら、断固としてレイム岬をめざした。

天候は回復しそうもなかった。現に、この一時間のあいだに気圧計がふたたび落ちだした、と航海長から報告があった。風は残忍な悪意を抱いて、波の頂からしぶきを引きちぎり、ティーザー号はまた傾き、よろよろ歩きになった。

状況はしだいに深刻になっていく。その変化は急激で、まもなく最悪になるという予兆だった。生きのびられるかどうかの限界は、決めがたい。

「海岸から一リーグ、離しておけ」風の陰気なうなり声と分け波の轟きを突いて、キッドは大声でダウス航海長へ怒鳴った。一つだけ有利な点があった。それは、基本的には追い風を受けている、つまり、針路を保てるということだ。

ルー島が風下になったが、流れる霧でほとんど見えず、ウィットサンド湾を横断する最後の危険な走りが始まった。この湾は荒天に対して最悪の方角にある。大西洋からまっすぐ吹いてくる暴風に完全に開いているし、走ってくる大波にもまともに向いているのだ。

しかし、ありがたいことに、行く手を霧のようにふさいだ波しぶきの奥から、レイム岬の灰色の塊りが現われた。岬のまっすぐ向こうはプリマス水道だ。この分なら、暗くならないうちに安全な水道に入れる。ティーザー号はあか水溜まりのポンプを突きながら、トップスルを一杯縮帆にして、快調に進んでいった。フォア・マストの帆はいつでも絞ってグーズウイングにできるし、メインのトップスルには人をつけてある。このままいけば、無事に入港する。

艦首のほうから困惑したような叫び声が聞こえた。見張員だった。いま艦首甲板に立つと、風下側を指差した。ぽつんと帆が見えた。大きく広がるウィットサンド湾の奥だ。キッドは携帯望遠鏡を引っぱり出して、その船へ向けた。

もしも私掠船だったら、戦いを挑む方法は見つからない。波が高いので、舷側板の砲門を開けることができないし、相手はあの恐ろしい風下の海岸にいるのだ。だが、急いでとらえた映像は、私掠船ではないと告げた。

その商船はできるだけ風上に詰めて、海岸に並行に寄せて砕ける波の最初の峰に近づいていく。

「なんとまあ、危険なことを」と、スタンディッシュ副長が言った。

ダウス航海長がそばへ寄ってきて、首を横に振りながら、「まえにも見たことがありますわ」と、悲しげに言った。「レイム岬をボルト岬とまちがって、閉じこめられたんです、南西風が吹いているあいだはずっと出られんです」ボルト岬はプリマスの先だ。

その船はまちがいに気づいたが、手遅れで、上手まわしして、船首を風に立てたものの、湾の奥深くまで入ってしまったのだ。横帆船だから、六点(ほぼ六十七度)以上、風上へ詰めることはできない。船長としては、できるだけ船を風上へ向けて、一インチまた一インチと這うように沖合へのぼっていき、湾の半弧の反対端に着いたら、そこでなんとか上手まわしして、また湾の反対端に着くまでおなじようにしてのぼっていくしか選択肢はない。そこでまた、おなじ過程が繰りかえされるのだ。

見ていると、さらに状況は劇的になった。南西風がもっとも残忍な力を持って湾へまさしく直角に吹きつけ、その風で船が押し流された距離は残酷にも、ジグザグ航行で稼いだわずかな距離とおなじだった。船は二進《にっち》も三進《さっち》もいかなくなった。できるだけのことをやっているが、それでは充分ではない。しかし、なにもしなければ、たちまち風下の非情な海岸へ叩きつけられてしまう。

おそらく、夜が明けて最初の光が射したときに、状況が明らかになって、この非情な状態が始まったのだろう、そう気づくと、キッドは同情した。だから彼らは一日中、あの厳しい重労働をつづけ、疲労困憊しているにちがいない。ただの一回でも上手まわしをしくじったら、死に直結するとわかっているので……。

「気の毒に！」ダウス航海長がつぶやいた。その目は、風が際限なく波の峰を作っては、海岸を縁取る太い砕け波の帯へ送りこむのを、じっと見つめていた。

スタンディッシュ副長もやはり悲痛な思いでいるようだった。「艦長、われわれで、できませんか……」自分の言葉の虚しさに、彼は言いよどんだ。ティーザー号になにもできないことは、見ているだれの目にも明らかだった。というのも、もしも旋回して湾のなかへ入っていったら、ティーザー号自体が二進も三進もいかなくなり、送り出したボートは横腹に風を受け、オールなど残忍な風には太刀打ちできずに転覆してしまうからだ。

キッドの気持ちは顔も知らない船乗りたちへ向かった。きっと、あと数時間で命がなくなると恐怖にかられているにちがいない。風が変わってくれるように、どんなにか神のご慈悲を願っていることだろう。ほんの一点か二点、風向きが変わるだけで、あの恐ろしい罠から逃れられるのだ。

キッドは航海長へ向いて、「踟《ヒーブ・》躕《ツー》してくれ」ぴしりと命じた。帆を最小限にして艦首を風上へ向け、ごくゆっくりと前へ動くだけで、ティーザー号をその場にとどまらせておくのだ。向こうの船の気の毒な男たちはこれを見て、少なくとも自分たちの運命に同情している人間がこの世にいるとわかるだろう。

午後の時間がすぎていく。風は乱れもせずにおなじ方向から吹きつづけ、船は死に物狂いの這いずりをつづけている。長くはもたない。夜のあいだに乗組員の体力は尽きて、海は彼らの命を奪うだろう。じつに不公平だ。二隻の船をへだてるのは距離だけだ。片や安全な安らぎの場へ、生活へ、未来へ走っていき、片や砕け波のなかで死を宣告されるのだ。

「座礁したぞ！」声が上がった。

キッドはさっと望遠鏡を上げると、すぐさま古びた商船の姿をとらえた。もはや船は波山に乗りあげてはいないし、黒ずんだ帆は風にぴんと張ってもいない。いまは幾重にも重なる砕け波のなかにいて、妙な角度を向き、不気味に静止している。フォア・マストは舷側から海へ落ち、索具は黒々と海中へ垂れていた。見守っていると、船の横腹に無情な波が打ちつけては、白く炸裂した。

ウィットサンド湾は遠浅だ。だから、波は海岸のはるか手前で砕けている。男たちが最後の逃げ場所を求めてマストにのぼるのが見えた。彼らはまるで大砲で狙われているかのように、死の判決をくだされている。

哀れみがキッドの心を鷲づかみにした。敵ではなく海に命を奪われる船のほうが多いが、それが目の前で繰り広げられている。耐えがたい。だが、もしも……。「スタンディッシュ副長！　やってみる。そう伝えて、志願者をつのれ」

副長はびっくりしてキッドを見つめた。「艦長、どうやって――」

「ダウス航海長。レイム岬の風下で踟躕《ヒーブ・ツー》しろ。陸上《おか》に接近して、投錨するのだ」

航海長はややしばらくなにも言わなかった。顔に表情はなく、気持ちは読み取れなかった。「アイ、アイ、サー」ようやくそう答えた。

レイム岬に近づくと、岬と言うより巨大な円錐形の岩山のようで、風上側には白波が激しく逆巻いていた。しかし、岬をまわるとすぐに風はナイフで切り落とされたかのようになくなった。まるで奇跡のようだった。

「ここは、航海長？」

「海底は岩ですな」航海長は無表情に言った。

「では、ここで一時停船する。パーチット掌帆長、志願者を連れていけ。すぐにピンネースを海に降ろすので」

ダウス航海長が戻ってきて、小声で、「艦長」と言った。「艦長がなんでこうするのか、わしにはわかりますが、艦を危険にさらして……」その言葉を後押しするかのように、ティーザー号は、岬の頂上を越えて吹きつけた激しい突風に腹立たしげに揺れかえった。岬をまわって入ってくる波の峰からは、ほんの数ヤードしか離れていない。

「それはわかっている、ダウス航海長」と、キッドは短く答えた。

スタンディッシュ副長がこのあたり出身の若い水兵を見つけてきた。「ソーリーの話では、海岸にボートを乗りあげられそうな狭い砂地の所があります」

キッドはうなずいた。「あの船の男たちのところまでロープを渡すようにやってみる。掌帆長に言って、一インチロープがあるだけ欲しい」キッドの作戦ではレイム半島を徒歩で反対側のウィットサンド湾まで越えていく。そして、なんらかの方法で——ボートで、人が引いて、泳いで——ロープを難破船まで持っていく。一インチロープは、急峻な半島を越えて海岸まで一、二マイル運んでいくには、いちばん軽いものだ。

「副長、われわれが上陸したら、ピンネースを回収して、ティーザー号をコーサンド湾へ持っていって繋留してくれ。われわれはそっちへ戻る」コーサンド湾はレイム岬をまわった次の湾で、錨の掛かりがよく、軍艦が南西風から避難する場所だ。

「アイ、アイ、サー」副長が不安そうに答えた。

ここでもキッドは、ボートの鉤柱《ダビット》に最近、改良を加えたことに感謝した。古い艦艇のようにヤードの端から取った滑車装置でボートを上げ下げするのではなく、もっと容易にやれるようにしたのだ。手漕ぎのピンネースは海に降ろされると、野生動物のようにまわったり跳ねたりして、ボート員はぶつかり合い、オールはもつれ合い、舟べりからは水が入りこんだ。ティーザー号から持っていく用具が落とされて、ボート員が落ち着くと、キッドは吊りロープを伝って乗りこんだ。

舫い綱が放されて、キッドはソーリリーを呼んだ。若い水兵はオールを置いて、キッドのところへ来た。

ピンネースは波にもまれて激しく上がったり下がったりした。レイム岬の切り立った斜面を見ると、まるで真っ逆さまに海へ落ちているようで、ここに上陸するなどまったく狂気の沙汰だった。

「砂地はどこにある？」キッドはそれが知りたかった。

「おれ、舳先《へさき》へ行きます、艦長、それで、合図します」キッドがうなずくと、ソーリリーはボートの真ん中をよろよろと進んでいって、舳先に自分の体を押しこんだ。いちど艫《とも》を振りかえると、自信をもって右舷を指差した。

「小僧の指示に従え」キッドは怒鳴った。ピンネースは狂ったように跳ねながら、海藻におおわれた黒い花崗岩の岬へ近づいていく。うねりが押し寄せてきて、見えない危険な岩礁にぶつかって砕け、シューシュー騒いだ。またソーリリーの腕がのびて、ピンネースの向かうべきところがわかった。その岩礁のすき間はひどく細くて、オールは使えそうもないが、中央に砂地の細い水路があった。

小錨が投げ入れられて、ピンネースは進んでいくと、がりがりと砂地を嚙んだ。ピンネースは自由になって浮かび、船べりはいっそう激しく岩礁にぶつかった。

「行け、みんな！」

ボート員が次々と舟べりから転がりだして、水のない狭い砂地の所に集まった。キッドは浅瀬のなかに飛び降りて、あとにつづいた。

「艦長、どうやって、あの上までのぼるんで？」かすれ声でボート員が言って、雨粒のしたたるエニシダがうっそうとおおう垂直に近い斜面へ手振りした。通れそうもない藪のなかでも少なくとも羊の踏み跡はあるだろう、とキッドは見ていた。

「ソーリー、ここは巻いていけるかな？」と訊いたが、若者はすでに藪のなかに姿を消していた。キッドはいらいらして待った。すると、とつぜん若者が出てきて、キッドを手招きした。ソーリーは下生えのなかを探しまわり、端に結び目を作った古いロープを手にして出てきた。

「密輸団です、艦長。やつら、この掛け縄《パーバックル》で樽を頂上まで引きあげたんです」そううれしそうに言った。

「若いの、どうするのか、きみが先にやってみせてくれ」

ソーリーはぐいぐいとロープを引っぱって試すと、ロープを伝ってのぼりだし、藪草に絡まるロープをはずしては、上へと進んでいった。これが密輸団の掛け縄だとすると、近くにもう一本あるにちがいない。キッドはそれを見つけると、伝っていった。風が残忍な冷たさでキッドの濡れた衣服を探ってきた。ボート員たちが後につづいた。

つらいのぼりだった。エニシダは肌を刺し、目を突いた。キッドの上半身はむかしロープのぼりをしたときのコツを思い出したにちがいない。ようやく彼はレイム半島のへこんだ部分にたどり着いた。内陸につづく斜面と、岬の先端の高い円錐形の山とのあいだにはさまれた鞍部だ。嵐の吹きすさぶなかで、山の頂上に朽ちた教会が見えた。劇的な光景だった。

キッドは部下たちを集めた。はるか眼下でティーザー号は安全な次の湾をめざして遠ざかっていく。沖合には白い筋を無数に引く荒れ海以外になにもなかった。

「キッド艦長、さっきよりましになってますね」と、ソーリーが明るく言った。

八人だけ。それが問題か？　くそ、なんとかやってみるのだ！　キッドは歩きだした。

斜面にかすかに見分けられる道をたどって、できるだけ速く進んでいった。めちゃくちゃに上下する甲板にいたあとだけに、地面は奇妙なほど固くて、微動だにしない。

一行は半島の頂上に着くと、ごうーっと新たな風に真っ正面から吹きつけられた。ウィットサンド湾の忘れがたい壮大な光景が眼前に広がった。海岸線がカーブしてしぶきに煙るはるか遠くまでのびており、白い砕け波が海岸線に平行して幾重にも走っている。座礁した商船はいぜんとして湾のなかにおり、フォア・マストはすでになく、帆はずたずたに裂け、索具にしがみついた男たちは動かない黒い点々になっていた。

キッドは水平線をながめまわしたが、ほかに船は一隻も見えなかった。自分たちしかいない。彼は輪がねた長いロープの自分の部分を持つと、また歩きだした。長々とつづく丘陵の頂に沿った道はもうはっきりしていた。吹きつける風に前かがみになって、キッドはなんとか眼下の破壊された船のことを考えないようにした。やがて、その光景を隠してくれるへこんだ部分に着いた。

「ウィッグルに行きます、艦長」と、ソーリーが息をあえがせた。

「なんだっ――？」

「アイ、サー。固い砂地の上のほうにある場所のことです」

彼らは丘陵の反対側からのぼってきて、いままっすぐ下に現場が見えた。海岸には大勢の人がいて、不運な商船を見守っていた。助かるだろうか、それとも、コーンウォールの難破船にまつわる恐ろしい話とおなじ結末になるだろうか、と思いながら。

海岸に降りていくと、キッドは寒さに震えながら、なんとか考えようとした。船はすぐ近くにいるが、なんと遠いことか、そうわかると、心臓がよじれるようだった。この角度からでは、押し寄せてくる大波の上にぎざぎざに折れた黒いマストとヤードが見えるだけだった。たぶん、横静索には十人以上の男たちがしがみついていることだろう。

難破船は海岸から数百ヤードしか離れていないが、水深は少なくとも十フィート（ほぼ三メートル）はあるだろうから、溺れてしまう。水夫たちはみんな、もしも海岸へ向かったら、最期はそれほど慈悲深いものではないことを知っている——荒れ狂う砕け波につかまって、海岸のほうへごろごろ転がされていきながら、海底に叩きつけられ、息が詰まる。頭を割られて早く終わりが来るのを望むしかない。

見物人たちはじっと突っ立って、呆然と海を見つめている。その一人をキッドは引っぱって、自分のほうへ向けた。「なにかしようとしないのか？」

男はキッドを見つめた。「みんな、もう死んでるよ」男はぼんやりと言った。「どうするね？」

キッドは、背後に立っている部下たちのほうへくるりと向きなおった。そこで、すばやくロープの端を腰に巻きつけて縛った。「おまえ！」と、いちばん背が高くて重そうな男を指差して、「おれといっしょに来い！」

水のなかへ入っていった。ザザーッと、次の砕け波が水際に押し寄せてきて、その力が脚に感じられた。水を跳ねかえしながら、キッドは進んでいくと、また次の砕け波が泡立ってその衝撃にふらふらした。姿勢を立てなおすと、もっと深い波のなかへ突っこんでいった。奇妙なことに、冷たい風より波のほうが暖かい。グイッとロープに引っぱられた。振りかえると、八人の部下たちが全員、キッドの後ろでもがきながら、足をすくわれて歩けなくなった男を引っぱっていた。

胸に熱いものがこみあげてきた。この男たちといっしょなら、できる……。泡立つ砕け波にキッドは胸まで埋まり、海中へ引きこまれて、荒々しくもてあそばれ、息が詰まりながらあがくうちに、なんとかロープにしがみついて、ようやく足の下に固い砂地を見つけた。体を引きあげて、見ると、まだ立っている部下はたった二人だけで、あとは足や手をばたばたさせていた。

キッドは手で漕いで、またなんとか前へ進もうとすると、意地の悪い砕け波が来て、体を押しかえすようにして通りすぎていった。次の波が来ると、彼は歯を食いしばり、自分にむち打ってしっかりと立ち、そのあいだも波は無慈悲に勢いよく体を洗っていった。その波がすぎると、向こうに次の波が見えた。もっとはるかに大きい。

その砕け波にキッドは倒れてしまい、立ちあがると、前腕に長く血が流れていた。寒さと高ぶる気持ちに震えながら、自分たちはまったく手も足もでない、そう認めざるをえなかった。

彼は回れ右して、歯をがちがち鳴らし、よろめきながら海岸へ戻っていった。海岸では数人の漁師たちがボートを海へ入れていた。見守っていると、ボートは最初の寄せ波の上に乗りあげて大きく逆立ちし、オールが雄々しく波をつかんだ。だが、三つ目の寄せ波に腹を叩かれると、ボートは横転し、転がりながらばらばらに壊れてしまった。

寄せ波のなかでなにか奇妙な物が揉まれていて、キッドの目をとらえた。日常使いの反物がほどけているのだ。商船は壊れはじめていて、ほかの漂流物といっしょに積み荷が海岸へ流れてきている。黙って見ていた人たちが活気づいて、水のなかへ入っていき、荷を追いだした。このために彼らは来ていたのだ、そう思うと、キッドは嫌悪感に襲われた。

彼の気持ちは、運命の決まった船の横静索に点々としがみついている黒い人影へ向いた。この荷のために命をかけた男たち。見ていると、一人がなんの抵抗もせずに、海に落ちた。かわいそうに、最後に残ったわずかな体力も疲労と寒さで尽きてしまったのだ。

キッドは悲痛な思いで目を閉じた。船乗り仲間がいま、すべてを海に捧げた。あの男が食卓でたてた笑い声は仲間たちの気持ちを引き立てただろうし、あの男の技量は船を果てしない海原へと進めさせたことだろう……。

水際に樽がいくつも現われて、たちまち襲いかかられた。夕方が近づいてきて、明るみはうすれていく。また海へ人影が落ちた。キッドは背を向けた。また見たとき、メイン・マストはすでになく、いまやさらに多くの人が最期の瞬間を目の前にしていた。キッドは目の奥がちくちくした。

最初の死体がいくつか流れてきたとき、ミズン・マストの横静索には三人しか残っていなかった。浅瀬にあてもなく漂うだらんとした塊り。ついさっきまで息をして温かかった人間の、ぼろぼろになった残骸。

最初の死体が海岸に上がるやいなや、見物人の一人が近寄っていき、死体をまたいで、ライフルで衣服のなかを探り、指輪はないか、指を調べた。あんまりだ――キッドは略奪者に飛びかかって、かすれ声で怒鳴りつけた。部下たちが走ってきて、キッドを引き離した。

我に返ったとき、ミズン・マストにはだれもいなかった。

「ありがとう、みんな」と、言って、彼は唾を飲みこんだ。「ここでやれることはもうないと思う」

一言もしゃべらずに、彼らは風の吹きすさぶ斜面をとぼとぼとのぼった。一度も振りかえりはしなかった。ウィッグルをすぎると、丘陵が反対側へくだって、麓はコーサンドの漁村だった。湾のなかにHMSティーザー号がいた。堅固な輪郭、きちんと均衡のとれた船体、それを目にすると、またキッドの胸に熱いものがこみあげた。

小さな突堤へ行って、合図した。レイム岬をまわったこんな遠い所でもうねりはかなり大きかった。海岸の砕け波はいぜんとして、走ったあとの海面に白い筋を残していくが、暴風は鋭さを失っており、ボートが力強くオールを漕いで、こちらへ向かってきた。

ティーザー号に乗りこむと、レンジが舷門にいて、迎えてくれた。キッドの顔つきを見ると、「ブランディを一杯やったらいいかも――」

だが、キッドは彼を押しやって、「スタンディッシュ副長、この者たちに配給酒を二倍にしてやってもらいたい。いますぐにだ」

またある考えが浮かんで、立ち止まったが、言う必要はなかった。仲間たちが荒っぽい友情を見せて、一人一人に乾いた衣服を探してやることはまちがいない。だが、自分の権限を働かせるべきことが少なくとも一つある。「それから、彼らは、明日の午前まで当直を免除する」〝夜通し寝れる〟のは海では貴重なことだ。そうするに値する働きをした場合には……。

キッドは疲れ切って吊り寝台に上がると、背中を落とし、目を閉じて、眠れるように願った。この夕方の出来事は特別なことではない。この荒々しい西部地方ではこれまで一千隻以上もの船が難破し、さらにふえることだろう。この出来事がどうしてこんなに胸にこたえるのだろうか？

その答えを探るのはむずかしいことではなかった。最近の幸運と、上流社会に入るという新たな見込みで頭がぼうっとして、海の世界のもっと厳しい現実感覚を失っていたせいだ。もしも肝心要《かなめ》の不断の注意を海に向けていないと、自分の艦にどんなことが起こるか、運命はおれに警告したのだ。

眠りは途切れがちで、心を悩ます光景が飛びすぎていく――パーセファニと結婚しても、力が強く嫉妬深い海に忠誠を尽くすことができるだろうか？　彼女は理解してくれるだろうか、もしも……。

キッドは目がさめて、ぴんと背中を起こした。五感が震えていた。暗闇のなかで異常な恐怖にうなじの頭髪が逆立った。なにか大変なことが起きている。

キッドは吊り寝台から転げるようにして降りると、じっと立って鋭く耳をすました。そのとき、起こった。彼の世界の枠組みがめちゃくちゃになったようだった。規則的に横に深く重ったるく振れていた艦の動きはすでに止まっていた。一度、数秒ほども甲板が急角度に傾いていって、そのまま止まった。彼の体は無意識に傾斜に合わせていた。天井のコンパスの水平装置はじっと動かない。

次の瞬間、すさまじいきしみ音がして、まるでなにもなかったかのように海の動きがまた始まった。キッドは声も出ないほど驚いて、寝間着の上に上着をはおると、甲板へ走って上がった。夜の闇のなかになにも見えないほど雨脚が固く筋を引いていた。叫び声と走る足音が聞こえた。

また起こった。今度は胸の悪くなるような衝撃のあと、船材がねじ曲がる音が長く低く轟いた。キッドは恐怖に駆られて、闇の奥へ目をこらし、ティーザー号に衝突した船を必死で見分けようとした。だが、なにも見えず、なにも聞こえなかった。下の甲板から乗組員たちが飛び出してきて、何事が起こったかと、目を剝《む》いて見つめた。

ダウス航海長が甲板に上がってきた。やはり寝間着姿で、駆け寄った。「艦長、恐ろしく危険です。ここは浅瀬なんで」

波の高さが水深の二倍になったとき、そこにいる船は実際に船底が海底につくことがある。強風でうねりは大きくなっていたし、いまは引き潮なので、ティーザー号は船底が海底にぶつかったのだ。どんな船でもこのような衝撃には長くは耐えられず、ばらばらになってしまう。

「乗組員を起こせ！」キッドは怒鳴った。「総員、甲板に！」

キッドはダウス航海長を見た。「帆をあげて出るか、あるいはボートで曳くか？」しかし、その言葉が口から出ないうちに、ボートは白波のなかで生きのびることはできないから、曳航するのは不可能だと悟った。帆を張らなければならない。大急ぎで。

乗組員たちが自分の部署に集まりだした。下士官たちが大声で指揮する。スタンディッシュ副長とパーチット掌帆長がキッドのところへやってきた。二人とも顔面蒼白で、緊張しきっている。「艦長？」

「船匠をあか水溜まりに待機させて、十分ごとに溜まり水の深さを測らせろ。亀裂ができそうな兆候があったら、すぐに知らせをよこすように」

黒い索具へキッドは目をやった。ティーザー号はすでにこの風に備えて荒天航行の準備がされていた。ヤードには揺れ止め滑車《ローリング・テークル》装置が取りつけられ、大横帆《コース》には二重に括帆索《ガスケット》が巻かれている。これはつまり、水兵たちは真っ暗闇のなかで横静索をのぼり、吹きつける雨のなかでヤードを渡り、手探りだけで括帆索を切り離さなければならないということだ。危険この上ない作業だ。雨で滑る見えないヤードの上で手をかける場所をまちがったら、とつぜん落ちてしまう。しかも、彼らのいる空中の世界は常にめちゃくちゃな動きで飛びはね、横振れしているのだ。

水兵たちにマストにのぼれと命じるのは、おれの任務だ。選択肢はない。あまりにも多くの命がその仕事にかかっているのだ。彼はためらわずに、「スタンディッシュ副長、船匠に斧を持たせて、錨索に待機させろ。きみはフォアのトップ台で指揮してもらえれば、ありがたい。わたしはメインで指揮する。ダウス航海長は甲板に残って、左舷錨を落として出航命令を出してくれ」

びっくりして口もきけない水兵に、キッドは彼のナイフ・ベルトを貸してくれるように言った。そこで、胸いっぱいに息を吸いこむと、大声を張った。「総員、ヤードに渡って、帆を解けッ」

メイン・マストのそばでキッドは深呼吸をすると、横静索に飛びついて、暗闇の雨のなかへのぼりはじめた。横静索が揺れるので、だれかが後につづいてくるのだとわかった。主に手触りだけで、まずトップ台の下静索《フトック・シュラウド》を支えるロープを探りあて、つづいて下静索そのものをつかんだ。何年も体内に眠っていた技術を呼び起こして、彼は脚を振りあげ、トップ台に上がって、息をついた。

すぐにほかの者たちが上がってきて、トップ台はぎゅう詰めになった。狂気の沙汰だ——
——キッドには、トップ台員たちといっしょにここで命の危険を冒す義務はない。しかし、こうする以外に自分の気持ちを処理する方法はなかった。

「トップスル！」彼は怒鳴って、トップマストの風上側の横静索に手をのばした。だが、その手を止めて、先頭に立って風下側の横静索をのぼりだした男へ目をこらした。あまりにも目になじんだ姿。ありえない……しかし、確かに……。「ニコラス！ きみーッ、どうしてきみが――」

「ぼくたちが、シュラウドにのぼったら、いけないかー」と、ニコラス・レンジが怒鳴りかえした。その顔には雨が筋になって流れ落ちていた。「この艦《ふね》は待ってくれないぞ！」

キッドは気を取りなおすと、体をまわしてトップマストの横静索に取りつき、遠い頭上のトゲルン台へとのぼっていった。見えない下の甲板からはるか高いところで、キッドはヤードの下にあるはずの足場索《フットロープ》を足で探りあてた。その細いロープを踏んで、ヤードに縛りつけてある濡れた帆の塊りに肘を押しつけながら、一インチずつ横へ進んでいった。大勢の水兵がつづいてきて、キッドの隣りに並んだ。ナイフを使うたびに、ぐぐーっと足場索が空間へ持ちあがってきた。

メイン・トップスルの括帆索は編んであり、キッドはぎこちなくそのロープを切っていった。そのあいだにも、風の角度がしだいに変わっていった。彼らが括帆索を切りはなしているあいだ、下の甲板では転桁索《ブレース》を引いて、ヤードをまわしているにちがいない。甲板の者たちは揺れる物影だけを見て、帆を開く最高のタイミングを計らなければならないだろう。激しい揺れで彼らはヤードの端から落ちそうになった。もしもここから逃げだすことができなかったら、ティーザー号はじきに木っ端微塵になって、彼ら自身が海につかまってしまう。

「ヤードを離れろ！」キッドは金切り声で叫んだ。というのも、揚げ索《ハリヤード》が震えているのに気づいたのだ。もしも自由になったばかりの帆が風を受けたら、とつぜん制御がつかなくなる。

彼らは横静索を伝い降りた。キッドがありがたいとばかりに甲板に足をついたとき、ティーザー号は風に大きく傾いて、奇跡的にも行き脚をつけ、プリマス水道の入口へ向かった。

「キッド艦長」と、船匠が心配そうに額に手を触れて敬礼した。「報告しなきゃならんですが、水がひどくなってます……あか水溜まりに二フィート以上で」

この日、辛抱していろいろやったあとでは、それはあまりの仕打ちだった。「ご苦労」と、キッドは機械的に言って、寒さと疲れを押してなんとか理由を考えようとした。重い艦が叩かれて、その力が船体の湾曲部にかかり、張り板の合わせ目が開いているにちがいない。もっと悪くすれば、舷側の条列板《ストレーク》がそっくり剝がれ落ちて、海水がティーザー号の腹のなかにそのまま流れこんでいるのかもしれない。

だれも知らない夜に、プリマス湾の入口で浸水沈没する……そんなこと起こりっこない！　しかし、どこから海水が入ってくるのかわからないし、水浸しの真っ暗な船艙では探す方法もない。「パーチット掌砲長」と、キッドはしわがれた声で呼びかけた。「浸水を止めるぞ」これは浸水を止められることを願って、船体の下に帆布を掛け渡すということだ。「船体の長さぜんぶに」

ダウス航海長へ向いて、「入港できない、と思う。どこか入江はあるか、上陸場所は……プリマス水道に見つけられるところなら、どこでもいいが……？」

航海長の顔が引きつった。「ああ、ないです、艦長。カッテウォーター川までずっと岩の崖がつづいておって」そこで、ためらってから、「しかし、ありますな……もしこっち側にもう少しいるなら……」

絶えず海水が流れこむティーザー号は追い風を受けて、よろよろ進んでいった。朝の四時を少しすぎたころ、ティーザー号は艦首を風上へ向け、陸上で待機していた陸軍兵士たちへ舫い綱を投げると、向きを変えて、みすぼらしいピックルコム砦の小さな岸辺へ寄っていった。

ティーザー号はまるで戦いに疲れたように、そっと岸辺に乗りあげ、大きくきしむと、やっと静かに停まった。

第十二章

レンジが謎めいた笑いを浮かべて、《プリマス&ドック・テレグラフ》紙を取りあげた。

「親愛なる相棒よ、ここにちょっと興味深い記事がある、現在進行形の事件……」

キッドはゴシップ欄のようにうさん臭く感じる記事を読みだした。


「わが社の勇敢なる探偵ルックアウトは、読者の興味をそそらないではおかない価値ある事件について、不断の調査をすべく、ふたたびマストの上の見張台にのぼった。彼は強力な望遠鏡を上げて、探索を開始したところ、ほどなく非常に満足のいく光景をとらえた。とらえたのは、ほかでもない、われらが美しくも教養高いパーセファニ・L嬢——その人である。すべての紳士の目にとって注目の的であり、すべての人びとの認める社交シーズンの人気者であり、上流社会のすべてのパーティにおいて華である令嬢、彼女がまた、前回とおなじ幸運な紳士と散策しているのを発見したのである。ルックアウトはその紳士の顔を見分けようと骨折ったが、遠くからでは判別はできなかった。ただし、その紳士が海軍の人間の特徴を備えており、まちがいなく指揮官の風格があることには気づいた。これは悪名高きＫｉｄｄ艦長が斬り込みをかけて、獲物を獲得したのだろうか？　自分の仕事を心得ているルックアウトはすぐさま《テレグラフ》紙に飛脚を送り、ただちに紙面を確保するよう助言した。というのも、社交界欄にはまもなく、ウェディングベルの音がこだまするだろうからだ。しかし、ルックアウトはいま、親愛なる読者に対して、落胆する大勢の紳士の気持ちを考えるようにと願っている――」

「こいつはなんて詮索好きなんだ？」キッドはぶつくさ言って、自分とパーセファニがもう世間で公然と結びつけられているのだと知って、ひそかに喜んだ。「しかも、おれの名前をまちがっている、ばかどもめ」

ティーザー号が修理のために海軍工廠へ曳航されたあと、キッドはパーセファニを訪ねたのだが、彼女は母親といっしょにバースへ湯治に行って不在だった。ロックウッド提督から、後を追っていってもきみの状況を好転させはしないだろうと、どら声で助言されたので、彼女が帰ってくるまで、キッドは辛抱強く時機を待たなければならなかった。いま彼は財政困難なので、これからの数週間は、財布にあまりひびかない気晴らしを見つけなければならない。パーセファニが帰ってきたら、懐《ふところ》にかなりな負担がかかることはまちがいないからだ。

キッドの窮状を感じたかのように、レンジは立ちあがって、背伸びをした。「きみが同意するなら、いっしょに息抜きができそうな、ちょっとした気晴らしがあるんだ」彼はテーブルへ寄っていって、手紙を取りあげた。「ぼくは不思議な幸運に恵まれて、ジョナサン・カウチという人のいい若者に出会ったんだ。彼はぼくらの海軍の従兄弟のような漁師たちにあこがれを抱いているらしい。ぼくの研究にうれしくなるほど関心をもってくれていて、自然のなかの人間を観察するのに食人族の島まで行く必要はないって助言してくれたんだ。そういう研究対象はぜんぶ、ここからそう遠くない絵のように美しい自然のままの村で得られるそうなんだ。

手短に言うと、ぼくはそこに拠点を置いて、周辺の田舎でのんびりと人間観察をすればいいと、彼は言っている。ぼくたちの住まいのことについても考えて、そこの郷士《スクワイアー》に話をすると約束してくれた。それで、この手紙によると、〈ポルウィジック館〉に二人とも滞在するようにって、実に寛大で気がねのない招待を受けたんだ」

それは願ってもない計画のようだった。キッドは静かでのんびりした環境でゆっくりできるだろうし、レンジが考えている民族哲学研究がどういうものかはわからないが、ときどき手伝うこともできる。「ええと、その自然のままの村ってどこ？」

「ああ、言わなかったかい？　ポルペロだ」

ポルペロだって？　密輸団の巣窟に滞在するかと思うと、キッドはゆがんだ笑いを浮かべた。

ポルウィジックの町はクランプルホーンとランダヴィディの中間にあって、はるか眼下には深い谷が見え、そのすばらしい景色のなかに人家が密集して、それがポルペロの村だった。

二人は馬から降りると、レンジが「エリザベス朝時代のものか、そう思うかい？」と言って考えこんだ。二人の荷物は、このコーンウォールの内陸につづく轍道《わだちみち》を通って、あとから荷馬車が運んでくる。

魅力的な館はひと時代前に建てられたようだった。ジョージ一世時代からの灰色の花崗岩の壁に、がっしりした古めかしい縦仕切りの窓が並ぶ。年古りたイチイやサンザシの樹木のなかに建っていて、こぢんまりした自家菜園に咲く花々が飾り気のない四角い建物にやわらかみを添えていた。

「さあ！　さあ！　さあ……二人とも大歓迎だ！」主人の郷士モースウェンは赤ら顔の朗らかな人物だった。

「ニコラス・レンジです。そして、こちらがぼくの友人であり、仲間であるミスタ・キッド」

「来てくれて、うれしいよ！　ああ、きみはこの土地でなにか民族哲学方面の研究をしたいのではなかったかな？」

「そのとおりです。そして、あなたは、どこへ行ったらいいか教えてくださる最高の方だと思います……でも、その話は後まわしにできます。ぼくたち、急ぐ旅ではありませんから」

　二人は小さな応接間に案内された。そこには家族全員が一列に並んでいた。

「わしの子どもたちです、お二方。この子たちは、はるばるこのポルウィジックまで来てくださった方には、とても会いたがるのですわ。

　さて、これがエドマンド、長男です」

　退屈そうな顔をした背の高い若者が、ぎくしゃくと頭を下げた。

「娘のロザリンド」

　青白い顔の繊細そうな娘が目を伏せ、片膝を曲げてお辞儀したが、立ちあがったとき、その瞳はびっくりするほど率直そうだった。

「そして、タイタス、いちばん下の息子」

　くしゃくしゃ頭の少年が、にっこりと二人に笑いかけた。

「町で夜に食事を提供できる店は知っておるが、明るいうちはわしらのところで差しあげたい。よろしいかな？」

黒っぽい木造りの食堂でとった食事は、これまでキッドが一度も経験したことのないものだった。そう感じたのは、ただオーク材の大きな家具とかリンゴ酒で煮たウサギの肉、泡無しの土地のワインといったもののためではなく、彼が慣れるようになってきた冷ややかな礼儀作法とか丁寧な会話の代わりに、ぬくもりのある陽気な雰囲気が満ちていたからだった。

主人は男やもめのようだったが、食卓は上品にしつらえられていた。客は不躾《ぶしつけ》な質問をされることもなく、食事が終わると、大人たちは書斎に移って、ワインと会話を楽しんだ。

「さて、ミスタ・レンジ、きみは手紙で、西部地方の民族学について触れておったな。その方面でわしが直接に手助けすることはできんと思うが、このあたりには貴重な珍しい物がいくつかある」

レンジが必要としている研究材料がある程度示されたところで、大きく目を見開いた顔がドアからのぞいて、中断された。「あの、パパ、ぼくたちも居させて！」タイタスが頼んだ。

主人は顔をしかめて、「教会のネズミども！」と怒鳴った。「チューチュー言うなよ、いいか！」

三つの大真面目な顔が一言一言に夢中になるなかで、レンジは話をつづけた。

漁師の生活とこの地方の小作農の生活を比較研究するのに格好の場所に来た、と二人にはわかった。実のところ、レンジが気むずかしい性格を出しさえしなければ、海岸沿いにある錫鉱山の鉱夫たちも考察すべき材料をたくさん提供してくれるだろう。

レンジはにっこりした。「ほんとうにありがとうございます！　みなさん、ぼくが必要としている事柄を正確に、たくさん与えてくれると思います……そうは思わないか、兄弟？」

「ああ、思うよ、もちろん。民族学の大収穫になるだろうな、きっと」

計画はすぐに次々と出てきた。厩舎には二人が使える馬がいる。主人がささやかに自慢したオレンジ温室もあって、そこは南に面しているので、学者が引きこもって読書するにはうってつけだと言う。

親しくお休みの挨拶を交わして、キッドとレンジはそれぞれの寝室に入った。どちらにも四柱式寝台が用意されていて、湯たんぽで暖めてあった。試練を受けたあとだけに、すばらしい休養になるだろう。

心のこもった朝食をとったあと、レンジがキッドを片脇へ引っぱった。「問題がある……そのせいでぼくはしだいに気持ちが落ち着かなくなっている。実は、きみに関わることなんだ。それは……ぼくは昨夜、目がさめて、ほかには選択肢を見つけられなかったんだ、たとえきみがぼくに侮辱された……騙されたと感じるかもしれないとしてもだ」

キッドが面食らって黙っていると、レンジはさらにつづけた。「きみはぼくといっしょにここへ、ある民族学的調査のために、実際の人間を対象とした研究材料を集めにきた。それが最初にぼくが計画したことだ。もっと早く気づくべきだったのだけど、研究対象者たちに始終接して、そのことだけに気持ちを集中していると、ぼくは〝研究ばか〟と思われるかもしれない。ぼくたち二人とも、そういう類《たぐい》の人間と見られかねないのだ」

明らかにつらそうな顔で、ニコラス・レンジはまた口を開いた。「だから、ぼくが住民たちの自然な行動を観察しなければならないとき……きみはむしろ、ここに残ってくれていたほうがいいように思うんだ」

キッドは鼻を鳴らした。「親愛なる相棒よ、もしきみがこの仕事をぜんぶ一人でできると思うんなら、おれは自分の楽しみを見つけなければならないな」

レンジの顔が暗くなったが、キッドはからからと笑った。「ニコラス、おれに気を遣わないでくれ。実を言うと、いま、こんな静かな所に両の錨を入れて落ち着いていると、こんなに気持ちのいいことはほかにないって思ってしまうんだ」

オレンジ温室ですわっているのはとりわけ心地よかった。手元の小さなテーブルにはレモン・シュラブのマグがあり、輝く陽射しが情け深い暖かさを全身にそそいでくれる。彼は、チェスターフィールドの『息子への書簡』を持ってきていた。その深淵な格言を読んでいると、そのとおりだと思ううちに目が閉じて、心が深く休まった。

平和な暖かさが作用して、最近の記憶はうすれていった。外では果樹園の木の枝から枝へ鳥たちが飛びまわり、その歌声は海の怒濤とはまるで別物だった。

彼の気持ちはもっと心地よいほうへと漂っていった。パーセファニはバースでなにをしているのだろうか？　湯治ということはどこかの共同浴場を使っているのだろうか、それとも、上流社会のだれかが自分の施設を提供してくれているのだろうか？　結局はロックウッド夫人が絡んでいて、とりわけパーセファニをそこへ連れていって、おれとの成り行きを説明させているのだろう。そのあいだ……。

「まあ！　お邪魔するつもりはなかったんです、ミスタ・キッド！」おずおずした声がドアのほうからした。キッドは目を開けて、立ちあがった。

「いえ、いえ、どうぞ、起きないでください。あたし、ただ、お茶がほしいかなって思っただけなんです……もうなにかお飲み物、ありますわね」ロザリンドはどう見てもれっきとした若い娘なのだが、その声ははにかんだところはあるものの、子どものように無邪気だった。

「それはご親切に、ミス・ロザリンド」と、キッドはきっぱり言って、彼女が出ていくように願った。彼はこの静けさを楽しんでいたし、自分とは別世界に住むようなこの薄いブルーの瞳に気持ちが乱された。だが、ロザリンドは静かにそこにいて、じっとキッドを見つめている。

「あの、おれはいま、この本を深く研究しているところなんですよ」と、彼はぎこちなく言い訳した。

ロザリンドが恥ずかしそうに近づいてきた。すると、彼女ははっとするほど自然な美しさを備えているのに、自分では気づいていないのだとキッドにはわかった。なんだか気持ちがそわそわしだした。

「あたし、とっても興味があるんです、ミスタ・キッド。あたし、学者の方に一度も会ったことがなくて。お許しいただきたいんですけど、学者の方って、頭がなにか大きな問題と取り組んでいないときは、いったいどんなことを考えているのだろうかって、いつも不思議に思っていたんです」

この瞳。「あの、お嬢さん、実は、おれ、学者じゃないんです。そういうことは、ミスタ・レンジに訊いてください。おれはただの……彼の、彼の助手なんです」キッドは本をいじくった。

「まあ、では、もしお二人のために、あたしにできることがありましたら……」

「ありがとう、きっとお願いすると思います」

彼女はためらった。それから、にっこり笑うと、膝を曲げてお辞儀をし、出ていった。

やれやれだ。ロザリンドに休憩を台無しにされて、キッドはチェスターフィールドを取りあげた。ラテン語の格言に頭を悩ませ、半世紀前の複雑な文章にうんざりした。だが、もし上流社会に自分の居場所を確保するとなれば、その掟をそらんじておくべきだ、しかも、すぐに。ふうっとため息をついて、キッドは骨を折りながら言葉を探りつづけた。

レンジが興奮して帰ってきた。「ものすごく豊かなんだ、材料が……村人たちの返事は実に多種多様で、感動ものだよ。言語学的には……彼らの方言から集めたものを聞いたら、きみも呆然としてしまうだろうな。すばらしい一日だった。明日は、百五歳の老人と会う約束をした。アン女王時代のことをおぼえているんだ……」

夕食のとき、二人はどこから来たのかと丁寧に質問されると、キッドはその話をそらす役はレンジにまかせた。もしも現役の海軍指揮官がすぐ近くで休養しているという話が、下の谷にある密輸団の巣窟まで届いたら、たぶん警戒され、混乱させてしまうだろう。それに、もちろんキッドとしては、レンジがここの住民とのあいだに築いた信頼関係を妨げたくはなかった。

翌朝早くレンジが出かけると、キッドはまたオレンジ温室に行った。安楽椅子に腰を落ち着けるとすぐに、おずおずとしたノックの音がして、ロザリンドが入ってきた。キッドのまえに立つと、「ミスタ・キッド、あたし、あなたが学者だなんて、ぜんぜん信じていません」

キッドが目をぱちくりすると、彼女はさらに言った。「昨夜、ミスタ・レンジがあなたに、〝化石語〟のことについて話していたとき、誓って言えますけど、あなたはミスタ・レンジの言っていることがぜんぜんわかりませんでした」

「ああ、うん、おれはミスタ・レンジの友だちで、頼まれたときに、手助けするんだ」キッドは力なく答えた。

ロザリンドは可愛らしく笑った。「そうですか？　そういう方じゃないって、あたし、わかったんです。あなたは、もっと大きな……もっと、ええと……あなたがどういう方か、お訊きしていいですか？」

キッドは動揺したが、ロザリンドの無邪気さにはこちらの警戒心をやわらげるものがあって、微笑せずにはいられなかった。「そんな重要人物じゃないよ、わかるだろ。おれはただの暇な男だ、それだけだよ」

彼女は疑わしそうな顔でキッドを見た。「あたしをからかってらっしゃるんだわ。あなたにはどことなく……偉い方のような、軽く扱ったら、こちらがばかに思われるような。兵隊さんね、ミスタ・キッド、どこかのすごい連隊の大佐！」

キッドはたじろいで、「まさか！」とつぶやいた。

「でも、あなたは強そう、率直そうなお顔で、立ち方がとてもしっかりしてらして……海ね。あなたは船乗りさん、船の士官さんね」

キッドは嘘をつく気になれなくて、ため息をついた。「ミス・ロザリンド、まったくあなたの言うとおりです。でも、お願いだ、このことはだれにも言わないで。おれは、大きな嵐に耐えたあとなので、休んでいたいんですよ」

ロザリンドは声をひそめて、「もちろん、ミスタ・キッド。あなたの秘密はあたしたちだけの秘密」と言った。そこでまったく別の声になって、「ほんとうは、毎月第一金曜日はポルペロでお祭りがあって、市が開かれるって言いに来たんです。もしよければ、あなたをお連れできれば、うれしいんですが。もちろん、ビリーもいっしょに行きます」すばやく彼女は付け加えて、瞳を伏せた。

「ビリー？」

「タイタスはそう呼んでもらいたがるんです。あの子、自分の名前が嫌いなの」

田舎の祭り！　最後に行ったのはもうずいぶんむかしだ。しかし、チェスターフィールドが手招きした。「残念だけど、ミス・ロザリンド、おれは本を読む仕事があって、お断わりしなければならない」

「それはとってももったいないですわ、ミスタ・キッド。だって、お友だちはお話ししないうちにお出かけになったので、どんなお祭りなのか、あの方に話してあげられる人がだれもいないことになるんですもの」

キッドは気持ちがぐらついた。「ミスタ・レンジか……あなたの言うとおりだ、もちろん。祭りについてだれも彼に伝えなかったら、残念なことだ。おれが行こう」

「すてき！」彼女は金切り声を張りあげた。「ボンネットをかぶったら、出かけましょ……それで大丈夫、ミスタ・キッド？」

三人は徒歩でポルペロへ向かった。

「歩くのがお嫌いでなければいいんですけど……ロバに乗っていくほうが楽でしょうが、こんな急な坂道を行かせるの、ロバがかわいそうで」

ランダヴィディの小道は急な斜面を下っていて、キッドは帰りが心配になった。

「一年のこの時季、ポルペロはとってもすてきなんです」ロザリンドはうっとりとして言った。道端に寄ると、彼女は両手を添えて、「この黄色い花を、ちょっと見てください。マンネングサよ、咲きかけているわ。こっちの黄色いホソバウンランは負けまいとしている。あたしたちは〝バターと卵〟って呼んでるんです」彼女は、はにかんでそう付け加えた。

タイタスは祭りへ早く行きたくて、ぴょんぴょん跳ねていた。さらに下っていくと、下の家々の屋根がもうはっきりと見えてきた。

「あたしはポルペロが大好き……いたるところに自然の美しさがあふれているんですもの」

左手で羽音がして、小さな鳥が空へ舞いあがった。「アマツバメよ……もうじき、あの子にはお別れしなくちゃならないの。あなたも自然がお好き、ミスタ・キッド?」大きな青い瞳がキッドの目を見上げた。

「ええ、海では魚と鯨ばっかりですけど、ほんとに、ミス・ロザリンド」キッドはぎこちなく答えて、目的地に早く着けばいいが、と願った。

ロザリンドは立ち止まって、素直なあこがれのこもった瞳でキッドを見つめた。「そうでしょうね! あなたは世界中をまわって、見てこられたんでしょ……とってもたくさんのものを! うらやましいわ、ミスタ・キッド」

キッドは目を伏せて、ぶつぶつ言いながら、彼女から顔をそむけてまた歩きだした。上流社会に挑戦することで頭がいっぱいなときに、こんな小娘にしつこくされたくなかった。

村に着くずっと前にまちがえようもない魚の臭いがして、キッドの鼻にはしわが寄ったが、ロザリンドは気づかないようだった。楽隊のこもった曲の音と歓声が入りまじって三人のところまで漂ってきたかと思うと、平らな地面に着いたとたんに、華々しい祭りの光景が目に飛びこんできた。

玩具や砂糖菓子の屋台が並び、見世物小屋ののぞき穴があり、祭りにつきものの語り部が恐ろしい話で聴衆をじらしている。キッドはいまの自分の気持ちとは正反対に、華やかな光景を見て子どものようにわくわくした。村の男の子たちは青葉を飾り、女の子たちは大きなリボンをつけてガウンをまとっている。

そのとき、怖がる子どもたちの後ろから、クマが一頭、よろめきながら道を進んできた。すぐ横町からドラゴンが本物の火を噴いて出てくると、勇敢な子どもたちが漁師の霧笛を吹いて、通せんぼした。

「放浪乞食だ！」と、タイタスが叫んで、まえへ駆けだした。

マント姿の芸人が硫黄マッチを使って危険な手品を見せると、投げ物をする曲芸師が手品師の注意をそらそうとする。

「あの緑の所へ」と、ロザリンドが急かして、キッドの腕に触れた。「あそこではいつでも、音楽をやっているのよ！」

村には細い道が網の目のように入り組んで走っていて、三人のゆく道はとつぜん、密集した建物でふさがれそうな小さな広場に出た。広場に作られた即席の舞台では、みすぼらしい楽団がうっとりとした聴衆に向かって演奏していた。

帰る途中、仮面をした若者と娘が組んで、陽気なリールダンスを踊っており、そのヴァイオリン弾きにキッドは二ペンスやった。三人はコーンウォールの肉入りパイを食べて、空腹を抑えた。グージー・ダンスの一団が急いでやってきて踊ると、その日の祭りが終わり、三人は急な坂道を戻りだした。

三人はゆっくりとのぼっていった。タイタスが先頭だった。

「お客さまがいて、とってもよかった」と、ロザリンドが小声で言った。「そんなに大勢は見にこないのよ、ね」
キッドがぶつぶつ言うと、ロザリンドは彼へすばやく視線を投げて、「あなたはあたしたちのことをつまらない田舎者だって思うかもしれませんわね、ミスタ・キッド。でも、あたしたち、たくさんの物に恵まれているの」彼女はかがみこむと、花を手折った。「ほら……この花はたくさんの人たちの役に立っているの。これはブライドウォートって言って、自然があたしたちにくださった頭痛の特効薬なのよ」彼女はその花をキッドに押しつけた。指先がひんやりしていた。キッドは花を持ちあげると、彼女の視線を感じながら、匂いを嗅いだ。

「ミスタ・キッド、とってもすてきな一日でした……心から感謝します」

レンジは、見逃した祭りの話に不思議なほど気持ちが動かされないように見えた。彼のノートが書け、書けと迫っているのは明らかだったので、レンジには資料のまとめに専念させた。キッドは陽光と静けさが心を癒してくれるのを感じ、最近の試練から受けた苦しさも薄れていった。

しかし、どうしてだろうか、心が落ち着かない……あの娘《こ》だ。ロザリンドはキッドがいままで出会っただれともちがう。俗世間離れしていて、自然と交流し、ほかの世界から離れたこの土地で生まれたままの純真さをもち……そして、この世のものとは思えない可愛らしさがある、そう気づくと、キッドは当惑した。

彼女のなにがそんなに人とちがうのだろうか？　男所帯のなかでたった一人の娘だからか？　世間がふつうに関心や興味をもっているものに彼女は無関心なのだろうか？　キッドは自分を振りかえった——これは、結婚しようとしている男が関わる問題ではない。

村を探検しようというロザリンドの誘いを断わって、キッドは本に気持ちを向けた。だが、自分が断わったのを彼女が文句一つ言わずに受けとめたとき、驚いたことに、自分が動揺しているのに気づいた。翌日、タイタスがやってきて、漁師のところへ行くのに付き添ってほしいというロザリンドのためらいがちな申し出を伝えると、キッドはすぐさま承諾した。

彼女は飾りのないリネンの普段着を着て、ボンネットをかぶり、バスケットを持っていた。「ほんとにご親切に、ミスタ・キッド。あたし、ミセス・マイナーズのお宅に行くんです。あの、あたしたち、大きな嵐で漁船を一艘失って、彼女のご主人は行方不明なんです、お気の毒な方」

キッドはひるんだ。あの嵐でティーザー号が九死に一生を得たとしたら、小さい漁船などうなったことか？

「ミスタ・キッド、あの人たちがどんなに厳しい生活を送っているか、あなたはご存じないでしょうね。急いで、ビリー、ミスタ・キッドがお待ちよ」

またランダヴィディの小道をたどったが、今度は三人とも目的のある足取りだった。

「こんなことが起こったら、どうしていいのかわからなくなります」

「そんな気持ちで理解してくれる人がこの世にいたら、奥さんも少しは慰めになるでしょう」キッドは温かく言った。ロザリンドはさっとキッドへ感謝の瞳を向けた。

美しい村だった。真ん中に小さな港があって、何本か突堤があり、小さなオール漕ぎの漁船が何列も並んで泥の上に傾いていた。しかし、もっと漁船突堤の近くに行くと、立ち並ぶ人家はもっとみすぼらしい小屋になった。ロザリンドはそのはずれまで行くと、立ち止まって、パッテンを——魚の粘液で滑らないように、オーバーシューズを——靴に結びつけた。

「おはよう、ミス・ロザリンド」魚カゴを持った太った女が声をかけて、詮索するようにキッドを見た。

「おはよう、ミセス・ロウェット」ロザリンドは陽気に返して、手を振った。

三人は居酒屋〈三匹のイワシ〉のまえの広場に着くと、広場の後ろの小道を斜めになって降りていき、いまにも壊れそうな小屋がかたまっている所へ着いた。その一軒の戸口にぼんやりした目の女が出てきて、その顔に疲れた笑いがゆっくりと浮かんだ。「まあ、ロザリンド、かわいい子、そんな必要ないの——」

「ばか言わないで、ミセス・マイナーズ。大丈夫か、ただ確かめにきただけよ」

子どもが一人、迷いこんできて、おろおろした。

キッドは自分が侵入者のように感じた。薄い土壁に部屋が二つだけ、哀れな家具、そうしたものは彼がこれまで見たことのないほどの貧乏を物語っていた。無慈悲な海に夫を奪われて未亡人になったばかりのこの女が、そのことも、自分の将来も、おだやかに受けとめているのを見て、キッドは胸を突かれた。

その場から去ると、キッドはロザリンドに訊いた。「あの人はいま、どうやって暮らしていると思う?」

答える前に、すすり泣きが聞こえて、キッドはびっくりした。

「愛する人がもう一生、自分のところへ戻ってこない、そうわかるのって、いちばん残酷なことでしょ、ミスタ・キッド」

陽射しの明るいところへ出ると、ロザリンドは骨折って言った。「あの奥さんは、クランプルホーンへ羊毛洗いに行くのだと思います。仕事は汚いけど、お給金はとってもいいんです」

キッドは当惑しながら、ロザリンドの歩調についていった。とつぜん彼女は足を止めて、キッドを振りかえると、にっこり笑った。「ミスタ・キッド、ポルペロであたしがいちばん好きな場所を見せてあげます。いらして!」

ロザリンドは急ぎ足で家並みの角へ行くと、高い岩山へくねくねとのぼっている美しいが狭い道を見つけた。

「ねえ、のぼらなきゃいけないの？」と、ビリーが訊いた。

「そうよ、のぼるの！　さあ、ミスタ・キッド、あの上まで行って、どうぞ」

しかし、キッドはビリーがあとで好きに使えるように六ペンス白銅貨をやって、彼を強い味方にした。

三人は骨折って短い斜面をのぼっていき、岩の峰に着いたとき、劇的な風景という褒美《ほうび》をもらった。細長い港、ありえないほど狭い入口、巨大なトカゲの背骨のような二つの頑強な岩場、その向こうに広大なきらめく広がりが遠い水平線までのびていた、海だ。

「あそこよ！」と、ロザリンドが叫んだ。「あそこに、あとの世界がぜんぶあるの。インドの象たち、王さまの宮殿、恐ろしいナポレオンだって。あなたのしなければならないことはただ、お船に乗って、あそこへ行くこと……どこへでも」

キッドは心が震えた。おれにとって遠い水平線は、いままでおれの人生で大事だった冒険や経験へ導いてくれた海の街道だ。このなじみ親しんだ海の街道が与えてくれる自由を、たぶんおれは当たり前のものと思っていたのだろう。

ロザリンドがキッドにたたみかけた――水平線の向こうへ航海する人にとって、人生ってどんなもの？　性格はどう変わるの？　どんな深い感情が生まれてくるの？　キッドは最初ためらったが、自分自身のなかにあるロザリンドの部分を、ほかのだれにも、パーセファニにも閉ざしていた部分を――これはちゃんと見すえなければならないが――すぐにロザリンドに開いた。ロザリンドは独特なやり方でキッドの心に迫ってきた。

レンジはちょっとへとへとになって、遅くに帰ってきた。「〝ガリー・バット〟に〝アリッシュ・モウ〟」と、彼はため息をついた。「〝早く逃げろ〟っていう意味なんだけど、おなじ緊急避難命令でもいろんな言い方があるんだ。太平洋の島々を、あの未開の島々を、思い出すな……これはこの最初の探検調査が非常に満足のいくものであるという証明なんだ、どうか、わかってくれ」

「わかるよ、ニコラス」と、キッドはワインのグラス越しに言った。「で、きみがそれをぜんぶ生かせるように願っているよ」

レンジはキッドをやさしい目で見て、「気づいている、親愛なる相棒よ、これがきみ自身にとっては魅力的な冒険ではないと。ぼくの良心にかけて――」

「いや、いや、ニコラス！　おれは、安らぎと、静けさと、慰めを見つけているんだ」と、キッドは返した。「それに、この家の人たちは、おれにとてもよくしてくれている」もしもロザリンドといっしょに気持ちのよい散歩をしたと言っても、レンジはたぶん理解しないだろう。

「あの人たちにポルペロを案内してくれるように頼むべきだよ」と、レンジは励ますように言った。「昨日、ぼくはあの村を通りかかったけど、とても興味深い所だ」彼は元気づける飲み物を受け取って、さらに言った。「あそこで神聖な匂いよりも魚の臭いを感じる人もいるかもしれないが、ぼくは、ある加工場のドアの上にこんな実に的確な言葉を見つけて、おもしろく思ったんだ。〝ドルシス・ルーカー・オードォ〟つまり、〝金はいい匂いがする〟」

キッドはにやりとして、「じゃあ、きみのローマ詩人、オウィディウスの言葉かい、それは?」

「たぶん、ちがうだろうな。この言葉を書いた賢者は、たぶんローマ皇帝ウェスパシアヌスのことを頭に浮かべていたんだろう。もっとも世俗的な皇帝だが、皇帝が実際に言った言葉は——〝ペクニア・ノン・オレ〟つまり、〝金は臭わない〟だ。なんとも現実的な見方だな、ぼくの意見としては」

翌日、キッドはロザリンドといっしょにジャン・パッキーの魚加工場を訪ねた。女たちが目にも止まらぬ速さで巧みにイワシをさばくのを見ているのは、おもしろかった。イワシは〝ブッサ〟という陶器のなかに尻尾《しっぽ》を内側に頭を外側にして、はてしなく螺旋状に積まれて塩漬けにされていく。パッキー加工場の冬の出荷だけで二千ブッサにもなり、また、イワシから絞られた脂《あぶら》はいい値がつく。

見学が終わると、三人はチャペル・ヒルの頂上にある中世の遺跡までピクニックに行った。ロザリンドは布を広げて、バスケットからこの土地の食べ物を取り出した。「これを食べていただきたいの……ほんとうは、なにがお好きなのか、わからないけど」と、彼女は恥ずかしそうに言った。

キッドは、マトン・パイとサフラン・ケーキを喜んで腹いっぱい詰めこむと、満足して草の上に仰向けに寝転び、暖かい陽射しを浴びながら、目を閉じた。また広い世界について質問が来るかと待ったが、なにも来なかった。彼女はキッドのそばにすわっていたが、静かに感動しているように海を見晴るかしていた。

ようやくロザリンドが沈黙を破った。「ミスタ・キッド、いつお発《た》ちになるんですか?」消え入るような声だった。

「ああ、ええ、ニコラスがこのあたりをすっかり見たら、帰ると思います」キッドは無造作に答えた。

「まあ」

ぎこちない沈黙がつづいた。キッドは立ちあがった。「もう帰ったほうがいいですね」と、埃を払った。

「まあ……まっすぐ帰らないで、お願い」ロザリンドが声を上げた。「あそこへ行ってみませんか?」と、崖の端を指差した。「フォイまでずっとつづいている道があって、眺めがとってもいいんです」

「ええ、ビリーはどこにいる？　任務怠慢だな。船底くぐりの懲罰もんだ！」

ところが、ロザリンドはすでに遠くへ行っていた。キッドは後を追って草地を踏んでいき、細い道にぶつかった。道をたどっていくと、ぎざぎざした断崖の端までつづいていた。断崖は百五十フィート下の海へ真っ逆さまに落ちていて、岩盤に波が打ちつけていた。

「ロザリンド？」と、彼は呼びかけた。彼女は止まらずに、断崖の窪んだ所まで行った。

キッドは追いついて、「ミス・ロザリンド、あなたは――」

彼女はゆっくりと振りかえった。その目に涙が光っていて、キッドはびっくりした。

「ミ、ミスタ・キッド」彼女は声を詰まらせながら、「お、お願い……どうぞ、あたしのことを忘れないで」

「なにを――」

「お、お約束します、あたしは絶対に、あなたのこと、忘れません」

キッドはなにを言ったらいいのか、考えることもできなかった。

「あなたは、あなたは、あたしを変えました」まだ声を詰まらせながら、「あたしはもういままでとはおなじ人間ではありません」

「おれは……おれは……」

「あなたが悪いのではありません。あたしはここで静かに暮らしてきて、それがすべての世界だって思っていました。そしたら……」彼女は手を握り合わせた。「あの……あなたのせいではありません……ぜんぶあたしが悪いのですが、ですが、あたしはいけないほどあなたのことを想ってしまって、もう、あなたはお船に乗って、あたしから遠い所へ行ってしまう、そして……」ロザリンドは両手に顔を埋めて泣いた。

キッドは胸を打たれて、ロザリンドへ両手をのばした。その手へ彼女はすすり泣きながら手をのばすと、しっかりとキッドにしがみついて、胸のなかで泣いた。

キッドは呆然としたが、深く心を動かされた。ロザリンドの髪の毛をなで、いつのまにか意味のないことをつぶやいているうちに、感情の嵐が消えていった。すると、ロザリンドがキッドから身を振り離して、彼の目を探った。「愛してます、ミスタ・キッド……あたし、あなたを愛してます、つらいぐらい強く。ああ！ 言ってしまったわ！」ロザリンドの指先が痛いほどキッドの腕に食いこんできた。彼女はキッドの目を見つめたまま、震える笑い声をたてて、「あたしは、あなたの名前も知らないのに」

キッドは自分の混乱した感情にとらえられて、うろたえ、後ずさった。振りかえると、ビリーが立っていた、大きく目を見開いて。

三人は気まずく押し黙ったまま、帰り道をたどっていった。館で主人のモースウェンが待っていて、娘のようすを見ると、説明を求めた。ビリーがいないので、崖から落ちて海にさらわれたと思い、動転した、そうロザリンドが言うのを彼は固い表情で聞いていた。そして、鋭い目でキッドを見た。

ロザリンドは失礼を詫びて、夕食をとらなかった。キッドは食事の最後まで我慢して、やっと自分の寝室に逃げこみ、ベッドの上にどさりと寝転んだ。頭のなかをいろんな考えが駆けめぐった。

自分がどうしなければならないか、朝までにキッドにはわかった。こんな可愛らしく無邪気な告白を黙って見過ごせるとしたら、それは心ある男ではない。魅力的な若い娘といっしょに自分が楽しい時間をすごしているとしたら、それは娘にとってはもっと意味のあることなのだ、そう気づかなかったのは、自分が愚かで、目が見えていなかったからだ。終わりにしなければならない。「ニコラス、おれは帰って、海軍工廠でティーザー号がどうしているか、確かめるべきだと思う」

ニコラス・レンジの顔が曇った。

「もちろん、おれ一人だけだ。きみはここにいて、帰るまで、民族学的な材料の詰まった荷を積みこむべきだよ」

「ぼくが珍しい材料を集めているあいだ、きみは手持ちぶさたで退屈で、怒っているんだな」と、レンジが疑うように言った。

「ちがう！　ちがうよ、ニコラス。ただおれの任務上のこと、それだけだ」

近いうちにティーザー号が海へ出られる見込みは立っていなかった。調査の結果、舷側の条列板がはがれ、肋材がずれているのがわかった。修理できないのではなく、艦隊の重要な艦艇が乾ドックを占領しているので、ティーザー号は順番を待たなければならないのだ。

キッドは十八番邸に帰り、メイド頭のバーガス夫人とメイドのベッキーをあわてさせたが、結局、我が家は最悪の場所だとわかった。居間で暖炉の火を見つめながら一人ですわっていると、胸にのしかかるさまざまな考えから気持ちをそらしてくれるものはなにもなかった。

これは不当だ。ロザリンドはおれの気持ちのなかに侵入してきて、おれの秩序正しい生活を脅かした。だが、いま、彼女の姿が頭から消えることはほとんどない。あの無邪気で、夢見るような大きな青い瞳、あの美しさ、率直さ、形式張らない話し方だって……。キッドはロザリンドに苦しめられた。それで、なにかをしなければならなかった。

時間は解決法ではなかった。数日たっても、彼女の存在は相変わらず現実のものだった。どうしておれはロザリンドを心のなかから追い出すことができないんだろう？

困難を避けて通るのはキッドのやり方ではない。この状況を解決する唯一の方法は、それに立ち向かうことだ。ポルペロへ出かけていって、もういちどだけロザリンドに会うという単純なやり方で、問題に立ち向かう。そうすれば、彼女はただの可愛い田舎娘で、休暇旅行の訪問でいっしょに楽しい時間をすごした、それだけのことだったと気づくだろう。そうすれば、現実離れした夢のような娘の姿は、結局、消えてしまうだろう。

ドアをノックすると、快活なメイドの声が答えた。主人のモースウェンは留守だった。いまの時節、彼は毎日、自分の貸家を訪ねているという。ミスタ・レンジは？　彼は民族学の研究材料をまた追っていた。

「ご主人をお待ちします」と言うと、キッドは居心地のいい応接間に案内された。この部屋でロザリンドに初めて会ったのだ。気持ちを整えて、彼は椅子に腰を落ち着け、礼儀正しく振る舞おうと心がけながら、主人の帰りを待った。

ドアがきしんで、ロザリンドが駆けこんできた、信じられないといった顔で。「ミスタ・キッド！」彼女は金切り声を張りあげた。喜びで顔が輝いている。「戻ってきてくれたのね！　あたしのために戻ってきてくれたのね！」

彼女は部屋をよぎって飛んできて、キッドに抱きついた。「あたしの大好きな人、だれよりも好きな人……」

キッドはロザリンドの大きな瞳をのぞきこんで、両腕を彼女の背中にまわし、引き寄せた。両手が背中をさすり、愛おしんでいる。目の奥がちくちくし、胸に熱い塊りがこみあげた。おれは人生最大の試練に立ち向かっているのだ、いまやそうはっきりした。

「すると、きみはポルペロで珍しい研究材料を存分に集めたんだね」と、キッドはレンジが丹念に積みあげた取材記録の山へ目をやった。

「ほんとうに……この先長いあいだ、考察をつづけるに充分な量だよ。なんという多様性か！　こんなにあるなんて、まったく思いもしなかったよ――」

「ニコラス……あの、ちょっと話してもいいかな？」

「話す？　ああ、話してくれ、相棒」レンジはしぶしぶ取材記録から離れると、キッドのそばへ来て、腰をおろした。

「ニコラス。話は……ああ、つまり、問題があって、きみにとるべき針路を教えてもらいたいと思って」

「ええ？　どうぞ、話して」

「あの、これは、おれにとっては浅瀬での航海なんだが、なあ、ニコラス、あの……」

「親愛なる友よ、もっと帆をあげろよ、さもないと、夕食までに入港できないぞ」

「ああ、なあ、ニコラス、おれは、おれは、自分の気持ちが虜になってしまったとわかったんだ、ミス・ロザリンドに」

ニコラス・レンジは自分の耳を疑うように、ぴんと背筋をのばした。「聞きちがいじゃないな？　きみはモースウェンの娘を追いかけるような、なにか男の問題を抱えたのか？　彼女に対する、ああ、欲情を？」

キッドは真っ赤になった。「彼女のことを考えないではいられないんだ、どうやっても」

「じゃあ、なにか方法を見つけるほうがいいな」

「これがおれの問題なんだ、ニコラス。ほかの女性のことを考えているのに、別の女性と結婚するのは、正しいことだろうか？」

「きみは一時的なちょっとした執着にとらわれて、この社会でもっともふさわしい女性と結婚するのをやめると、本気で言っているんだね？　それは、まったくばか以外のなんでもないよ」

「もしこれが、一時の気まぐれ以上のものだとしたら、そのときはどうしたら？」

「やれやれ、きみ！」レンジは唾を飛ばした。「きみは正気を失っているんだ！」なんとかレンジは気持ちを静めようとしながら、「助言しよう、友よ、きみがまだあの女性に、上流社会のな、あこがれているのだとしたら、この問題は分別をもって処理することだ。きみのなかの男心は、恋人の愛情をもてあそんでいる——」

キッドは顔が引きつった。「くそっ、ニコラス！　きみは倫理も行動も高潔な人だよ。さあ、助言はどうした？」

レンジの表情が硬くなった。「きみは我を忘れている。紳士の定義付けから言うと、紳士というものは優雅さと体面を大事にするものだ。とりわけ礼儀礼節と品格をな。もしもこれが自分のみだらな気持ちを抑えることができないという問題なら、少なくともきみにできることは、理性をもって自分を抑えることだ」

キッドは怒って言いかえした。「いいか、ここのすてきなお嬢さんのことを話しているんだ……彼女はどうなる？」

「彼女はわかってくれるさ、もちろんな。きちんと躾《しつけ》を受けた娘として、彼女は、自分の家族と相続人たちの社会的体面を第一に考えるだろう。その問題に面倒なことはないだろう」

「きみは、体面のために妻をもって、ほかの女と寝るのか？」キッドは喉を詰まらせながら、「それじゃ、妹がかわいそうだよ」

レンジは真っ青になった。「いいか、きみィ」身の危険を感じさせるような口調で、「自分の運命に不満をもっているのは、きみだ。強く助言する、きみは自分の立場を慎重に考えて、このばかげた状態には終止符を打つことだ」

「トマス兄さん、兄さんにまた会うことができて、ほんとによかった。お元気？」シシリアは茶をそそぐと、心から愛情をこめて兄を見つめた。「町では、兄さんが嵐のなかで勇敢な行動をとったこと、その噂でもちきりよ。ほんとうはもっと気をつけてくださいね……嵐のなかではとっても危険なんですから」

「ああ、シシ」と、キッドはカップを受け取った。

「それで、ニコラスはどうしていらっしゃるの？　二人でとっても長いあいだ旅に出ていたわね」

「彼は元気だよ、シシ。だけど、おれがここに来たのは、あの、きみの助言が必要だからなんだ」

「まあ、そのことなら心配しないで！　結婚はほんとに女の一大事よ。当日はみなさんが万事ちゃんとしてくださるわ」

「ちがうんだ！　そういうことではないんだ。あの、ああ、問題が起こったんだ」

シシリアはキッドのこわばった顔を見て、きちんとすわりなおした。「じゃあ、話して、兄さん」と、静かに言った。

ありのままに話すと、そんな話はばかげていて、筋が通らないように聞こえた。話し終わると、シシリアはなにも言わず、困惑した顔でキッドを見つめた。「じゃあ、あたしにはっきりわからせて、兄さん。ほんの一、二週間で、兄さんは、自分がそのロザリンドに対して打ち消すことのできない深い気持ちを抱いているとわかったのね」

「アイ」キッドはしおたれて答えた。「あっという間にそういう気持ちになって、その気持ちがおれの感情を打ちのめしてしまったんだ」

「これはとっても重大な問題よ」

「わかっている」キッドは小さくつぶやいた。「訊いてもいいか、シシ……ほかの女性のことを考えているのに、別の女性と結婚するのは、正しいことかい?」

シシリアは鋭くキッドを見た。それから、やさしい瞳になって、顔を寄せると、両手でキッドの両手を握りしめた。「愛しい兄さん、その答えは自分でわかっているでしょ」

シシリアはハンカチを取り出すと、涙をふいた。そこで、現実的な口調でつづけた。

「そう、では、決断をしなければならないわ。道は、三つあるように思えます。一つは、ロザリンドのことは心のなかから追い出して、パーセファニと結婚する。パーセファニとの結婚話をつづけて、ロザリンドにはほかの対応をする。最後は、パーセファニを捨てて、ロザリンドと結婚する」

キッドはなにも言わず、催眠術にかかったように妹を見つめた。

「兄さんは自分の気持ちが変わることを願って、問題を先延ばしにしようって考えているかもしれないわね?」

「おれは、おれは、日ごとにひどくなっているように感じる」

「わかりました。では、解決法を見つけなければ……。そのためには、兄さんにはつらい質問をいくつかしなければなりません」

キッドはうなずいて、背筋をぴんと張った。

「兄さんは、ミス・ロザリンドを愛していますか？」

「彼女はおれが会ったなかでいちばん美しくて聡明な女性だ、それはほんとうだ」

「彼女を、愛していますか？」

キッドは悲痛な気持ちで、なんとかシシリアの詰問する目から逃れようとした。「なあ、シシ、そうじゃあなくて、つまり……ロザリンドを見たとき、彼女はすごくやさしくて、無邪気で、彼女を愛して守ってやりたくなった。だけど、パーセファニは、おれが守ってやる必要はない。彼女は強くて、物事をよく知っていて……」胸がいっぱいになって、先をつづけられなくなった。「……それに、ロザリンドは屈託がなくて、素朴なのが好きなんだ……いつもきちんと礼儀正しくして、役柄を演じたりする必要はないって感じるんだ」涙で目の奥が痛くなった。「彼女が話しかけてくれると、おれは自分の深いところで彼女の言葉を感じることができる……」すすり泣いて、キッドは喉が詰まった。

「トマス兄さん！　あたしの言うことを聞いて！　恐ろしい洪水がやってきて、兄さんは一人を助け、一人は失うことになる。一人だけよ……その一人になるのは、どっちですか？」

キッドは苦しくて、首を振った。

「答えなければだめ！」シシリアは強く要求した。「すぐに一人は兄さんの人生から永久に消えるの……永久によ！　失っていちばんつらくなるのは、どっちですか？」

キッドは涙で目が見えなくなったが、シシリアは容赦しなかった。「どっちなの？」

「ロザリンド！」しわがれた声でキッドは叫んだ。「ロザリンドだ、手放したら、耐えられないのは」苦しくてキッドは立ちあがると、涙が頬を伝い落ちた。「どうしようもない！　神よ、助けたまえ。シシリア、どうしようもないよ」

シシリアは嵐が去るまでキッドを抱きしめて、なにも言わずにゆっくりと兄の体を揺さぶっていた。

嵐が静まると、キッドはシシリアから体を離し、正気を取りもどそうと自分と戦って、ふがいなくこぶしを握りしめた。「す、すまない、シシ」唾を飲みこんで、「おれたち、おれたち男は、こういうこととなると、不器用なもんで」

「大好きな兄さん、お願いだから、すまないなんて言わないで。こうなったのも、兄さんがとってもいい人だからこそよ……わかる？」シシリアはため息をついて、愛おしげにキッドを見た。「兄さんは自分で答えを出したの。率直に言うと、あたしはぜんぜんびっくりしなかったわ」

キッドは息を飲んだ。

「そう……あたしがとっても残酷なことを言ったら、気にする？」

「言わなければならないことなら」

「兄さんが夢中になったのは、パーセファニ・ロックウッドではなくて、彼女の背景、彼女の生まれた世界だと思います。華やかさとか美しさとかそういうものすべてに。そして、気の毒なことに、彼女は確かに兄さんを愛しているわ」

キッドには言うべきことが見つからなかった。

シシリアはやさしく話をつづけた。「だから、兄さんは自分でパーセファニにきちんと話さなければならないわ。彼女はすばらしい女性で、少なくともそうするに値する人よ」

「そうする」

「では、今度はこれからのことを考えなければならないわ」シシリアは立ちあがると、部屋のなかを行ったり来たりしだした。「兄さんはまだパーセファニのお父さまには話していないと思うけど」

「ああ、話していない」キッドはかすれ声で答えた。

「パーセファニとは結婚の約束をしたの？」

「彼女がバースから戻ってきたら、結婚を申し込むつもりだった」

「よかったわ。だったら、婚約破棄という問題は起こらない。でも、世間は結婚の約束ができているって思っているわ。兄さんの恋は噂の的だったから」

シシリアは立ち止まった。「ロザリンドとは結婚するつもり？」

キッドははにかんで笑みを浮かべた。「彼女がおれを受け入れてくれればね」その考えが稲光のように閃くと、気分が晴れ、心が浮き立ってきて、ほかのことはなにも感じなくなった。

キッドが興奮したのを見て、シシリアは苛立ちを見せ、「そのことがどんな混乱を引き起こすか、兄さんには考えられないようね」シシリアは真剣な顔でそう言った。「これからずっと、サロンの噂の種になるわ。わかる、兄さん？　宮廷でも知られた上流社会のご一家の令嬢が、評判の美女が、文無しの海尉艦長によって、ただの田舎娘に乗り換えられたのよ」

キッドは最高に幸せな気分でじっと立っていた。シシリアは怖い顔でつづけた。「彼女のご家族は侮辱されたと思うわ。彼らは兄さんを社会的に破滅させようとする。この国のどんな上流社会の集まりでも、兄さんをひどい目に遭わせる。ご一家を怒らせることを恐れて、だれもあえて兄さんを招待しようとはしない。上流社会に入ろうというところで、閉め出される。それに、海軍の軍歴は……兄さんは提督に致命的な無礼を働いたので、提督は復讐しようとする、きっとそうよ」

その言葉にキッドは困惑したが、それも一瞬のことだった。「提督はおれを艦から追い出すことはできないよ、シシ。もう大事にする人ができたんだから、彼女がおれを誇りに思ってくれるように、おれは船乗りの最善を尽くす。おれの錨索孔のまえに立ちはだかるやつはだれであろうと、容赦はしない。そのあいだにおれはロザリンドと結婚して、家族を養う」

キッドはたったいま自分がやった大それたことをなんとか振りかえってみようとしたが、耳のなかで自分の乗る馬の蹄の音が雷鳴のように轟くばかりだった。

パーセファニがバースから帰ってくるとすぐに、キッドはパーセファニと二人だけで会いたいと頼んだ。彼女は予想とは正反対の話に衝撃を受けたが、冷静に自分を保ち、毅然として立ったまま、キッドの話を聞いた。

彼は木偶《でく》の坊のように話し、話しているあいだ、なんとか彼女の顔から目をそらすまいとした。そして、彼女の冷静な問いかけに打ちのめされそうになった。以前、キッドの告白に自分が正直に答えたように、いま別の女性がキッドの愛情をとらえたのか、正直にそれだけ知りたい、そう彼女は言ったのだ。

パーセファニの別れの言葉を思い出して、キッドの顔に涙が筋を引いた。彼女は理解し、率直に話してくれたことに感謝した。自分自身の約束を守れない人にあたくしの心を差しあげることは金輪際できませんから、と……。

キッドは逃げだした。

いまは仕上げをするのだ。怖さと喜びがないまじった気持ちで、キッドは丘陵に馬を走らせた、ポルペロへ――ロザリンドのもとへと。一つの世界から出て、別の世界へ。彼は暖炉の飾り棚にレンジ宛のメモを残して、彼なしで嵐を切り抜けようと出発したのだった。

道路の直線部分が行く手に開けて、キッドは本能的に馬にムチをくれ、狂ったようにギャロップで走らせた。自分の感情を駆り立てるために、荒々しい動作が必要だった。この地上でなにが起ころうと、キッドはいま、自分の気持ちをロザリンド・モースウェンのまえに差し出し、結婚を求めようと、馬を走らせていた。


キッドは感情があふれるままに館のまえで疲れた馬を荒っぽく停め、地面に滑り降りた。古い窓辺に顔が次々とのぞいたが、彼は心のなかの悪魔の声にも足を止めずに、まえへ大股に進んでいった。

「ミスタ・キッド?」戸口で主人のモースウェン自身が迎え、キッドの埃まみれの形相を心配そうに見つめた。その背後には男の召使いと馬番が主人を守るようにうろうろしていた。

キッドは短く頭を下げた。「用事はすぐに終わります。どうか、お嬢さんと話す時間を少し、いただけるようにお願いします……二人だけで」

キッドの頼んでいることがなにかモースウェンに伝わると、信じられないような笑みが現われた。少しずつ笑みが広がって、モースウェンの顔が赤くなり、心からうれしそうに、「よろしいとも、わしの坊や!」と声を上げた。「ちょっと待ってくれたまえ」

館のなかで興奮した叫び声が上がって、すぐさま抑えられ、小走りにやってくる足音が聞こえた。また戸口にモースウェンが現われた。「入りたまえ」

キッドは入っていって、立ち止まった。小さな応接間の真ん中にロザリンドが棒を飲んだように立っていた。その瞳がちらともキッドの目からそれない。

「ミス・ロザリンド」キッドは感情に駆られた声で言った。「わたしは父上と非常に大事なことをお話ししにきました。あの、わたしは確かめにきたのです、その、わたしのあなたに対する気持ちを、ええ……」彼は真っ赤になった。この世のものとは思えないほど可愛らしい娘をいま目の前にして、練習してきた言葉が頭からすっ飛んでしまった。言葉がない。キッドは片膝を床につくと、声を詰まらせながら、「ロザリンド……わたしと結婚してくれますか？」

「焼いた雄牛の肉だ！　これがいちばんのご馳走だ！」モースウェンのどら声がみんなの興奮した話し声を破った。ロザリンドはキッドの隣りに恥ずかしそうにすわっており、キッドは彼女の手の上に自分の手をしっかり重ねていた。胸がいっぱいではじけそうだ。ロザリンドの兄エドマンドの頬ひげをよけただけで、キッドは兄弟の気安いからかいを辛抱しながら、また思い切ってロザリンドを盗み見た。この先の人生をおれはこの可愛らしい娘と一つになって歩いていくのだ、そう思うと、信じられない気持ちだった。

ロザリンドが二人で散歩しようと言った。だが、礼節はまだ守らなければならないようで、同行するようにタイタスが呼ばれた。結局、とまどった少年は先頭を行き、そのうちほとんど見えなくなった。二人は黙って並んでゆっくりと歩いていった。やさしい、夢見るような顔のロザリンドがそばにいると、この魔法が解けてしまうのではないかとキッドは心配になった。

ようやくキッドは低い声で、「おれ、おれたち、計画を立てないといけないと思う」と切りだした。

「ええ、大好きなあなた」と、ロザリンドはささやいた。「もしもあなたさえご都合が悪くなければ、あたしはできるだけ早く結婚したいです。結婚予告は教区教会で三週つづけて日曜日にされるので……もし四週目に結婚できれば、とっても幸せ」

ロザリンドは、どんな男もへなへなとなるような愛らしい顔を向けた。キッドは彼女を抱きしめ、「そうしよう」とかすれた声で言った。

幸福な思いでぼうっとしながら、キッドは歩きつづけた。外の世界はぼんやりとかすみ、自分のまわりだけが現実だった。足が二人を村へ運んでいた――ポルペロへ、いまではキッドにとってこの世のどこよりも愛しい場所へ。

「おや、ミス・ロザリンド!」パッキー夫人のむっつりした顔にしわが寄って、笑顔になった。「あたしらみんな、あんたがだれといっしょになるのかって、思っておったんだよ！」彼女は興味津々の鋭い目をキッドに向けた。

「こちらがあたしの婚約者よ、おばさん。ミスタ・キッド」誇らしげにロザリンドは言った。この吉報はすさまじい速さで村中に広まるにちがいない。

すぐにほかの住人たちもやってきた。

「おやまあ、ミスタ・キッド、じゃあ、あんたはもうわしらの仲間っちゅうことだ」

「ミスタ・バント、よろしくね！ つい今朝、プロポーズしてくれたの！」ロザリンドは声をたてて笑い、「それで、お受けしたの」とやさしく言って、キッドを横目で見た。

さらに進んでいくと、居酒屋〈三匹のイワシ〉のまえの港に出た。その海岸では、流木で大きなかがり火を熱心に作っているのにキッドは気づいた。二人は通りから通りへ抜けていった。

小さな店がキッドの注意を引いた。影絵作りの店だった。「ロザリンド、もし勝手を許してくれるなら、おれはあの店で……」

暗くした部屋に入ると、二人はロウソクと紙の衝立《ついたて》のあいだに順にすわった。画家はエンピツで熱心に影をなぞる。あとで縮図器を使って器用に線を描いていくと、二人の影が魔法にかかったように黒く小さくなった。その絵が二つの金縁のロケットにそれぞれきれいに納められた。

キッドはロケットをチョッキの内かくしに滑りこませると、そこがほわっと暖かくなった。

「愛しい方……あたしにタランド湾を案内させて。とってもきれいな所なの！」ロザリンドがせっついた。

やがて、タランド丘陵の上にある品のいい山荘に通りかかると、ロザリンドがキッドをそちらへ引っぱっていった。「あなたに会わせたい方がここに住んでいるの……村にとっても良くしてくだっている方よ。学校の先生として来られたんだけど、ここに住んでからお仕事がとてもうまくいって、いつでも困っている人たちを助けて、貧しい人たちのお世話をしてくださるの……まあ、いらしたわ！」

親切そうな年配の紳士がロザリンドの選んだ人に会うと、喜んで目をぱちぱちさせ、二人へ祝福の言葉を投げた。

「お会いできてうれしいです、ミスタ・ジャファナイア・ジョウブ」と、キッドは心から言った。

二人はウォレン道でポルペロ村から離れると、海からそそりたった断崖の道をたどっていき、次の湾へ降りていった。

「ここよ」と、ロザリンドが言った。二人の靴が砂地をギシギシ噛んだ。

この海岸はまわりから完全に孤絶している、そうキッドは気づかずにはいなかった。密輸品の陸揚げ場所にうってつけだ。「ポルペロはどこよりも密輸が盛んだ、そう海軍では噂されている」と、彼は低い声で言った。

「わかっています、あなた。でも、お願い、あたしを信じてください。漁師さんや村人はあなたの言う密輸業者じゃありません。あの人たちはただほんの少しのお金のために使い走りをしているだけです。漁業がこんなに不安定な仕事なのに、だれがあの人たちを責められます？　いいえ、悪いのは、フランスからの船荷を買うために五十ポンドも支払って、お金でほかの人たちを危ない目に遭わせている人たちよ」

キッドはなにも言わずに、スタークのことを考えた。彼は証拠を見つけるために、危険な任務を帯びて、密輸団のラガーに乗り、この海のどこかにいる……。

「これを見て」と、ロザリンドはかがみこんで、灰色と紫色をした小石を両手に山にして掬《すく》いあげた。「可愛らしいでしょ？」

「きみほどではないよ、愛しいロザリンド」そう言うと、キッドはやさしく口づけした。

タランド教会はさらに少し先にあった。ひどく急な丘の上にあり、頂上に上がると、二人とも息をはずませた。

「ここが、あたしたちが、結婚する所」息を切らしながら、彼女はキッドの両手を握った。「漁師さんたちの聖歌隊があたしのためにうたって、鐘がとっても大きく鳴るの……」

教会は湾を見おろすすばらしい眺めだった。建物は年月を経て丸みを帯び、まるでコーンウォールの丘陵から生まれて根を張ったかのようだ。鐘楼は中心の建物から離れていたが、丸屋根で繋がっている。ここで二人は生涯、結ばれるのだ。

帰り道、キッドは心を締めつけてくる問題に対処するのは至難のことだと悟った。ここにおれの将来がある——向こうにおれの過去がある。そこでは、社会的破滅という暗雲が待っている。そして、この素朴で可愛い娘はいま自分が見つけた幸福以外になにも知らない。

ロザリンドは海辺で立ち止まって、振りかえると、にっこりした。「いつあなたのお船に連れていってくださるの？　あたし、とっても誇らしいわ。艦長さんはあたしを認めてくださると思う？」心配そうに彼女はそう言い添えた。

「大丈夫だ、約束する」キッドはやさしく言った。そこで暗雲が戻ってきて、彼の幸せな気分を殺《そ》いだ。どんな悪いことが密かにおれを待っているか、だれにわかる？

「ああ、船は嵐に遭ったあと、修理のために造船所に入っている。あとで時間がとれるよ」だが、立ち向かわなければならないもっと大きな問題がある。彼女にはそれを知る権利がある。自分が——二人が——直面することを。彼女の無邪気な心を襲う世間の不当な懲罰、ポルペロを去ったあとの友だちのいない厳しい新しい生活。

「ロザリンド、おれのいちばん大事な人。きみに話さなければならない、おれたちの将来に関わることを」キッドは唾を飲みこんで、話しはじめた。「きみと会うまえに、パーセファニという女性がいた。彼女とおれは……」

第十三章

馬車がプリマスへ近づいていくにつれて、キッドは悪い予感を捨てることができなくなった。最後の一マイル、馬車は蹄の音をたてて走っていくと、道を曲がって川辺で停まった。対岸に海軍工廠の建物が細長く広がって、川面がつづく。この景色がこれまでは大好きだった。

トーポイントで渡し船を待っていると、町はいま、キッドに敵意をもっていて、異国のように思えた。

なかば完成した、あるいは修理を待つ艦艇をキッドは見渡していった。驚いたことに、ティーザー号はマストを除いてあとはすべて完成し、いまにも目的をもってドックを出ようとしているかのようだった。

戻ってきた渡し船を呼んで、キッドは自分の艦へ急いだ。スタンディッシュ副長がいて、無表情に敬礼したが、甲板にはほとんど人はいなかった。

「どんなようすだ？」

副長は形式的に軍帽をぬぐと、冷ややかに言った。「あとはマストと補給品が欲しいだけです」キッドを責めていることはほとんど隠しようがなかった。

キッドは急に回れ右して、自室へ降りた。「おお、ニコラス！ また出動だ。民族学の研究材料は充分に集まったと思うか？」

ニコラス・レンジはテーブルから立ちあがった。その態度は冷ややかで、人を寄せつけない感じだ。「これは、補給品の申請に対する返答だ。きみの留守中に、十一人が脱艦したのに気づくべきだな。それから、ロックウッド提督から指示を受け取っている。帰艦したら、ただちに提督のオフィスにきみ自身が出頭せよとのことだ」

「ありがとう」と、キッドは精いっぱい威厳をこめて言った。「いますぐ行く、もちろんな」

キッドが来たと告げられると、「出ていけ！」とロックウッド提督は怯える書記へ怒鳴りつけた。「きさまもだ」副官も激しくどやしつけられた。提督は大股にドアへ寄っていくと、バタンと閉めた。

「ご機嫌いかがですかな、キッド艦長？ わたしの娘に許しがたい仕打ちをして、その悪党面をどうやって世間にさらすというのだね？」

「提督」と、キッドは固い口調で言った。「婚約はしていませんでした」

「だが、二人のあいだで約束はできておっただろうが！」提督は怒鳴った。怒りのあまり顔面蒼白になった。「きみもよく承知のとおりな！　きみは結婚の約束をしておいて、娘を辱めたのだ。娘は混乱しておる。まったくふさぎこんでしまった。こんなことをして、わたしは見過ごしはせんぞ。神を証人として、きさまに目にもの見せてくれる」

罵声を浴びて、キッドは体が揺らいだ。

提督はだしぬけに回れ右して、どかどかとデスクへ行った。そこで、《テレグラフ》紙をキッドへ振りつけた。「きみが我が家族を破滅させたことについて、なにか言い分はあるか？　この塗炭の苦しみを味わって、わが愛する妻がどうなったか、知っておるか？知らない？　では、これを読め、艦長！　読むんだ！」

キッドは新聞を取りあげた。

われらが勇敢なる探偵ルックアウトは、マストの見張台にのぼって、世界でもっとも驚嘆すべきことであり、かつまた世間の関心の的である秘め事について、その進展はいかにと、たえまない探索をつづけている。彼は強力な望遠鏡を向けていたところ、まもなく、なんとも痛ましい光景をとらえた。神経のか細い読者はいますぐこの記事から目をそらすべきである。というのも、このあと、胸も引き裂かれんばかりの恐ろしくも悲惨な話がつづくからである。美しい女性が立ちつくしたまま泣いており、ルックアウトが驚き苦しんだことに、彼が目にしたのはだれあろう、われらが麗しきミス・パーセファニ・Lその人にほかならなかったのだ。前回、彼女がこの欄を飾ったとき、彼女はウェディングベルの喜ばしい響きを聞くものと思っていた。これはいったいどうしたことか？　ルックアウトは自問して、望遠鏡をまわし、うろたえた。ああ！　これが涙の理由ということなど、ありうるだろうか？　颯爽たる有名人Ｋｉｄｄ艦長が下劣にも彼女を捨てて、いま卑劣にも、別の女性に迫っているのだ。われらが上流階級の華ミス・Ｌを蹴飛ばして、彼が乗り換えた相手はだれか？　容姿端麗というほかはなんの期待ももてない素朴な田舎娘以外のなにものでもない。信じられようか？　本紙は読者諸氏にただ、ご配慮を願うことしかできない、お気持ちを……。

キッドは真っ赤になった。「これはちがい――」

「きさまは、わたしたちを世界中の恥さらしにしたのだ！」ロックウッド提督が怒鳴った。「しかも、わたしの愛する妻は、屈辱のあまり寝込んでしまった。かならずやきさまを地獄に落としてくれる、そうしなければ、この件は片がつかん」

キッドが体をこわばらせて立つまえで、提督はつづけた。「片をつけたときには、この国できさまに自宅のドアを通させようと思う者は一人もおらんだろう！　そして、海軍勤務については、約束しよう、指揮官としての適合性についてわたしが海軍本部諸卿に出す報告書では、いっさい容赦はしない。いっさいな！」

「提督、それは、まったく不当なことです」キッドはこもった声で言った。

「ティーザー号はこの二日ものあいだ、港に繋留して海尉艦長の帰りを待っておった。これは指揮官としての地位に対するまったくの侮辱であって、わたしに対しては耐えがたい意思表示である。よって、艦外で宿泊してよしとする許可は取り消す——わかったか？」

「はい」キッドは骨折ってそう答えた。

「なんだって？」

「わかりました、提督」キッドはしゃにむに怒りを抑えこんだ。

「では、時間を見つけて、自分の艦の出港用意をすることだ。特別な任務を考えておるかな」


ボートを指揮するボイド候補生はキッド艦長の怒りを浴びて、しゅんとなり、ティーザー号に帰るあいだ、沈んだ声でボート員たちに命令をくだしていた。

キッドはいまの状態を冷静に、厳しく理解するようになった。おれは自分で道を選んだ。それで大きな代価を払った。上流社会に入り、貴族の権威を得ることが約束されていた夢のような過去、それはいまはもう思い出にすぎない。この先、予測しておかなければならないが、ティーザー号でこのあと指揮官として勤務するうちに、ロックウッド提督の悪意に満ちた報告書が海軍本部に影響して、そのあとは一生、静かに赤貧生活を送ることになるだろう。

いいや、ロザリンドといっしょだ。キッドは彼女の輝く笑顔にしがみついた。涙で目がかすんだ。くそっ、こうするだけの価値のある女性だ——百倍もすばらしい!

「あの、艦長……接舷しました」ボイド候補生がぎこちなく言った。

「そのぐらい、わかる、くそ!」キッドは舷側板を越えて、ティーザー号に降りたった。

「起重機船を呼びにやれ、マストを立てるぞ」ぴしゃりとスタンディッシュ副長に命じた。

「いますぐだ!」

キッドは下へ駆け降りると、自分の椅子にどさっと腰を落として、激しく息をついた。

「タイソー!」と、怒鳴った。「ブランディだ!」

レンジが羽ペンから無表情に顔を上げた。

「きみの言ったとおりだったよ!」と、キッドはレンジをにらみつけた。「説教はしないでくれれば、ありがたい」

レンジはしばらくキッドを見ていたが、冷ややかな声で、「それは気の毒に」

「気の毒に思っているとは思えないな」キッドはトゲのある言い方をした。「おれが自分で選んで、風下の海岸にいるのを見て、きみは満足しているんだろう」

「きみが苦境に立っているのを見て、うれしいなんてこれっぽちも思わないよ」

「だったら、どうしてそんな皮肉っぽい顔をしているんだ？」

「訊かれたから言うが、きみが自分自身を悲しくなるほど傷つけたと思うからだ……いや、これは一度しか言わないから、聞いてくれ」

レンジが非情に話をつづけると、キッドの顔がこわばった。

「これはあまりにも性急で、あまりにも向こう見ずなことだった。ぼくは強く確信しているんだが、きみは自然児につかまってしまい、自分がこれまで身につけ、価値あるものとしてきた高度に洗練された振る舞いから遠くかけ離れたところへ行ってしまった。将来きみは、優雅さなどほとんど意味をもたない人のために、その運命に縛られて、不満になり、落ちこんでいる自分に気づくことになるだろう。

どうしてきみが、ミス・ロックウッドのような比類ない美質をもったレディを、つまり、上流社会に入れることを意味するが、そうしたすべてを捨てていいと考えたのか、ぼくには想像もできない」

キッドはレンジをにらみつけた。「それでおしまいか？」

「ぼくが言いたいのはそれだけだ」

「じゃあ、今度はおれの話を聞け。一度しかしないからな」キッドはブランディを一気に飲み干した。「きみがこの話を認めるとは思わないが、おれはロザリンドと出会ったとき、おれの全世界がまるで、まるで夢のようになったんだ、すばらしい夢のように」むかしの話し方に戻っていることにレンジが顔をしかめたが、キッドは気にしなかった。「おれは、おれは、あの娘《こ》を愛している」ごくりと唾を飲みこんだ。「愛とはこういうもんだってことを、おれは知らなかった。すばらしい……恐ろしくなるほどだ！」ボトルをつかむと、彼はグラスにそそいだ。「そして、今日はきみにこう言おう……ロザリンドなんだ、ほかの人ではだめなんだ、どんなことがあっても！」

レンジが賛成するでも否定するでもない冷ややかな口調で、「では、この議論はつづけても意味はない。きみはいま夢中になっていて、だれの助言も受け入れないだろう。この問題に関してぼくたちは考え方がちがう。ぼくは、ぼくとしては、きみの不運な状況に対して、自分の見方を変える理由はまったくない」

レンジは長く息を吸ってから、「だから、ティーザー号でのぼくの仕事は終わりにする。もしきみが望むなら、今夜から、ぼくの寝場所はこの艦からよそへ移す」

ティーザー号にいるとキッドは息が詰まりそうだった。目配せや陰険な表情、仕事に身を入れない水兵たち、彼らの目に敬意はなかった……部下たちはおれに反感を抱いている。なにが起こっていても不思議はない。食堂甲板ではひどい批判が、議論が、渦巻いているだろう。だが、水兵の見方からすると、おれに対して強い反感が起こるのは、ティーザー号が戦いで大きな勝利をあげていないからだ。この艦長は不運なのか？　神に背いたヨナなのか、と。

しかし、ほんとうの理由はもっと深いところにあると、キッドにはわかっていた。キッド艦長には結婚して貴族世界に入るチャンスがあり、それはティーザー号にありとあらゆる名声や威光を与えてくれるはずだった。それをどういうわけか棒に振って、ただの田舎娘を受け入れた。それがキッドの男としての判断に、さらには暗に、艦長としての判断にも、疑問を抱かせたのだ。

マストを据えている最中に、もう二人が舷側から海へ飛びこんだ。自分たちを追いかけるのに人手を割《さ》くことはできないと踏んだのだ。ティーザー号はあと数日で出港することになるが、艦内はばらばらだった。スタンディッシュ副長は冷ややかで超然としており、ダウス航海長は素っ気ない返事しかしない。従兵のタイソーでさえ批判がましく距離をおいている。将来、威光あふれる世界に入れるという期待を打ち砕かれて、怒っていることは明らかだった。

レンジにティーザー号に残ってくれるように頼むのは、キッドの威厳を損ない、忍耐心のいることだったし、いつまでいてくれるのか、その保証もない。しかし、レンジが反感を抱いているいま、キッドには一人の友も、信頼できる相手もいなかった。

不当なこうしたことすべてにキッドは腹を立てていたが、どうしようもなかった。陸上《おか》で宿泊することは禁じられたが、少しのあいだ上陸するのを阻むものはなにもなかったから、彼はボートを用意するように命じた。

突堤で二人の海尉が話をしていた。キッドを見ると、二人は話をやめ、それからわざとキッドへ背中を向けて、また話をつづけた。二人をとがめたら、かえって自分を卑しめるだけなので、キッドは傷つきながら、二人のそばを通りすぎた。艦隊中の士官たちがいまは提督側についているのだろうか？

海軍のちょっとした顔見知りが――私服姿だったが――足を止めると、好奇心もあらわにキッドを見つめた。ダーンフォード通りでは、二人のレディがつんとすましてキッドのそばを通りすぎたとたんに、興奮してしゃべりだした。

十八番邸ももはや快適な天国ではなかった。レンジと疎遠になったことで、二人の住まいには暗い影がかかり、メイド頭のバーガス夫人が暖炉に火を入れようとやってきたとき、批難している感じだった。

しかし、いまも理解してくれる人がいる、とキッドは希望をもった。メイド頭を呼んだとき、気持ちは元気になっていた。「ミセス・バーガス、ボーイを見つけて、この手紙をすぐに届けるように言ってくれ」

返事が折りかえし届いた。

親愛なる兄さん――この手紙を送らなければなりません。もしお気持ちにかないいませんでしたら、どうぞお許しください。兄さんが困っていると聞いて、ほんとうにお気の毒に思っていますが、いまは兄さんに会っているところを人に見られるのは控えようと考えます。ミセス・ジェーン・マリンズもそうお考えです。おわかりになりますよね？　それから、問題が落ち着くまで、兄さんのお船に行って、ミスタ・レンジにお会いしたいとも思っておりません。お体に気をつけて、そして、こんど会うときには、ロザリンドといっしょであるように願っています。

キッドは世間が自分を包囲しているように感じた。自分の世界でただ一つ、意味をもっているのはロザリンドだけだった。彼女のやさしさ、甘く澄んだ声——心にあるのは彼女だけだ。キッドは椅子に背中をもたせかけて、ロザリンドへの温かい思いが押し寄せるにまかせた。

夕暮れ近くになって、ティーザー号へ帰る心準備をしていると、階下の玄関ドアをためらいがちに叩く音と声がして、バーガス夫人が応対した。

「ちょっと、あの、通りかかったもんで」

「ベイズリー！　よく来てくれたなあ！　どうぞ、ゆっくりすわって……ブランディは？」

「いや、いまは、ありがとう」と、ベイズリー艦長が言った。いつもの快活さはない。

「長くはいられないんだ。フェネラ号は朝の潮で出港する。東へ向かう」そう彼は付け加えた。

「では、いまは……」キッドはなんとか話すことを考えようとしたが、ベイズリーが口をはさんだ。「ここに来たのは、その、きみのためになにかできることはないかと思って」ぎこちなく彼は言った。

「おれのために？」

「いまおまえさん、八方ふさがりだろ、なにもかも。おれの言っている意味、わかるだろう」

キッドは肌が粟立つほど心が揺さぶられた。ベイズリーはロックウッド提督の不興を買い、軍歴を損なう危険を冒してまで、おれを訪ねてくれたんだ。「ベイズリー、それはほんとにうれしい。友だちでいてくれれば、あとは望むことはないよ。いままできみと陸上《おか》でにぎやかにやる時間がなくて、残念だ」

「片方が港で楽しんでいるあいだ、片方が海に出ていなけりゃならないんだ、相棒。そういう仕事なんだ。きみがウィットサンド湾の沖合で私掠船を探っていたとき、おれたちはトウベイ湾で両錨入れてぬくぬくしてたんだ」

「アイ。あの、訪ねてくれて、きみの気持ち、ほんとに心からうれしいよ。おれにもまだちょっと任務があるかもしれない」キッドの顔におだやかな表情が広がった。「それから、知っておいてほしい。ロザリンドとおれはどこに行こうと、真っ先に家に招待するのは、きみだよ」

HMSティーザー号への命令書は、キッド艦長の帰りを待っていた。一枚きりで、届けた海尉の署名がされていた。綿密な命令書にはほど遠いもので、〝特殊任務〟とはただ単に、密輪団探索を再開し、担当海域から離れることなく、命がけで任務をまっとうせよ、というだけだった。

それは皮肉なやり方だった。ロックウッド提督は、重大問題に熱心に取り組んでいると見せかけて、この簡単な一撃でキッドには栄光も注目も得られないようにしたのだ。これは単調で苦しい海の労役を宣告するもので、海岸線を行ったり来たりしながら、まるで千里眼を持っているような逃げ足の速い密輪船を追いかけるのだ。

ティーザー号がようやく出港したとき、乗組員は寄せ集めだった。強制徴募隊は憮然とした顔の七人を捕まえ、スタークは行方不明と見なして、新しい掌砲次長を送ってきた。

そして、自分たちの運命が明らかになると、艦尾甲板からは不平不満の波が逆立った。

なんと事態は変わったことか。心から誇りに思っていたすばらしい艦、ティーザー号は、いまやキッドの悩みの種だった。ティーザー号はもはや麗しい艦ではなかった。生々しい傷跡を平らにして高価なワニスで修復するために、キッドは資金を見つけることができず、海軍工廠の実用一辺倒なくすんだ黒の塗料を受け入れざるをえなかった。それで、光り輝いていた船体はいま輝きを失い、汚れて見えた。

ティーザー号はレイム岬をかわして、ウィットサンド湾を進んでいく。以前とおなじ場所だが、いまは、沖合を果てしなく走っているティーザー号になど無関心で、自分たちの日々の仕事をやっているように見える。

だが、一カ所だけはキッドにとって特別な意味をもっていた。沖合からはほとんど隠れて見えないが、ポルペロのこぢんまりした村が風下になった。あの村に上陸するためなら、キッドはどんなことでもしただろうが、たとえ任務というもっとも強い理由があったとしても、誤解されるにちがいない。プリマスからポルペロまで日帰りはできないし、艦外で宿泊することもできないので、ロザリンドを訪ねるのは不可能だ。

キッドは、やっとロザリンドといっしょになれるまでの残された二十四日間をじっと辛抱し、大事なロケットを見るだけで満足してすごさなければならない。ポルペロの村がしだいに後方に沈んでいった。

日がすぎてゆく。レンジは固い態度のままで、キッドの船室には艦の仕事をするときしかいなかった。スタンディッシュ副長は揶揄《やゆ》するようにきわめて礼儀正しく振る舞い、それがキッドの神経を逆なでした。だが、いまは一日がすぎれば、一日近くなると、その思いを胸に抱きしめていた。

おだやかな南東風を利用して、キッドはボートでフォイに入り、税関に徴税官を訪ねた。例によって陸揚げを捕らえそこなったとか、急襲したが成果はなかったとか、連携作戦はうまくいっていないとか、イギリス海軍はまるで役に立たないとか、そんな話の繰りかえしで、キッドの探索に役立つことはなにもなかった。

ボートが突堤を離れて、ティーザー号に帰り着くと、フォア・マストのそばに水兵たちが集まって、一人の男を取りかこんでいるのが見えた。キッドは艦に乗りこんだとき初めて、注目の的になっているのはトウビアス・スタークだとわかった。

スタークが艦を離れていたほんとうの理由はスタンディッシュ副長しか知らないので、キッドは残忍な喜びを感じながら、副長には艦長室でスタークの冒険話を聞くように言わずに、艦を海へ持ち出すように命じた。

「帰ってきてくれて、うれしい、ほんとによかった！」キッドは心から喜びを表わした。「きみの姿を見たのはこの一週間で最高のことだよ、ほんとに」

「帰ってくるのは、ひでえ大変だったす」スタークはうめくように言った。

キッドは熱いものが胸にこみあげてくるのを感じた。「一杯やってくれ」と、グラスとボトルを見つけだした。

キッドは、酒をそそぐ自分をスタークが厳しい目で見上げているのに気づいて、どういうわけか身構えた。「トウビー、きみにはこんなことを言うべきじゃないが、おれにとってこの数週間はひどいものだったんだ」と、さりげなく言おうとした。「まちがった女性と結婚しそうになって、いろんな問題が起こった。それで、あの、きみも、おれのことで悪い話を聞くかもしれない」ぎこちなく彼はそう締めくくった。

スタークはまっすぐにキッドを見つめて、酒をひと口飲むと、グラスを置いて、気遣いながら言った。「そんな話を聞くなんて、残念す」

「アイ」と、キッドは返した。この男に心のなかを打ち明けて重荷を降ろすことができたときもあったが、それは遠い過去のことで、いまは艦内にあるもっとも広い湾でどんな友情も隔てられている。キッドはスタークのグラスを満たした。「さあ、きみの話を聞かせてもらえれば、うれしいが、スターク掌砲次長」

ちらっと笑みが浮かんだ。「興味がおありでしょうぜ、こいつには」スタークは低い声で言って、靴をぬぎ、なにか折り畳んだ紙束を引き出した。「ガーンジー島のもんです」

キッドはすばやく目を走らせた。一枚は積荷目録だが、本質的には指定された荷をイギリス船に移すように命じたもので、公然たる密輸品目録だった。確認の署名がしてあった――保証人によって。

「こいつは、ジャファナイア・ジョウブで、ポルペロの」スタークはぶっきらぼうに言った。「密輸の親玉で、密輸品を供給するフランス人に対して、自分を保証人に立てとります」

キッドはいちど会ったことのあるミスタ・ジョウブの親切そうな顔を思い出そうとした。ほんとうにあの男なのだろうか？

別の書類を見た。それは信用状で、美しく書かれたおなじ署名があった。署名の下の中央に装飾曲線が引いてあり、文字が完全に読み取れた。ジャファナイア・ジョウブ。

「すげえ頭のいい男なんで、ミスタ・ジョウブは。大量の荷を扱っておって、荷揚げ作業を自分で取り仕切っとります。人手は自分で持ってる親帳簿から大勢、組織するんで」

そうか、そうやって——。

「キッド艦長、もしもその親帳簿を手に入れて、それと航海時刻とを合わせれば、目の見えねえオランダ人だって、こいつの手口がわかりますわ」

「どうやって——」

「その親帳簿をどこにしまってあるか、知っとります。やつの家にあるです。さっと取り出すのを見たんで。だから、あの家にあるにちがいないす。で、もしやつの家を不意打ちすれば……」

キッドは感嘆して、どっと背中を椅子にもたせかけた。「この信用状だが、これはギニー金貨バケツ一杯分の価値がある。持ち主はなくして怒っているだろう。訊いてもいいかな？　これを手に入れるのに、ずいぶんと危ない橋を渡ったんだろうな」

スタークはなにも言わずに無表情な目をキッドに据えていた。

「さあ、掌砲次長、一つや二つ、話があるにちがいない」

返事がなかったので、どんなことがあったのか、永久に知ることはないとキッドは悟った。

スタークが立ちあがった。「もう行きます、艦長」野太い声でそう言った。

「これは大手柄だ。追って報償はあるだろう。おれがちゃんとするよ、掌砲次長」キッドは温かく言った。

「いや、キッド艦長。おれは、だれにも知られたくないす……あの、艦長がわかっていてくれさえすれば」スタークはキッドのためにやったのだが、自分とルーク・キャロウェイによくしてくれた人たちを騙したことを恥じているのだった。

キッドは甲板でぴょんと跳ねた。陽射しを顔に浴びて気持ちが弾む。

スタンディッシュ副長が怪訝そうにキッドを見た。「艦長、スタークはなにか役に立つことを見つけたんですか？」

キッドはにっこりして、「めったにない冒険つづきだったさ、保証するよ。だが、価値はない」

「ハッ！　そうは思いませんよ。国王陛下のお達しでやつは休暇をもらったうえ、例によってポケットをふくらましていましたからね。ああいう輩《やから》は名誉というものの意味を知りませんからね」

キッドの笑いが消えた。「かもしれないな。いいか、われわれにはいま、緊急任務がある。フォイの徴税官から情報があって、つまり、密輪団の首領を捕まえられるということだ」

「えッ、艦長、もしそうなら――」

「全速で急行する。悪党を捕らえるチャンスを逃がしはしないぞ」

フォイへ変針して、税関隊をジョウブの逮捕に行かせることもできるが、このチャンスはあまりにもすばらしくて、逃すことなどできない。ほかの者たちがすべて失敗した場所でおれが成功すれば、ロックウッド提督としては荒れ狂いはするだろうが、公式におれに感謝して、この単調な骨折り仕事から解放する以外に選択肢はない。

「あの、どこへ……？」

「一リーグ足らず先だ、スタンディッシュ副長。ポルペロへ！」

HMSティーザー号は旋回すると、小さな漁村から四尋沖合で錨を入れた。ティーザー号は大きすぎて、小さな港に入ることはできないのだ。港のすぐそばにいるティーザー号は一幅のすばらしい絵になっていた。どうして国王陛下の軍艦が自分たちの朝を搔き乱したのか、と好奇心に駆られて出てきた見物人たちのなかにロザリンドもいるかもしれない、そう思うと、キッドはわくわくした。

しかし、彼らはのっぴきならない目的があってここに来たのだ。「八人だ……指揮はポールダン操舵長がとれ。斬り込み刀を持て、二人はマスケット銃だ」むずかしいことはないとキッドは見ていたが、もしもジョウブが自分の兵隊を持っていたら、警戒してその力を見せつけるだろう。

ピンネースは港口めざしてオールを漕いでいった。ボート員の目、目、目がピークと呼ばれる張り出した荒磯へ向いた。海岸では駆けつけた村人たちがぎざぎざした高い磯沿いに立って見つめている。

「漁船突堤へ」と、キッドはポールダン操舵長へ命じた。

小舟が一艘、あわててピンネースの針路から逃げだし、ピンネースがどこへ向かっているのかわかると、村人たちがそこに群がった。

「左舷オール、逆に、右舷は漕ぎ方始め！」

ピンネースは旋回して、突堤へ向かっていった。

「オール、立て！」

オールの柄がピシャッと膝の上に音をたてると、オールは膝の上に垂直に立って、ピンネースは滑るように突堤へ寄っていった。突堤の縁から興奮した顔、顔、顔がのぞきこみ、キッドはこの場にふさわしいように厳めしい顔を作って、突堤の上へのぼっていった。部下たちがあとにつづいた。

「整列」ぴしりとキッドは命じ、三角帽をしっかりと頭に押しつけた。「武器、になえ」水兵たちが斬り込み刀を引き抜いて、抜き身を肩に載せると、押し合いへし合いしていた見物人たちが息をあえがせた。

目をまん丸くして見守る人群れがしーんとなった。人垣を掻きわける動きがあったかと思うと、とつぜんロザリンドが目の前にいた。その顔には恐怖と喜びがないまぜになっていた。「トマス！」ひと声叫んで、彼女が飛びついてきた。

「おい、お嬢さん！　そんなことしたらだめだ！」破廉恥なという顔でポールダン操舵長が言った。「そのお方は、艦長だぞ！」

「艦長！」ロザリンドは金切り声を上げた。瞳が輝いた。「でも、この方は、あたしの艦長よ！」

「ああ、うん」と、キッドはぶっきらぼうに言った。「いま任務中なんだ」金モールを飾っていると知られるにつれて、騒ぎ声が大きくなっていくのをキッドは意識していた。部下たちのあいだにはあからさまに、にやにやと笑いが広がっていく。「もし、待っていてくれれば……」

「あなたに会いにここに来たのよ、あたしのいちばん大事な方に！」と、ロザリンドはささやいた。抱擁はキスになり、真っ赤になったキッドは部下たちをまえへ進ませた。そのあとへ村人たちが押し寄せた。

キッドは道を知っていた。一行は小さい橋を渡り、小道をのぼっていった。村人たちは大声で目的地はどこか探り合い、きりきりして言い合う声が小道にこだました。品のいい山荘に着くと、キッドはドアを叩いた。「ドアを開けろ！　国王陛下の名において、開けろ！」

何事かわかると、村人たちのあいだに動揺が広がった。ジョウブはポルペロで人望厚い人物だ。キッドはまた手を上げて、ノックしたが、ドアが開いて、困惑した顔のジョウブが現われ、陽射しに目をぱちぱちさせた。「みなさん？　ああ、ミスタ・キッドではないですか？」

キッドはジョウブを見ると、また不安が波のように押し寄せた。もしもスタークがまちがっていたら……。「なかへ入れてください」キッドは断固とした口調で言った。村人たちから怒声が飛んだが、ポールダンともう一人の水兵がキッドのすぐあとから入ってきて、ドアを閉めた。

「わたしには信じるに足る理由があって……」キッドはそう切りだした。その声はひどく芝居がかって聞こえ、おだやかな物腰のジョウブは警戒してキッドを見つめた。「よし、ポールダン。探す物は、わかっているな……行け」

ポールダンがスタークの言った部屋へ入っていくと、「なに？　そんなことをしてはだめだ！　なにをする気だ？」と、ジョウブは声をきしらせた。「そこには数年分の勘定書があるのだ。めちゃくちゃになってしまう。ああ、やめさせてくれ、ミスタ・キッド、お願いだ」

しかし、手遅れだった。ポールダン操舵長が分厚い帳簿を持って戻ってくると、それをキッドのまえのテーブルに置いた。「艦長、鏡台の裏に」

きちんと縦の罫が引かれていた――名前、日付、積荷、荷受人、特別指示、船名、時間、場所。充分以上だった。

「ジャファナイア・ジョウブ。あなたを逮捕する、法律に違反して密輸を行なった罪で。フォイへご同行ください。いますぐ」

手錠が取り出された。ジョウブはもう落ち着いて、静かだった。「ミスタ・キッド、この村はわたしの故郷です。あなたの船まで、手錠をはずしていただければ、大変にありがたく思いますが」

「誓うか？」

「誓う」

ジョウブの落ち着き払った態度にはなにか引っかかるものがあったが、キッドは彼の要求を認めて、外へ出た。

集まった村人たちは騒然となっていた。罵声や冷笑が一行を迎え、石がうなりを上げてキッドの頭をかすめすぎた。

「行け」と、彼はポールダンに命じた。

隊列は足早に突堤へと進みだし、キッドと囚人の両脇に抜き身を構えた水兵たちがついた。大騒ぎを突いてヤジや口笛が響く。怒りをぶつけ、裏切りをなじる罵声。

一行は突堤に着いた。ピンネースが用意された。ロザリンドは後ろに退いた。顔が衝撃のあまり真っ青だった。

「汚いスパイ野郎、このために、あんた、この村に来たんだね！」キッドの顔面へミナーズの女房がそう投げつけた。

「ああ！ ポルペロの娘っこに、てめえなんか、ふさわしくねえ！」パッキーが吐き捨てるように言うと、人群れがそうだ、そうだと叫んだ。険しい顔でキッドはジョウブにボートに乗るように言い、群衆へ顔を振り向けると、ロザリンドがこらえようともせずに涙を流しているのが目に入った。彼女は泣きながら、キッドへ駆け寄った。

「任務を果たさなければならなかったんだ」かすれた声で彼は言った。ピシャッと、魚くずがキッドの上着にぶつかり、ロザリンドも汚されてしまった。

彼女は気持ちを落ち着けて、「あなたはいつでも、ご自分の任務を果たさなければなりません、あたしの愛するお方。さあ、いらして。あたし、あなたを待っています」

「艦長？」ポールダンが心配そうに言った。

「す、すぐに」ロザリンドに確実に言えるのはそれだけだった。くるりとキッドは回れ右すると、ピンネースへ降りていった。「漕ぎ方始め」低い声で彼は命じた。ピンネースが開けた海へ向かうあいだ、彼は体をひねって、できるだけ長くロザリンドの姿を見つめていた。

もっとよく考えるべきだった、そうキッドは苦い思いに駆られた。ジョウブは村の恩人で、みんなから好かれているし、なによりも大事なことは、樽運びや見張りに村民たちを定期的に雇っていたことだ。おれはポルペロの住人を怒らせてしまったし、おれをあんなに歓迎してくれた村を敵にまわしてしまったいま、おれの幸福な世界はたった一人の人間としか繋がっていない。その人をおれは考えもなく、仲間たちから村八分にされる目に遭わせてしまった。

「艦長」と、スタンディッシュ副長が不安そうな顔で入ってきた。「あの、ミスタ・ジョウブが艦長と二人きりで話したいと言ってます。そんなことは許されないと言ったんですが……」

「そうとも。いま彼はどうしているのだ？」

「手かせ足かせをはめてます。そうするのがわたしには——」

「鉄棒足《ビルボー》かせを？　年寄りにはひどくつらいことだぞ、副長。彼をここに連れてこい。わたしが話を聞く」どういうわけか、キッドはジョウブに奇妙な敬意を抱いていた。

「ミスタ・ジョウブ、副長のしたことをお詫びします。ご理解いただかないとなりませんが、彼は国王陛下の任務に実に熱心でして……。さて、なにかわたしにできることがあれば？」

ジョウブは腰を落ち着かせた。「わたしの仕事はこれで終わりだとお思いでしょう、艦長。だが、ここで申し上げるべきだと思いますが、わたしの仲間のためにまだできる仕事があって、それをやり遂げたら、わたしはなんとも満足がいくのです」

キッドはどっちつかずに黙っていた。

「それに、認めざるをえませんが、それはわたしにずっとつきまとっていることで、その仕事を艦長がやってくださると、わたしにはたいそうありがたいことなのです」

「あなたの仕事？」

「そうです。あなたは下劣な私掠船乗り〝血まみれジャック〟について、聞いたことがおありにちがいない」

キッドのうなじの毛が逆立った。「あります。その悪党について、なにかわたしに話せることがあるのですか？」

「あなたにこの悪党を、海から追い出してもらいたいのです、艦長」

「そいつは悪い冗談だ、ミスタ・ジョウブ」

「説明させてください」ジョウブは抑揚のない声で言った。「お気づきかもしれないが、やつはこの海岸線のことをすばらしいほどよく知っています。これは偶然のことではありません。もう打ち明けますが、わたしはやつをよく知っている。ただし、ルーの住人だったマイケル・ホーズとしてです。実は、裏切ったのです、自分の利益のために。むかし、わたしは一時期、やつとやつのラガーを雇っていました、冒険貿易のために。だが、また戦争が始まると、やつは、わたしどもの儲かる貿易船から略奪してもっと利益を上げるために、フランスの私掠船に化けたのです。つまり、海賊です、どこの国家に対しても忠誠を誓わない海賊」

信じられないことだった。もしもほんとうだったら……。

「やつは黒い顎ひげをたくわえて、乱暴きわまりないことをやっていますが、これはすべて自分の正体を隠すためなのです、もちろん。そして、捕まえた船の甲板で犠牲者を選び、ほかの者たちへの見せしめとして殺す。ああ、これは自分の仲間を抹殺すること以外のなにものでもないです。それに、あとで自分に対して不利な証言をするかもしれないという恐れを消すためなのです」

「これはすばらしい情報です、ミスタ・ジョウブ。しかし、わたしは――」

「わたしがやつのところへ案内します。あとはあなたにお任せする」

「さて、紳士諸君」と、キッドは内心ほくそ笑みながら、テーブルの上にセント・オーステル湾の海図を広げた。「客人のミスタ・ジョウブに感謝するが、われわれはついに〝血まみれジャック〟の先手を取った。われわれはやつとおなじ情報をもっている。つまり、明日の夜、ペントワン・サンズで密輸船の荷揚げがある」キッドはこの情報がみんなに浸透するのを待ってから、先をつづけた。「悪党はその密輸船を襲おうと待ちかまえているので、やつが動きだしたとき、本艦はその場にいて、われわれから攻撃をかける。よく聞いてくれ、わたしはこのあばたの悪党を容赦はしない。やつはふつうの私掠船乗りではない、狂犬だ。叩き潰さなければならない」

スタンディッシュ副長は険しい顔をしていた。ほかの者たちは無表情だ。

「やつは反撃しないであきらめることはない。言うまでもないが、慈悲を請いもしないだろうから、われわれはやつを仕留めるまで戦う。こんなことでティーザー号の乗組員を危ない目に遭わせるのはすまないが、諸君ならやらなければならないことだとわかってくれると思う。

さて、このチャンスを逃したくないので、いろいろ考えた。あとで諸君の意見を聞かせてくれ」キッドはちらっとレンジを見た。レンジは小さなテーブルで記録をとっているが、この友人とかつてのようにあれこれ意見を言い合うことはないだろう、とキッドは気づいた。

それでも、おれは〝血まみれジャック〟とおなじことを考えていた、そう思うと、キッドは満足した。問題の密輸船は英仏海峡をすばやく、まっすぐに渡るだろう。というのも、海峡にいるすべての船は密輸船にとって敵だから、ぐずぐず姿をさらしていても、なんの得にもならないからだ。したがって、この数日のあいだ卓越していた軽い西風がつづけば、密輸船はおおむね南東からやってくるだろう。

しかし、密輸船のいる位置が確実にわかるのは、最後の数マイルになってからだ。私掠船が姿を見られずに潜んでいられる場所はどこだろうか？　セント・オーステル湾は北からドッドマン岬までほとんど南へとつづいており、真ん中にペントワン港がある。この港こそ私掠船の潜む場所として、ほかのどこよりも有力だ。ペントワンの北にはブラック岬がある。この花崗岩の高く屹立した岬は、そのかげに一マイルほど砂浜がつづいており、そこに停泊した十数隻の船を訳なく隠すことができる。南東から来た密輸船はこの砂浜を通らないし、危険な荷揚げ作業に注意を集中しているので、私掠船は密輸船の背後からたやすく接近できる。

「というわけで、ブラック岬だ。同意できるか？」テーブルのまわりにつぶやき声が上がったので、キッドは同意したものと受け取って、さらに話した。「では、セント・オーステルのチャールズタウン港の近くに夕方、位置をとり、頃合いを見計らって攻撃する。準備にかかるぞ」

錨泊中のＨＭＳティーザー号は沖側から見れば、チャールズタウンに入港しようと潮待ちしている商船のように見えればいいが、とキッドは願っていた。しかし、実際には艦上ではその夜の攻撃準備がすみやかに進んでいた。

夜の海はもっとも熾烈な戦いの場となる。砲術は精度が要求され、真っ暗闇のなか、見知らぬ船の甲板で戦いながら、敵と味方を見分けなければならない。乗組員数は私掠船のほうが多いことは確かだから、こちらの勝ち目はどんどん小さくなっていくのだ。

だが、ティーザー号の任務は明白で、尻込みなどできない。夜が明けないうちに、コーンウォールの海岸にいる大勢の船乗りたちは、ティーザー号の名前を褒《ほ》め讃えることだろう。いや、もしこのチャンスをものにできなかった場合は、その逆だ。

「日没です、艦長」と、スタンディッシュ副長が低い声で言った。

「よし」キッドはぶっきらぼうに返して、「総員、配置につけ。見張員を立てろ」

〝血まみれジャック〟が北からブラック岬に着くこともありえなくはない。いまはまったく待ちゲームだ。

陸上へ向かう頃合いは、暗くなったあと、そして、月がのぼる前だ。陰になった陸地は特徴が失せて、暗闇のなかにぼうっとしていた。海岸に明かりが点々とまたたきだした。

ブラック岬の先端が見えなくなった。ティーザー号の行き脚をつける頃合いだ。

美しい景色はひどく場違いに見えた。こんな場合ではなかったら、静かなひととき、夜の暖かさのなかを手に手を取って散策していたはずだが……そんな考えをキッドは押しやった。

従兵のタイソーがキッドの大事な闘剣を持ってきた。彼は短く礼を言って、ベルトを締めた。

「索巻き機《キャプスタン》に人をつけろ、静かにな」

錨が海底を離れ、ティーザー号は幽霊船のように音もなく闇のなかへと進みだした。緊張感がキッドにのしかかってきたが、胸の奥には、ロザリンドのためにこの任務を絶対に成功させなければならないという思いがあった。海賊もどきの私掠船だけでなく、密輪団の首領も捕らえる。そうすれば、ロックウッド提督がなにをもくろもうと、自分の立場は安泰になる。

「静かに！　艦内、静粛に」

あのどこかにこの海岸線でもっとも残忍な敵がいる……あるいは、いない。もしもこれがあてのない追跡にすぎなかったら、ジョウブにまたすぐ手かせ足かせをはめてやる。

「艦長！」と、アンドルーズ候補生が切羽詰まった声で小さく言った。

聴覚の鋭い候補生がなにか音を拾ったのだ。キッドは耳をすました。そのとき、一定の間をおいて、材木が小さくきしる音が聞こえた。まるで、ラガーがヤードをマストに吊り上げているような音だ。その音は、ティーザー号が海岸へ向かっていくにつれて、近くなってきた。もしもこれが私掠船なら、この海岸のことを熟知しているにちがいない。〝血まみれジャック〟も静粛を保っているにちがいないので、ティーザー号は凪《な》いだ海面にかすかな波を立てながら、相手の手がかりを懸命につかもうとした。もしこれがほんとうにヤードを吊り上げている音だとしたら、私掠船は帆を張って、突撃するつもりだ。

急に右舷側の暗闇が濃くなり、ブラック岬が現われた。そこにラガーはいなかった。くそっ、この闇！

とつぜん、一マイルほど前方から危険を告げる声が聞こえた。すぐさま入り乱れる叫び声が海面を渡ってきて、ピストルの閃光が一、二度つづいた。じりじりしてティーザー号を進めながら、キッドは心臓が激しく動悸を打った。

さらに銃声が聞こえ、鋼の打ち合う音も上がって、やがて静まった。それほどたたないうちに、海上に暗い物影が見えた。二つだ。寄り合っている。キッドの戦略は単純だった。私掠船に近づいて、砲撃し、その硝煙にまぎれながら斬り込んで、不意をつく。この危険な作戦で彼が頼みとしていることはただ一つ、それは敵私掠船の乗組員の半数は密輸船を制圧するために船から離れていることだ。

ティーザー号の甲板では斬り込み隊が抜き身をさげて、用意していた。キッドは舵輪の横に立って、状況を把握しようと骨折った。そのとき、動きが見えた。二隻が離れだした。

大きいほうが小さいほうから離れていく。叫び声が上がった——見つかった！　こちらへ向けて旋回砲が炸裂したが、砲弾はむなしく闇に消えた。すると、もっと大きい砲が火を放った。

大きいラガーの角張ったラグスルが帆脚綱《シート》を引かれて、弱い西風のほうへどんどんまわりだした。だが、陸地に囲まれているので、あの帆の開きでは、ティーザー号より風上に切り上がれる性能は発揮できない。しかも、ティーザー号は追い風でなかなかよく走る。私掠船にもっと近くなると、相手は外洋へ出ようと南へまわっていき、その姿は寸詰まりになっていった。小さいほうのラガーも骨折って帆をあげているが、密輸船はあとで処理できる、そこにまだいればだが……。〝血まみれジャック〟を片付けるのが先だ。

南へ進むにつれて、風が強くなってきた。ティーザー号に有利だ。キッドは小躍りした。というのも、私掠船から後方へ数百ヤードしか離れていないからだ。もしも風がもっか、もっと強くなれば、結末は決まった。真夜中を少しすぎたころ、月がのぼった。その銀色の光がラガーの細部を情け容赦なく照らし出した。ティーザー号がもっと近づくと、敵は乗組員が減っているので、すばやい動きをする余裕はない、そうキッドは気づいた。

ドッドマン岬が月光を浴びて、峻厳に大きくそそり立ったとき、ティーザー号の艦首がラガーに追いついた。ここにロザリンドがいさえしたら、とキッドは思った。しかし、ここはおれの世界だ、彼女の世界ではない。おれが命を危険にさらすのを見たら、彼女は喜びはしない。そう思うと、戦いの血潮が静まった。これからは二人のことを考えなければならない、おれだけのことでなく、とキッドは気づいた。だが、もしも彼女がくれた最後の言葉がなかったら？　「あなたはいつでも、ご自分の任務を果たさなければなりません」

「艦首《おもて》、用意！」キッドは怒鳴った。カロネード砲列には交互に球形弾と散弾が装塡されている。この暗闇で再装塡はできないからだ。

ティーザー号の第一斜檣がラガーの船尾をちょっと越えた。キッドの片脇でスタンディッシュ副長が見守りながら、その手が無意識のうちに剣の柄をいじっていた。

「撃てーっ！」

一瞬置いて、二十四ポンド砲が発射し、砲火が闇を輝かせた。距離は三十ヤードなので撃ち損なうはずはない。砲弾が命中したとたんに、月光のなかへ木っ端が飛び散るのが見えた。

「やつを、捕まえたぞ、くそ！」スタンディッシュ副長が喜んで叫んだ。

ドッドマン岬と開けた大西洋の手前で仕事を成し遂げることができれば……。だが、そのとき、なんの警告もなく、すべてが一変した。ラガーから怯えた叫び声が上がったかと思うと、どんどん風上へ詰めていき、帆がばたついて激しく音をたて、ロープがみんな風に舞いあがった。すると、ヤードがぜんぶ降りだした。わけがわからない。

スタンディッシュ副長がキッドを見た。「艦長、やつは降伏したがっているんだと思います」

そんなことはありえないが、ラガーは帆をすべて絞って停まり、征服者をおとなしく待っている。

「副長、乗りこんで、あの悪党をわたしのまえに連れてこい」と、キッドは命じた。

副長がすばやくキッドへ向きなおった。「艦長、こう言うのは大変に残念ですが……この船は密輸船で、あっちが私掠船です」

密輸船の多くもラガー艤装で、船体が大きいこともよくある。ここぞと言うときに、キッドはそれを忘れていた。そして、〝血まみれジャック〟を取り逃がしてしまった。

「今夜のことは、ご同情します」と、ジョウブがなめらかな口調で言った。こんな遅い時間に自分を逮捕した者のまえに呼び出されても、腹など立てていなかった。

「まったくいまいましい！　あなたの帳簿を調べて、別の陸揚げ場を教えてくれ。やつとしては今夜の穴埋めをして、部下たちを満足させたいだろう」キッドは重い親帳簿を手渡した。

ジョウブは眼鏡の位置を調節して、「ああ、明日、荷揚げがあります、ポートルーで」

「ドッドマン岬をまわって少し南だな。われわれもそこへ行く」と、キッドは満足して言った。

ジョウブは顔を上げると、ちらっと笑みを浮かべて、「それから、同時にほかの場所でも……プラア・サンズで」

離れた二つの場所を同時に見張るのは不可能だ。「あなたは商売の王道を行っているようだ、そうやって大量の荷を陸揚げするのだな」と、キッドはうなった。

「それほど大量ではありませんよ」と、ジョウブが言いかえした。「今月のこの数日は、密輸にとって選りすぐりの日なんですよ。密輸月と言いましてね。仕事が終わるまで、月は出ないし、海岸へ向かうのに潮は上げ潮で」

キッドは決断した。「プラア・サンズはファルマスより西だ。わたしはポートルーを選ぶ、こっちのほうがあの犬野郎にとってもいまは行きやすいからな」


雲が天をおおい、いつもの西風は北へ順転して、ヴァーヤン湾で、つまり、ポートルーで〝自由貿易〟するには完璧な夜だった。だが、私掠船を隠してくれるこの小さな港へ近づく船は一隻もいないようだった。港の南側にガル・ロックというぎざぎざした岩群があって、あまりに岩に囲まれているので、接近できないのだろう。

ティーザー号はなんとか最善を尽くしたが、沖合からこっそりと長い走りで接近してもむだで、私掠船は影も形もなかった。選んだ場所がまちがっていたのか、相手が最近の経験からいつも以上に警戒して、密かに逃げてしまったのか。

それに、予想していた密輸船の荷揚げも、もはやされないようだった。ほかに選択肢はほとんどないし、やつらの臭いは消えてしまった。ジョウブがまた呼ばれた。キッドが答えを聞きたい質問は一つしかなかった。

「もしあなたの言うとおり、〝血まみれジャック〟がフランス人でないとしたら、次のことを教えてほしい。略奪戦のあと、やつはどこで船の修理をさせるのか？　補給品などはどこで手に入れるのか？　そして最後の質問は、やつは基地をもっているにちがいないが、それはどこか？」

「ごもっともな質問です」と、ジョウブが答えた。「ガーンジー島では彼を受け入れないでしょうから、どこか小さな漁村で欲しい物はなんでも強奪するのです。夜明けにやってきて、悪党の一団をボートで送り、村人たちを脅して、家を一軒取りあげる。部下たちは船で放蕩三昧《ほうとうざんまい》です」

「つづけて」キッドはむっつりと言った。

「やつは場所を慎重に選びます。選ぶのは、ほかの集落から遠く離れた村だけです……すぐに危険を知らされる心配がないように、道が悪くて、船を風雨から守る錨地がある村。一日か二日だけいて、また消える」

この海賊を風下に追いつめることは不可能に近くなっていくが、キッドはかならずや止《とど》めを刺してやると決意した。ジョウブを退室させると、彼は椅子に腰を落として考えた。

キッドはこれまで〝血まみれジャック〟に二度出会っており、どちらの場合も、相手は冷静で理論的な頭脳の持ち主だとわかった。乱暴で残忍ではあっても、〝血まみれジャック〟が強い意志をもった優秀な船乗りであり敵であることは否定できない。では、やつはいま、なにをしているのだろうか？

船の航路筋から離れてどこかに身を潜め、ティーザー号が追跡に疲れるのを待っている。どこで？ ティーザー号が受け持つパトロール海域の端から向こうで。東側のよく利用される古くて賑やかな港ではなく、はるか遠くの危険な西側の港。ファルマスやペンザンスよりもっと向こう――イングランドのまさしく末端。

ランズ・エンド。前におれをやすやすと撒いたところか？ あるいは、それよりもっと向こう？ 海図を見ると、その海域の詳細はほとんど記録されていなかった。というのも、その極めつけの荒海は船乗りが行きたがるところではなく、ごつごつした岩の海岸は恐れを抱かせるからだ。キッドはもっと間近で海図を見つめた。そういう港はなかった。キッドはランズ・エンドの切り立った断崖を思い浮かべた。海中に隠れた黒い岩礁の脅威、大西洋からうねってくる波また波がそそりたつ岬に叩きつける……。

ランズ・エンドからさらに北へまわっていくと、コーンウォール岬があった。沖合に浅堆や浅瀬がたくさんあるが、その手前には長い海岸線が記されている。この海岸線のどこかに漁師たちの村があるのだろうか？

　あった。センネン入江と呼ばれていた。ランズ・エンドから海岸線を北へまわっていくと、高い断崖の下に浜辺があり、そのはずれに出る。浜辺の南側は大きく広がるカウロー岩礁によって海からの侵入者から守られているし、北側はいつも吹いている西風に乗ってさらに北へ容易に逃げられる。最寄りにある国家権力の出先は、低木地を越えた数マイル向こうだ。実際、〝血まみれジャック〟のような悪党には理想的な場所だ。

　どういうわけか、キッドはここが私掠船の補給場所だと確信した。そう感じた。そして、今度こそ失敗しない、と。

　総帆をあげて、ティーザー号をランズ・エンド岬の向こうへもっていき、私掠船に襲いかかることはできるが、断崖の上の見張りに見つかり、〝血まみれジャック〟にまた海へ逃げられたら、どうする？　危険を冒すことはできない。

　夜襲をかけるか？　問題は、暗闇のなかにカウロー岩礁の危険が潜んでいることだ。ボート隊が岬をまわって押し寄せる？　接近できないうちに、ラガーの大砲たった一門で、おそろしいほどの負傷者が出るだろうし、とにかく、多勢に無勢で望みはないとわかるだけだろう。

　考えなければならない。これはレンジと話し合ったら、なにかが閃くような問題だ……だが、レンジには話せない。おれ一人で作戦を見つけなければならない。

ジョウブの言ったことに重大なヒントがあった。〝血まみれジャック〟がかならずやることは、陸上に上がって、家を一軒、手に入れることだ。それが答えだ。私掠船では乗組員が見張っているので、ただティーザー号で走っていって、ボートを陸上に送ることはできない、それはわかっていた。だが、別の手がある。彼はティーザー号を獲物の追跡にからせた。

天候がもつかぎりの話だ。もし海にかすかな上下動があったら——のったりと渡ってくる大西洋のうねりがあったら——この作戦は不可能になる。この日、慈悲深いことに、うねりはなかった。ふつうの波は妨げにはならないだろう。

ティーザー号は、ランズ・エンド岬の先端からほんの数ヤード南で無事に錨を入れた。最後の陽射しのなかでできるだけ多くの人員を乗せたカッターが漕ぎ出された。オールを握る男たちは筋肉が痙攣し、汗だくになったが、漕がなければならない距離は一マイル足らずだった。

そそり立つ断崖に近づくと、カモメたちが邪魔されてキーキー鳴きながらいっせいに飛びたった。ボートは北へ向かった。切り立った断崖から海のなかへ険しい岩場がのびていた。キッドの目はせわしなく海岸を見渡した。暗くなるまえに、この岩でふさがれた海岸に上陸できる場所を見つけ、断崖をのぼる手段を見つけなければならない。頭がおかしい者以外に、こんな所に上陸しようと考える者はいないだろう。

海岸線を端から端までふさいだ岩場の根方は細長い岩棚になっていて、丸石や、弱い波に洗われて白くなった玉石が転がっていた。ボートは寄せ波が砕けている白い線から少し手前まで進んでいった。夕陽に断崖が美しく赤く染まった。断崖のところどころに洞穴や自然のアーチ道があり、腐った海藻の鼻を突く臭いが漂ってきた。

そのとき、キッドは見つけた。二つの断崖のあいだに深い裂け目があった。「ボート、停め！」低い声でキッドは命じた。ボートが揺れているあいだに、彼はその裂け目をできるだけよく確かめた。たぶん、断崖の上から流れ落ちる水で浸食されたのだろう。だから、のぼることができる道になっているはずだ。

キッドはカッターを旋回させると、海岸に近づけるぎりぎりのところまであえて進ませた。ほとんどうねりがないので、カッターが上下動して海面下に隠れている岩礁に叩きつけられる危険はない。バシャッとキッドは船べりから水のなかへ降りると、蹴つまずきながら、丸石の山を乗りこえ、海岸に上がって、断崖へ向かった。断崖は夕陽で陰になっていた。もっとそばへ行くと、裂け目はところどころが落石で埋まってはいたが、曲がりくねりながら急に上へとのぼっていて、見えなくなった。キッドにわかるかぎりでは、頂上へと。うまくいきそうだ。

キッドは部下たちを海岸に上がらせると、カッターは帰した。あとは夜明けを待つしかない。

ぶるっと震え、体がこわばり、ああ、おれは星空の下の固い岩の上で一夜をすごしたんだとキッドは気づくと、目がさめた。そばでほかの者たちもごそごそしだした。風はおだやかで、ちょっと霧が出ていた。太陽が出て動きだせるようになるのを、彼はじりじりしながら待った。だが、センネン入江に着いたとき、〝血まみれジャック〟は果たしてそこにいるだろうか？

「スターク掌砲次長、わたしが先頭を行く」キッドは小声でそう呼びかけると、足早に通りすぎた隊列を振りかえった。頭数は多くないが、少人数のほうが陸上で私掠船乗りから信用されるだろうと、その可能性をあてにしていた。

部下たちになにか言うとしたら、いまがその時だ。だが、これからやる仕事をまえにして、キッドはどんな言葉も思いつかなかった。「仕事を終わらせよう」と言って、彼は断崖の裂け目をのぼりだした。

つらいのぼりだった。小石が崩れ、土埃が舞いあがり、尖った石の破片を踏んで這うようにのぼっていく。まるでトップ台員のように片手片足がしっかりと岩盤にかかったときに初めて、片手、片足と順に上へ送って体を引きあげていく。陽射しはしだいに強くなって、足の下のぞっとする光景を見せつけた。下の海までさえぎるものなく断崖が落ちている。

やがて断崖の裂け目が左へ曲がって、浅くなった。のぼるのは楽になり、ほとんど気づかないうちに、傾斜がゆるくなって、ついに地面が平らになった。

キッドは用心して進んでいった。〝血まみれジャック〟がここに見張りを立てている理由はいくらでもあった。片側にはランズ・エンド岬が、もう片側にはカーブした広い海岸が同時に見渡せるのだ。

実際に見張りがいた。彼は岩棚の上にすわって、海を見つめ、のんびりと陶製パイプをくゆらせている。マスケット銃は膝の上にのせてあった。キッドは地面に伏せた。あの男を黙らせなければならない。マスケット銃の音が危急を知らせるだろう。だが、逆に考えて、キッドはほっと安堵した。これは自分が正しかったという証拠だ。〝血まみれジャック〟はここにいるのだ。

スターク掌砲次長が地面を這って、キッドの隣りへ来た。「キッド艦長」と、彼はひそひそ声で言って、自分自身を指差し、それから見張りを指差した。キッドはうなずいた。

スタークはよろよろと立ちあがった。ちょっとのあいだふらふらしながら、まるで頭が割れるように両手を哀れっぽく押しつけ、それからがくっと両膝をついた。

見張りがなにか怒鳴ったが、スタークは首を横に振って、さらに這っていき、止まると、土埃のなかにゲーッと声だけで吐いた。

見張りがまた怒鳴った。スタークを仲間だと思い、昨夜のらんちき騒ぎで酔っ払っていると思ったのだ。彼はマスケット銃を置いて、いらいらしながら、スタークに寄っていった。

スタークはたちまち息を吹きかえすと、不運な男に体当たりし、ひと声うなって男を肩の上へ持ちあげた。男は断崖の端に叩きつけられ、両手が虚しく岩を掻き、絶望の悲鳴を上げると、ずり落ちていった。

もうあとは、粗いエニシダの生い茂る丘陵を四分の一マイルほどよぎっていき、そこからセンネン入江へ降りるだけだった。一行は黙って道を急いでいくと、海岸とこぢんまりした村が見下ろせる絶壁の上に出た。眼下に、平らな黒い岩礁にかこまれた水面に、これほど長いあいだ追っていた三本マストのラガーがいた。

船上に早朝の動きはなく、実際、村のなかにも見えるかぎりでは人影は一つもなかった。〝血まみれジャック〟が家にいるとしたら、どの家だろうか？　まだラガーにいて、出港準備をしているのだろうか？

道は片側へ急角度に曲がって、じきに人が隠れてしまうほど分厚いハリエニシダの藪へ入っていった。キッドはどんどん降りていった。

奇襲こそ、こちらにとってただ一つの優位な手だ。マスケット銃は持っていない。断崖をのぼるのに邪魔になると見たからだ。ピストルはベルトがゆるんで落ちることがよくある。武器として身につけているのは、抜き身だけだった。

ぎこちない足取りで滑りすべり急いで道を降りていくのだから、すぐ下に固まる家々にその物音を聞かれないはずはなかったが、危険を知らせる気配はなかった。一か八かで村の中央へ死に物狂いで走るか、それとも、ラガーから見えないようにして一軒一軒探すべきか？

最初の家にぶつかったとき、もう選択の余地はないとわかった。砂地の上で男たちがだらしなく眠っていた。ほかの者たちもどこかにいるにちがいない。探索のために部下たちを散らすか、それとも自衛のため全員まとまっているか？

「おれから離れるな！」キッドは声を殺して言うと、足音を忍ばせて狭い通りへ入っていった。剣を手にして……おれの大事な闘剣、数え切れないほど危険な場面でおれの腰にあって、ひどく元気づけてくれた剣。

部下たちを背後に従えて、キッドは四つ角に立つと、叫んだ。「〝血まみれジャック〟！見つけたぞ！出てきて降伏しろ！」

キッドの声が静かな家々からこだました。「キッド艦長だ！国王陛下の名において、降伏しろ！」

何軒かの家の窓でかすかに動きがあった。

海岸でいくつか叫び声が上がった。何人いるのだろうか？

「きさまを包囲している！　出てきて、顔を見せろ！」

「艦長、ラガーが！　ボートを海岸へ送りだしました、人がいっぱいです！」

すぐに圧倒される。海岸から向かってくるあの男たちに対して、自分の部下たちはかろうじて持ちこたえることしかできない。

「これが最後のチャンスだ、こっちから踏みこんで、きさまをベッドから引きはがしてくれるぞ……マイケル・ホーズ！」

バタンと背後でドアが開き、キッドはくるりと体をまわした。シャツに半ズボン姿の大男が動物のように吼えて、キッドのほうへ突進してきた。諸刃の大刀を握りしめている。キッドは両足を踏ん張って、剣の切っ先を向けた。すさまじい力で大刀が弧を描いて落ちてきて、キッドの刃にぶつかり、腕がしびれた。だが、彼はひるまなかった。こんな重い刀は扱いにくいし、動きはのろい。戦いはすぐに終わる。

しかし、それは甘かった。〝血まみれジャック〟はもう片手に小刀を持っていた。小刀がぐるりとまわって、キッドの太ももの付け根を残忍に突いてきた。小刀をぎこちなくかわすと、それで二人はひどく接近し、相手の悪臭が鼻を突いた。キッドは自分のまわりで部下たち全員が戦っているのに気づいた。鋼のぶつかり合う音、苦痛の悲鳴。だが、集中力を失うまいとした。キッドは第三の構えで相手の刀をなんとかかわそうとしたが、荒っぽく自分の剣がそらされてしまった。

さらに戦いの音が響いた。鋼が鋼を打ち、銃声が上がる。敵が死に物狂いなのをキッドは感じた。ラガーの乗組員がここまで来たら、どうなる、その前に……？　しかし、若いルーク・キャロウェイが冷静にも、〝血まみれジャック〟が隠れ家から飛び出してきたとき、自分の任務をちゃんと果たしていた。とつぜんシューッと音がして、彼ののろしが空へ飛びあがっていくのをキッドは耳にした。

苦しむうめき声がし、さらに悲鳴が上がった。部下たちだろうか？　〝血まみれジャック〟はキッドを打ち負かそうと狂ったように襲いかかってきたが、この残忍な戦いにキッドがなんとか耐えることができたのは、自分の闘剣のすばらしいバランスとみごとな焼き戻しのおかげだった。

しかし、とつぜん潮が変わったようだった。歓声と嘲笑がはじけ、戦いの音が静まっていくにつれて、その声が大きくなった。私掠船乗りたちがのろしの意味に気づいた――国王陛下の軍艦が近くにいるのだ、と。彼らは武器を捨てだした。キッドの部下たちにすぐさま捕らえられることはまちがいない。

「艦長、その男から離れてくれたら」

キッドは敵から目を離す余裕はなかったが、スタークのやろうとしていることは察しがついた。しかし、マスケット銃の弾丸を喉に撃ちこんだら、あまりにも簡単にこの男を逝《い》かせてしまう。

刀を打ち合いながら、キッドは息を切らして、「やめろ。こいつは……償うんだ……最期は……ロープでな！」

その言葉で〝血まみれジャック〟は逆上し、向こう見ずに切りつけてきて、キッドはよろめき、地面へ仰向けにひっくり返った。とたんに相手は突進してきたが、キッドは気配を感じて、両足を突き出した。〝血まみれジャック〟はまえへ倒れて、キッドの構えた剣の上にまっすぐに落ちてきた。数秒で事は終わった。キッドは男の下から体を引き抜いて、立ちあがると、息を切らしながら、あたりを見まわした。この騒乱のなかで、ティーザー号の男たちは軽傷だった。〝血まみれジャック〟と私掠船乗りが何人か、じっと横たわっていた。ほかの者たちは一つにかたまって、おとなしく降伏した。

「さて、ミスタ・ジョウブ、あなたはわれわれに大変、協力してくださったので、わたしとしては――」

「ええ、キッド艦長。そのことでお話ししたいと考えておりました。あの……どうか、すこし説明することをお許しください。実は、わたしを自由にしてくださったら、艦長にとってはもっと得になるはずです。それにはいろいろ理由があります」

どさっと、キッドは椅子に背中を預けた。この男のあつかましさに驚いて、「どうしてそんなことをしなければならないのだ？」

「この件はこれ以上、進展はしないと思いましてね、キッド艦長？　そこで、お知らせすべきだと考えました。わたしの商売上の関心は……もっと深い」

「もしあなたがわたしに提供すると考えているのは——」

「艦長、もっとはっきりと言いましょう。わたしの冒険貿易において——」

「密輸だ！」

ジョウブは傷ついた顔をあらわにして、「——わたしが有名になり、それゆえさまざまな団体から敬意と信用を得ていることは明らかです。そうした団体のなかには必然的に、フランスの当局者も含まれます。また、国王陛下の政府も、わたしを極秘の活動に使うのが有用だと見ているようです。こうした活動のなかには、諜報員などを密輸船の乗組員に仕立てて、フランスに送りこんだり脱出させたりすることも含まれるやもしれません……黙って……どうぞ、詳しく話させてください」

「つづけたまえ」

「これ以上、踏みこんで話すことはできませんが、ただ、あなたの提督は、外務省のミスタ・コンガルトンという人物をたいそう信頼しておられます。実は、わたしをふつうの密輸業者として連行するのがいいかどうか、相談されているのです。もしもわたしが政府の支持を受けていなければ、その場でもちろん逮捕されて、投獄されるやもしれません」

自信たっぷりの笑顔は、そうなる危険はほとんどないと物語っていた。

「それから、あえて申し上げますが、艦長、あなたに対する提督の覚えはこの先、この一件が世間で評判になったかのように高くなることでしょう」

密輸団の首領を捕まえただけでなく、その男が国家の最高機密事項に関わっている人物だということをロックウッド提督に報告したら、ほんとうに痛快なことだ。「あなたの誓約が必要だ」

「誓約しましょう、艦長」

「調査をしているあいだ、わたしがあなたをポルペロへ連れて帰りましょう」キッドは乾いた笑い声を上げた。「まちがっているかもしれませんが、今日、わたしは〝血まみれジャック〟を打ち負かしはしたかもしれないが、同時にあなたの商売仇を排除してやったようにも感じるのですよ」

ニコラス・レンジはボートのなかでキッドの隣りに腰かけていた。反対側にいるジョウブは落ち着いて、自信たっぷりの顔だ。レンジがいっしょにポルペロへ行くのに同意したのは、ただキッドがひどく上機嫌で、ロザリンドに会ってくれと頼んだからだった。レンジは彼女が嫌いなわけではない。キッドが救いようもなく恋の虜になっているのは、彼女のせいではない。ただこの恋は徒労で、あとでキッドが後悔するのは火を見るよりも明らかだった。

ボートは漁船突堤に着いた。レンジが後ろに下がっていると、キッドはジョウブに手を貸して送り出した。

「突堤から離れて、待機しろ」と、キッドはボート員に命じると、大きく笑って、「ニコラス、泊まりはしないから、心配するな」と言い添えた。

二人はランダヴィディの小道へ向かって、きびきびとした足取りで進んでいった。レンジは本能的になにか不安に駆られた。とりわけ、まわりに人がほとんどいないことに……。彼らが歩いていくと、ちらほらいた人たちも逃げだしていくようだった。村人たちは、キッドが別のだれかを探索にきたと思っているのだろうか？

漁師の女房が足を止めた。しわだらけの顔がこわばった。くるっと回れ右して、急いで行ってしまった。それでひどく気持ちが騒いだ。レンジは声をひそめて、「なにかが……起こっている。わからないが……」

キッドが顔をしかめて、あたりを見まわした。「村人たちはどこにいるんだ？」二人とも武器は持っていない。すぐにボートに引き返すべきだろうか？　フランス人が上陸しているのだろうか？　なにかが起こっている。

道の向こうで動く人影があった。「タイタス……ビリー！　なにかあったのか？　おい、坊や？」キッドが叫んだ。

少年は渋々近づいてきた。顔が真っ青で引きつっている。キッドの体が固くなった。

「なにかあったんだ」そう彼は言った。「なにか悪いことが」声がつかえて、彼はむりやり少年を自分のほうへ向けた。

「姉さんが死んだんだ、ミスタ・キッド」

キッドは凍りついた。

「き、昨日、姉さんを埋葬した」

しばらくキッドは身じろぎ一つしなかった。それから後ずさった。顔がゆがんだ仮面のようだった。「うそだ！　うそだ！　そんな……」

「ざ、残念だ」

「うそだ！　そんなことあるはずが……」

キッドがレンジのほうを向いた。まるで逃げだそうとしているかのようだった。とうとう人間とは思えないようなうなり声が噴き出した。「うそだーッ！　うそだ――ッ！　天にましますわれらが神よ、どうして？」

寺男は教会の入口にいた。彼は墓場の新しく土を盛ったばかりの場所へ身振りした。キッドはよろめきながら闇雲にそこへ行くと、墓の横に両膝を落とした。

「まったくひどいことで」と、寺男がひそひそ声でレンジに打ち明けた。「花嫁衣装を買いに、プリマスに行く途中で……いい天気だったのに、どこからともなく、あの黒い突風が吹いてきて、馬車が引っくりかえって。ほんの数分のことで」

レンジはなにも応えなかった。キッドを見つめていた。キッドの肩が震えだしたとき、この男はこの世でただ独りぼっちなのだ、と悟った。ちょうど、おんぼろデューク・ウィリアム号で絶望するほど不幸な強制徴募兵として初めて出会ったときのように。そして、いま彼は友を必要としている……。

黙ってレンジはキッドのそばへ行った。

著者ノート

トマス・キッド・シリーズ八巻目の本書のために「著者ノート」を書こうと構想を練りはじめたとき、わたしはトマス・キッドに出会えてなんと幸運だったことかと思わずにはいられなかった。キッドと帆走軍艦のすばらしい世界に入りこんだことで、わたしの人生はさまざまな面において高められた。

作家になった結果、わたしは、いろんな人生を歩んできた世界中のたくさんの人たちと出会った。作家になるまえはコンピューターソフトの制作者だったが、この仕事ではこうした人たちの道とわたしの道が交差することはなかったにちがいない。トマス・キッドに直接ご尽力くださった新しい友人や知人はあまりにも多くて、ここでお礼を申し上げることはできないが、そのすべての方々のおかげでわたしは豊かになった。

次の巻のために、毎年一月、取材旅行に出かける。行き先はカリブ海からジブラルタル、その先にまで及んだ。どの地を訪れるときも、わたしには特別な目的があった。現代の生活の上層をはぎとって、十八世紀後半から十九世紀初頭までの情景を心のなかに描き出すことだ。とりわけ、風景や匂い、色、食べ物、生活のしかた全般などである。キッドが見たであろう光景の多くがまだ残っている土地もあったし、各時代に積み重なった上層部をはぎ取るのがむずかしい場所もあった。しかし、それは挑戦である……。

自分でもびっくりしたことに、この巻は母国の海を舞台にした初めての本である。当時のイギリスでもっとも珍しく手つかずの材料だと思った場所、たとえば信じられないほど複雑なプリマス海軍基地や海軍工廠などを本書で充分に描ききれていればいいと願う。確かに、産業革命以前のこの時代に、ほとんどの工場の従業員数が二十人ほどであったのに対して、海軍工廠の労働者は数万にのぼり、この時代の奇跡であったのだ。イギリスでは海からはるか遠く離れた場所に住んでいる人は一人もいない。海神の王国と長く強いつながりをもっているのはイギリス人の国民性である。しかし、たぶん海の伝統がもっとも強く受け継がれているのは西部地方だろう。太古の時代から、ここの海は人びとに食料を提供し、孤立した共同体から共同体へと物を輸送する道を与えてきた。同時に、海岸線には何百マイルにもわたって断崖絶壁がつづき、冬には例外なくどこをも嵐が襲うため、ここの海は多くの船舶の墓場にもなってきた。

いつものように、わたしは本書を書く過程でたくさんの方々のご尽力をいただいた。たぶん、その筆頭はわたしの人生のパートナーであるキャシーだろう。各巻のすべての段階において彼女はプロの助言者であっただけでなく、現実生活のマネージャーでもあって、日々の生活の試練を寄せつけないようにして、わたしが取材と執筆に専念できるようにしてくれている。

紙面が許さないので、すべての方々に感謝の言葉を述べることはできないが、とりわけコーンウォールの絵のように美しい漁師町ポルペロのみなさん始め、有名な元漁師のビル・コウアン、元港長のトニー・ホワイト、歴史家ジェレミー・ジョンズに特別な感謝の気持ちを捧げたい。また、船大工のロン・バターズがこの土地の帆走漁船の模型を制作しているが、そのすばらしく手の込んだ模型を見られるように、ポルペロ博物館の理事会がわたしのために特別開館してくださるという光栄に浴した。

また、リチャード・フィッシャーにも感謝申し上げる。彼はストーンハウス・イギリス海兵隊兵舎ならびに、キッドが舞踏会に参加した〈ロング・ルーム館〉を特別見学する機会を作ってくれた。〈ロング・ルーム館〉はいまも複合建築物のなかに高くそびえたっている。

最後にいつもながら、わたしの出版代理人のキャロル・ブレイクと、王立海洋画家協会所属の海洋画家ジェフ・ハント、発行人のキャロリン・メイズ、編集者のアレックス・ボナム、そして、ホッダー&スタウトン出版社のスタッフのみなさんすべてに感謝したい。

キッドの航海が長くつづかんことを……。

訳者あとがき

カツラ職人だったトマス・キッドが強制徴募されてイギリス海軍に入り、数々の航海と戦いを経て、第七巻『新艦長、孤高の海路』では、ついに海尉艦長となった。マルタ島でティーザー号を得て、フランス艦ラ・フウィン号を打ち負かすという手柄を立て、その地位は確固たるものになったかに思えた。しかし、一八〇二年、敵フランスとのあいだでアミアンの和約が結ばれて、休戦。キッドは帰国後、解任され、やむなくニュー・ホランド（現在のオーストラリア）行き囚人輸送船の船長となる。その任務を無事に果たして、彼は母国への帰路につく。そのそばには、親友ニコラス・レンジの姿が。

キッドがマルタ島に行っているあいだに熱病にかかったレンジは、帰国したキッドに海軍病院から救い出され、キッドの故郷ギルフォードで妹のシシリアに手厚い看護を受けた。しかし、彼女を愛していることに気づいたレンジは、彼女のために領地を築こうと、キッドの囚人輸送船に便乗して、自由移民としてオーストラリアの荒野に挑んだ。しかし、厳しい自然に打ち負かされて、キッドの囚人輸送船に舞い戻ったのだった。二人がギルフォードに帰ったところから始まる。

第八巻『謎の私掠船を追え』は、イギリスに帰り着いた囚人輸送船を下りて、

アミアンの和約から一年ほどして、フランスとのあいだにまた戦争が始まり、キッドも英仏海峡を抜けて外洋の大海原へ赴くかにみえる。しかし、著者ジュリアン・ストックウィンは「著者ノート」でも書いているとおり、イギリス本国の海域を本巻の舞台とした。イギリスの南西に突き出したコーンウォール半島である。この半島は東側がデヴォン州、西側がコーンウォール州に分かれている。どちらも丘陵地帯だが、海岸線は険しい断崖の連続で、その海岸線沿いには荒々しい岩群や、海面下に隠れた暗礁、引き潮のときだけ露出する干岩礁《ひがんしょう》などが散らばっている。こうした断崖に打ちつけられて、むかしから数多くの艦船が遭難し、ここは〝船の墓場〟と呼ばれてきた。また、小さな入江や湾が点々とつづき、荒天のときの避難港であるばかりでなく、対岸のフランスと密貿易をたくらむ船たちが税関の目から逃げる絶好の場所にもなってきた。キッドの時代、そこは〝密輸業者《スマッグラー》の巣窟〟と呼ばれた。そしてその密輸船を襲撃しようと、フランスの私掠船が跋扈《ばっこ》した。デヴォン州に住む著者は、コーンウォール半島をこよなく愛し、いつかはここを舞台にしようと思っていたのだろう。

〝密輸業者の巣窟〟のなかでもいちばん有名なポルペロという村が、本巻の中心舞台にな

っている。この巻を訳すにあたって、わたしはジュリアンと奥さんのキャシーの案内で、ポルペロを訪れた。コーンウォール独特の断崖にかこまれた谷間の小さな町で、町の入口で車を降りなければならない。細い道が曲がりくねっていて、車が通れないのだ。こうした細くくねった道へ逃げこんで、密輸業者は税関吏から逃れたのだ。町の入口から小川に沿って港まで行くと、港口は両側から荒磯が迫って狭い。小さな漁船が一隻、かろうじて通れるような幅だ。それはキッドの時代から変わらず、海側からはどこが港の入口かわからないそうだ。港に迫る斜面にへばりつくようにして家々が建ち、そのなかにその名も〝スマッグラー・コテージ〟という木造の小さな貸家があった。ここでストックウィン夫妻は真冬の二週間滞在して、本巻の構想を練った。「海からの風がすごくて、家が船のように揺れるのよ」そうキャシーが言った。その寒風のなか、ジュリアンは港に何時間も立ちつくして、荒れる海の姿を脳裏に焼きつけたそうだ。

巻を追うごとに思いを強くするのは、ジュリアン・ストックウィンは実に巧みなストーリー・テラーであるということだ。それは彼がキッド・シリーズを書こうと決意したとき、三年半という歳月をかけて、十一巻目までの時代背景や登場人物などすべてを設定し、プロットを組み立てたことによると思う。前巻の「訳者あとがき」でも書いたのだが、既刊の登場人物を実にうまく再登場させることができるのも、そのおかげだろう。

本巻で再登場する一人はトウビー(トウビアス)・スターク。第一巻『風雲の出帆』で強制徴募されてデューク・ウィリアム号の陸上者《おかもの》になったキッドは、砲手長のスタークと出会う。戦闘で脚ががくがく震えるキッドに生きのびるための知恵を教えてくれたスタークは、つづく巻でも登場することが多く、もうおなじみの人物だろう。彼は本巻では、艦長にまで這いあがったキッドへの思いを吐露し、キッドのために一肌脱ぐ。

そのスタークと行動をともにするのは、第三巻『快速カッター発進』に登場した年少兵のルーク・キャロウェイだ。カリブ海で座礁しそうなトラヤヌス号で泣いていたルーク少年はキッドから力づけられると、キッドにあこがれて英雄視するようになる。そして、キッドが陸上の海軍工廠勤務を命じられると、脱艦してキッドについてくるのだ。少年だったルークは本巻で、立派な青年として現われる。その登場のさせ方のうまさは、舌を巻くほど思わぬ人物も思わぬところで再登場する。その登場のさせ方のうまさは、舌を巻くほどだ。

ニコラス・レンジは、キッド・シリーズの第二の主役と言っていい。自然児のキッドと知性派のレンジはデューク・ウィリアム号で出会ってから親友として苦楽をともにするが、二人の道は軍務のために、あるいは個人的な感情のために離れたりいっしょになったりする。本巻でキッドは提督の令嬢に出会い、たちまち彼女の虜になる。彼女と結婚して上流階級の仲間入りをしようと夢見るキッドを、レンジは励ましたり、批判したり。そのキッドのまえにとつぜん二つの道が現われる。軍務だけでなく、私生活でもキッドを試練が襲う。彼はそれをどう切り抜けていくか……。

ジュリアンからメッセージが届いている。「日本の読者のみなさん、いつもみなさんからeメールや手紙をいただき、とてもうれしく、感謝しています。ぼくの部屋の壁には、日本の読者の方から送られたカードと額入りの〈宝船〉の絵が飾ってあります。このキッド最新巻をみなさんが楽しんでくださいますように。ぼくはプロのヨーコといっしょに仕事をするのを毎巻、楽しんでいます」

敏腕編集者だった奥さんのキャシーは〝キッド・クラブ〟を立ち上げた。アドレスは
http://www.julianstockwin.com/kydd%20Club.htm

本巻のあとすでに四巻が出版されており、十三巻目も近々上梓される。日本でも〝キッド号〟にいい風が吹いて、順調な航海ができるように、読者のみなさまの応援を、よろしく！

二〇一二年六月

訳者略歴　横浜市立大学英文科卒，英米文学翻訳家　訳書『原潜救出』リーマン，『ナポレオン艦隊追撃』『新艦長、孤高の海路』ストックウィン（以上早川書房刊）他多数

HM=Hayakawa Mystery
SF=Science Fiction
JA=Japanese Author
NV=Novel
NF=Nonfiction
FT=Fantasy

海の覇者トマス・キッド⑧

謎《なぞ》の私掠船《しりやくせん》を追《お》え

〈NV1263〉

二〇一二年七月　二十　日　印刷
二〇一二年七月二十五日　発行
（定価はカバーに表示してあります）

著者　ジュリアン・ストックウィン
訳者　大《おお》森《もり》洋《よう》子《こ》
発行者　早川　浩
発行所　株式会社　早川書房
郵便番号　一〇一 - 〇〇四六
東京都千代田区神田多町二ノ二
電話　〇三 - 三二五二 - 三一一一（大代表）
振替　〇〇一六〇 - 三 - 四七七九九
http://www.hayakawa-online.co.jp

乱丁・落丁本は小社制作部宛お送り下さい。
送料小社負担にてお取りかえいたします。

印刷・中央精版印刷株式会社　製本・株式会社明光社
Printed and bound in Japan
ISBN978-4-15-041263-0 C0197

本書は活字が大きく読みやすい〈トールサイズ〉です。